In one hundred
not in a hurry

一眼百年 不再匆匆

谢楼南 / 著

北京联合出版公司
Beijing United Publishing Co.,Ltd.

图书在版编目（CIP）数据

一眼百年，不再匆匆 / 谢楼南著. —北京：北京联合出版公司，2015.6

ISBN 978-7-5502-5451-0

Ⅰ. ①一… Ⅱ. ①谢… Ⅲ. ①言情小说–中国–当代 Ⅳ. ①I247.5

中国版本图书馆CIP数据核字（2015）第117270号

一眼百年，不再匆匆

作　　者：谢楼南
选题策划：北京磨铁图书有限公司
责任编辑：徐秀琴
版式设计：刘碧微

北京联合出版公司出版
（北京市西城区德外大街83号楼9层　100088）
三河市文通印刷包装有限公司印刷　新华书店经销
字数341千字　787毫米×1092毫米　1/16　印张21
2015年8月第1版　2015年8月第1次印刷
ISBN 978-7-5502-5451-0
定价：32.80元

目录

chapter 1　专业花瓶　001

chapter 2　暧昧高手　011

chapter 3　或得或失　031

chapter 4　长河饮马　047

chapter 5　蓦然回首　061

chapter 6　阳春白雪　085

chapter 7　曲高和寡　102

chapter 8　所求唯你　125

chapter 9　乱云出岫　136

chapter 10　秋意渐深　149

目录

chapter 11　自欺欺人　167

chapter 12　似是而非　183

chapter 13　萤火之光　203

chapter 14　可叹奈何　233

chapter 15　何谓真假　256

chapter 16　一瞬生死　273

chapter 17　因花生发　289

chapter 18　何为圆满　308

番外　百年流转　326

chapter 1

专业花瓶

他就像在陈述一个事实，好像他早就知道她不爱他，并且未来也没有爱上他的可能。

然而即使如此……他还是愿意跟她结婚，甚至如果她不想嫁给他，他愿意退而求其次，只要一个留在他身边的承诺。

如果有人问，现在娱乐圈最红的女明星是哪位？那么答案一定是：路铭心。

路小姐也许不是口碑最好的女星，甚至不是粉丝最多的，当然更不是演技最好的，但绝对是最红的。

为什么？因为她够美。在影视剧中随便客串个什么角色、走个红毯、在夜市里吃个大排档，都有稳上头条的资本。

这么混着倒也不是不好，路小姐不过二十五岁，正值美貌巅峰，靠传闻中360度无死角的完美上镜脸，起码可以再混个五年。

如果她保养得当的话，花瓶当到三十几岁也毫无压力。但一手扶她上位的金牌经纪人杜励女士显然不这么想。

杜励女士人如其名，40年专注励志，手上出过两任影帝、三任影后，选演员、挑本子眼光之稳、狠、准，业内她认第二，没人敢说自己是第一。

事实上她给路铭心选本，也从未失过手，演技不够，那靠脸补呗，反正重量级的大片里总不多那么个惊艳出彩的女主角，乃至女N号。

靠着这种专业眼光，还有路铭心的脸实在没什么可挑剔的，她入行四年，也就这么一路顺风顺水地红了起来。

名气上去了，人也红了，颜值指数五星级的路铭心在嘴损的影迷里也有了个外号：专业花瓶。

终于，连杜励似乎也觉得再这么下去实在不是个办法了，路小姐再这么专业花瓶下去，她都丢不起那个人！

当她把新剧本丢到路铭心面前时，是这样下通牒的：“给你的新剧，长篇电视剧女主角……你一定要给我演好，若演不好，下个剧我就让你演女汉子！”

路铭心本来还歪在沙发上戳自己的平板电脑，看着八卦帖笑得花枝乱颤，听到这句话瞬间就把腰挺得笔直，一脸严肃并配以坚贞高洁的女神表情：“我会好好干的老板，我不要本色出演，老板！”

杜励早就不对路铭心的觉悟抱有什么幻想了，但还是被她噎得一句话没有，气得颤巍巍地甩袖子走人了。

她临走前留下一句话：“我把你那些乱七八糟的通知都推了，这几个月专心拍戏，明天给我见编剧去！”

老板发话，第二天一大早，路铭心便利索地收拾了行头，老老实实地跟着助理去了指定地点。

虽然老被骂演技差，路铭心的工作态度绝对是端正的，当晚她就将剧本匆忙翻看了一遍。

即将开拍的电视剧是个偏正剧风格的长篇历史剧，已经挺成熟了，看出来已经磨得差不多，到了后期收尾的阶段。这次杜励让她见的编剧，据说还身兼历史顾问，见面的地点就是那位教授在B市的私家别墅。

当助理小刘把车一路开到西郊的别墅区，路铭心就在心里嘀咕：“这年头教授都这么有钱了？”毕竟B市西区的别墅比其他几个区年代更久远、格调也更高，住在这个区的人非富即贵，随便哪一个都不是简单的人物。

等车拐上了一条私家马路，将她送到一栋四面都有树木掩映的别墅前时，她已经脑补出一个有钱又深居简出的孤僻老头子形象了。

历史学教授嘛……难道不应该是跟出土文物一样充满年代感和陈旧气息的物种吗?

经过四年相处，助理刘芬芳早就充分了解到外表光鲜的路铭心大美女骨子里是个怎样不靠谱的家伙了，停车时看到她丰富的面部表情，嘴角就忍不住抽了抽：“杜总说，你要待满一整天，晚上打电话，我再来接你。”

路铭心在心里“唉”了声，忙问：“那我中午怎么吃饭？”

感情她从早上9点钟起，就开始惦记中午那顿饭了，刘芬芳嘴角又抽了下：“顾教授会帮你解决的。”

说完连人带包把她轰下车，刘芬芳掉转车头毫不犹豫地绝尘而去，留下路铭心攥着小包在人家别墅前嘤嘤哭泣，活像个被主人抛弃的小狗：“小刘真是的，这么对待雇主太残忍了，就跟我不发她工资一样。”

她这倒说对了，她真没发过小刘工资，人家是在杜励那里领薪水的。

路铭心是谁？当之无愧的红毯皇后，即使是在四周荒无人烟的郊区别墅面前，即使刚被助理像丢垃圾一样毫不留情地丢下车，一转身抬手轻抚了下秀发，依旧走得风姿绰约、仪态万千。

她走到门前抬手按门铃，门很快就开了。开门的是个上了年纪的老管家，头发花白，仪态谦逊优雅，微微欠身：“先生恭候已久，路小姐请进。”

路铭心这才收起对这栋别墅的主人那一脑子的胡思乱想，表情正经了一些，也礼貌地回礼：“谢谢您。”

她进入演艺界四年，起点不低，成就也不差，往日里各路权贵没少见。如果说有什么最能证明主人身份的，那么既不是豪宅名车，也不是珠宝华衣，而是替主人做事的人。

从今天给她开门的这个老管家身上看，住在这里的人一定不是老学究或者暴发户，非三代以上的名门出身莫属。

管家带她穿过装潢考究、古雅的玄关和走廊后，路铭心才看到早就坐在会客室里的那个人。

那人面前摆着一杯青瓷茶碗，手里捧着一卷书，路铭心视力好，一眼就看到那本书是线装的，封皮也是青色的，书页微微泛着黄，看起来就是本货真价实的古书。

相比于礼貌的管家，那人态度就随意多了，听到他们的脚步声靠近，眼睛也没从书上抬起来，只是淡淡开口说：“倒还算准时，坐吧。”

路铭心一靠近就紧盯着人家的脸看，早没心情计较他对自己的轻慢态度，曾经谋杀过无数菲林的完美笑容也早收敛了：“顾清岚啊……”

对方抬起头对她微微勾了唇角，那人清俊至极的面容上有那么一丝看好戏的神情：“不然呢？”

路铭心想自己真是蠢，她单知道人家是“顾教授”，都没想过问一下到底是哪个“顾教授”。

她只想着瞎猜历史教授怎么有钱住这么好的房子，没想到这教授是顾家大少爷。是，这个顾清岚她认得，不但认得，还从穿开裆裤的时候就认得。

路铭心的家世从没在媒体上曝光过，也就没有多少人知道，堪称当代花瓶典范的路大美女，出生在一个标准的高知家庭。

父母都是博士出身的研究人员，在她还没有脑袋一热，在高三那年去报考了表演学校之前，无论她长得如何美貌惊人，所有人都还觉得她以后也肯定是要穿着白大褂进实验室的。

而她那对一辈子专注研究的父母，其知交好友里统共也就一家称得上“豪门”或者“名门”的，那就是顾家。

而她父母会认识顾家这样的名门，也是因为路铭心的妈妈和顾清岚的母亲，是在一个大院里长大的手帕交，各自嫁人后仍保持着亲密的关系。

当路铭心还是个从外表上看不出性别、行动轨迹也很可疑的儿童时，没少和妈妈一起到H市顾家的祖宅里做客。

直到后来她妈妈进了科研所越来越忙，和做全职太太的顾母话题也不那么多了，两家的往来才渐渐少了。

即使这样，两家的联系也没断，路铭心上次见顾清岚，应该是在十年前，他还没出国前的家宴上。

一晃十年过去了，路铭心从当年那个假小子长成了现在的绝色大美女，顾清岚倒还是当年的模样。

五官清俊绝伦，气质儒雅高洁，抬抬手都是不食人间烟火的仙范儿——也不知道他穿了一身现代装是怎么办到的。

路铭心看着眼前这个从少年乃至孩童时期就闪闪发光的活体男神，默默咬了咬后槽牙：“顾清岚，我妈说过，我要嫁人最好能嫁给你。”

顾清岚还是坐在沙发上没起身，微抬起头上下打量她，轻叹般开口：“是啊……好在你如今像点儿样子了。”

他说话一直没什么太多的表情，这一声淡淡的话语里，却不知为何让路铭心充分感受到了浓浓的差强人意——别名叫嫌弃。

自诩心理承受能力很强的路铭心小姐，觉得她自己结结实实地被噎到了。

顾清岚到底是个从内到外的真君子，没继续嘲讽她，而是将手中的书合上后放下，起身对她点了下头：“李老师还在休息，你先跟我到书房来吧。”

李老师就是这部戏的另外一个署名编剧李昂越，算是国内历史剧的名笔，请了这两个人来，也足见公司对这部戏的重视。

路铭心听他话里的意思，李昂越昨晚应该是住在这里的，不由愣了一下：“你们都住一起了啊？”

路铭心没大毛病，就是平时说话有点儿过于简略，所以老会说出点儿含义似是而非的话来。

顾清岚听到这句“住一起”，修长的眉尖就微微扬了起来：“李老师喜欢夜里聊剧本，我这里客房又多，所以一周前他就在这里住下了。”说完这句，他略顿了下，又非常温雅地笑了笑，“总归剧本还要再磨合一两周，你若是嫌跑来跑去麻烦，也可以住下来。”

他这番话说得温文尔雅又贴心，路铭心人懒，又觉得这个别墅挺安静她也挺喜欢，想也没想就接了话：“真的啊，那就麻烦你了，我去跟杜姐说一下。”

顾清岚笑笑：“不用客气，不过客房只剩下我卧室旁边的那一间了。”

熟悉路铭心的人都知道，她那美艳魅惑的壳子都是摆设，她大脑里一直缺根弦，再加上顾清岚是她从小就认识的人，就更谈不上设防了，听完忙点头：“没事儿，只要不影响你就成。”

顾清岚轻笑起来：“怎么会影响呢？毕竟……我们已经是婚约对象了。”

他说完就潇洒地转身先一步走去书房，留下路铭心缓了那么一会儿，才有点儿明白过来：她是被顾清岚调戏了吗？

不然她怎么就觉得有些不对劲儿呢？还有婚约对象是怎么回事……她父

母是很想让她跟顾清岚结婚，可如今婚姻恋爱自由啊，不能包办的！

等她尾随顾清岚走到书房时，那个人早就背转了身，随手从高耸入房顶的书架上抽取书本。

他似乎对这庞大的书群了如指掌，不到一分钟，手里已经有了三四本厚厚的大部头。将书放在书房正中的书桌上，他用手指点了点最上面那本的封皮："你先把这几本书通读下。"

路铭心走过去翻看了下，发现那是几本断代史专著，看名字都是专业级别，而非那种通俗的大众读物。

就算她是被杜励派来"参与"剧本创作讨论的，也不用真的让她去啃这些大部头吧？

看到她有些疑惑的目光，顾清岚微勾了唇笑了笑："你应该不是看不下去书的那类人吧？"

路铭心摸着封皮的手顿了下，出生在那样的家庭里，她又怎么会是连书都看不下去的那类年轻女孩子。

事实上，直到高三之前，她都是同学口中"学霸"类的学生。智商和天赋都会遗传，更何况再加上父母以身作则的教养，那时候的她，剪短发，戴着黑框眼镜，无论冬夏，从来不穿裙子，不戴首饰，也不懂得使用任何化妆品和保养品。

那时候的她还满脑子都是考试还有竞赛，问她最近上映了什么电影她肯定是不知道也不关心的，但问到她各所重点大学提前招生考试的时间表，她一定能倒背如流。

连她自己在那一年之前，都从来没有想过有一天印着她的脸的巨幅海报会被贴在各大影院的广告牌上，而她妆容精致、穿着拖地长裙，在各大电影节的红毯上对着不停闪动的各色镜头巧笑倩兮。

在她彻底红起来之后，曾有好事的网友"人肉搜索"了她，不知道在什么地方，扒出来她高中时代的照片，放到网上，并评论说，女神也有屌丝的时候。

那张照片上的高中女生当然并不真的是"丑女"，只是和她现在的形象相去太远——肥大的蓝白色运动校服遮住了修长苗条的身体，鼻梁上架着的眼镜款式陈旧土气，将那双水波荡漾的杏眼完全挡住，同时将脸部比例割裂得七零八落。

这还不算，那是张班级春游时的合照，大概是因为心情不错，她还对着镜头咧开了嘴大笑，露出一排森白的牙齿，那样子怎么看怎么没心没肺。

因为这张照片，她在公司里整整被嘲笑了一周，每个熟人见了她都会“哟”一声：“女汉子来啦！”

对此杜励倒是没说什么，只是看看她，又看看电脑上那张照片，最后下了结论：“以后镜头前不要大笑。”

路铭心一边郁闷地答应，一边忍不住对着被放大在电脑屏幕上的老照片看了又看，其实她还有些怀念的。

怀念当年那个从来不需要在意形象，想用什么表情对着镜头就用什么表情对着镜头的女孩子。因为她比谁都清楚，那才是真正的路铭心。

看她很久没回答，顾清岚也没再去追问，而是换了个问题：“我走之前，你是高一吧？”

他是指他去国外读大学那年，那年路铭心16岁，刚读高一。

她点点头：“是啊。”

顾清岚笑了下：“师范附中，我记得你成绩不差。”

这话路铭心已经听过太多遍了，就连当年表演系的招生老师，在看到她的资料后，都特地多看了她几眼：“全国高中数学联赛一等奖……文化课成绩不错嘛。”

好像很多人都认为，美丽的面容和聪慧的大脑是不能并存的。如果脸蛋太过美丽，那么大部分人都会认为你是笨蛋；如果你太聪明，那就一定得是其貌不扬的丑女。

不然一来显得上帝太不公平，二来有悖“胸大无脑”的一般常识。

路铭心有些没形象地耸了下肩：“是还不错，怎么了？”

果然顾清岚接下来就问：“为什么要去读表演专业？”

他不是那些记者，路铭心还得小心翼翼地说场面话，她干脆就直接无视了这个问题，把这几本书搬起来抱怀里，然后习惯性地朝身边的人丢过去一个嗔怪的笑容：“顾先生真是的，书这么重都不帮女士拿一下？”

自从她懂得利用漂亮女人天生的优势后，这种恰到好处的撒娇还未失败过。但今天她显然是忘记了，眼前这个人是顾清岚。

顾清岚原本看她的神情还是温和的，在看到她这个笑容后，眉心反倒微蹙了起来，上下打量了她一圈才开口：“以后不要再让我看到你露出这种表情。”

路铭心一愣，这笑容可是她的招牌之一好吗？

当初这一幕被摄影师固定下来放到杂志封面上，那期杂志直接多卖了几万册……他让自己不要再露出这种表情？

顾清岚再一次露出了那种很勉强的神情，摇头淡淡丢下一句：“太媚俗。”

路铭心觉得，再跟顾清岚独处下去，她的小心肝就要受不了了。

据说真正的贵族从来不会把“高贵”两个字写在脸上，他们只会用自己的言行和仪态告诉别人：我跟你们不是一个世界的人。通俗点儿来讲就是，让你自惭形秽。

顾清岚显然就是那种有本事让你自惭形秽的人，哪怕路大明星现在头上顶着多个光环，在他面前还是会分分钟就被贴上“俗气”的标签。

等他们从书房出来的时候，顾清岚还是姿态娴雅，犹如青松修竹，端得是仙气飘飘。

路铭心双手抱了一堆书，就像被霜打过了一样灰头土脸。

恰好李昂越也起床了，正从楼上下来，他们已经合作过一部戏，也算是熟悉，就笑眯眯地跟她打招呼：“铭心来了啊。”

路铭心对年长的前辈一贯很礼貌，立刻点头说：“李老师好。”

他们客套完了，顾清岚也向李昂越问了好。路铭心以为接下来就该让自己正式加入讨论组了，结果他却对李昂越笑笑：“昨晚聊得太晚，李老师都还没休息好，今天上午我和铭心就不打扰了。”

身为国内的名编剧，李昂越却身高马大，留着络腮胡子，乍一看倒像是搞艺术的。李昂越听他这么说也没反对，只是摸着自己的胡子：“也好，下午我们再来杀一局！”

顾清岚点头应下来，这都还没什么，接着他就抬起手臂，揽住路铭心的肩膀，将她带到自己怀里，笑了下：“那我先带铭心去看她的房间了。”

他这动作和语气都太自然，路铭心有些迟钝地任他搂着自己的肩膀，李昂越也点头笑着和蔼地目送他们离开。

二楼的走廊上，顾清岚已经淡然地放开了搂着她肩膀的手，替她推开了客房的门。

里面是一间布置得很好的房间，甚至像是重新装修过的，因为墙纸和窗帘乃至家具的主色调，都是路铭心在采访中透露过的最喜欢的淡紫色。

说是客房，却占据了这一层别墅中最好的位置，落地窗外就是宽大的露天阳台，连浴室里也有超大号浴缸，完全就是主卧的规格。

这下连见到顾清岚后，就完全放松了警惕性的路铭心都觉察到不对劲了。

先是自己被突然地安排了一部戏，然后又被老板勒令参加剧本讨论会，再然后顾清岚就像请君入瓮一般，在自家别墅里等她送上门，再漫不经心地建议她住下，最后打开了早就准备好的笼子等她进去。

后知后觉的路铭心总算知道回头去看身边的这个人："你这是什么意思？"

顾清岚则淡淡地一笑，他笑时唇角挑起的弧度很浅，于是就给人一种温和又古雅的感觉："和你结婚的那个提议，我觉得可以考虑。既然你早晚要成为这里的女主人，那么提前准备下你的房间，也没有什么不对的。"

路铭心这下才真的愕然了，她妈妈前不久是说过，顾清岚已经回国了，顾家也有那个意思，要她跟顾清岚找时间再见个面，看能不能处处朋友，如果相处好了考虑下结婚。

毕竟她已过25岁到了适婚年龄，娱乐圈又是个鱼龙混杂的地方，她妈妈多少有点儿不放心，顾清岚又是知根知底的，不失为一个好女婿的人选。

可那也就是说说而已，这都什么年代了，哪里还有"父母之命媒妁之言"，她当时也就是那么一听，完全没当真。

她现在有自己的事业，经济也独立，在终身大事上，她认为自己还是有自主权的。

看她的神色越来越愕然，顾清岚就知道她心里想到了什么，他又温雅地一笑，说话声不急不缓："你如果不想结婚也无妨，但我希望你可以留在我身边……你如果需要我付出金钱代价的话，价码不会比任何向你开过价的人低。"

路铭心想了好一阵，也没想通，她应不应该甩给顾清岚一巴掌，然后告诉他，本小姐卖艺不卖身，你提这种要求是想干什么？

可她左看右看，也没能鼓起勇气对着顾清岚那张清俊儒雅的脸下手，毕竟这张脸怎么看怎么不像那种欺压民女的恶霸。更何况她手里还抱着一大摞书呢，有点儿累。

她有些哭笑不得："那你倒说说看，我为什么放着好好的合法妻子不当，非要当被你金屋藏娇的女明星？"

顾清岚倒是又笑了下："我想你也许会不想嫁给一个你不爱的人。"

路铭心又是一愣，他说这句话时的语气太笃定，不是在说一种可能，也不是在说一种预期，类似于"假如你没有爱上我"这样的预测。

他就像在陈述一个事实，好像他早就知道她不爱他，并且未来也没有爱上他的可能。

然而即使如此……他还是愿意跟她结婚，甚至如果她不想嫁给他，他愿意退而求其次，只要一个留在他身边的承诺。

这种态度，怎么说呢？意外的退让，又意外的坚定。

因为他虽然表示了他们可以不结婚，但却又换了另一种方式，要求她跟自己产生某种关系和契约。

在顾清岚面前，路铭心一直觉得自己的智商不够用，现在就更搞不明白了，只能叹了口气："顾清岚，以你的条件，没必要让自己这么委屈的。"

顾清岚倒是又微微地笑了，路铭心自诩是见惯了相貌顶尖的男人的人，但也被他这轻淡无痕的一笑晃了神。

他笑完后，轻声说了句："没事儿，我习惯了。"

chapter 2

暧昧高手

她今天用的是艳色的唇彩，几抹艳红色的痕迹留在他淡色的唇边，看上去有些像鲜血，却比血迹还更艳丽上几分，配上他这轻淡一笑，路铭心顿时觉得心跳加快。

是谁跟她说顾清岚高洁清雅，不食人间烟火的？这不明明会强吻，还会玩妖孽诱惑！

路铭心没有正面回答顾清岚，她实在觉得不好回答。大耳刮子抽他吧，似乎太失态了，也没那个必要。

答应他吧，那是不可能的……拒绝他的话，路铭心突然害怕他会跑回去跟她的母亲大人告状。

路铭心想到这个，就顺道脑补了下：顾清岚公子去找她母亲，用西施捧心般的忧伤状态对她母亲说：“伯母，铭心她不喜欢我，拒绝了我的求婚。连我提议要换个方式跟她相处，都被她拒绝了。”

路铭心那个一心扑在研究上、三观原本就不端正的母亲，指不定会立刻表态：“小顾你委屈了，我帮你骂她去！”

路铭心这么想了一下，顿时觉得前途灰暗，已方阵营全都卖得一手好队友，单凭她一个战五渣的小喽啰，是万万斗不过道行不浅的顾先生的。

她一上午就这么纠结地过去了，书也实在没看进去多少。

午饭时间很快就到了，她到了餐厅，才发现顾清岚不在，只有李昂越笑眯眯地坐在那里。

似乎是看到了她的疑惑，姓周的那位老管家，特地对她解释了下：“顾先生在用药，忌口太多，一般不和客人一起用餐的，以免影响两位。”

路铭心脸上没显，心里头早默默地把死讲究的顾某人又吐槽了一遍。吃个饭而已啊，忌口多做几道菜不就行了？非得自己躲起来才叫有礼貌啊！

她这边腹诽顾清岚腹诽得开心，吃完饭周管家就对她说：“路小姐，顾先生还有话对您说，请您到他房间去一趟。”

路铭心有心说不去，但刚吃了人家的嘴短，连牙都没剔呢总不好翻脸不认人，也只能对周管家优雅一笑：“好，我这就去。”

上了二楼，找到顾清岚的房间，路铭心推开门进去的时候，顾清岚正背对着她，坐在窗前的扶手椅上看书。

短短半天时间，似乎她每次见到顾清岚独处，他都在看书。她有心当面对顾清岚吐槽下这种无时无刻不装学问家的行为，奈何顾清岚手持书卷的样子的确太令人赏心悦目，一时间她就没能找到槽点。

直到她走近，顾清岚才淡然开口，目光都没舍得从书上挪开：“坐吧。”

他面前还有另一把扶手椅，路铭心知道那是给自己准备的，没客气就坐了下去。

她在顾清岚面前端不起来那种高雅成熟的女神范儿，干脆就破罐子破摔了：“你不是让我午餐后抽空回家收拾东西吗？怎么又叫我上来？”

顾清岚这才抬头看了她一眼：“没什么，只是我头有些疼。”

路铭心又一次被他的神转折打蒙了：“你头疼……”

顾清岚对她微微笑了下：“所以让你来帮我按摩一下。”

路铭心……她什么时候看起来很像按摩师了？

顾清岚却已经将手中的书放下，站起身走到床前半躺了下来。

他还在床边留了个位置，而后就轻合起双目，低声开口：“铭心，过来。”

路铭心在自己的贞操和有些虚弱地躺在床上、看起来很有些病态美的顾公子之间挣扎了片刻，随即就很没骨气地跟了过去。

既然已经过去了，路铭心干脆就很自觉地将自己的身体也半靠在羽绒垫上，抬起手轻轻去按压身边躺着的这个人的额头。

她的手法当然很不专业，也不过就是不轻不重地在他额头四周，还有太阳穴附近乱按一通而已。

凑近了看，她还真发现顾清岚的脸色比上午见面时苍白了一些，看起来真有些不舒服，眉心也微蹙着，如黛的长眉间有淡淡折痕。

路铭心不知道他为什么会头疼，但看到他这样子也不禁有些同情心泛滥，手指头越发轻了起来，身体也不由自主地俯下去，凑到他耳边放柔了声音问："好点儿没有？"

顾清岚轻咳了声，唇角略挑了挑："好些了。"

他一直闭着眼睛，这时候沉默了片刻，又接着开口："原来这就是曾苦求不得的。"

路铭心当然不会自恋到以为他说的就是自己，他们自从少年时代分开，这么多年都没什么交集，更何况顾清岚怎么会看上当年的自己。

她想起来他上午说的那句"习惯了"，再加上现在这句，就想起了他之前那段失败的恋情。

据说在顾家扎根的H市，那段尴尬收尾的恋爱曾传得满城风雨，虽然已经过去一年多了，但在当地提起来，能如数家珍地道出始末的人也不在少数。

那件事情实在闹得有点儿大，连忙碌的路铭心偶尔回家，也听自己的妈妈说起来过。

她记得一年前顾清岚从国外回来，还没有打算到B市的大学任教，留在H市准备继承家业。

当时H市的另一家名门苏家的大小姐刚离了婚，于是顾清岚就跟苏大小姐开始了恋爱。可惜苏大小姐和前夫旧情未了，她和顾清岚的恋情只持续了不到两个月，就无疾而终。

苏大小姐和前夫复合，还闹出了轰轰烈烈的劫持事件，苏大小姐的前夫不顾危险从匪徒手上救了她，自己却流落荒岛，差点儿没命。

那段时间H市的所有媒体和市民都在讨论这段感动人心的爱情传奇，却很少有人想过那时的顾清岚是怎样的心境。

路铭心的妈妈跟她讲述时，当然是站在顾清岚的立场，连叹了好几声：

"清岚那孩子要伤心了。"

那之后顾清岚也的确又到国外去了几个月，说是在那边还有些产业要打理，可谁都明白，多半是为了躲避情伤。

说起来顾清岚的运气还真不算好，他这样的家世、容貌和学业，从中学起，暗恋他的女孩子前赴后继不知道有多少。

但他一直太洁身自好，反正据路铭心所知，那次和苏大小姐的恋爱，应该还是他的初恋，没想到就那么草草收场。

路铭心知道顾清岚表面看起来性格温和，其实多少有些清高孤傲，要不然也不会在恋爱上那么矜持。

这么一个自视甚高的人，不明不白地做了炮灰，心里有多难过可想而知。不过路铭心也实在没想到，顾清岚对苏大小姐的感情深到这种地步，一直到现在，还试图通过别的女人来想起她。

路铭心越想越不由自主地给了顾清岚更多的同情分，她也不计较自己被当成苏大小姐的替代品，反而更加尽心尽力地给顾清岚按揉额头。

直到她乱按的手被顾清岚抓住，他有些无奈："你在把我的头当皮球揉吗？"

路铭心顿时有些尴尬，清了清嗓子："我没弄疼你吧？"

顾清岚微微笑了下："你要怎么样才算弄疼我？"

路铭心一愣，等她反应过来顾清岚这是在调戏她的时候，她已经注意到了自己被顾清岚握着的手……他抓住她的手之后就再没放开，这时候还轻握着她的手，那姿势不能说不暧昧。

上一秒她还在替他打抱不平以及同情他被人辜负，这一秒钟他就明目张胆地调戏起她来了。

倒不是路铭心对此反应太迟钝，而是顾清岚的手并不像很多男人那样有热度，反倒透出点儿温凉，这么贴在她的肌肤上，触感意外舒服，所以她就自动给忽略了。

还有不知道为什么……路铭心并不排斥和顾清岚有肢体和肌肤接触。刚才给他揉额头的时候就是，她并没有觉得这样触碰他有什么违和的地方，很自然地就把手放了上去。

路铭心再大大咧咧，做演员也已经有几年了，干他们这一行的，免不了为了表演和他人有些肢体接触，甚至是拍借位的吻戏。

因为这样，私下里才更明白应该注意哪些细微的小动作，不要轻易跨越两性的界限。别看她这么二，不自重的动作和语言从来都没在私下做过、说过。

唯独跟顾清岚，她很自然地就做了绝对不会跟其他男人做的动作，而且还后知后觉。

路铭心犹豫了一下，还是把这种现象归结为两个人小时候就认识。

回忆起小时候，路铭心其实记得的事不多。她小时候就是个假小子，比较皮，跟从小就安静文雅的顾清岚不怎么能玩到一起。

童年和少年，她对顾清岚最深刻的印象，要数她八岁那年，在顾家老宅，和他独处了整整半天的事。

即使如今再记起那天的事，路铭心也并不觉得那是一段愉快的回忆。

那年暑假，她妈妈带着她到顾家的大宅里和闺密联络感情，因为H市和B市有点儿距离，所以干脆小住了几日。

活泼好动的路铭心小朋友原本在父母的单位大院里有一群小朋友玩耍，被迫关在只有一个同龄人的大宅里，闷得整个人都不爽了。

她记得开始时她还是很黏了一段顾清岚，追着他的屁股“清岚哥哥”“清岚哥哥”叫了不少，就希望他能陪自己玩。

可顾清岚的性格实在太闷，对她也太淡漠，追着顾清岚希望他陪自己玩，还不如自己在顾家那个大花园里找点儿乐子，所以路铭心很快就不怎么理“清岚哥哥”了。

如果只是这样，那个夏天也不会被路铭心铭记那么久，关键就在他们独处的那半天里。

那天她妈妈要和顾清岚的妈妈去市里逛街，平时这种活动她都积极要求参加，免得自己一个人在宅子里对着闷葫芦一样的顾清岚。

但那天也许是天气太热她懒得动，也许是不知道抽了什么疯，她非要留在家里，赖在沙发上不想动。

等两位妈妈走了，她又来了精神，就爬起来去骚扰在书房里看书的顾清岚。

她那时候才八岁，顾清岚比她大三岁，也才十一岁而已，却已经是现在这副样子了，冷冷淡淡的万事不上心的样子。

那天她玩得兴起，奔蹿到书房，找到书桌前坐着的顾清岚后，不但抢了他手里的书，还一时兴起，朝那本书上吐了口吐沫。

于是平时都温温和和的顾清岚几乎是铁青着脸，用一只手拎着她脖子后的衣领，把她丢到最近的洗手间里，把门反锁了起来。

路铭心记得自己当时被吓得都愣了，被顾清岚像丢垃圾一样丢到洗手间里，她还天真地以为"清岚哥哥"不会真的把她怎么样。

后来她就真的……被关在洗手间里整整一个下午，足足三四个小时。

开始她还努力搞笑撒娇，隔着门叫"清岚哥哥我不敢了"，可外面一直没反应。她一个小孩子被关在密不透风的洗手间里久了，也害怕了，就开始不停地拍门。

再后来她就丢人地哭了，等两位妈妈回家，把她从里面解救出来时，她坐在地上哭得一把鼻涕一把眼泪的。

据说把她丢到洗手间后，顾清岚反锁了门，就继续去书房看书，自始至终，都没有再过去看一眼。

长大后的路铭心知道，那天自己的下场就叫"不作就不会死"，不过那件事也着实给她皮实的小心脏造成了一个阴影。

那天后路铭心就再没叫过顾清岚"哥哥"了，以后两个人再见面，顾清岚态度仍旧淡漠，她也不敢再去招惹顾清岚，倒也算相安无事。

现在这么多年过去了，两个人都变成了名副其实的成年人，顾清岚突然来跟她说，要跟她结婚。路铭心再怎么自恋，也不会认为顾清岚是从小就喜欢自己的。

路铭心犹豫了一阵，还是把握在他掌心里的手轻抽了出来。

顾清岚用力不大，所以她很轻松地就挣脱了他的手掌，而后小声嘀咕了一句："你倒没小时候那么凶了。"

顾清岚显然也还记得小时候自己责罚她的事，笑了一笑："你也没小时候那么闹腾了。"

路铭心觉得自己在他这里吃了太多亏，忍不住想要反驳回去："你还好意思说我俗，你自己不也像那些土大款一样俗，还想跟我做金钱交易！"

顾清岚这样级别的人，岂会被她这一句话顶回来，他脸上仍是不食人间烟火般的清雅笑容，淡淡地说："之所以用那个'俗气'的字眼，是因为我怕用其他词汇你不好理解。”

敢情说了半天，俗的那个人还是她？路铭心不服气地说：“那么用你的词汇是怎么说的？汉语我还能听不懂？”

顾清岚又轻笑了下，缓缓地说了句：“若用我本意来说，那就是……或可相忘，便无相思。”

路铭心沉默了，她也轻蹙起眉头，她现在的神情如果被迷恋她的男粉丝看到，必定是胸口犹如被重锤击中，怜爱之情犹如滔滔江水一发不可收拾，不惜抛头颅洒热血也要解美人之清愁。

结果她皱了一阵眉，还是抬起头，一张美丽的脸上全是茫然：“还真没听懂。”

顾清岚似乎也没指望她懂，抬起手，屈指在她额上轻弹了下，悠悠叹了口气：“若求相忘，先要相思。”

他“相忘”来，“相思”去的，还真把路铭心绕晕了。

好在她智商并不低，解读字面意思说：“你的意思是为了忘记我，所以要先思念我，而思念过后或许可以忘记我，于是就不用再思念了？”

顾清岚这次轻笑了下，他看起来还是有些头疼，不想说太多的样子：“总算孺子可教。”

路铭心抽动了下嘴角：“于是为了思念我然后忘掉我，你就要强迫我留在你身边？”她仰天长叹，“不愧是高深莫测、曲高和寡的高人啊，这神逻辑！”

顾清岚对此淡淡一笑，侧转身面朝床里躺下闭上眼睛，留给她一个背影。

顾清岚要午睡，精力充沛并且刚受过好多打击的路铭心就表示她不用睡了。正好趁这个时间，回她自己的公寓去收拾行李。

为了离公司近，并且在市内活动方便，路铭心的公寓在市中心的一片高档住宅区内。这是她大学毕业后，用自己前两年的片酬和广告收入买的房产，之后她也就搬出来不跟父母一起居住了。

一个人住是方便，可以随便丢东西不用担心会影响到别人，所以路铭心的东西丢得是有点儿乱，除了一周两次钟点工过来打扫后整齐一阵外，其他时候都充满了生活气息。

要住一周可能还要更长时间，要带的东西不少，她用大号行李箱打包了好多行李带下楼去。司机帮她将行李装上车，然后就驱车将她送回顾清岚的别墅。

这个时间市区不堵车，就算路铭心在楼上耽误了一段时间，回去的时候也不过是下午3点多钟。

出乎她的意料，顾清岚已经不在家了。周管家解释说他下午有个讲座，所以去了学校。看来顾清岚的“教授”并不是叫着好听，他在学校还真的要讲课。

路铭心在百忙中，还能拨冗出来想象了一下，语气淡淡，表情淡淡，整个人都淡淡的顾清岚站在讲台上讲课的时候，会不会把整个班的学生都催眠过去?

她想了下，随即就意识到，就算顾清岚整个人都淡淡的，他上课的时候也不会有学生被催眠的。

很简单，你面前站着一个这么好看的老师，用这么好听的声音跟你讲课，就算他讲得再无聊你一句话也听不懂，都不会瞌睡的好吗?

就跟她顶着这张脸去演戏，哪怕演技被喷成狗血，该跑去看的人还是会继续去看是一样的。

这么一想，好像顾清岚跟她都很可悲的样子?

她在心里默默地同情了一下顾清岚，并生出了微妙的同病相怜的感觉，却没想到顾清岚讲课无趣全靠脸吸引学生这种事情完全是她一个人脑补出来的，半点儿事实根据都没有。

顾清岚却没有耽搁很久，路铭心回来后没多久，他就回来了。周管家说路铭心回来后就躲在自己的房间，他先敲了下门，她却并没有应声。

只在门口停顿了片刻，顾清岚推开门进去。房门倒是没锁，门打开后，就看到路铭心正背对着门坐在窗前的沙发上，抱着一本书，头上戴着一个硕大的耳机。

顾清岚走近了，她还是在对着窗户摇头晃脑，都没发现身后站了个人，而耳机里喧闹的音乐都传了出来。

轻叹了口气，顾清岚抬手将耳机从她耳朵上拿了下来：“别这么听音乐，本来就不聪明，震得更傻了。”

路铭心这才发觉他的存在，她现在已经学会很淡定地忽略那句“本来就不聪明”了，半转身抬起头看他：“你不是去讲课了吗？”

顾清岚笑了笑，却并不回答她：“跟我来一下。”

她有些意外但并没有动，他接着俯身过来，拉住她的手，低声解释说：“送给你些东西。”

路铭心这才站起来，顾清岚一路拉着她，来到自己的房间里，他的房间规格跟路铭心住的那间是一样的，装饰却要沉暗许多。

带着路铭心来到他房中的书桌前，打开抽屉，从里面取出了一只小盒子。

见惯了各种珠宝的路铭心一眼就看出这是一只装着戒指的首饰盒，顾清岚将盒子打开，里面果然躺着一对戒指。

之前顾清岚是说过要跟她结婚，可她没想到他竟然连戒指都准备好了，这算什么？订婚戒指？

路铭心还在发愣，顾清岚已经很自然地将那只女戒取了出来，握住她的手腕，套在她左手的无名指上。

接着他又拿起那枚男戒，同样套在自己左手的无名指上。他的动作并不快，还是慢条斯理的，即使是沉默着给她和自己佩戴戒指的时候，举手间也自有古雅。

路铭心看着自己手指间多出来的白金戒指，却有些纠结了，忍不住问：“这是干什么？”

顾清岚原本垂目看着她和自己的手指，听到后抬起眼眸看了看她，笑了笑：“我跟杜总说过了，下周一为这部电视剧开一个发布会，顺便公布你已经和我订婚的消息。”

路铭心惊讶于他一个历史顾问能有如此大的影响力：“老板同意了？”

顾清岚笑了下，反倒问：“你自己的意见呢？同意对外公布恋情吗？”

对于一个公众人物来说，公布不公布恋情确实是个值得商榷的事情，别的不说，来自外界的过度关注很容易打扰到恋人或者配偶的私生活。

路铭心无语了片刻，戒指问都没问他就给她套上了，现在才假装民主来问她有没有意见。她有意见她能把戒指摘下来摔到他脸上吗？

看着她有些呆呆的神情，他就笑了笑：“对了，不知道杜总有没有跟你提过，这部戏我名下的一个公司也有参与，算是主要投资商。”

路铭心这才彻底无言以对了，怪不得他提什么金钱交易，敢情他已经准备得这么充分了。

说是下周一召开发布会，其实今天已是周五，不过是三天之后。路铭心这几天就遵照杜励的指示，老实地待在别墅里足不出户。

她原本的性格就爱玩闹，踏入演艺圈后更是变本加厉，把她跟顾清岚还有酷爱下棋喝茶的李昂越关在一栋别墅里，她突然有种童年往事重演的错觉。

因为在这栋房子里，她唯一可以骚扰的人，又变成了顾清岚。

有了童年悲惨的经历，她当然不敢再去动顾清岚那些宝贝书，只能想方设法把他骗出那个她走进去就觉得压抑的书房。

就像现在，她换了一身运动衣，扎起一头长发，蹦蹦跳跳地在后院的空地上做健身操，还不忘冲屋子里喊："清岚，清岚，一起来运动嘛，闷太久对身体不好啦。"

顾清岚推开书房的窗子，正好能看到她活蹦乱跳的身影，不禁微皱了眉："不要叫那么大声。"

路铭心现在可不怕他，大家都是成年人了，她不信他还能把她关进洗手间几个小时，那是犯法的好吗?

于是她还是乐呵呵地说："你看你，就是整天闷屋子里才被人家嫌弃的吧？蘑菇都种了几堆了吧？"

顾清岚忍无可忍地关上窗户。几分钟后，顾清岚从房子里走出来，手里拿着一根尺子样的东西。

路铭心还在那里压腿，看到他走过来，好奇地问："你手里拿的是什么？晾衣竿？太短了吧？"

对于她这么不知死活的问话，顾清岚气得都笑了："这是戒尺。"

路铭心这才惊叫一声，连忙爬起来就跑，那速度堪称静若处子，动若脱兔。

顾清岚握着那根前清的紫檀戒尺，望着她的身影阴沉地说："你要是敢跑远了，晚上我就让厨房断了你的晚饭。"

可怜路铭心住人家的房子，吃人家的饭，万万没胆子跟自己的肚子过不去，只能哭兮兮地不远不近围着顾清岚打转。

靠近，怕顾清岚真的敲她板子，干脆跑远，又怕晚上真的没了晚饭要饿肚子。那模样别提有多凄惨了。

周一很快来了，发布会的时间定在上午9点钟，于是一大清早，路铭心就起床收拾。

这次她需要以最佳状态面对媒体，所以杜励派了刘芬芳过来，还带了保姆车和化妆造型师。

这几天日子过得太与世隔绝，路铭心已经顺利恢复了懒散的状态。如今坐在镜子前看着化妆师和造型师给她准备妆容，后面还有忙着给她熨烫衣服的助理。

刘芬芳站在一旁，一边抱着平板电脑，了解从这里到发布会现场的路况，一边打着电话，给会场的人通报着这边的情况。

这种熟悉的忙碌和嘈杂，标志着她提起精神出现在大众目光中的生活又回来了。

路铭心百无聊赖地侧头看着镜子中那个上了妆后，更加明艳逼人的脸庞，放空的大脑里想着幸好每天被顾清岚追打，吃下去的肉才没能长到身上来，真是可喜可贺，她可是怕了高强度的减肥计划。

她正想着那个谁，房门就被推开了，顾清岚走了进来。

他平时就喜欢穿正装，今天更是换了以往没见他穿过的浅色西服，手工定制的面料和剪裁令其质感无可挑剔，配上他偏白的肤色，再加上那出尘脱俗的气质。他一走进来几个忙碌的女人都不约而同地停顿了片刻。

路铭心从镜子里看到他，更是忍不住吹了声口哨："哟，顾先生真没想过做我们的男主角吗？这秀色可餐。"

看她这几天时不时被戒尺敲打，还是半点儿不长记性的欠抽模样，顾清岚早懒得理她了，轻声说："我不出镜，陪你去。"

路铭心不干了："不行，你不出镜，别人还以为我这个未婚夫是莫须有的呢，再说这么好看的未婚夫我必须得带出去遛遛。"

还"遛遛"，要不是看她在化妆，顾清岚那根差不多都快不离手的戒尺又该供出来了。

顾清岚根本不想理她，但他听了这句话后，就转头对刘芬芳说："我不发言可以吗？"

对待路铭心可以如狂风暴雨般毫不留情，一面对顾清岚，刘芬芳女士的少女心好像就又都回来了，轻声轻气怕惊着他一样："当然可以，只要顾先生您有要求，我马上替您安排座位。"

顾清岚轻点了点头，弯起下唇角："谢谢。"

他毕竟不是公众人物，和这些演艺界的艺人们不同，他又一直低调示人，到现在为止，媒体都没有公开刊登过一张他的照片。

他长什么样子，恐怕也只有昔日的同学，还有顾家世交知道。今天肯为路铭心走进摄像机里，已经算是破例。

那边路铭心倒也知道见好就收，知道这已经是他做的很大的让步了，没敢再做进一步要求，只是欢呼了一声："还是清岚哥哥真心疼我！"

说完竟然又开始花样作死，捞了一块粉饼转身想朝顾清岚扑过去："既然出镜，不化妆也抹点儿粉嘛，来清岚哥哥我给你抹！"

好在顾清岚离她远，一错身闪开了，对刘芬芳优雅点头："那么我先在楼下等你们。"说完转身毫不犹豫地下楼而去。

出席发布会的，除了他们之外，还有身为制片人的杜励，再加上总导演和其他几个已经确定了档期的演员。

这部戏由杜励亲自任制片，制作班底在国内来看，也是相当一流，演员当然也不能差，男主角邀请的是上一届影节的影帝莫祁。

莫祁无论是外貌还是演技，在国内男星中都是数一数二的，更可贵的是年纪也不大，今年才30岁，已经拿了影帝桂冠，正是炙手可热的一线男星。

他和路铭心倒也算合作过，就是他拿影帝的那一部电影，那是部典型的男人戏，男N号的戏份都比女一号多。

他出演男一号，路铭心是靠脸刷存在感的女一号，演完后电影上映，票房口碑双双获利，莫祁更是顺利摘走那一年的影帝桂冠，路铭心却连一个影后提名都没捞到。

只不过那部戏演完后，网上的粉丝就鼓捣出了一个新的配对叫"祁心"，萌这对男女配对的粉丝激增，形成了一小股潮流。

究其原因，不过就是现在的大片卖腐太厉害，莫祁和路铭心共同参演的那部电影更是，虽然电影制作水准绝对上乘，但卖腐卖到了不掩饰的地步。

凡事过犹不及，频繁的男男"基情"反倒引起了一部分粉丝的反感。况且莫祁和路铭心的外貌又都很出众，寥寥几张对手戏的画面被抠出来后，男的帅女的美，怎么看怎么赏心悦目。

所以当“祁心”配对出现后，就被众多粉丝强烈拥护，导致这部刻意卖腐的戏，最红的配对反倒是男女一号。

趁着“祁心”热度还未退去，请来档期很紧张的莫祁给她配戏，杜励肯定也是花了大力气的。

化好妆等着开场的时候，在后台遇到，大家就先寒暄起来。

莫祁今天也选了浅色的西服，他本来就英俊，这么一来就更像一个闪闪发光的光源移动体了。

路铭心他们一行刚进来，他就眼尖地看到路铭心，无视了其他人，率先笑着跟她打招呼：“小路路，今天很美丽嘛。”

已经合作过一部戏，还被关在同一个剧组里两个月，路铭心和莫祁已经算熟识了。莫祁平时的性格又很活跃，跟路铭心很有些臭味相投的意思，经常凑一起搞怪解压，关系比剧组里的其他人更近一层。

所以粉丝们希望他们俩是一对也不是毫无来由的，关系好了后，他们之间的互动也会被带入到戏里戏外，那种熟识的氛围在外人看来，也跟暧昧差不多了。

听到熟悉的昵称，路铭心就不由自主地呲了牙：“祁哥哥今天也很帅气哦。”

那边莫祁“哈哈”地开怀大笑。

其他和他们俩认识的人本来都已经习惯了，但今天跟着路铭心和顾清岚一起来的几个，却不约而同地把目光转到跟在路铭心后面进来的顾清岚身上。

虽然他们都知道路铭心和莫祁之间的感情不是男女之情，不过今天路铭心是带着未婚夫来的，而且还要在“荧幕恋人”面前宣布订婚的消息，这感觉就有那么点儿微妙了。

在外人面前，顾清岚从来都笑容温和兼目中无人，今天也还是这样。

只不过他的目光在路铭心身上转了一圈，又转到莫祁身上，而后他微微一笑，主动对莫祁伸出了手：“莫先生，您好。”

莫祁略愣了下，他从来没有见过顾清岚，看他的样貌，进演艺圈绰绰有余，可他身上的气质，又很不像这个圈子里的感觉。

他一时拿不准对方到底是什么来头，好在他身后的助理做过功课，猜出来这就是这部新戏的主要投资商，本着绝对不能得罪老板的原则，助理飞快提醒："这位就是顾清岚顾先生。"

莫祁忙抬手跟他握手："原来是顾先生，顾先生气质果然不像我们这些俗人，我都看呆了。"

任何人在演艺圈中生存下来都是有其独到之处的，莫祁能有今日，情商自然不低。一句话不但解释了自己为什么呆了一呆，也恰到好处地恭维了顾清岚。

顾清岚虽然清高，待人接物却是彬彬有礼的世家风范，总之不会让别人挑到错处，他微微笑了笑："哪里，莫先生过誉。"

他们两个人说话的时候，整个热闹的后台都安静了许多，好像所有人都不约而同地……看这出"情敌相见，分外眼红"的好戏。

顾清岚和莫祁说完那句话，就抬起眼，深不见底的眼眸中没什么情绪，淡淡地往四周扫视了一圈。

本来还都在斜着眼看热闹的一众人，赶快转过头该干什么干什么……明明顾先生看起来这么温雅，为什么他们本能地都感受到一股莫名的寒意。

相比之下，已经习惯承受顾男神的目光，换句话说就是脑子里缺根弦的路铭心就丝毫没有感觉到周围略显诡异的气氛，笑呵呵地去挽莫祁的胳膊："祁哥哥，我们又要搭档了哦，好开心。"

莫祁是谁？他只不过是跟顾清岚客气点儿，影帝的气场在那里摆着，怎么会跟其他人一样，被顾清岚震得不敢吭声？

他笑着回头在路铭心头上轻揉了一把，那力道和角度掌握得炉火纯青，既表达了亲昵，又没破坏路铭心精心准备的发型："是啊，这次我们可以相处的时间很久哦。"

现场众人干活的干活，看天的看天，都在心里默默说了句，路美女，自求多福。

果然夹在两尊男神之间的压力，只有路大美女才承受得起。

发布会在B市中心一家五星级酒店中召开，会场并不算很大，邀请的媒体也都是经过精挑细选的，资质差的那些小媒体都被排除在外了。

会场准备好后，到了时间，出席发布会的众人就依次落座。安排的座位，路铭心和莫祁当然是在中间的，莫祁左侧是杜励，路铭心右侧是顾清岚。

开场先是杜励简短却内容翔实的介绍，她主持惯了这种发布会，寥寥几句话，已经说清楚了这部戏的立意和主创背景，以及预计的开机时间和大致的拍摄周期。

该透露的都透露了，不该透露的也吊足了媒体的胃口。接下来进入自由提问的环节，记者的矛头很快就都对准了路铭心。做娱乐记者这行的，他们很清楚从谁的嘴里能套出来消息，俗称柿子拣软的捏。

路铭心当然不是最好被拿捏的明星，她受过杜励的大力调教，应对媒体很有一套，撒娇装无辜样样精通，也算卖得一手好萌。

只不过在现场记者认识的几个人里，总导演陈汝老爷了，姜太辣记者轻易不敢招惹。莫祁莫影帝是出了名的会打太极拳，在场的记者大都领教过了。所以找来找去，只能找顶着一张绝色脸庞眨巴眼装傻的路铭心。

第一个向她提问的记者是B市电视台的资深娱记，算得上给杜励面子，问的问题也中规中矩："请问路小姐，对这部新戏有什么看法？两度和莫影帝合作，是不是很开心？"

方才杜励已经介绍了，这部新戏的暂定名叫《山河踏碎》，名字是李昂越取的，大气磅礴，也突出这是部正剧风格的厚重历史剧。

只不过这部戏有别于以往此类正剧多以男性角色为中心的套路，主线紧紧围绕着女主角展开。

女主角陆青萍乃是将门虎女，父兄均是一身功勋的国之良将。

陆青萍更是从小习武，不像普通少女那般甘心嫁人持家，反倒有一番保家卫国的宏愿。她在盛世中不甘平庸力求自由，当乱世来临又以女子之身从军，战场厮杀立下赫赫功勋。

从戏份和表演跨度来看，的确非常吃重，可以说如果陆青萍这个角色塑造失败，那么其他的男性角色，包括男一号莫祁也无法力挽狂澜。

路铭心这几天和顾清岚在一起，别的也没事情可做，除了翻看顾清岚给她的那几本历史专著外，就是翻来覆去地看剧本。

她记忆力好，这么几遍看下来，对剧本已经滚瓜烂熟，让她当场说一段台词都可以。

而这么烂熟于心后，她也对剧本有了些自己的看法，沉思了下说："说实话，我不知道为什么杜总要力荐我来参演。因为我从未尝试过这样的角色，不过我很喜欢陆青萍这个角色，我会尽我最大的努力，来表演好这样一个巾帼英雄的。"

她自己先自曝短处，善意点儿的记者就不会抓住她是"花瓶"大做文章了。

可杜励能量再大，也不能保证所有的媒体记者都给她面子，当场就有一个记者很没礼貌地插话进来，大声说："所以路小姐是想借这部戏脱掉自己'花瓶'的帽子吗？"

路铭心对那个不礼貌的记者微笑了下说："其实我从来没有觉得自己是'花瓶'，所以也没有脱掉这个帽子的说法。至于私下里叫我'花瓶'的朋友，想必也是从另一个角度肯定了我的容貌吧，我会让这些朋友早日肯定我的演技。"

她这番回答也挑不出什么错来，那个记者却不依不饶，干脆霸着话筒继续提问了："对了，路小姐，今天的媒体朋友们都很好奇，对于你身边的那位先生。"这记者说到这里还自以为幽默地开了个玩笑，"本来大家猜测这么帅的帅哥，会不会是影视新人，路小姐的师弟，可刚才杜总介绍时却说是剧本主笔之一，最近写剧本都看脸了吗？"

路铭心听到那句"师弟"，头皮瞬间紧了紧，心说这嘴欠的货说谁不好，偏偏去说顾清岚。

顾清岚生气了，挨戒尺的还是她好吗？她忙侧头去看顾清岚，他也转了头看着她，勾起唇微微笑了下。

路铭心顿时觉得头皮又紧了紧，微笑着面对记者们，她满脸幸福地开口："说起来这位，我就要说起这次发布会的另外一个目的了。我想向大家宣布一个关于我个人的消息，我已经订婚了。婚约对象就是我身边这位顾清岚先生，他也是《山河踏碎》的主创之一。"

这句话说完，不但这个记者的眼睛亮了，记者们都出现了一阵骚动。

路铭心身为如今最红的女星之一，围绕着她的各种话题一直很多，她拍了什么戏，代言了什么产品，甚至她出席哪次活动穿了什么衣服。

但对于她，观众最感兴趣也是最爱八卦的，还是她的感情问题。毕竟这么美丽的一个女人，生活在艺人的光环中，又从来没有公开承认过跟任何男人的关系，难免让人有诸多揣测。

当初路铭心和莫祁那个“祁心”配对火起来的时候，不少粉丝把他们两个想象成现实的情侣。

对此路铭心和莫祁都没有正面承认，同样也没有否认，所以直到现在，好多粉丝还都坚定地认为他们两个是一对。

向来绯闻缠身，感情问题备受关注的路铭心，终于首次对外承认自己已经有男友，而且这个神秘的男友竟然还现身了。

对这些娱记来说，今天绝对是意外惊喜中的惊喜。相比较之下，连《山河踏碎》这样的重量级作品即将开拍，都不再是他们关注的重点了。

各种长枪短炮纷纷对准了路铭心，还有她身边的顾清岚。顾清岚虽然是首次出镜，不过他神色淡然，丝毫没有首次面对媒体聚焦的紧张。

有个记者干脆将话筒对准了他：“顾清岚先生，请问真如路铭心小姐所说，您是她的婚约对象，也就是未婚夫吗？请问你们是怎么相识相恋，乃至互许终身的？路铭心小姐说您也是《山河踏碎》的主创，请问您在剧组里的具体工作是什么？您是因为路铭心小姐才加入这个剧组的吗？您的外形这么出众，有没有想过亲自出演什么角色？”

这记者可能是有点儿激动，一下子拉杂地问了一堆。

顾清岚笑了下，只说了一句话：“我只是个身兼编剧一职的历史顾问而已。”

他声音本来就清越，轻淡的一句话透过话筒传出去，更加低沉而富有磁性，所有人都不约而同地安静了片刻。

那记者也晃了下神，发现他没有再接着说下去，才意识到他已经回答完毕了。

他有些不死心地追问：“可是顾先生您还没有回答前面的问题……”

顾清岚笑着将目光移到身边的路铭心身上，路铭心一激灵，连忙把话筒抢回去说：“我清岚哥哥平时还要在大学里讲课，话说多了会累的，有什么问题我来回答。”

旁边的记者看她这个唯恐他们再对顾清岚怎么样的架势，都不约而同地想到了一个词：护花使者。

可当这个护花使者是路铭心时，所有人心里都觉得有点儿微妙的落差……大美女你这么自觉地挡在别人面前好吗？

被她护着的顾清岚就丝毫没有觉得不妥了，又微微勾了下唇，不再说话了。

而路铭心为了晚饭和不再挨板子，大包大揽地将记者的注意力都吸引了过去。甚至为了不冷场子，还讲了一个一点儿都不好笑的冷笑话，惹得满屋子记者为了给她面子，略带僵硬地一片“呵呵”。

发布会很简短，总共也只进行了一个半小时，清场收工的时候，杜励还是很满意的，破例对路铭心说了一句：“干得不错。”

这次发布会，杜励打算的就是先透露点儿消息，然后吊一吊媒体和观众的胃口，所以不宜透露太多《山河踏碎》运作的具体细节。

路铭心这次冲得靠前，成功地拉住了仇恨，又因为惧怕顾清岚，没敢多说两个人相处的细节，只是用一堆口水话糊弄了媒体，称得上是今天下午的功臣。

连顾清岚也难得地对她笑了笑：“表现不错。”

路铭心知道顾清岚是那种清高到他不想理会的人，可能连眼神都不会给一个的。就像刚才那个记者，他破例说几个字已经是很给面子了。

而之所以他会勉强抛头露面的原因，也只是自己说了句怕别人不相信她真的订婚了，所以让他一起出镜。

发布会后，杜励带着人回公司，莫祁也有通告要赶，其他人也各有各的事忙，只有从顾清岚的别墅里过去的他们几个人，还准备一起回去。

路铭心这次死活不一个人坐保姆车了，要跟顾清岚在一起。顾清岚今天也难得什么都顺着她，让保姆车回公司，又让周管家安排了一辆车来接他们。

一路上路铭心和顾清岚一起坐在后排，她恢复了几天来的懒散，干脆趴在他膝盖上玩自己的手机。

亲密总是在不经意间建立起来的，就像现在，路铭心虽然还从来没有和顾清岚做过太亲昵的动作，比如说接吻。

但几天的朝夕相处，再加上幼时的情谊，她已经很习惯和他进行肢体接触了。

顾清岚用左手支着头闭目养神，右手也随意地放在她的肩头。车子走走停停，路铭心用手机刷着微博上的无聊新闻，已经看到有零零星星的消息放出来。

说路铭心在发布会上公布了婚讯，未婚夫是之前从未在媒体上曝光过的大学教授。

那些消息大都附带了发布会上的照片，画面中顾清岚侧着脸，看着身旁的她。那侧脸要多清俊有多清俊，那姿势是透过镜头都能被感觉到的温柔和宠爱。

下面一溜儿评论：女神的男人怎么这么帅，帅哭了！她看着评论，心里觉得得意，就轻哼了几声。

顾清岚在这时睁开眼看了她一下，他应该是看到了她手机屏幕上的字，就微微勾起唇笑了笑，又轻合上眼睛："头有些疼，帮我按下额头。"

这几天住在一起，他经常会让她帮忙按额头，路铭心问过怎么会经常头疼，得到的答复是：神经性的，最近才有的。

按照路铭心的单细胞思维，最近才有的，神经性头疼，肯定是因为上次失恋啦，失个恋还落下个病根儿，听起来怪可怜的。

路铭心抬手给他轻揉着太阳穴，还能腾出口来说："你看你，没事儿别老惦记着苏大小姐啦，再喜欢人家，也别糟蹋自己的身体啊，爱情能有身体重要吗？身体坏了就什么都没有了！"

顾清岚原本轻闭着眼，微皱的眉头也有些舒展，听到她这话，眉心又皱起来，薄唇抿了抿，似乎是忍耐了一下才开口："你这是什么无脑爱情剧的口水台词？"

路铭心"呃"了声，暗叫道被发现了：其实这不是她的台词，是她上一部戏里演的女主角为男主角伤心，女主角的闺密劝慰的话。

她心虚，手指头就按得更尽心了，还特地用嘴在他额头边轻吹着："不疼啦，不疼啦。"

顾清岚觉得她像在哄小孩儿，不过他最近越发觉得不能跟她太较真，就干脆不再理会她，重新闭上眼睛，侧头靠在她肩上。

路铭心尽心尽力地伺候着靠在自己肩上的这个人，她倒也没觉得自己被这样使唤有什么不妥的。

本来这种亲密的事情，就要最亲近的人才可以做，她既然已经是顾清岚的未婚妻了，那么她也愿意以他未婚妻的标准来要求自己。

他们现在离得太近，她抬手给他按揉着额头，微低了头，就能看到他闭着双目的侧脸。

顾清岚的相貌，就算放到对五官要求特别苛刻的娱乐圈里，也称得上上乘。要不然他也不至于一次次地被误认为是演艺界新人。当然他的气质又过于独立，跟这个浮躁的圈子格格不入。

路铭心自己就被誉为绝色，平时也看惯了各种漂亮脸孔，但就这么低头看了他一阵后，她也觉得有些恍惚。

眼前这个人长睫微掩，脸色也有些苍白的样子，不知道为什么，能让她想起天地荒芜的感觉。

她其实也不知道此刻心中莫名的悸动是因为什么，但当她意识到的时候，她已经将双唇凑了过去，差不多都贴在了他的唇上。

她略微停顿，呼吸已经扫到了顾清岚脸上，他也睁开了眼睛。路铭心一看到他那双深黑无底的眼眸，就吓得一缩，本能地想要后退。

然而他却没有给她这个机会，只是一瞬间，他的薄唇已经贴上了她的双唇，她的肩膀也被他的手臂紧箍住了。

路铭心只想要一个浅吻，他给的却是不容置疑的深吻。严格来讲，这还是路铭心的初吻，之前就算拍戏时和男演员借位接吻，大部分也只碰到脸颊，连双唇相接都没有过。

她有些胆怯，想要后退，他却干脆用手固定住她的头，不管不顾地加深他们之间的吻。

路铭心不知道过了多久，顾清岚的双唇有着微凉的温度，他唇齿间的热度也并不高，她却觉得自己好像要被烤化了，脑袋里一片空白。

等顾清岚总算肯开恩放开她，她退开后，立刻去找车里的镜子看。

口红果然已经花了，她忍不住哀叫了一声：“待会儿下车会被李老师看到的！我怎么见人啊！”

她回头去看顾清岚，看到他唇上果然也留着些她的唇膏。

相比她的混乱，他就镇定多了，只是抬手轻抹了下自己唇边的膏体，微微笑了一下。

她今天用的是艳色的唇彩，几抹艳红色的痕迹留在他淡色的唇边，看上去有些像鲜血，却比血迹还更艳丽上几分，配上他这轻淡的笑，路铭心顿时觉得心跳加快。

是谁跟她说顾清岚高洁清雅，不食人间烟火的？这不明明会强吻，还会玩妖孽诱惑！

chapter 3

或得或失

对于她这种无谓的挑衅，顾清岚只是看她一眼："我要看着你。"

路铭心不明所以地乖乖上套："看着我干吗啊？我又不会跑。"

顾清岚淡淡一笑："免得你吃大葱、大蒜之类的东西。"

B市的路况不好，他们等车又耽误了一会儿，等回到别墅时，已经是临近中午了。

顾清岚和路铭心先后从车上下来，前者还是一脸淡然的神情，后者就莫名带了点儿忐忑的表情，仔细一看，就能看到上车前鲜艳的唇彩，现在已经被擦了个干净。

李昂越不肯放过这个八卦的好机会，走上来笑眯眯地说："哎呀，这是个细节出戏的好案例啊。"别看他平时看起来大大咧咧，还真不愧是名编剧，这火眼金睛的。

路铭心更加尴尬地一笑："李老师说笑了。"

顾清岚就不解释也不掩饰，只是对李昂越笑了下，就抬步进了屋子。

留下路铭心在后面悲催地觉得：自己怎么那么像出去偷腥被邻居发现的男人呢？还必须得是中年汉子。

上午开了场发布会，几个人都有些累了，还好厨师已经准备好了午餐，他们坐下一起吃了。

难得顾清岚也和他们一起用餐，路铭心还记吃不记打、贱兮兮地调戏人家："顾先生不是脾胃不和，不好跟我们一起用餐吗？"

对于她这种无谓的挑衅，顾清岚只是看她一眼："我要看着你。"

路铭心不明所以地乖乖上套："看着我干吗啊？我又不会跑。"

顾清岚淡淡一笑："免得你吃大葱、大蒜之类的东西。"

可怜路铭心自掘坟墓，又待了片刻才反应过来他说的是什么，只能低下头努力扒饭，装作我不懂，我根本不懂。

可惜李昂越老师根本不配合她，放声大笑着拍桌。

这么一通折腾，午饭过后路铭心觉得尴尬，早早跑去午睡，她这一觉就睡到了下午4点钟。

她才刚醒来没多久，就像算准了时间一样，她的房门就被敲响，不徐不缓的三声轻叩，听起来就很像某人的风格。

路铭心应声去开门，门外果然站着一身清爽的顾清岚，他换下了上午那身过于严谨的正装，穿了身亚麻的衣裤。

大多数仿古的亚麻衣服都会显得有些凌乱，他这身却不，剪裁很工整，却宽袍大袖，自有一股潇洒出尘的韵味。

路铭心不得不感慨他果然是适合稍显古风的打扮，稍微一弄整个人就像谪仙一样。

见她上下打量自己，顾清岚也没说什么反而温和地笑笑："睡醒了？"

路铭心连连点头，他看她这么乖的样子，笑容就更深了些："过来跟我到书房去。"说完不等她回应，就俯身牵住她的手。

他的手还是微凉的，路铭心触到他的掌心，却突然想到，他的体温总是不高，身体大概的确不好。

她原本想到这点，也不过就是生出点儿同情，这一刻却突然觉得有些心疼，也许是因为上午在车上，他闭着眼睛靠在自己肩膀上的样子，看起来实在有些疲惫。

她想到了，就忍不住说："清岚，你也要注意下自己的身体，我们还年轻，身体垮了不就什么都没了。"

顾清岚本来拉着她的手下楼，听到这句话脚步停顿了一下，回过头来看她。

路铭心怕他又说自己背台词，忙抢先保证：“这次不是台词，真的！”

顾清岚微挑了下唇角：“我知道。”

他对她笑了下后，就回转身继续走，路铭心跟在他身后，看着他宽阔却显得有些清瘦的背影，不知为何又觉得心疼。

她从未想过，有一天单看一个人的背，就会不由自主地觉得，那背影太过寂寥，寂寥到好像他已经独自穿越过了千百里路、经历了千万年的时光，才能在这一刻，站在她的面前。

顾清岚带笑的声音却从前面传来：“你都不问一下，我怎么知道不是台词？”

路铭心想了下：“因为我说话时候的口气？我演技渣到台词都说得这么明显？”

顾清岚不由笑出声：“你演技还不至于那么差……”他说完这句，停顿了一下后才说，“你的所有作品我都看过了。”

路铭心听到这里，才真正愣了下：“我所有的作品？”

她的作品不算太多，可出道四年了，也不算少。早期的时候为了积攒人气，演过不少偶像剧，那些拿来哄青春期少女的东西，怎么看都不会入得了顾清岚的法眼。

她想到这些就疑惑地问：“你是为了看我的表演？”

顾清岚没有否认，也没承认，不知不觉间，他们已经走到了一楼的书房。

顾清岚回头看着她，打开房门，侧身让她先进去：“因为你所有公开发表的作品我都看过了，所以我觉得，你的演技不像传言中那么差。”

关上房门，这个书房就是一个古香古色的小世界。像路铭心这种附庸风雅的人，都很喜欢顾清岚的这间书房。

这里不像好多标榜古典中式的书房那样，放了太多华而不实的装饰，反而简单素雅，只是中间摆了一张紫檀书桌。

两侧则整齐摆着两排高至屋顶的紫檀书架，书架上的书琳琅满目，有一大半都是书脊露出线装痕迹的古书，一不留神，还以为自己置身在某个古代的书库。

房间里只有一把椅子，顾清岚自己也没有坐，而是转身看着她："铭心，今天发布会的时候，你说了些关于剧本的见解……我想听你详细说一下。"

路铭心知道他对这个剧本很看重，在这里几天，她也听说了剧本的"骨骼"，其实是由顾清岚提供的，李昂越听后很感兴趣，所以才由他丰满了"骨肉"，写成了现在的剧本。

说实话当她知道这件事后，对顾清岚的看法也有些改变。原来她以为他是那种清高至极，不屑俗世，对任何事物都采取疏离态度的人。

可看了几遍剧本，被里面的故事和人物深深吸引之后，她才惊叹于他心中的世界，是那样地丰富精彩。

在这个故事里，有绥靖却终于酿成大祸的君王，有野心勃勃的权臣，更有热血为国的英烈和视天下为己任的文士。

有些细节是李昂越润色丰富的，精彩之处不必赘言，但就整体的立意和骨架看来，就足以体现建立了这些的人深厚的史学功底和独特睿智的切入视角。

路铭心想着，回答比发布会的时候更随意了一点儿，说的是自己比较私人的感受："我的确很喜欢陆青萍这个角色，她在那个男权至上的时代里，还保持了自己的想法，还勇于追求自己的梦想……虽然保家卫国这个梦想在现在看来可能有些过时和愚忠，不过即使是在现在，这样的梦想还是很高尚纯洁的。"

顾清岚没有插话，只是安静地看着她，等待她的下文。

路铭心看着他温和的目光，就不自觉地更加放松下来，将内心更隐秘的想法说了出来："其实……我觉得这次我很容易入戏。"

顾清岚还是那样的姿势和表情，但只有一瞬间，路铭心似乎看到他的眼底深处有什么东西更亮了一点儿。

他继续很温和地开口："怎么个容易入戏？"

他的声音太温柔，路铭心不忍心不回答，仿佛受了他的蛊惑般，她说了出来："在看剧本的时候，我偶尔会觉得，那些事情我好像经历过一次，我很容易将自己代入陆青萍，我就是她，她就是我。"说完了这句话，她自己都觉得有些不好意思，随即就马上说，"可能是我看了太多遍剧本，所以太入戏了吧。"

顾清岚还是看着她，微微挑了下唇角："也许吧……关于这个剧本，你还有什么看法？"

路铭心早就想说了，听他提起来，马上就接着说："对了，我之前没有演过古装剧，虽然觉得人物和故事我都很喜欢，但一直没办法把自己带入那样的气氛中，你能不能帮我？"

她求助顾清岚，倒是十分顺便，本来这种事是需要求助前辈或者自己找个地方揣摩的。但她现在既然和顾清岚住在一起，他的行动举止又有种说不出的古典韵味，所以她干脆就问他了。

顾清岚只是点了下头："这倒也容易，戏服已经做好了一部分，我明天让他们送过来，你可以在别墅里先穿起来。"

他说完这句话，路铭心愕然了，她的本意是想请教他怎么才能让自己的气质接近古典，比如说吐字语速变慢、神情起伏变小，或者说多读诗词多听古乐，熏陶下古典文化。

没想到他会给出这么简单粗暴的答复：提前穿上戏服就能更加入戏了吗？路铭心觉得自己快要败给完全不懂表演的顾教授了。

她想了下，决定还是暂时不吐槽他，而是点了点头："好吧，也成。"

顾清岚相当满意地点了点头，上下打量着她，这是路铭心第一次从他的神情中解读出来"期待"的感觉。

所以她想，他应该是很期待未来看到她穿戏服的样子吧。

仿佛是为了实践"看着她别乱吃东西"这句话，晚上顾清岚也和他们一起用餐了。

晚饭过后，顾清岚对她笑笑："15分钟后，和我一起去散步。"

顾清岚的作息时间很老派，每天晚饭后例行在后花园中散步一个小时消化食物，再回房间洗个澡，不到十点钟就会睡觉。

因为他是这样的作息，整个别墅也都保持了这个步调。李昂越就算有时候熬夜，也会尽量保持安静，不打扰到他的休息。

路铭心来了后，也不敢挑战他的权威，毕竟他总是头疼，要是她哪天夜里把他真吵着了，他疼出问题来，她可担待不起。

所以往常夜里，她一般会待在自己房间里用平板电脑看电影，或者听歌、看小说，努力不发出声音来。

而顾清岚每晚的散步，也一直是一个人去的，从来没邀请过其他人。

路铭心觉得自己今天得到了不少特别待遇，颇有些受宠若惊：“我吗？”

顾清岚今天心情似乎不错，对她也有了些好脸色：“舍你其谁？”

这居高临下的施舍语气，路铭心暗暗吐槽：好像这是她的荣幸一样。奈何看顾清岚的神情，他还真觉得邀请她一起散步，是她的荣幸。

自从和顾清岚朝夕相处后，路铭心深深感觉到了作为一个普通人的压力，不是她不会装高冷，而是在顾清岚面前，她怎么装都显得不够高也不够冷。

换句话说，顾清岚逼格太高，令普通逼格的一般人望尘莫及。

于是他们两个就这么出门去遛弯儿……不，散步去了。

顾清岚住的别墅并不是那种开发商建好一排排去卖的，而是单独建造，古老的别墅，房子四周并没有其他建筑。

从后门出了围墙，是一条长长的石级路，两旁都是山林，据说一直通到附近的一座古寺。

在古刹林立的B市郊区，那座古寺路铭心暂时还无缘得见。

小路只能容下两个人并肩行走，路铭心就走在顾清岚身边，她害怕蚊虫叮咬，穿了长裤，还时不时会挥手赶走飞在耳边的小虫子。

顾清岚就安静多了，只是垂着手，信步走在青石阶上。

他们出来时天色已经暗了，这条小路上又隔一段才会有一盏不怎么明亮的路灯，路铭心走了会儿，就忍不住小声嘀咕：“这完全是闹鬼的地方吧，会不会跑出来什么怪东西啊。”

她嘀咕了几句后，顾清岚终于忍不住低声笑了下：“果然指望你能安静点儿，是我的奢求。”

路铭心轻哼了声：“我又不像你一样，半天不出声都可以，我还是有语言表达欲望的。”

顾清岚淡淡接了句：“我以为不是所有事都可以诉诸言语，能省一事是一事。”

这也许才是他最为冷傲的地方吧，他有许多事，心中所想，乃至心中所爱；很多时候都不屑于说出来。

路铭心觉得心中一动，就问：“即使为此错失珍贵的东西，抱憾终身？”

顾清岚倒是微顿了一下，脚步也停了片刻，路铭心也跟他停下来，看着他笼罩在夜色和微弱灯光下的脸庞。

受光线所限，她看不清他的脸色，只看到他的肌肤在月色下也显得过于苍白。

时间仿佛过得很慢，他站了好一会儿，才轻声开口说：“我从未有过，又谈何失去？”

路铭心一愣，她已经会为顾清岚心疼了，又怎么会对他这句话无动于衷。

她不知道该怎么安慰他，本能地劝慰他：“没关系，在苏小姐那里没有得到的，在其他人那里不一定得不到。”

顾清岚只是安静地看了她一阵，没有再解释，转过身就继续朝前方走去。

路铭心快赶了两步，追上他的身影，她吐槽的时候很顺嘴，安慰人的时候却笨嘴拙舌，想了很久，还是不知道该说什么，索性抬手拉住顾清岚的袖子。

顾清岚没有挣开，她就一直捏着他袖子的一角，再没有松开，有些幼稚的举动，意外地带着些执拗。

他们就这么一直走到了林间小道的尽头，那里是一座静静肃立在夜幕下的寺庙。

鳞次栉比的殿宇依山而建，一眼望过去，黑色的剪影仿佛瞬间可以把人带离这个时空。

古寺本就不是著名的旅游景点，这个时间更是了无人烟。

除了最高处的房子里闪烁着几点灯光，看样子应该是古寺的僧侣居住之处，其他地方都暗沉沉的，寺前一个不大的广场上，更是空荡荡的不见一个人影。

顾清岚在寺前的广场上略站了下，就对路铭心说：“回去吧。”

路铭心却拉住了他的袖子：“清岚，你能告诉我，为什么是我吗？”

这些话在她心头盘旋了很久，顾清岚的出现实在是太突然了，对她的感情又来得太无根无据，她虽然知道自己美貌，但也还没有自负到认为光有一张漂亮的脸蛋，就可以让顾清岚这样的男人爱上她。

顾清岚停下了脚步，他转头看着她：“铭心，你为什么这么问？”

也许是因为和他确定了恋爱关系，路铭心现在看着他的脸，都会有心跳加快的感觉，她只能归结为顾清岚的相貌实在太好，而她定力又太差。

她想着，就做了今天晚上一直想做的事，她倾身过去，抱住了他的身体。

这还是他们之间的第一次拥抱，下午在车上的那次接吻，她心里一团乱麻，根本就没意识到两个人抱在了一起。

不像现在，她能清醒地闻到他脖子里传来的清冽味道，还能感受到他的体温。虽然还是微凉，但两个人的体温交织在一起，就正好是和暖的温度。

她就这么抱着他，放轻了声音说：“我也不知道……我总觉得有些不真实，好像你还会突然离开一样。”

她等了良久，才等到他的回应，他抬手在她肩膀上拍了拍，声音是一贯的，带着清冷温度的柔和：“我不会。”接着他静了一静，低声说，“铭心，你相不相信前世？”

低头沉思了一下，她才抬起头说：“我也不知道该不该相信，不过我相信人与人之间，一定有更隐秘深刻的联系方式。”她说着，认真地看着他，“就好像我不知道为什么，总觉得我们曾经很熟悉过……不是因为小时候在一起过的原因，还有其他的，我想不通是为什么。”她只是性格大大咧咧，脑袋却并不笨，她停顿了一下后，继续说，“清岚，我总觉得你有好多事情想要告诉我，却不知为何一直都没有说。”

顾清岚也正在看着她，他整个人给人的感觉都是淡淡的，所谓风轻云淡的君子之风。

他很少用如此专注的目光去看着什么，现在他的目光却意外明亮，即使在月色下，也亮得让她情不自禁地想要闭上眼睛。

他就这么看着她，轻声开口：“如果我说，我们在前世早已相识，你相信吗？”

路铭心感觉要窒息了，她现在拿不准他是在开玩笑还是说真的了。这种情况应该怎么办？她想了很久，才试探性地开口：“那我前世有没有很爱你？”

他微勾了唇：“不，你不爱。”

路铭心暗暗道："完蛋"，又颤抖着继续问，"那是你苦恋我了？"

他竟然微点了下头，笑了声："可以这么说。"

平时顾清岚一个人一个小时内能返回的路程，因为他们走走停停，走了一个半小时还多。

他们回到别墅时，李昂越已经回房间休息了，只留下空荡荡的客厅。

后来路铭心虽然松开了他的身体，却一直拉着他的袖子，到了别墅里她还是没有放手。

直到他们一前一后上了二楼，站在路铭心自己的门口，顾清岚才有些无奈地回头看她："铭心，你这是要我跟你回房间吗？"

路铭心摇摇头，她做事从来都随心而欲，她不觉得自己这样是在诱惑顾清岚，她只是不想松开他。好像她只要松开手，他就会消失到不知名的远方。

其实顾清岚一直给人的都是这种感受，从她几天前见他第一面起，她就感觉随时来一阵清风，眼前的这个人就随风消失，即使扶摇直上，再也看不到，她也不会有丝毫的意外。

可之前她并不在意这个人去了哪里，他们是幼时的玩伴，但他也出国不见了十几年，所以他再次消失，应该也不是不可能。

看她神色有些怔忡，他就笑了笑，想要说些什么，却还没开口就轻咳了几声，抬手撑住了旁边的一侧墙壁。

路铭心连忙抬起头去看他的脸色，这才看清他额上早出了一层细汗，连唇色都开始隐隐发白。

路铭心被吓得四肢都有些僵硬，忙凑过去抱住他的身体，连忙问："清岚？你怎么了？头又疼了？"

顾清岚又轻咳了几声，呼吸也有些急促，垂在身旁的手也终于忍不住按在了胸口上。

他这样子，绝对不像是神经性头疼的症状，路铭心已经慌了神，又叫了一声："清岚！"

他却微微侧开了头，借着走廊的灯光，路铭心看到他轻闭了双目，接着他的身体就像突然倾塌的山峰，毫无声息地向着她倒了过来。

路铭心靠住了身后的墙壁，才勉强接住了倒在她身上的人。她脑中大概出现了一两秒钟的空白，接着才意识到发生了什么事。

下意识地将顾清岚的身体紧紧抱住，她想了一下，才明白过来应该叫人，可她张开了嘴，却觉得嗓子嘶哑，根本发不出响亮的声音。

情急之下，她摸到身旁有个花木架，上面摆了一只插着青竹的素瓷花瓶，她根本想不了那么多了，抬手就将那只花瓶用力拍打了出去。

她这一下几乎用上了全身的力气，花瓶被她拍飞，撞上另一侧的墙壁，这才“嘭”的一声碎裂开。这一声足够大，只要是在别墅里的人，应该都能听到。

路铭心稍稍松了口气，这才有空去摸索着捧起怀里人的脸，去看他的情况。

不知道是不是灯光的原因，她觉得就在刚才这短短的几十秒内，他的脸色仿佛迅速灰暗了下去。现在她看过去，觉得他的唇色都透着青白。

虽然在剧中遇到过各种昏倒甚至死亡的表演，可那都是假的，她心里清楚。

当现实中真的遇到，她还是不知所措，她觉得害怕，也不敢随便挪动他，就让他这么靠在自己的肩上，试探性地叫他：“清岚？清岚？”

他还是没有任何回应，她忍不住把脸颊贴到他的侧脸上，然后她侧头吻了吻他的面颊。不知道是不是因为昏迷的原因，他的脸颊有些冰凉，路铭心一面抱着他，一面开始胡思乱想，他这个样子好像睡美人，她如果去吻他的双唇，可不可以把他吻醒？

她好像是呆坐了很久，又好像是只过了一瞬间。恍惚间她听到周管家的声音，他似乎在叫她的名字，她抬起头，看到上面晃动着几张脸。

有周管家，也有李昂越，还有其他的用人，看来她摔碎花瓶的声音真的很大，把整栋房子的人都吸引过来了。

她抬起头看着他们，只吐出了两个字：“清岚……”

周管家的声音倒还是镇定的：“路小姐，没事儿的，先生只是昏过去了，我们把他扶到房间里就好。”

路铭心茫然地看着他，她很想相信他的话，她怀里的人只是暂时昏过去了，马上就会醒来。可她还是用力地抱紧他，仿佛想用自己的体温给他带去一点儿温度。

终于连周管家也对她的样子有些于心不忍了一样，他侧过脸去叹了口气，对身旁的用人说：“快把先生扶到房里躺好，地板这么凉是要先生着凉吗？”

那两个用人也已经训练有素，连忙客气地请李昂越让开一点儿，接着就过来扶起路铭心。

她一直紧抱着怀里的人不肯松手，那两个用人干脆就这么半推半抱着，先把他俩移到了路铭心的房间里。

直到怀里的人被安放在她的睡床上，路铭心还是紧拽着他的手臂不肯放，把他的手臂抱在自己怀里，跪坐在床边。

房门很快被关上，把李昂越关在了门外，周管家又让两个用人也出去，他压低了声音，又叹了口气：“路小姐，不管你信还是不信，先生真的只是暂时昏过去了，他很快就会醒来的。”

路铭心抬起头看他，她觉得脸上痒痒的，抬手随便一抹，抹到了满手的水，抽噎着说：“清岚哥哥……”

顾清岚闭着眼睛的时候，他能听到路铭心的呼唤，她叫他“清岚哥哥”，仿佛近在咫尺，又仿佛是从很遥远的地方传来，伴着车马微微的吱嘎和颠簸。

蒙眬间，他记起他们应该是走在京师通往凉州的路上。正值冬尽春来的时节，塞北仍旧严寒，车外的尘土和着冰碴儿一起吹进来，将车里微薄的暖意都冲淡了。

这应该是他最后一次躺在她怀中了，她那时还很担心他的病情，一路上都抱着他，不断地呼唤他：“清岚哥哥”。

他压住一阵咳嗽，强撑着睁开眼睛，对她微微地笑了，抬手去触摸她秀丽如含黛远山般的眉目：“阿心……”

他叫她“阿心”，那是她的乳名，除了父母与亲人外，没有多少人知道。

她连忙握住了他有些冰冷的手，还把脸颊贴到他的掌心，温热的体温从她柔嫩的脸颊上传到他手中。

她眼中有泪光，有些哽咽地说：“你都病成这样了，陛下还让你戍边，万一有个闪失……”

他不由得咳着轻笑：“阿心，戍边是我上书奏请的。”

她还是很不满，嘟了下嘴说：“为何啊，你又不缺战功。”

他想说还不是因为她天天念叨着塞北的战事，一副恨不得上场杀敌的架势，所以他才不顾女帝的劝阻，坚持要上请愿书。

他没有办法给她一个武将之职，唯有如此，才能让她以随军女眷的身份，亲临战场。

他想着，就淡淡地笑着将话扯开：“更何况我不过是染了风寒而已，不算什么重症。”

她还是蹙着眉头，看着他的苍白脸色担忧不已：“你身子本来就不好，我要是感染风寒，不过几日就活蹦乱跳，你看你……”

她边说着，边低头在他额上贴了贴，复又抱怨：“你看，还发着低热！”

他只能又一次宽慰地冲她笑笑：“无事……”

这次他才说了两个字，喉咙间压了许久的咳声就不可抑制地爆发出来，她紧抱着他的身体，听到那沉闷却近乎撕心裂肺的咳声，声音更加哽咽起来：“清岚哥哥，你……”

他咳声稍止，但随着下一声咳嗽，却硬生生咳出了几点鲜红的血花，溅在一侧的床褥上，犹如溅入雪中的几朵红梅，鲜红夺目。

“清岚哥哥……”她又叫了他一声，早已带了哭腔。

他努力想要去安慰她，等视线再次清明，那些古道和瘦马却都已经不见了，眼前是自己卧室的屋顶，还有抓着他手臂的路铭心。

他感觉到她的慌乱，微微勾起了唇角：“铭心？”

这下路铭心手忙脚乱地撑起身体，抬头去看他，他的脸色还是惨白，唇色却已经恢复了一些，不再那样死气沉沉，眼睛也睁开了，视线正落在她脸上。

路铭心又忙伸手去摸他的脸，这样一来，她的身体又压在了他身上，压得他咳嗽连连。

一片混乱中，她双手捧着他的脸，凑过去在他唇上吻了一下，才破涕为笑：“真的醒了。”

顾清岚此生中肯定没有经历过比此刻还混乱的时刻，他的衣服和头发都被她揉乱了，脸上也净是她的眼泪，也许还有鼻涕……

头疼了好一阵，也总算恢复了些气力，他忍不住皱了皱眉，抬手去擦她脸上被弄花的妆："在家里还化妆……洗了去……哭都这么俗气……"

当路铭心听话地去洗了脸、卸了妆，又乖乖地回来蹲在床头时，顾清岚已经好多了。他脸色不再那么苍白，正靠在床头，喝周管家让人送来的参茶。

偷偷瞥了他一眼，路铭心悄无声息地坐在床脚的位置，还缩起来努力降低自己的存在感。

她刚洗过脸，妆容也都卸掉了，脸颊旁边还有一点儿水滴，看起来有了些跟平时不一样的秀丽，倒也清纯得让人过目难忘。

顾清岚看着她，就微勾了唇角，唇边溢出一声轻叹：她的美丽就是过于惹眼，上一世如果不是因为她的容貌，他们也许就不会经历那么多波折……

只想起了一点儿前世的事，他就又皱起了眉头，侧头轻咳了一声。

路铭心现在极度关注他，听他咳嗽，连忙坐得离他更近了些，担心地盯着他的脸："你头又疼了，没事儿吧？"

顾清岚对她笑笑，轻摇了摇头。

路铭心还是不放心："刚才我问过周管家了，说你是从去年开始会间歇性地头疼，还会昏倒，昏倒的时候呼吸和心跳都会变得极度缓慢……看起来好像已经……"她还是没胆子说出那个字，轻吸了口气才接着说，"周管家说那时候你还在国外，送到医院抢救，医生都快放弃了……你才清醒过来，后来又出现过几次昏迷，不过没有那次那么严重，都是过了几分钟就清醒了。"

顾清岚看她实在担心得厉害，就对她笑了笑以示安慰："嗯，抱歉吓到你了，只是神经方面的问题，没关系的。"

路铭心低下头来吸鼻涕，她看着太可怜，顾清岚无奈之下，将手中的茶碗放在床头柜上，抬起手臂对她说："过来吧。"

好像得到了敕令，路铭心半分钟都没犹豫，就扑过去，直扑到了他怀中。

她抱着他的身体，感受着他比常人低一些，却还是温暖的体温，将头半埋在他的胸口，有些委屈地说："吓死我了。"

按照常理来说，她似乎不应该有这么大的反应。

顾清岚就算是她的童年玩伴和现在的未婚夫，可他们重逢不过几天，确定婚约也就是几天的工夫。

有些几个月甚至几年的情侣，遭遇到一方突然去世的变故，另一方的反应也没有她这么强烈。

在那个时刻，她真的是绝望无比，她之前看小说，看到里面描写到主角痛失所爱时，用了一句话“整个世界都死了”。

她那一刻就有这种感觉，没有什么比这句话更能代表她当时的心情了，她是真的觉得世界都死了，如果他逝去，那么任何事情都变得不再重要。

那种绝望那样刻骨，好像镌刻在她灵魂中一样，让她整个胸腔都疼痛起来。

她靠在他怀里，眼圈又红了起来，就干脆在他胸前的衣料上蹭了蹭，是细亚麻的，触感很好，也很是吸水。

顾清岚也觉察到了她的意图，他有些无奈，可看她实在伤心，也只能轻轻地拍了拍她的肩膀哄着：“乖，别怕。”

路铭心又靠在他怀里抽噎了一阵，像突然想起什么，连忙直起身体，认真地看着他：“清岚，是不是我老提起苏小姐，让你心情不好，才会昏倒的？”

顾清岚对她微笑了下：“怎么会这么想？”

她更加懊悔，又快要哭了：“都怪我老提起苏小姐，你才会老头疼的对不对？”

顾清岚不指望她能说出来什么至理名言，但她老这么领会错，他觉得还是有必要提点她一下。

抬起手握住路铭心的手，他看着她的双眼低声说：“铭心，我已经不在意上一段失败的感情了，我所有的异常也不是因为小季……我希望你能明白。”

苏家大小姐芳名叫“苏季”，他竟然叫她“小季”，比叫她“铭心”听起来还要亲密那么一点儿。

路铭心在心里暗暗嘀咕着，丝毫没意识到自己这种想法就叫“吃醋”。

她扑到他怀里，接着蹭了几下，便很满足地窝了起来。她抱着他的手臂更加用力了些，毫不掩饰自己的感情：“清岚，我觉得我已经有点儿爱上你了。”

顾清岚的呼吸微顿了下，接着又若无其事般轻声开口：“这么快？”

路铭心在他怀里点头：“嗯，这么快……不过我反正也认识你有20多年了，所以不算闪电式恋爱，估计也不会很快没感觉……”

顾清岚轻笑：“我可不要被闪电式地爱上，再抛弃。”

路铭心想到他之前说的那些话，说什么“爱上她是为了忘记她”，忙问：“那你呢？如果我爱上了你，你会不会抛弃我？”

她这么说的时候，一双桃花眼瞪得圆溜溜的，眨也不眨地看着他，像极了某种小动物。

顾清岚微微勾起唇角：“毕生所求，唯卿而已。”

路铭心听完，又愣了一下，才若有所思地说：“是不是只有四个字、四个字地互诉衷肠，才显得够文艺？”顾清岚顺手敲了下她的脑门儿，摇摇头又说了一个四字成语，“牛嚼牡丹。”

到了晚上该睡觉的时间，顾清岚也休息好了，准备回自己房间去，路铭心却赖在床上抱住他的腰，不让他动。

顾清岚只得挑眉看着她：“未婚同睡一房，你不怕别人说三道四？”

路铭心轻哼一声：“这都什么年代了，爱说不说。”

顾清岚笑着看她：“哦？那你倒是信任我。”

路铭心“嘿嘿”着上下打量他：“对于我们两个来说，该担心人身安全的那个人难道不应该是你吗？”

看她还真恃宠而骄了，顾清岚就笑着要去捏她的鼻梁：“想造反了不成……”

一句话没说完，路铭心抬手伸到他胸前的衣服内，重重地在他胸口上摸了两下，然后转身笑着就跑。

这么打闹了一阵，顾清岚晚上真的睡在了路铭心的房间。床足够大，他们两个可以分开睡，不过睡到后半夜，路铭心已经滚到了顾清岚身边。

第二天早上起床的时候，她半个身体都窝在人家怀里，还在顾清岚胸前的睡衣上，留下了一团可疑的水渍。

这一幕如果被外人看到，路铭心的“女神”名头可能就要不保了，毕竟不是谁家的“女神”睡觉的时候都会流口水，还会像只小猫一样缩在别人胸口。

不过在顾清岚面前，路铭心就自在多了，她睡醒后只是坐起来睡眼惺忪地打了个哈欠，顺带看了看自己留下的口水渍，然后很开心地说：“哎呀，看你胸口有朵云彩。”

顾清岚的睡衣是纯白色的棉布，口水在上面晕开的范围，就像是多了一朵云彩。看着她没皮没脸的笑容，顾清岚顿时对她的节操下限，又多了新的认识。

顾清岚先她一步从床上起身，过了会儿他从衣帽间走出来，已经换下了睡衣，又穿了身禁欲气质极重的深色三件套，微弯了唇角对她说：“起了？”

路铭心擦擦嘴角的口水痕迹，撒娇地说：“清岚哥哥，怎么不叫我就起来了？人家想看你的睡颜呢。”

见识过了她各种各样的抽风状态，如今再听到她这样拿腔捏调地说话，顾清岚已经能勉强忍受了。

不过他还是上下打量了她一阵，眉头微皱了皱，才说了句：“我今天有事。”

路铭心歪头想了下，今天他似乎是下午有课，上午也没听他有什么安排，为什么要“有事”？

她想了下，不知道为什么突然开窍，脸上顿时带了些坏笑：“哦，哦，我懂……男人的反应嘛……”

她说完本来等着顾清岚高冷地痛斥，或者不屑地骂她，没想到他却只是把眉头皱得更紧，隔了会儿才说了句：“隔岸观火，小心殃及自身。”

说完这句话，他就保持着很清冷很禁欲的姿态，转身出去了。

路铭心躺在床上想了一阵，然后就开始捶床大笑：突然觉得这种禁欲系的勾引更好玩，怎么办？

chapter4

长河饮马

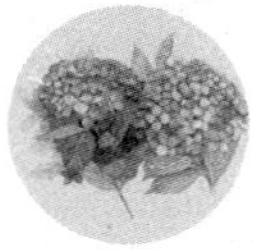

> 他穿着白色的棉布睡衣，领口微微露出里面的肌肤。
>
> 路铭心突然想到了什么，她抬手拉开他的衣领，果然在他胸口的位置，看到了一个青色的手印。

这年初夏，6月，在路铭心和顾清岚重逢后的两个月，《山河踏碎》一剧正式开机，主要的拍摄地点，在B市近郊新建好的一座影视城内。

开机仪式和影视城的揭幕典礼在同一天召开，仪式上航拍的镜头从巨大的青色城池上空掠过，晚唐风格的建筑映衬着四周的青山绿水，一瞬间仿佛时空转换。

时值盛夏，宣威将军府的后花园中，树阴下是三三两两穿了宫装正在纳凉的女眷。

穿着鹅黄衫子的那个，梳着双环髻，纵然瞧上去只有十七八岁的样子，娇憨的眉目间却已隐隐透出绝色的风采。

她双手托头，将半个身子都放在侧躺在竹榻上的那位贵妇腿上，撒娇着说："娘亲，我不喜欢沐哥哥嘛，我不要去他们府上。"

贵妇怒其不争地用团扇敲她的脑门儿："沐哥哥又怎么你了？不过是让你背了几篇书，你这么不学无术，还不兴管教了？"

少女被敲疼了额头，又被自家娘亲骂，就满脸不开心地撇了撇嘴：“我喜欢骑马、射箭嘛，又不爱背那些酸腐文章，他又那么凶，还骂我……”

贵妇轻哼：“你不要又恶人先告状，亦清那么文雅的人，怎么会凶，是不是你又调皮捣蛋，惹到了人家？”

少女无话可说，只能不住撇嘴：“就会说他好话，他哪里好了，比师兄差远了。”

随着执行导演一声“这条不错”，摄影机停止工作，工作人员也都各归其位。

路铭心大大呼出口气，抬起头对扮演贵妇的演员笑着：“李姐辛苦了！”

扮演陆将军夫人的李媛年轻时也曾是艳名远播的花旦，现在年近50岁，也还风韵犹存，轻轻一笑说：“没什么，都辛苦了。”

将军夫人在前期出场不少，大部分还都是和路铭心配戏，李媛的演技有口皆碑，演戏时表情语气拿捏精准到位，路铭心和她对戏轻松不少。

她向李媛道辛苦，其实最辛苦的还是她。她看剧本的时候只觉得女主角的戏份吃重，真正到拍的时候，才知道大部分场次都需要她出镜，连男主角莫祁的场次都比她少了近三分之一。

今天她拍了三场戏，好在都是过场戏和文戏，对对词也就罢了，以后等打戏和重头戏开始拍的时候，才是考验她身体和精神极限的时候。

莫祁的戏在上午就拍好了，他已经摘下了头套，连衣服也换好了，正坐在旁边给她打气。

看到她也结束了拍摄，就笑着向她走近，顺便戳了戳她的脸颊：“陆小姐怎么有点儿不高兴啊？”

为了表现少女娇憨的感觉，造型师尽量把她的脸颊化得圆润饱满，看上去白白嫩嫩、鼓囊囊的，的确很好戳的样子。

路铭心和他也随意惯了，丝毫没觉得有什么不妥，反而跟他打闹起来，穿着戏服就踮起脚也要戳他的脸颊：“知道本小姐不开心还要惹我！”

莫祁立刻笑着左躲右闪，因为身高和体力的差距，路铭心到底没能得逞，只是她玩完了，一抬头就看到站在人群之外的那个身影。

开机后，因为影视城距离市区有些远，所以大部分人都选择了住在影视城配套建设的酒店里，反正剧组负责住宿费，也能方便不少。

只有少数一些人，比如莫祁，会自己开车回市区的家。而顾清岚则每天都会开着车，将路铭心送过来，结束后再把她送回别墅里住。

对此路铭心是没有异议的，本来累得快不行了，她也希望能住得舒服点儿，再加上顾清岚的别墅在郊区，距离比市区还近些，回去还算方便。

路铭心觉得自己和莫祁之间君子坦荡荡，看到顾清岚也没觉得有什么不妥，还是一边笑着跟莫祁拉拉扯扯，一边跟顾清岚打了个招呼："清岚，今天结束还算早，你不用等太久了。"

顾清岚只是淡淡应了声，接着就看了眼莫祁。莫祁是什么人，被他这一眼看过来，立刻就将路铭心不动声色地推到一边儿去了，笑着跟顾清岚打招呼："顾先生。"

顾清岚也对他点头微笑："莫先生。"

两大男神目光相接，周身十尺真是肃杀一片、寸草不生。

偏偏路铭心还不知死活，将主动闪到一边去的莫祁一把拉了过来，笑眯眯地抱着他手臂，对顾清岚说："清岚，明天开始，就有我和祁哥哥的对手戏了哦，好期待。"

顾清岚只是微微一笑："很好。"

莫祁眨眼睛笑笑，表示我已经闪开过一次了，奈何她自己又黏上来……于是继续四目相接，肃杀一片、寸草不生。

等卸了妆，换下戏服，在回程的车上，路铭心已经累得忍不住躺在顾清岚膝盖上睡着了。

开机不过一周，她的下颌又尖了一圈，现在躺在他膝盖上睡着了，也嘟嘟囔囔地说着梦话。

顾清岚仔细听了几句，原来她是在背明天的台词，什么"久闻将军威名，敬仰多时，今日有缘相见，必铭记一生"。

她说的是她和莫祁的第一场对手戏，也是全剧中至关重要的一幕——

天真娇憨的少女因为不愿听从父母之命，嫁与自小相识的丞相之子，女扮男装离家出走，却在市井间偶遇了她早就崇拜多日的青年将军。

虽然她只离家了几个时辰，还没来得及逃出京城，就被父亲的亲卫找回，但这种相遇就像命运的安排一样，将她和青年将军第一次联系在了一起，为他们日后的重逢，乃至相知、相伴，埋下了种子。

顾清岚轻闭上眼睛，在他眼前出现的是另一张和她无比相似的面孔。

可能是长年习武，她的肤色更深一些，眉目间也更加冷冽刚硬。她穿着一身戎装，青色的铠甲和红色的披风交织在一起，让她看上去像盛放在钢铁之上的玫瑰。

她冷冷地看着他，嘴中吐出的是冷漠的话语："顾清岚，你我之间有的，不过是一纸婚约……但就算你打断了我的腿，将我关在你的后院里，我也要去找莫将军，他才是我在战场上，能把命交付的人！"

他做了什么？他也用同样冰冷的目光看着她，冷笑了一声，就转身离开了。

时至今日，顾清岚仍会想，如若再给他一次机会，他会不会仍是那样，自顾自地去做那些事，却每次都在她面前冷冷转身，不屑解释。

他想了许多次，最后却觉得，他大约还是会如此吧，哪怕为此而万劫不复。

因为什么？因为他总以为，若连心意相通，都需要这样步步解释、步步说明，那么这样得来的恩爱乃至情义，未免也太过可悲了。

路铭心在车上睡着了，当她再睁开眼睛的时候，已经躺在了床上。

窗外的天色早暗了，她侧头去看，就只看到窗前的落地灯开着，昏黄的灯光下，那个人的侧影隐没在光影明灭中，看起来有些遥远。

她刚想爬起来，肚子就不合时宜地"咕噜"了起来，她有些不好意思地笑笑："没吃晚饭……"

似乎是因为她发出了声音，他才抬起眼看了看她，灯光有些暗，她只看到他微勾着唇角，似乎是微笑了下，然后才说："饿了吧？我去让厨房送些宵夜过来。"

他的声音实在太轻，如果不是房间里太安静，路铭心可能根本听不清他在说什么。

她稍愣了下，看到他说完了，才扶着椅背站起身，昏暗的灯光下，她看到他的身体在站起后微晃了下。

她不知为何就觉得心慌，连忙跳下床，连鞋子都没穿，就跑到他身边把他抱住："清岚？你不舒服？"

离得近了，她才看到他脸色果然苍白，可他却只是看了她一眼，就微笑着把她的手从自己身上轻轻拿开。

他开口的声音还是很低微，身体却已经站得笔直："没事儿，我出去一下，你再休息休息吧。"

路铭心还是第一次被他从身边推开，她微微愣了愣，他就已经从房间里走了出去，轻轻地掩上了房门。

她不是心思太细腻的人，但刚才那个瞬间，她却分明从他身上感觉到了什么。

她只看了一眼他的眼睛，却好像看到他的目光和神色，不知为什么藏着一些隐隐的寂寥。好像他的目光深处，藏满了某种倦怠。

她又站着想了很久，才勉强想到一种比喻：好像一株立在悬崖处，落满了积雪的青松，非常的孤高，也非常的寂寞。

她不明白他为什么会露出那样的神情和目光，她只是直觉地感到心疼。

过了会儿，厨房送来了鸡汤馄饨，顾清岚却仍旧没有回来。

自从前段日子开始，他们就搬到一个房间住了，他到现在还没回来，那就一定是去了楼下的书房。

路铭心想到他刚才苍白的脸色，连最爱的馄饨也没心思品味，趁热三口两口吃完，就下楼去找他。

李昂越走了后，一楼就没人居住了，现在又晚了，客厅的灯已经关了，她走下去时四周一片暗沉，只有书房半掩的房门里透出点儿灯光。

她也没有敲门，放轻脚步推开门走了进去。她进去后，果然看到他半躺在书桌后的椅子上闭目休息，他的脸色仍是苍白，眉头还微蹙着，也许是灯光亮了，气色看起来比刚才还要差一些。

路铭心走过去在他面前半蹲下来，她面对他时，经常有这样的感觉：她明明知道他在受苦，可却不明白他为什么会受苦。

于是无论她再如何心疼，也只能流于表面地关心他。

她将头轻放在他的膝盖上，握住他垂在身旁的手，轻声地说："清岚，不要离我太远……我怕我会够不到你。"

顾清岚睁开眼睛去看她，她很少会说这么感性的话，这么说着的时候，她的目光也垂下，只是依偎在他膝盖上的脸颊，又向他贴近了一些。

她身上浓重的担忧和不安透过身体传了出来，他看着她，纵然头疼欲裂，仍是勉强笑了笑，开口对她说："没什么，我怕吓到你。"

路铭心的手指不由自主地动了动，将他几乎没有温度的手握得更紧，她小声嘟囔了一句："不声不响消失更会吓到我。"

她说得太委屈，他不由失笑，侧头轻咳了两声。路铭心听到他咳嗽，更加紧张，干脆站起来，双手伸过去想将他的头扳过来看。

顾清岚拉住她的手，让她坐在自己膝盖上，他还苍白着脸，紧缩的眉头也没有松开，却对她微笑着："我没什么，过会儿就好，别太担心了。"

路铭心看了他一阵，在他面前，她总是觉得词穷嘴笨，无论说什么都没有办法表达自己的意思。她想了下，干脆凑过去吻他发白的双唇。

他们虽然已经订婚，也总是睡在一个房间，但亲密的举动也仅止于此，十次里还有八次是路铭心主动的。

她轻吻了他，又吻了吻他的面颊，最后抱着他的身体，将头靠在他的肩膀上，低声对他说："清岚，我们在一起的时间不长，如果我有什么做得不好的地方，你一定要告诉我。"她等了一阵，还是没有等到他的回答，于是她就加了一句，"如果你不说，那么你难过的时候，我会更难过……"

这次她隔了一会儿，就听到他轻叹了声："好。"

路铭心不知道自己是什么时候睡着的，她记得自己因为太累，话说完没多久，就在顾清岚怀里睡过去。

等她再次睁开眼睛时，看到的却是古色古香的卧房，窗外竹影婆娑，投射在茜纱窗上。

房内帘幕低垂，屋子正中的香炉中，还燃着一炷香，阵阵香烟蒸腾缭绕。

她下意识地以为自己是在片场睡着了，连忙抬起头四周环视了一圈，但无论是背后还是房顶，她都找不到任何摄像机和工作人员的痕迹。

她有些茫然地低头看着自己的双手，那双手虽然是她熟悉的样子，掌心的位置却多了些她从来没有过的老茧。

她还在发愣的时候，有个熟悉的声音从门口传来，一贯的清冷里带着淡淡的温和："不过默了一篇《论语》，就要睡一下午？懒成这样，成何体统。"

她惊喜之下，也顾不得听他到底说了什么，连忙抬头向门口看去。

那里站着的果然是顾清岚，只不过他换了件白色的长衫，一头乌黑的长发也用乌木发簪束在脑后。

顾清岚曾经穿过类似的中式衣服，但路铭心没想到他真的换上古装后，样子会这么好看。他只是往这里一站，就好像九天之上的神祇般孤高清绝，周身都像带着若有若无的烟雾。

看她一眨不眨地盯着自己，顾清岚以为她没有好好听自己说话，就又冷冷说出一句："怎么，你还不服吗？"

听到他这么对自己说话，路铭心觉得心里不知怎么突然生出一股厌恶之意，那感觉太强烈，让她连他冰冷话语后，那始终带着暖意的眼神都忽略了。

她听到自己的语气中带着浓重的厌烦："顾大才子誉满京师，纡尊降贵来教育我，我还能有什么不服的？"

她一直盯着他的脸，看到她说完这句话后，他眼底的暖意就黯淡了，脸色也仿佛变苍白了一些。

她想马上收回那句话，可有种不知名的力量让她没办法自由行动，只能看着他勾着唇角又淡淡笑了下："既然如此，那么下午你就默两篇出来吧，若是默不好，晚膳就可以免了。"

限制晚饭对路铭心来说无疑是个巨大的打击，她立刻就从床上跳了起来，恶狠狠地盯着他，还挥了下拳头："顾清岚，你欺人太甚！"

他只是不在意地一笑，根本不理她的恶形恶状，转身就走了出去。

路铭心看着他的背影，在心底默默地呐喊：别走啊，如此绝色世间罕有，快转身让我再看两眼！

可绝色美人挺拔飘逸的背影很快不见了，只留下她一个人在屋子里欲哭无泪。

这是什么坑爹的剧情啊，这是什么脑子进水的傲娇女主角啊，就这么把一个大美人给气走了。

路铭心光顾着伤心，却忘了大美人走之前给她布置的任务，就这么在屋子里对门兴叹了好一阵。

她想走出去追顾清岚，可这个屋子的窗子是锁死的，门也在他走了后就关了起来，她去拉扯，发现外面也给挂了锁。

简而言之，她大概是被顾清岚关了禁闭，吃、喝、拉、撒都得限制在这个房间里。

她之前说话不受自己控制，在房间里行动倒很自由，于是她就开始挠门扒窗子，费尽心思想要挤出道缝让自己出去。

她尽力扑腾起来，当然把顾清岚走的时候说的不让她吃晚饭的话抛到了脑后。更何况，以她对顾清岚的了解，他说什么不让她吃饭之类的话，不过是雷声大雨点小，是一种无效的恐吓手段罢了。

他这个人除了爱关人禁闭，比如把她丢到厕所那次，还真没其他的暴力倾向。

她狠劲儿地折腾了一通，还是不见顾清岚过来，也有点儿伤心了，干脆就坐在门口开始干号："清岚……清岚哥哥……我知道错了……"

她反反复复就这一句，不知道号了多久，也许是动静实在太大，惊动了下人，下人又去叫了顾清岚。

熟悉的脚步声靠近，而后顾清岚的声音再次淡淡传来："你又怎么了？"

她听到他的声音就觉得委屈，隔着一道门，看不到他的脸，她好像又能自由地说话了，她就带着点儿哭腔说："清岚哥哥，别把我一个人关起来嘛，我害怕……"她说完，又觉得有必要对他表达下自己的感情，就又说，"我看不到你也会难过的，你都不肯陪着我……你要是陪着我，我默多少篇《论语》都可以。"

她这么撒娇，顾清岚的表情是怎么样的，她也不知道，她只听到他沉默了一阵，低沉的声音里，语气缓和了许多："你只要不跑出去，我把门锁打开也是可以……"

听到了希望，她连忙保证："我不跑的，我不舍得清岚哥哥的，真的！"

似乎是在考量她说的话到底有多大的可信度，那边久久沉默了一阵。

路铭心生怕他不开门，自己再也看不到穿着长衫、清雅脱俗到让人恨不得上去亲的穿古装的顾清岚，又追加了保证："如果我骗你，那就让我出门踩狗屎，走路摔跤磕掉门牙！"

这乱七八糟的誓言显然是让顾清岚无语了，他终于忍不住说了句："女子说话不可如此粗鲁。”

好在这句话过后，门锁开始响动，显然他已经被说动，去把门打开了。

路铭心大喜，飞速爬起来，守在门口，就等门拉开那一瞬间，她要好好近距离地看下顾清岚，最好能把他抱住亲一亲。

木质的房门被推开了，前来开锁的竟然是顾清岚本人，他后面几步远的地方，才站着一个穿褐色短打的小厮。

路铭心看到他，就双眼发亮，她一眼看到他的长发，伸手就想去摸一摸，嘴里还说着：“清岚哥哥……”

然而伸出的手，就像不受她控制一样，直直地向他胸前推去。她能感受到自己用了很大力气，因为他甚至没来得及反应，就被她推出了几步远。

因为他被推开，门前就出现了一个空当儿，她知道机不可失，失不再来，一纵身就跳了出去，慌乱中她听到那个小厮的惊叫：“公子！”

她一边夺路而逃，一边用余光扫见他被她推得靠在一旁的廊柱上，身子也差点儿跌倒，被那个小厮搀扶着。

她在心里暗暗骂自己：路铭心，你都干了些什么，还不赶快回去道歉！

可她的身体却像是又不受自己控制了，她一面回过头找路，一面远远喊了句：“清岚哥哥，对不住，我今日一定要去见莫将军……我回来给你赔罪！”

路铭心已经彻底对这个自己一时可以掌控，一时又不能掌控的身体绝望了，这算什么啊。

骗那么个大美人给自己开了门，又把人家推得差点儿跌倒，还理直气壮地跑出去找别人了——不过，起因好像是顾清岚把她关起来了。

路铭心现在已经彻底拜倒在顾清岚脚下，她心想反正不管顾清岚为什么把她关起来，他肯定也是为了她好。

她把人家的好心当成驴肝肺，简直是太胡闹、太残忍、太无理取闹了。

她这么想着，身体早像飞入云霄的燕子一样，轻盈地奔跑着，她竟然还像有了轻功，高高的墙头只不过踢了两脚，就翻了过去，落地时还悄无声息。

她觉得好玩，仍旧回头看了一圈，还是看不到摄像机或者吊威亚的机器。在墙头上，她轻轻一点足，身体就又飞得更高了些，足够她看清脚下鳞次栉比的青瓦房顶，还有远处明黄色的一角。

她在空中吹了个口哨，长街尽头立刻响起达达的马蹄声，一匹通体乌黑，连鬃毛都在阳光下闪闪发亮的高头大马应声就跑了过来。

她大笑一声跨上马背，风声从她耳旁掠过，街道和行人飞速地在她眼中后退，她高兴起来，笑着高声说："我乃路氏将门之后，谁敢拦我！"

那好像是一场真实无比的梦，又仿佛是时空穿梭，上一秒她还在马背上纵情大笑，下一秒她已经回到了柔软的床上。

天已经亮了，阳光透过拉开的窗帘洒在她的脸上，她手里攥着的不是缰绳，而是顾清岚的手。

路铭心眨了眨眼睛，她不是不想相信方才的种种只是她胡思乱想的梦境，可那种感觉实在太真实了。

她甚至还记得她用手推开他时那种肉体的触感，鼻尖也似乎仍旧萦绕着古代街道上青草和牛马气息混合的味道。

顾清岚在她身旁躺着，他已经半坐了起来，低头看着她笑笑："铭心，早。"

他穿着白色的棉布睡衣，领口微微露出里面的肌肤。

路铭心突然想到了什么，她抬手拉开他的衣领，果然在他胸口的位置，看到了一个青色的手印。

那个手印不但青肿，边缘还微微凸起，看了就知道下手的人用了多大的力气。她有些颤抖地把自己的手轻放到他胸前的那个瘀青上，完全契合的形状明白地表示：那正是她的手印。

她愣了许久，他也沉默着，她忍不住声音颤抖地开口："清岚，我……"

还是顾清岚先打破了沉默，他微笑了一下，开口说："没事儿。"

路铭心用指尖轻触着那个青肿的凸块，心脏被一阵阵心疼揪起，她的眼泪在眼眶里转了几下，轻声说："清岚……这是我做的？"

顾清岚只是看着她，那目光中的意味让她看不明白："你记得吗？"

路铭心都快哭出来了："我肯定是最近拍戏太累了，我做梦梦到我们都在古代，你把我关在一个房间里，我拼命想出去，就说想见你，骗你过来开门……"她说到这里连忙解释，"我心里真的是想见你的，你穿着长衫的样子实在太美了，我都想扑倒你了。”

这句“扑倒你”她说得十分顺嘴，丝毫也没有意识到她把对顾清岚的想法直接告诉了他本人，接着她就伤心起来：“可是你来了，我也不知道为什么，就狠狠地推了你一把，自己跑出去了。我不想这么做的，真的，可手脚根本不听我指挥！”她说得伤心，看看顾清岚胸前的掌印，眼泪真的就掉下来了，“这一定是我做梦的时候，胡乱挥手打到的对不对？”她边掉眼泪，边抱住他，拿头在他颈中轻蹭，像是依恋，又像是安慰，“清岚，对不起。”

顾清岚轻轻地拍了拍她的肩膀示意无事，他倒是对她的梦境很感兴趣：“你做了什么梦？能详细地跟我说下吗？”

路铭心吸了吸鼻涕：“我梦到的事有些奇怪，我梦到我是一个将军府的小姐，就叫路铭心。你好像是我自小文定的丈夫，不过你就叫顾清岚，我想跑出去见的那个将军，也就叫莫祁。”

她这么说着，越发觉得自己是拍戏太累，导致夜里做梦胡思乱想，还连累了顾清岚，害他胸口被打得那样。

赶紧把他抱得更紧，一连串地道歉：“清岚，对不起，是我不好。”

顾清岚静静地听着，又拍了拍她的肩膀，握住她的手把她从自己身上拉开。他将衣衫重新拉上，遮住那块瘀青，对她又笑了笑：“时间不早了，你不是还要去片场吗？”

路铭心里“哦”了声，忙收住眼泪爬起来，她是主演，几乎每天都有她的戏。而且开机后每一天都在烧着投资商的钱，身为一个演员，她有责任按时到场，拿出最好的状态参演。

她下了床，还是犹犹豫豫地看了看顾清岚，满脸担忧：“清岚哥哥，你真的没事儿？”

顾清岚对她微微一笑：“我没事儿，只是昨晚休息得不好，头有些疼，所以今天不能去送你了。”

路铭心听他说昨晚休息得不好，马上就想到肯定是因为自己，可怜兮兮地看着他：“对不起，清岚哥哥……”

她其实很少叫顾清岚“清岚哥哥”，除了开玩笑的时候，其他时候如果叫了，肯定是做了什么亏心事了。

顾清岚也没跟她客气，挑了下唇角：“知道就好。”

路铭心飞快地把自己收拾好，从更衣间出来，看到卧室的窗帘还垂着，顾清岚似乎是真的头疼，还躺在床上闭目养神。

时间已经很紧了，路铭心还是绕到床前，抬手拂去他额前的碎发，担心地问：“清岚哥哥……不然我留下来陪你吧。”

顾清岚睁开眼睛看着她笑了笑：“怎么，你打算让全剧组的人因为你一个人没去没办法开工？不怕被骂大牌？”

今天有她和莫祁的第一次对手戏，剧组上下的确都很重视。即便是她自己生病，只要病得不重，都得咬牙坚持，更何况是她未婚夫生病。

路铭心知道她没办法留下来，只能俯身在他脸颊上轻吻一下：“我尽量早点儿回来。”

担心在家里的顾清岚，也被昨晚那个莫名其妙的梦搅浑了脑袋，路铭心到片场后状态还是有些不好。

和莫祁对戏的时候，不过是一个街头偶遇，过几句台词，相视一笑的戏，她接连重拍了几次。

莫祁看出了她的不对劲，在又一次重拍后，打了个手势表示暂停下，而后就去了导演那里。

隔了片刻，他就转回来，对路铭心笑着说：“我告诉导演说，今天的戏服太厚，我有点儿中暑，我们休息下再拍。”

他扮演的男主角杜逸将军，和女主角陆青萍首次见面时，是银甲白袍的将军造型。

现在正值盛夏，又是正午气温最高的时候，路铭心的戏服是纱质的，并不算太热，但莫祁就捂得太严实了，如果再重拍几次，他真的有可能中暑。

路铭心知道他是给自己找个台阶，嗫嚅着说：“抱歉，祁哥。”

莫祁冲她一笑，表示不用介意，就自己走到旁边，由助理帮其脱下外层的铠甲透气。

经过刚才莫祁的反映，导演也意识到今天气温太高，日照又强，有些影响演员发挥，再加上临近中午，他干脆宣布休息两个小时，等午休过后再继续拍摄。

路铭心跑回保姆车上解决午饭，自从戏开拍后，她每天的午饭都是由顾清岚别墅的厨师做好了用保温盒送过来的。

因为怕她吃不饱，每次都加大了分量，在车里摆开也是丰盛的一桌子。

她扒了几口饭，看到解暑的陈皮绿豆汤装了两大盒子，就干脆抱起其中一盒，跑出去找莫祁。

莫祁的车停得离她的车不远，她过去时，莫祁的助理正用冰块裹着毛巾给他擦额头降暑。

远远看到她过来，莫祁就笑着冲她招手：“铭心。”

路铭心把冰镇的绿豆汤递过去：“家里多送了些，祁哥你喝点儿吧。”

莫祁接了过去，道谢：“来得正是时候，谢谢啦。”

路铭心在他旁边找了个椅子坐下来，她情绪低落，神色也茫然。

莫祁一边用助理递过来的勺子喝了几口绿豆汤，一边问：“铭心，你家里是不是有什么事情？”

他和路铭心合作过一次，虽然外界一直诟病她演技不好，但从专业的眼光看，路铭心的演技不能称得上出神入化，却还是算合格的。

只是演技好不好这个事情，有时候是个很主观的判断，对于观众来说就更是如此。他们眼中的“好演技”并不一定真是好，而是一种能打动他们的东西。

若说路铭心有什么欠缺的，大概也只是她的表演过于中规中矩和学院派，缺乏某种能直指心灵的激情。这些细节非要往深处追究的话，不过是天分和个人领悟能力的差别。

按道理来说，路铭心这样的演技，还远没到“专业花瓶”那么夸张，她这个外号之所以会被炒作起来，可能是有人恶意引导舆论，也跟她的长相实在太抢眼，红得又太快有关。

这些不怎么公正的评价泛滥的后果，可能就是路铭心如果想扭转其他人对于她是“花瓶”的印象，就要更加难一些了。

所以今天路铭心重拍几次，其他演员或者工作人员，可能马上就会想到：路花瓶演得不好太正常了。

这种态度不经意地传出来，也是一种给路铭心的无形压力。

路铭心有些感激地冲莫祁笑了笑，点头说：“我早上走的时候，清岚有点儿不舒服。”

莫祁也了然地点头：“我说今天早上怎么没见顾先生送你过来。”

路铭心知道因为家里的事，影响表演，对于一个演员来说是很不称职的。

只是今天她在摄像机前，抬头看着面前骑在高头大马上的青年将军，突然就想到了昨晚那个亦真亦幻的梦。

这一段戏再往前的戏份，因为扮演陆青萍未婚夫沐亦清的演员曹叶阳正在国外拍广告，还有几天才到剧组报道，所以要挪到后面去拍。

而那一段戏，正是沐亦清把陆青萍关在自家后院的厢房里，阻止她私自出去和杜逸见面。

在镜头前，看着莫祁俊美挺拔的身影，她没办法不想起昨晚梦中的情景，也没办法不想到她逃走时，顾清岚被她推开的身影，还有他胸前骇人的瘀青。

光影明灭之间，她忘记了自己是在摄影机前，忘记了自己是正在进行表演的演员，她控制不住自己去想顾清岚——想他是不是真的没事儿，是不是正在家独自承受痛苦。

真假交替让她觉得脑子都要炸掉了，台词也忘得差不多了。

看到她的样子，莫祁的想法就简单多了，他安慰她："没关系，谁都难免有个不能控制自己情绪的时候，中午休息一下，下午状态好了就没事儿了。"他说完此话，又笑着说，"更何况你跟顾先生还是热恋期啊，心情起伏大点儿没什么稀奇的。"

路铭心勉强笑了笑，打起精神："我下午一定好好表现。"

午休过后，她还真的又恢复了状态，不能说游刃有余，也算是达到了前几天的水准，和莫祁的那场戏，也只又拍了两遍就过了。

一天下来，大家虽然忙碌劳累，但总算完成了进度，所以每张疲惫的脸上都带着放松的神情。

路铭心卸了妆，换下戏服，正要跟着顾家派来接她的车走，就看到现场的执行制片人，铁青着脸骂了句"混账"，那声音有点儿大，现场很多人都听到了。

他手里还握着电话，看得出来是刚挂了电话在发脾气。能让这个脾气还算不错的执行制片骂人的，肯定是什么特别过分的事，路铭心有些好奇。

莫祁正和她站在一起，也感觉有点儿奇怪，就让自己的助理过去打听。

他的小助理真是个人精，悄无声息地过去找执行制片身旁的人压低声音问了几句。

隔了片刻，小助理就跑回来说："好像是曹叶阳没办法到剧组报道了，他昨天晚上回的国，今天因为醉驾被关进拘留所了。"

chapter 5

蓦然回首

刘琪看不下去，在旁边喊了声：“铭心，顾先生是玻璃做的吗？你倒是摸都不敢摸一下？”

路铭心欲哭无泪地回头：“刘导，你不懂，不是玻璃……是琉璃……”

刘琪也是无聊，还接了句：“有什么区别？”

路铭心喊：“更漂亮，还更容易碎！”

《山河踏碎》剧中的沐亦清，是个仅次于男主角杜逸的重要角色。如果硬要说的话，可以算作是男二或者反一，也就是最重要的反派。

路铭心在看剧本的时候，一度被剧中的故事深深吸引，唯独沐亦清这个角色，让她有淡淡的违和感。

这么说吧，在路铭心看来，《山河踏碎》的剧本质量是相当高的，背景大气恢弘不说，剧情也可谓是跌宕起伏、一波三折。

虽然是架空剧，剧情也和她熟知的历史不同，却并不像有些架空剧，逻辑部分带着硬伤，而是所有的事态发展，都脉络清晰，硬逻辑上没有任何瑕疵。

她想这应该是和参与剧本创作的人，其水准在业内都是一流的有关；在历史、逻辑方面，有顾清岚这个历史学教授参与，也一定是没问题的。

所以沐亦清这个人物，在逻辑严密的故事和有血有肉的人物中混杂着，就让她觉得有些别扭了。

这个人物怎么说呢？很像一些二三流古装剧里典型的坏人：初期看起来风度翩翩、温文尔雅，有个时期受到了某种刺激，又突然转变，变得欺君叛国、十恶不赦。

好的时候看起来很假，坏的时候又坏得没理由。

剧本里是这么写的：沐亦清本来是女帝的皇夫人选，结果女帝临时悔婚，钦定了一直和她暧昧不清的另一个大臣墨宁熙为皇夫。

沐亦清的父亲本来就是一国的宰相，沐家也是公侯世家，沐丞相本来是很恼羞成怒的，但皇命不可违，沐家也只得强咽下这口气。

这时候沐亦清还表现得像个君子，很是大度，表示自己并不介意，愿祝女帝和新皇夫百年好合。

可毕竟他是在成婚前夕被退婚的，他都住到宫里去了，这么被退婚后黯然回府，因此沐家很快就替他安排了一门婚事。

这门婚事，就是他和陆青萍的婚约。原本在沐亦清被女帝钦点之前，沐家就和陆家有了婚约，等他被女帝钦点成为准皇夫，这门婚约自然也就没有人提了。

现在他被女帝悔婚，婚约之事重提，沐陆两家世代相交，又一文一武利益相关，陆家倒也没说什么，便安排陆青萍嫁入沐家。

可小时候就对沐亦清没有男女之情的陆青萍，对此十分不满。

在她看来，本来先是沐亦清不要她，利欲熏心想入赘天家做皇夫，结果皇夫没做成，又拿她来做替补。

她可以嫁人，但必须得是情投意合、两情相悦的，不能是这样稀里糊涂的父母之命、媒妁之言。

为了抗拒嫁入沐家，她闹腾出了很多事，又是打伤沐亦清逃婚，又是女扮男装混入军营，这个过程好玩又不乏搞笑之处。

这也算是未来英姿飒爽的女将军年少轻狂时，上演的一系列闹剧吧。现在正在拍摄的，也正是这个时期的戏份。

后来陆青萍在路遇的青年将军杜逸的感化下，开始渐渐成熟，意识到自己的任性和胡闹。

在见识过真正的战场，亲眼见证了身边战友的牺牲后，她也认识到保家卫国的重要性，以及对家人的牵挂。

有多少战友，日夜期盼能够活着回到家乡，见爹娘而不得，她却私自离家出走，让父母、亲人担心自己。

成熟了的陆青萍在经历了浴血奋战后，终于跟随大军胜利班师回朝。在庆功宴上，她主动站出来，坦诚公开自己是陆家之后，也是女子身份，引起满朝哗然。

这个时代虽然是女帝主政，但骨子里仍是男尊女卑的男权社会，所以一个女子如此大逆不道的举动，还是被大多数人诟病和反对。

好在女帝毕竟也是个女子，并没有责罚她的意思，只是做样子呵斥了几句。而这时的沐亦清，也站出来表示身为她的未婚夫婿，自己没能尽到教导之责，甘愿领罪，希望女帝能恕她隐瞒身份的罪责。

有这样的台阶，女帝就干脆给了沐亦清一些罚俸之类不痛不痒的责罚，然后令他二人尽快成亲。

如此一来，陆青萍就势必要嫁给沐亦清了。成熟后的陆青萍，想起和沐亦清幼时相处的情谊，又感念他在众臣面前为自己说话的担当，倒也愿意嫁给沐亦清。

最关键的一点，也是她真正心仪的杜逸将军，此时也已经与他自小文定的未婚妻成亲。

甜蜜又酸涩的爱恋还没来得及开始就结束了，陆青萍在她18岁时，带着对杜逸的爱慕，嫁给了誉满京师的清流才子沐亦清。

婚后陆青萍和沐亦清的生活也还算和美，为了让她能够亲临战场，沐亦清甚至主动请旨去戍边，好让她以从军女眷的身份去前线。

只是此时，变故却突然发生，杜逸在行军中误入对方埋伏，身边只带了两百亲卫的他，被对手西夏王生擒。

陆青萍从小就被父亲送入武林剑派中习武，听到这个消息后，执意要只身前往敌营解救杜逸。

沐亦清劝阻未果，也只能作罢。解救的过程自然惊心动魄，陆青萍从监牢里将饱受折磨的杜逸救出来后，两人被围困在一座悬崖峭壁上长达三日。

三日后前来支援他们的救兵终于到来，在战友的帮助下，两人顺利脱困，只是在撤退时，陆青萍震惊地发现沐亦清竟然就站在西夏王身边。

无法置信枕边人竟然站在敌方，陆青萍冲沐亦清大声质问，得到的却只是一声轻笑。当他们回到营地，才知道原来杜逸的行踪会被西夏王得知，皆因军中出了奸细。

现在沐亦清在西夏营地现身，奸细是谁不言而喻。他主动请旨前往前线的行径也有了解释。

陆青萍此时伤心欲绝，她既对丈夫背叛国家感到难过，也为杜逸和军营遭受的重创难过。

沐亦清叛国的消息传到京师，女帝在震惊之余，也叹息说是自己辜负沐卿在先。

陆青萍既然人在前线，战事又正吃紧，西夏王大兵压境，女帝就传来谕旨，临阵任命她为车骑将军，协助杜逸作战。

只是在沐亦清投敌叛变后，他军事才能卓越，杜逸和陆青萍一度被他设下的奇计打得节节败退。

也是国家能人异士居多，于国家危难之际，正当陆青萍焦头烂额的时候，她发现在自己的营房帐前，每天都会停着一只青色的小鸟。

那鸟儿并不怕人，脚踝上还绑着一只小小的锦囊。在连续几日后，陆青萍终于将小鸟捉住，拿下了锦囊，打开来后，里面竟有一条信笺，正是针对当下战况的妙计。

陆青萍拿着那封信笺去和杜逸商量，最终两人决定，战况已经如此惨烈，不如轻信一回，总归也不会坏到哪里去。

结果当日依计而行，他们真的击溃了沐亦清设下的阵法，大破敌军。陆青萍和杜逸备受鼓舞，有了青鸟的锦囊妙计相助，再加上京师派来的援军已到，他们也终于将西夏王的大军一步步从国土上赶了出去。

西夏王连番败落，只能仓皇逃回国都兴州，在退兵之时，他迁怒内应和军师沐亦清，将他孤身丢弃在了废弃的营房中。

沐亦清被我方士兵活捉，陆青萍却恨他因为一己私欲投敌叛变，不肯去见他。而这位前期温文尔雅、后期卑鄙可耻的伪君子，也在被押解回京后不久便死于狱中了。

接下来在陆青萍的人生中，再也没有这个人的痕迹，她又受青鸟指引，找到了藏于山崖间的兵法奇书。

有兵法相助，又有强兵良将，他们不仅将西夏王赶回了老家，还攻破了兴州，将这位乱世枭雄斩于刀下，彻底平定了西夏。

在《山河踏碎》一剧的结尾，是女将军班师回朝，受到百姓拥护和爱戴，女帝褒奖、封赏，一代传奇女将的英名永载史册。

整个故事结束，论戏份和推动剧情的地位，沐亦清这个人都算是个重要人物，虽然结局悲惨，但他亦正亦邪，前后对比强烈，也是具有大红潜质的角色之一。

最初剧组是想找一个实力派演员来担纲的，但出资占据第二位的那个投资商，却非要当红小生曹叶阳来扮演。

这位曹叶阳，说起来也是个风云人物，他长相俊美，走的也是全面发展的道路，唱歌、演戏、综艺，样样都要参与，样样又都不专注。

搞得唱歌净出些垃圾唱片，演戏都是清一色的青春偶像剧，综艺节目也几乎上了个遍，打开电视机就能看到他在各处不停地蹦跶。

偏偏他正符合当下审美对于花美男的要求，在网络上又会撒娇、又会卖萌，所以粉丝众多，人气极旺。

他的外形倒是符合沐亦清这个角色的要求，身材高挑修长，五官也清俊精致。他自己大概也很想扮演这个角色，特地揣摩了剧本，试镜当天低眉垂眼，真有那么几分温润儒雅的架势。

据说杜励是不喜欢他的，觉得这个人做事太轻浮，大概不能沉下心演好这个对全剧而言很重要的角色。不过她看曹叶阳试镜时表现得很不错，那个投资商又坚持要他演男二号才肯出资，所以她就犹豫了。

据说她还捧着曹叶阳的试镜照去征求了下顾清岚的意见，顾清岚倒也没说什么，只说：“这个角色由你们来安排。”所以最后沐亦清就定下来由曹叶阳扮演了。

结果这个小天王终究是没能靠谱一回，本来他拍广告的档期就和开机时间冲突，缺席了开机仪式不说，回国后又出了这档子事儿，现在好了，怪不得制片人会失态到当众骂起来。

在片场忙了一天，临走时又得到这个消息，路铭心回到别墅的时候，心情难免也受到了影响。

她进门的时候，顾清岚正在客厅里坐着，面前放的却不是书，而是笔记本电脑，看起来像是在办公。

看到她走进来，他就停下来对她笑笑：“铭心，回来了？”

路铭心还记挂着他胸口的瘀青，连忙过去摸着他的胸口问：“清岚哥哥，你胸口还疼吗？”

那只是一块瘀伤，再加上路铭心就算梦里头没轻没重，也毕竟只是肉掌造成的伤害，涂了瘀伤药以后已经好得多了。

但既然路铭心要看，他就笑笑，任她解开自己胸前的衣扣查看。

路铭心看到抹了药酒伤痕的颜色已经浅了些，肿得也没那么明显了，就松了口气，把他的衣扣系好后，她就侧头在他有些苍白的脸颊上轻吻了下。

顾清岚觉察到她情绪的低落，笑笑问：“怎么了？”

路铭心本来就因为曹叶阳的事情犯愁着，听他问连忙一股脑儿都说了，末了还加上一句：“过几天再不开始拍他的戏份，拍摄进度就要被耽误了……再说我也不喜欢他演沐亦清。”

听她说着，顾清岚微微一顿，继而又笑得温和了：“是吗？为什么？”

这些日子来，在他面前她就会不自觉地放松，现在也是，皱着眉一股脑儿就说了：“他表演态度有问题，沐亦清并不是一个随便就可以演好的角色，他却用那种不负责的态度。”

顾清岚听她说得义愤填膺，才笑了笑，低声说：“我记得你和他并没有宿怨，怎么对他意见这么大？”

路铭心轻哼了声：“我只是看不惯他演沐亦清……明明演不出那种风骨。”

顾清岚仍是那种不徐不缓的语气：“哦？他不是个反派角色吗？这种人何来风骨？”

如果是在昨天之前，他说这句话路铭心一定不会反对，她对沐亦清这个角色并没有太上心。

但经过昨天之后，特别是在梦中，顾清岚就是“沐亦清”，让她就对这个角色有了异样的感受。

现在听到顾清岚这么说，她不知为何听了他的话后一阵难过，好像是他在自贬一样，连忙说：“不是的，我觉得沐亦清投敌叛国，肯定是有什么内情的，他不是那样的卑鄙小人。”

顾清岚淡淡地笑了笑：“这么看来，你对这个人物的认识，比编剧还要深刻了。”

路铭心这才意识到，顾清岚正是剧本创作的参与者之一，门外汉的意见提到本人面前了，她一阵害臊，但还是小声说：“反正我觉得沐亦清这个角色还是可以挖掘一下的，曹叶阳也演不好他。”

顾清岚不再回答她，而是侧头咳了几声。路铭心看他确实有些疲倦，也不再说话，抱住他的胳膊，把头靠在他肩上。

鼻间萦绕的是他身上那种淡淡的清冽气息，她觉得在恍神间，又隐约看到了那个身穿白衣的高大身影。她无数次地伸手去触摸他，却只触到漫天冰雪，令她彻骨寒凉。

顾清岚并不想和她过多地纠缠沐亦清的问题……她看似粗心大意，却意外的敏锐。

他曾问她，相不相信前世今生，她当时否决了，其实他想告诉她的，却是假如“前世今生”真的存在呢?

那还是一年前，那时他因为和苏季的恋情破灭，只身回到美国，他本来在美国就开了公司，再加上已经有学校邀请他去任教，所以日程排得很满。

繁重的工作让他疲于应付，也让他能够不去思考那段于他而言算是惨痛的失败恋情。

一段时间后，他空出身心来，终于开始冷静地思考，并且意识到，苏季于他而言，也许并不是他原本以为的毕生挚爱。

他和她原本交集就不多，那时他毕竟年少轻狂，也太自负。苏季只是在合适的时间里，出现在他面前的一个“深深爱慕他的女孩子”，他对苏季的了解，也仅限于她在学校里的表现。

他欣赏她与世无争的淡然气质，也感受到了她对自己的崇拜和恋慕。现在想来，他们都没有看清真实的对方，他们之于对方，都只是一个淡淡却又深刻的影子。

这样的爱恋，也只能止步于朦胧的情愫——苏季只是比他更早地意识到了这一点而已。

也就在那时，他突然开始频繁地头疼，那种疼痛感很陌生，是他之前从来没有经历过的，好像他的大脑中有数不清的声音在喧嚣，而他却听不清楚。

直到有一次，他疼到失去了意识，在蒙眬中他觉得自己似乎来到了一个奇怪的世界。他能清楚地知道这不是在现实中，却看到和听到了太多的事情，多如乱麻的人和事拼命地钻到他的记忆中，让他无法说服自己，这只是个梦境。

在那个世界中，苏季是名为“季瑛”的女帝，苏季现实中的丈夫墨远宁，是自幼辅佐她的大臣“墨宁熙”，他则是顾丞相的独子，名字就是“顾清岚”。

他年少成名，誉满京师，被女帝青睐，获准常常出入宫廷。待女帝成年，即将册立皇夫，他也顺理成章地成为了皇夫人选。

那时他已经有和将门路家的婚约，但皇命难违，他只能奉旨进宫。也在那时，他感受到了女帝真正的心思，她喜爱和他交谈，却仅止于诗词歌赋、圣人典籍、治国之道，等等。

他们的相处，也并没有陷入爱恋中的小儿女般莫名的情愫。而女帝和墨宁熙一起长大，她深爱墨宁熙却不自知，两人也因为政见不合彼此疏远。

流年几转，两年后季瑛到了应该册立皇夫的年纪，这时她其实还深爱着墨宁熙，却因为两人的疏远关系，故意用他来刺激墨宁熙。

最后墨宁熙一句“顾清岚可为皇夫人选”，他就变成了女帝诏书中即将成为“皇夫”的人了。

后来他果然成了他们恋情的牺牲品，季瑛在墨宁熙遇险后就不顾一切地追出宫去。

等他们一同回京的时候，季瑛又拿出先帝遗诏，宣布正式册立墨宁熙为皇夫。事已至此，他只能自行出宫回家，将位置腾了出来，成全了这一对璧人。

此时虽然有淡淡的失落感，更多的却是释怀……然后他父亲顾相为了挽回顾家声誉，匆忙安排他和路家之女路铭心成亲。

再后来的事，他都稍加修饰，用半年的时光，陆陆续续写入了那个名为《山河踏碎》的剧本中——

婚后他全心全意地待她，只求琴瑟和谐、举案齐眉。而她却仍旧心系莫祁将军，对他甚至没有一点儿信任，最后他用自己的心血和生命，换来了她的安宁和战事的胜利，却自始至终不曾告诉过她真相。

他深陷敌营，是为了救她和莫祁；她接到传信的青鸟，以及得到的兵法，也是他在敌营中书写传出的。

他做那些事时，已经不奢望她能够爱上他，只是在为她，也为了国家，尽最后的绵薄之力。然而直到他生命的最后一刻，仍没有等来她的一次回眸。

恍然间仿佛又经历了一世那么久，当他再度恢复神智，自己已经躺在了医院中。

那时他才得知，他竟然已经昏迷了数天。他初醒后，在真实的世界和那个看不到触不到的世界间恍惚了很久，理智告诉他，他应该认为那是荒唐一梦。

受过这么多年的教育，他当然无法接受什么怪力乱神的“前世”，可那些记忆的真实感却让他无法承认那只是梦境，于是他只能认为那是一处“幻境”，发生在不知道哪里的时空中。

他也试着把那些涌上来的记忆，看作一出隔世的闹剧，尽量忘却，但她就像一枚刺入他心脏中的钢针，在“幻境”中他至死未能拔出，如今那痛楚的痕迹也犹在，让他避之唯恐不及。

她的身影一次次浮现在他眼前，他从母亲那里了解过她的近况，打开国内的新闻网站，娱乐版上时常会有她出现。

她出席了什么活动；被记者抓到不化妆出来吃宵夜；他看她出演的电影，她饰演莫祁的恋人，她看向他的目光里，全然是信赖和爱慕。

他在那一刻，胸口突然痛楚难当……在“幻境”里，她也是用这种目光注视着莫将军，他在旁清楚地看到，却从来也不提及。

她胸中有梦，他助她追寻，她爱慕他人，他也假装不知。他也许不过是她生命中的一个过客，可她是否还能找到一个人，愿意这样疼爱她?

半年过去后，他非但没有忘记她，头疼和昏倒的频率反而在增加。

他开始执着地想让她也“记起”，哪怕知道那个“幻境”也许只是属于他一个人的记忆，他也仍旧一意孤行……不为其他，只因为他不想让自己再次成为她生命中可有可无的一段存在。

这样的执念是如此强烈，超过他以往生命中的所有预期。于是才有了现在的局面，他将前世的事，都写入了剧本中，找来专业编剧润色，组建影视公司投资，找到她的经纪公司请她出演。

连那位和“幻境”中的莫祁将军同名同姓、样貌也像极了的演员莫祁，也是他找来的。

所有这一切，他苦心孤诣，为的不是她，而是自己。他希望能够在她那里发现，关于“幻境”……就算那是前世吧，并不是他一个人的记忆，她也能够想起。

那么当她也回忆起来时，前世那些至死未能对她说出的话语，他或许就有机会再说，或者那些至死未解的恩怨，也有可能消弭于无形。

如今她终于开始渐渐想起了，昨晚他被她睡梦中无意识的挣扎吵醒，当他去拥抱她时，她却叫着什么，将手掌挥打在他胸口。

她用了很大的力气，在他胸口留下了瘀伤，幸而他及时抱住了她，没能让她因为太大的动作伤到自己。

第二天路铭心还是早早地到了片场，昨天那位在场的制片人也早早地守在了一旁，见她来了，就将驻剧组的导演、副导演，以及几位主要演员叫到一起简短地开了个会。

据那位制片人说，曹叶阳正好赶上了整顿市容市风的枪口，拘留15日是肯定的了。再加上他被交警拦下后，还跟交警发生了口角和肢体接触，受到基本的处罚后，还要看公安机关要不要起诉他。

这么一来，原定的他一周后来剧组报道是一定不行了，具体什么时候能进组，还未知。

制片人在昨晚紧急跟投资公司通报、协商后，决定暂时启用一个替身演员，把曹叶阳不露正脸的镜头先拍了，等他进组后，再把有正脸的戏份补拍了。

路铭心在旁听着，心里就更加郁闷：整个剧组中，就数她和曹叶阳的对手戏最多，好多镜头要拍两遍的话，无形中是给她增加了不少工作量。

制片人看她神色不大好，赶快又补充了一句：“铭心，如果觉得给你增加了负担，等曹叶阳补拍时，你也可以用替身上。”

路铭心有气憋着，难得说了句不怎么好听的话：“我可不要，不然这么一部戏拍下来，我是跟替身演对手戏呢，还是跟曹大少演对手戏？”

制片人虽然也对曹叶阳存有满肚子的意见，听到她这么公开地发脾气，脸色也有些尴尬，只能勉强解释：“实在没办法，如果拍摄时间超过合同里规定的日期，会按天补偿给诸位的。”

路铭心如果是诚心给他难看，这时候只甩一句：我损失的时间是那几个补偿金能弥补的？以她这种级别演员的身价来说，就能让制片人无言以对。

但她毕竟不是诚心找茬儿，也只说了这么一句话就不再出声了，莫祁见状，在旁打圆场：“没事儿，每个剧组都难免会有些突发状况，只要能顺利拍完就好。”

制片人的脸色这才好看了些，又说了几句天热大家注意身体的话之后就匆匆散了会。

从那间被作为临时会议室的房间里出来，避开其他人，莫祁就笑着对路铭心说：“怎么了？被曹叶阳影响了心情？”

路铭心跟莫祁关系较好，他既然问，她也就没隐瞒：“我不喜欢曹叶阳，他根本演不好沐亦清！”

一向奉行低调做人原则的路铭心，竟然对一个没有合作过的演员有如此激烈的言辞，莫祁也觉得意外：“怎么？你对曹叶阳有意见？”

“轻浮狂躁，典型有了粉丝捧就不知道自己是谁。”周围没别人，路铭心干脆吐槽个彻底，“圈里头他这样突然爆红的人多了去了，要是还不端正态度，好好工作，过气起来比谁都快。”

莫祁闻言就开始憋笑，路铭心察觉到了，转头看他：“祁哥，你笑什么？”

莫祁举起手指：“我只是突然想到，两年前有个报道，也是这么说某位突然大红大紫的女演员的……”

这位“女演员”，当然就是路铭心本人，她又好气又好笑地推了莫祁一把：“你还是不是我哥？怎么帮外人说话！而且我工作态度一直很端正！”

这样打闹了一通，路铭心也就把那些不快抛到了脑后。更何况剧组拍摄进度吃紧，重头戏接踵而来，她身为主演压力巨大，哪里有工夫再去对别人品头论足的。

拍摄完陆青萍少女时期的戏后，剧组要转换场地，沐亦清的戏份的确不能再拖下去了，接下来的几天，剧组果然安排了曹叶阳的替身来跟路铭心对戏。

曹叶阳的替身剧组倒是早就请好了，只是这原本安排是有危险动作时才上场的武戏替身，自然没有筛选太过严格，背影和曹叶阳也只有七八分相似。

关键是这位长相也算帅气的小哥是专业武打替身，并没有学过表演，让他做文戏的替身，他也只会穿了戏服，站在路铭心面前一脸神游的表情。

路铭心自问还算是对着一面墙壁都能演完一出话剧的专业演员——当然演得好不好另说。

可是当她这边又笑、又哭、又是媚眼的，那边却双眼放空，一副只关心晚上盒饭好不好吃的架势。

如果他能一直这么保持放空也就算了，关键是路铭心表情动作稍大，他还会诡异地从神游中清醒，露出憨笑的扭曲表情。

几天下来，路铭心觉得整个人的状态都不好了，辛苦拍出来的镜头，频频重拍，拍摄进度简直惨不忍睹。

当路铭心又拖着一张被武替小哥虐到不爽的脸，回到家里时，顾清岚正坐在客厅的沙发上看书。

顾清岚抬眼看了看她那霜打了的茄子一样的造型，忍不住说："女孩子，行止端庄一些。"

路铭心抬头哭丧着脸看他："清岚哥哥，我好苦哦。"

她这一句几乎声泪俱下，那双勾魂摄魄的桃花眼里更是泪水盈盈，仿佛是古时候的窦娥面对着升堂的大老爷。

顾清岚也被她弄得微微顿了下，隔了片刻，才开口问："怎么，工作不顺利？"

路铭心眼泪汪汪地拼命点头："清岚哥哥……搭戏的人都没有了，我拍戏好艰难……"

身为投资商，顾清岚是不怎么关注《山河踏碎》剧组的琐事的，他也只是定期从制片人那里看一下财务报表。

最近给他看的报表里，制片人表示因为曹叶阳的缺席，剧组可能要比预期晚些时间结束这个阶段的拍摄，并且后期要加拍曹叶阳的镜头，这些当然都要增加预算。

他原本也不熟悉演艺界，更不知道曹叶阳是谁，除了定下了路铭心和莫祁之外，其他角色怎么选出的，他更是一概不去过问。

当初他是准备独资的，但杜励推荐了这家投资商，说他们在销售渠道上有些资源，所以他也就让出了20%的份额。

因为这20%，对方想安排进来一个自己公司的演员，也算是行业内约定俗成的规则，他就没去理会。至于因为曹叶阳缺席，导致投资超出预算的部分，他也是没打算承担的，自然是由对方公司埋单。

但既然路铭心哭诉到他面前，而且还是因为曹叶阳的缺席，让她这几天早出晚归，精神不振的。顾清岚顿时就勾了唇角，淡淡地说：“没事儿，会有人陪你演的。”

他说出这句话的同时，还被关在拘留所里的小天王曹叶阳被临场换下来的事，基本就成定局了。

可惜这么有霸道总裁气质的言论，路铭心却没有听懂，她听了这句话后，反而灵光一闪，眼睛闪亮亮地看着顾清岚：“清岚哥哥……你这两天胸口还疼吗？”

他胸口疼本来也只是瘀伤而已，早就消退得差不多了，他就微笑了一下：“还好。”

路铭心还是双眼发光地看着他：“那清岚哥哥可不可以帮我一个忙……”

她刚说完个开头，立刻又有些懊悔：“不行，现在天气太热了，戏服、头套又那么厚，热到你怎么办？你身体又不好……”

她说得这么吞吞吐吐，顾清岚就皱了眉，把手里的书放下来：“有什么意见直接说。”

路铭心还是不断用眼角偷瞄他：“这个……那个……我想让你帮我对台词……”

顾清岚听她这么说，倒是没有异议，剧本原本就是从他手里诞生的，他记忆力又好，帮她对台词，是再简单不过的事情，连剧本都可以不用再看，随口就能对。

他听到这里，就点了下头：“也无不可。”

路铭心接着就说了：“我是说，你穿上戏服，戴上头套，化了妆……到镜头前去帮我对台词。”

现场很诡异地安静了那么十几秒钟，顾清岚只是看着她，眉心微蹙，欲言又止。显然顾清岚也没想到她竟然提出这么无厘头的要求，一时之间也不知道该怎么回答。

路铭心是谁？脸皮这么厚，趁着他无语的空当儿，干脆扑上去抱住他的脖子，在他脸颊上轻轻地蹭了蹭：“清岚哥哥……跟我对戏的武替小哥太木啦，还老笑场，而且他还不跟我对词！搞得我说完一句话，还得自己掐着时间等，然后再说第二句话，好无聊啊！”

她黏得太紧，顾清岚无奈地任她抱着自己撒娇：“于是你就想出让我帮你对台词的主意？”

路铭心还颇为得意：“是啊！我聪明吧，想到你对台词最熟悉，都不用背，而且你平时表情都这么少，镜头下肯定更少，绝对不会笑场！”

她一边说，一边就没忍住说出了自己的心声：“而且清岚哥哥这么美，古装扮相肯定好看死了，我看着你演戏都不累了！”

她这么兴奋，顾清岚只能轻叹一声：“你怎么知道我古装扮相好看？”

路铭心连忙说：“那天在梦里，我梦到你穿了白衣长衫，美得我都快流口水了！”

她提起那天的梦，顾清岚就又看了看她，他一直沉默着，当路铭心以为他一定会拒绝时，他竟然微微挑起唇角，点了下头：“好，明天我跟你去片场试试。”

路铭心只是随口说说，她自己都觉得自己的要求荒唐，现在听到顾清岚竟然答应陪她胡闹，简直不敢置信，欢呼了一声，她就凑过去吻他。

顾清岚既然答应了的事，肯定言出必践。第二天一早，他果然和她一起出门，乘了同一辆车去片场。

路铭心挽住他的胳膊，兴奋地把他往化妆室拽：“趁武替小哥还没有来，赶快把衣服穿了！”

对于她这种无耻占坑的行为，顾清岚只能无奈地笑笑。路铭心拉着顾清岚到化妆室的时候，习惯早到的莫祁已经在化妆了。

看到顾清岚进来，他还以为是老板亲临现场视察，笑着跟他们打招呼：“顾先生早，小路路早。”

顾清岚也对他笑了笑：“早。”

路铭心心急，都顾不上打招呼，拉着莫祁和造型师就是一通说，总算让他们知道，今天顾清岚来，是为了帮她对戏的。

本来顾清岚不是演员，也不是群演，但在剧组里，几个背影镜头，偶尔让其他工作人员顶替一下，也不是太罕见的事。

更何况莫祁知道顾清岚是这部戏的主要投资人，他觉得老板对自己的钱负责也是说得过去的，就点点头：“可以啊，跟刘导说一下应该没有问题。”

造型师绕到顾清岚后背观察了一阵，也频频点头：“这背影，跟曹叶阳的相似度，比吴冶还高啊！靠谱！”

吴冶就是那个武替小哥，本来他就是专业的武术运动员退役的，体格当然比为了保持上镜好看刻意减肥的曹叶阳健壮不少，所以就算两个人身高差不多，背影也只有七八分的相似。

但顾清岚就不同了，他本身就是清瘦的类型，身高也和曹叶阳接近，从背后看，两个人几乎有九成相似。

顾清岚既然到了这里，就随他们摆布了，认命地说：“是不是尽早拍完大家都可以休息？快点儿开工吧。”

他们剧组的总造型师，是个已经四十多岁的资深造型师了，在业内也享有盛誉，她工作态度严谨，虽然已是知名造型师了，但做造型仍不含糊，每天都要亲自来化妆室。

今天她上下打量着顾清岚，越看越双目放光：“这个脸蛋，这个身材，简直就是为古装而生的，不行，我今天要给原来的造型做点儿小调整。”

艺术家的创作欲望来了谁都拦不住，于是原来路铭心哄顾清岚来的时候，说的只是穿个戏服戴个头套，现在却变成了精挑细琢的全套造型。

顾清岚脸上还是第一次上妆，他不是很习惯，不过也没说出来，只是微闭了眼睛，任造型师一双灵巧的手在自己脸上摆弄。

总算造型师觉得满意，结束了工作让他站起来，他才无奈开口：“不用如此吧……不是拍不到正脸吗？”

满屋子的女人都没有说话，连做好了造型的莫祁，都斜倚在一旁，摸着下巴看着他，目光中意味深长。

路铭心已经换了戏服做好了发型，她一头黑发，都被盘到头顶做了双髻。不得不说她的容貌的确是在演艺界中也少见的完美，亦浓亦淡，可幼齿可御姐，无论古装还是现代，大部分造型都毫无违和感。

现在也是如此，桃红的襦裙衬得她肌肤如雪，虽然没有上妆，可那双桃花眼中宛如装着层层春水，波光潋滟，风姿醉人。

她上挑的眼梢，又微露娇憨之态，这样的少女，足以让人一见惊艳，可惜她现在脸上的表情，绝对跟她的美貌不符，呆愣愣地看着眼前黑发披肩，一身白色长衫的人，她竟连嘴巴都合不上了。

顾清岚丝毫不怀疑如果任她再发呆下去，过几秒钟她嘴里就会流出口水，即使是相当无语，他也不得不抬起手，将她张着的下巴合起来："铭心，行止有度。"

路铭心嘴巴是合上了，身体却很诚实地行动起来。她拉住身前这个人的衣袖，说出了一句经典台词："这位美人，我们在哪里曾见过。"

顾清岚无奈地甩开袖子："别闹。"

路铭心就无耻地凑过去挽他的胳膊："清岚哥哥太美啦，我都看呆啦！"

她说看呆了，倒是实话，梦里她看那个古代装束的顾清岚，看得并不是十分真切。而且因为梦里的她在胡闹，还推了人家一掌，所以更是混乱中随便打了个照面而已。现在能够好好看个够了，她就忍不住一看再看。

顾清岚的眉眼本就长得古典，现在造型师为了突出他的气质，特地加长了眉毛，将眼角也稍稍画得上挑了些。

这么一来，他看起来就比平时更加清冷了，这扮相与其说是贵公子，不如说是随时可以飞升的仙人。

如果任她在这里无休无止地发花痴，不知道要发到什么时候，顾清岚抬手在她嫩嫩的脸蛋上轻捏了捏，笑笑说："乖，快点儿化好妆好开工。"

现在正值七八月，是B市一年最热的时候，虽然影视城地处郊区，要比市里凉快不少，但仍旧算是高温。

顾清岚已经换上了全套戏服，那层层叠叠的布料虽说都算透薄，但也肯定是闷热的。

他本来就只是给路铭心配戏的，如果路铭心能早点儿化好妆，早点儿把戏演完了收工，那么他也可以早点儿换下衣服来休息一下。

路铭心连忙点着头，赶快又跑回去继续上妆。

今天路铭心要补的戏，正是陆青萍在打伤沐亦清逃跑之前，她和沐亦清对峙争吵的戏。

这一幕戏里，她要表现出对沐亦清的亲昵，还有对于他不能理解自己的愤怒和失望。

在这时候，她的情绪应该是比较激烈的，不能只让观众看到她的任性，还应该让观众体会到她内心的苦闷和挣扎。

这场戏路铭心昨天其实已经演过几条了，都没过，她把握不好情绪，武替小哥看她冲过来跟自己吵架，又老笑场。演了几条效果实在太差，时间又晚了，导演干脆就让她今天再继续演。今天倒好，她拉了个强力外援，信心满满地准备重新挑战。

现场的执行导演叫刘琪，在路铭心还在化妆的时候，莫祁已经找到他，跟他说了顾清岚会代替身演员上，帮路铭心搭一下戏，对对台词。

刘琪当然知道顾清岚是什么身份，听了听也没有异议，比画了个“OK”的手势，就表示自己这里没有问题了。

当演员就位，灯光和镜头跟上，戏这就开拍了。镜头对准的是路铭心的脸，顾清岚最多会被拍到一点儿侧脸，他的任务也很简单，只用站在这里，跟路铭心对一下台词就够了。

路铭心上妆后，额心点了桃花妆，更显得面若桃李，艳色逼人。

她先是有些生气地跺了跺脚，而后抬手去拉住顾清岚的袖子微微摇晃，央求道：“沐哥哥，将士们得胜班师归朝，这是何等荣耀振奋的时候……我听闻杜将军威名已久，却一直无缘得见，您就瞒着爹爹，让我偷偷出去……”

她话还没有说完，顾清岚已经淡淡地打断她：“陛下最忌权臣私下往来，杜将军如今手握边陲重兵，陆将军又负京畿守卫大任，两家更应该远避以自清。

“你钦佩杜逸将军，想要结交，待日后再做安排也可。只是今日非要违背陆将军的禁令，私自外出，无人发现也就罢了，倘若被他人看到，做出点儿文章，只怕是个隐患。”

不愧是原剧本作者，这么一大段台词，连一点儿停顿都没有，就这么行云流水地说了出来。

路铭心在心里早就暗暗叫清岚哥哥好棒，脸上的表情却有些不耐烦，几次欲言又止，一看就是勉强耐着性子听他说完的样子。

待顾清岚话音落下，她就又跺了跺脚，气急地说：“我只是去偷偷看下杜将军，连这个也要扯到什么朝政大事上吗？”

顾清岚垂眸看着她，他似是想到了什么，微微勾了勾唇角，神色间露出一丝淡淡的讥讽："普天之下，莫不是天子私产，我们一举一动皆不由心，又有什么是不能牵扯起来的？"

他这么说，显然是让路铭心想起来他被女帝退婚的事了，她略微愣了下，似乎也有些感染到他的悲凉，但很快她就又把注意力转回到眼前这件事上了。

也算是哀其不幸、怒其不争吧，她皱眉恨恨地说了句："那也只是你！不要以为全天下的人都像你一般，只会在权贵面前唯唯诺诺，做个半点儿没有自己想法的木偶！"

她说话语气太重，顾清岚的脸色就变得苍白了一些，但他却只是勾着唇角又淡笑了下："无论你怎么骂我，今次我也是不会让你去的。"

路铭心气得挥舞拳头，这时就恨不得给他一拳一样："我怎么会认得你这种人！你这个人到底讲不讲道理？"

顾清岚还是淡笑了下："道理我不是已经同你讲过了？总之，不可就是不可。"

他一面说着，一面微抬了手，示意身后站着的两个黑衣的护卫："院子里太凉，还是将路小姐送回房里去吧。"

路铭心这时还没野蛮到要跟护卫打架，更何况他随身跟着的这两个护卫，是女帝亲自从御前侍卫里挑选出来的武林好手，她是真的打不过。

于是她只能叫天天不应，叫地地不灵地被护卫一左一右地围起来往房间里送，虽然插翅难逃，但她这时候还是气愤难消，犹自回头对顾清岚放狠话："你这样的人，还想要我嫁给你？简直就是痴心妄想！"她说完，还嫌不够狠地补上一句，"怪不得陛下选了情深义重的墨大人，你这种人，哪里配得上一颗真心！"

这一幕戏，也算一气呵成，直到路铭心被侍卫押着走到镜头外，刘琪才意犹未尽地喊了声："Good job！"

路铭心一被解放，立刻就如脱缰的野马般跑回顾清岚的身边，两只眼睛亮晶晶的，恨不得从屁股后面伸出个尾巴摇一摇："清岚哥哥好棒！果然我没想错，有清岚哥哥帮忙简直是事半功倍，就像是跟祁哥一起演戏的感觉，我都被情绪带着走了！"

在一旁围观的莫影帝摸摸下巴，虽然被夸了，不知为何他却没感到开心：毕竟他是专业级演员吧？而顾清岚这还是第一次……

也不知是化妆效果，还是场地里灯光太足，路铭心说完后，总觉得顾清岚的脸色显得太苍白。

她抬手去触摸他的脸颊，还担心地问："清岚哥哥，你不舒服？是不是太热了？"

在她的手还没碰到他的脸时，手就被他抓住了，顾清岚对她笑了下："我脸上还有妆。"

那可是造型师花费了一早上的心血做出来的妆容，如果被她摸花了，说不定造型师会上来跟她拼命。

路铭心连忙吐了吐舌头："哎呀，我忘了。"

顾清岚笑看着她，隔了一阵，才说："我没事儿，只是有点儿热，休息下就好了。"

他说完后，就转身去一旁的椅子上坐下了，路铭心还有接下来的戏要拍，也就跟来了。

等到摄像机重新工作，她重新处在镜头的中心，才有些恍然地想起来，刚刚他握着她手腕的手掌，在这种酷暑的时候，分明还透着冰凉，又怎么会是有点儿热？

路铭心又拍完两个镜头，就到了午休的时候。午休过后，要拍的就是路铭心曾经梦到过的那段戏。

她缩在床脚暗自生气，顾清岚前来看她，他语气虽然是一贯的清冷，里面却藏着浓浓的关心和爱护。

她非但没领情，反而还是陷在自己的情绪里，对他仍旧恶语相向。

这一场戏，还是拍得很顺利，虽然为了效果，多拍了一条备选，但其实也是一条就过了。

顾清岚并非专业演员，没有受过走位的训练，不过这两场里他基本不需要走动，只用站着和路铭心对台词就好。

他当然也不会怯场，即使在周围工作人员的瞩目下，也还是淡淡说完台词，表情鲜有波动，倒跟沐亦清的性格很有些接近。

眼看路铭心今天铆足了劲儿一遍过，跟前几天萎靡不振的状态不可同日而语，连刘琪都开玩笑："铭心这么喜欢跟顾先生搭戏，干脆以后就让顾先生上得了。"

他也不过就是这么一说，毕竟顾清岚已经是老板了，又是大学教授，不可能突然转行做演员。

路铭心在他身边候场，听完后立刻说："拍戏这么辛苦，我可不舍得让清岚天天来。"

旁边一众人都用手遮住脸，连呼晒恩爱需自重，莫要闪瞎了围观群众的狗眼。

拍摄很顺利，只是临到拍陆青萍推了沐亦清一掌，逃出宅院时，路铭心却又卡了。

她每次冲到顾清岚面前，不是突然忘了动作，就是推得太偏太假。反正她的手掌，就是舍不得碰到顾清岚的一片衣角。

来来回回几次后，刘琪看不下去，在旁边喊了声："铭心，顾先生是玻璃做的吗？你摸都不敢摸一下？"

路铭心欲哭无泪地回头："刘导，你不懂，不是玻璃……是琉璃……"

刘琪也是无聊，还接了句："有什么区别？"

路铭心喊："更漂亮，还更容易碎！"

被他们讨论的顾清岚则站在一旁，唇边只带着一点儿淡笑。

最后只得还是武替小哥吴冶匆忙做了造型上了，他也是搞笑，还特地冲路铭心招了招手："来吧，我结实，随便推！"

路铭心欲报这几天被他笑场之仇，开拍后真的猛地冲过去，用力在他胸前推了下，一把把他推得倒退了几步远，连假摔都省了，效果无比逼真。

这下把过分轻视她的吴冶都镇住了，镜头拍完后，他特地捂着胸口作很痛状："哎呀，路小姐您练过散打吧，这手劲儿也太大了。"

她当然没强悍到能把肌肉发达的吴冶打伤的地步，不过总算让他吃了个瘪，她也开心，叉着腰长笑了几声，女神形象尽失。

顾清岚不是剧组的演员，再加上他本来也有工作，身体也并不是很好，所以路铭心也就拉他去了那么一天。

而有他那一天的帮忙，路铭心也很快找到了状态，以后的戏，她都是跟吴冶一起完成的。

当然还有一个原因，就是自从被她一巴掌推出去几步远后，吴冶从此对她刮目相看，也不知道是害怕她发飙痛揍自己，还是对她产生了一种“武林高手”的尊敬，反正他跟路铭心搭戏的时候，再也不笑场了。

随着路铭心在B市郊区影视城的戏份告一段落，接下来剧组将分成A、B两组，B组继续留在影视城里拍摄，她和莫祁则要跟随A组前去西部影视城，完成边疆军营的戏份拍摄。

体谅到他们马上就要远离家门，剧组特地给A组的成员集体放了三天假，让他们准备行装，并且可休息下调整状态。

近一个月的时间，每天连轴转，像路铭心这样算是身体条件不错、精力充沛的人，都累得快要不行了。

有了难得的假期，她恨不得就蹲在别墅里不出门，每天抱着枕头和顾清岚睡到死。

而随着B市大学开始放暑假，顾清岚也空闲下来，路铭心放假的第二天，他就把她从床上拖起来，将她丢到洗漱间里，扔下一句话：“收拾好，去见叔叔、阿姨。”

他口中的“叔叔、阿姨”，就是路铭心的父母，他们两家本来就是世交，他们又交往了三个月，并且是准备结婚的，虽然并没有确定婚礼的时间，但日常相处，已经熟悉得像一家人了。

这些日子来路铭心拍戏很累，路之遥和吴燕秋也都在实验室里，所以算起来，她都有一个月没见到双亲了。

因此这天一大早，他们吃过早餐后，就带了礼物一起过去。

知道他们要来，吴燕秋早准备好了午饭，她听闺密袁颖洁说过，顾清岚从小胃就不是很好，所以做菜的时候特地注意了一下，基本都是按着顾清岚的口味做的，路铭心喜欢吃的大鱼大肉就一道也没有。

在顾清岚那里被管着不能大口吃肉，到了自己家，还是被忘在一边，路铭心又一次感慨这日子简直没法儿过了。

饭后她又被吴燕秋指使去刷碗，她不敢说自己刚接的手表广告双手还得出镜，也不敢提新做的美甲和涂了几层的嫩手霜，只能老老实实地挽了袖子去厨房干活。

她被支使开后，顾清岚被留在客厅里，路之遥和吴燕秋一左一右坐他旁边，路之遥没说话，吴燕秋就开了口：“小顾啊，你和路铭心的未来，你有什么打算没有？”

顾清岚笑了下：“等铭心这部戏杀青，我们准备举办婚礼，至于其他，铭心正在事业上升期，看她的安排吧。”

吴燕秋搞了一辈子科研，显然说话不会拐弯抹角，于是直接就说了：“我们今天就想跟你聊一下，看你能不能劝动铭心，让她不要在演艺界里做了。”

早就知道路铭心走这条路，路之遥和吴燕秋是不同意的，顾清岚也只能笑笑：“铭心是个很优秀的演员，她也是风华正茂的年纪，离开了这一行，转做什么呢？”

吴燕秋显然早就已经想好了：“就是她年轻才好，她脑子又不笨，让她再考个研，你不是在B大吗？可以帮她选下导师，就算是文史专业也可以，以后再读博士留校，或者做其他工作。”

说来说去，她还是希望路铭心能回到读书上来。像她这个年纪，思维又牢牢地被固定在科研上，的确会觉得文化产业，特别是闹哄哄的演艺圈，终究是歪门邪道，唯独做研究、做学问，才是“正途”。

顾清岚听着，转头看了下路之遥，见他低头看着手里的报纸并不说话，就知道虽然这些话是由吴燕秋说出来的，但显然这意见达成了他们两人的共识。

他想了下，就对吴燕秋笑笑：“阿姨，以后我是铭心的丈夫，我所能答应您的，是我会照顾好她的生活，为她解决后顾之忧。至于她选择怎样的事业，我应该尊重她的想法，并无强硬干涉的权利。”

吴燕秋是看着他长大的，知道他从小时候起，就少年老成，很有主意。

她本来指望他能够跟自己看法一致，这样劝路铭心“回头”还有些希望，现在看来，他似乎并不觉得路铭心做明星有什么不好。

她欲言又止了几次，最终还是放弃地轻叹了声：“铭心这孩子从小就不让人省心……现在还是。”

顾清岚对她宽慰地笑笑：“您别担心，以后有我。”

吴燕秋又看了他一眼，终于觉得：即使女儿不靠谱，但这个准女婿实在是太合心意了，不知道女儿是走了什么狗屎运……

等路铭心终于洗好了碗，为了避免被老妈念叨，赶快拉着顾清岚下楼散步，并且声称顾清岚脾胃不好，必须要饭后活动，不能坐着。

她从小在这个大院里长大，这里的大部分人都认得她，而且这里很少有外人出入，不用担心记者偷拍，所以她就很随意地挽着顾清岚的手臂，问他："我妈刚才是不是找你嘀咕了？想让你管管我？"

她对自己妈妈的套路倒是很了解，这都能猜到，顾清岚弯了弯唇角："是，她想让我劝你改行，继续读书做学问。"

路铭心耸了下肩膀："她这话要是在我还没拍第一部戏之前说倒还好，现在说早就晚了。"

顾清岚转头看着她，微笑了下："这怎么说？"

路铭心无所谓地说："其实很俗气啊，哪个人在习惯了备受关注后，还能甘心回到那种默默无闻的状态？"

顾清岚倒还真没骂她，只是笑了笑："难得你坦诚。"

路铭心接着又加了句："当然在演完第一部戏后，我就觉得扮演其他人还是挺有趣的……特别是演完了后，还能在荧幕里看到戏中的自己，那种感觉，也还蛮奇妙的。"

顾清岚只是笑着，顺着她的话，随意问："哦？怎么个奇妙？"

他这么一问，路铭心脚步就停了下来，她好像有些迷惑，却还是很认真地说："我也不知道，有段时间我特别倾向于接古装戏……演的时候倒不觉得有什么，演完了再从屏幕里看那个穿着古装的自己，我就会有种想要想起什么来，却又怎么都想不起来的感觉。还有一种特别悲凉沧桑的感觉，我不知道用什么词语才能表达……"

顾清岚也停下了脚步，他微侧着身看着她，隔了片刻才轻声说出一句："万古长空，皆归尘土？"

路铭心赶快点头："是啊，就是这种感觉。"

顾清岚一笑："你只是感受到了历史的沧桑而已，很多人都会有的。"

路铭心也觉得这个解释不错，哈哈笑了起来："这么看来，我对历史应该是有兴趣的，不然我真的去考你的研究生吧，你要给我'放水'哦！"

顾清岚垂眸看着她，眉梢尽显温柔："嗯，师生恋也不错。"

路铭心最看不得他露出这样温柔的表情，让人马上就能血脉扩张，化身为狼。好歹她顾忌着院子里都是老街坊，给忍住了，只是踮脚在他脸颊上轻吻了下："好吗？顾老师！"

看了父母心情不错，他们下午在回别墅的路上，路铭心又哼起了荒腔走调的歌，自娱自乐、相当开心。

顾清岚则有些累了的样子，一直靠在车座上闭目养神。

当她把车开回别墅，停在门前的停车道上，还抬手摸了摸他的脸颊："美人，醒醒了！"

顾清岚睁开眼睛，将她的手拉开，随口呵斥了一句："轻浮。"

现在他这种呵斥，已经完全被路铭心当成一种情趣了，她十分嚣张地笑了两声："爷就是轻浮！如何？"

顾清岚已经懒得理她了，松开了她的手，自己俯身下车。

眼看这一天就要这样平淡无奇地过去了，他们刚进别墅，顾清岚的手机却响了起来。他看了眼屏幕，显示来电者是"杜励"，身为总制片人，杜励是很少直接跟他联系的。

现在她打来电话，应该是出了什么紧急的事情，他微蹙了眉，走进客厅，稍稍避开身后的路铭心，才将电话接起来："杜总？"

杜励的语气有些凝重："顾先生，曹叶阳的粉丝闹了起来。"

chapter 6

阳春白雪

这样的梦境，在他回忆起前世的一切后，经常会出现在夜里——仿佛是那些曾经的无奈和不甘，一遍又一遍地回放，昭示着他心中绵延了两世的执念。

顾清岚虽然已经决定换下曹叶阳，但他也只把这个决定告诉了杜励，让她物色新的人选。

杜励为了不对剧组的声誉造成影响，选角的事也是在私下悄悄进行的，到目前为止，知道曹叶阳即将被换下来的人，不超过五个。

顾清岚既然信任杜励，那么也就信任给杜励做事的人，他相信这几个人里，不会有人将换角的消息透露出去，现在曹叶阳的粉丝闹了起来，那就是其他环节出了问题。

他想着就皱了眉，问杜励："是怎么回事？"

向来雷厉风行的杜励竟然犹豫了一下，接着才说："有个视频流到网上去了，网址我已经让人发到您邮箱了，您看下再说吧。"

顾清岚知道这个视频一定是泄密的关键，淡应了声："我看完给您回电话。"

虽然事出紧急，他挂了电话后也还是先回房间换了居家的衣服，这才来到书房打开电脑。

网页链接地址是用杜励的私人邮箱发来的，显然发得很匆忙，邮件打开，除了惯常的抬头和署名外，就只是一个网络地址。

顾清岚将地址点开，很快就接入了一个视频发布平台，在等缓冲的时间里，他看了下视频的点击数和评论数，发现竟然已经有了几十万的播放量和上千条评论。

他不经常上网，但那不代表他不懂这些数据的意义。评论在下面，他正想拉下去看，视频已经开始播放了，他只好先看视频的内容了。

他本以为这种泄密的视频，应该是剧组工作人员趁人不备用手机偷拍的镜头，没想到开始播放后，竟然画质和音质都相当好，一看就是出自专业级别的摄像机，并且还配有同期的录音。

视频切出来的同时，他原本支在下颌上的手指就蓦然握紧了。那个在画面正中的人，一身白衣，长发如墨，背影挺拔如竹，不是别人，正是他自己。

而在同一时间，他听到电脑的音箱中传出了他自己的声音："你钦佩杜逸将军，想要结交，待日后再做安排也可……"

这正是那一天，他被路铭心怂恿，无奈陪她演了一天戏的录像资料。这个摄像机的位置，也正是剧组1号机拍摄下来的画面，他只不过是露了一个背影，路铭心的脸却处在画面的焦点位置。

长长的一段台词，他很轻松地就说完了，这本来就是他写下的台词，甚至是前世他曾说过的话，再去说第二次，自然也没有什么难的。

接着镜头又切换了一次，从侧面拍了他和路铭心，他垂着眸任路铭心发脾气，神色从侧面看并不十分清晰。

这些拍到侧脸的镜头，按道理说找到新的演员后，都会被替换下来的，但在这个视频里，他却像是被当作真正的"沐亦清"的扮演者去对待了。导演甚至让摄像机拉近镜头，给了他一个侧脸的特写。

若只是如此也就罢了，当他们两个这段戏结束时，他微微有些侧身，于是侧面的3号机，趁机将他的正脸拍了进去，并且给了一个近景的镜头。

顾清岚对机位并不熟悉，这些偷梁换柱，远超了"替身"的镜头，他当天都没有发现。

这一段戏被导演这样处理，下一段室内的当然也不能幸免，那一场他的语气动作更多了些，照旧被导演拍了几个正脸的特写和近景。

他一面看，一面想到那惊人的点击数，顿时觉得隐隐头疼。正在这时候，从他肩膀上伸出一个头，路铭心语气惊喜："哎呀，这几段导演真给我剪辑出来了，够义气！"

顾清岚一瞬间就明白这段视频为何会存在了，显然在他去做"替身"之前，路铭心就关照过导演，并偷偷地要求导演拍几下他的正脸，并且把这些镜头都剪到一个视频里。

不然没有刘琪的授意，摄像师又怎能利用机位偷拍到他那么多正脸的特写。

好在路铭心虽然"脱线"，但也没有"脱线"得搞不清楚状况。她又看了几眼屏幕，自己也很惊讶："什么？竟然已经被放到网上去了，点击率还这么高！我不是跟刘琪说了让他偷偷拍，拍完刻成盘再偷偷地给我就好了吗？"

事已至此，顾清岚只能颇为无奈地看她："我从未想过……"

路铭心显然还没有意识到这件事情的严重性，眨眨眼睛在他脸颊上轻吻一下："从未想过被这么多人瞻仰？"

她一边打趣，一边就干脆从顾清岚手里抢过鼠标，将进度条拖到开始的部分，她又不知点了什么，那些评论就都随着视频一起播放出来，一条条压在画面上，俗称"弹幕"。

因为评论很多，所以刷屏之后，看着还真蔚为壮观。当路铭心的脸出现时，观众的焦点都还在她身上，刷了几条"女神越来越美""女神嫁我"之类的评论。

路铭心看着，相当自鸣得意地吹了声口哨。随着视频推进，她就显然不被关注了，围观群众开始刷"这谁？声音好好听""男神转过脸来"等。

当顾清岚第一次被镜头拍到侧脸，评论在这个时候形成了一个小高潮，诸如"果然是个美人脸""美人睫毛好长娶我"等。

等顾清岚的正脸出现，突然爆发的弹幕，更是密密麻麻地把他的脸都快全部挡住了。

全是"美出一脸血""新人？求告诉名字"，当然也有人弱弱地表示"这美人长得有点儿像女神的未婚夫"，但在群众的激动情绪下，完全被淹没了。

当然这时候也开始有曹叶阳的粉丝刷屏："不是说好了小叶子演白衣美

男？”“我家小叶子也很美啊，不比这个差。”

视频再往后播放，曹叶阳的粉丝明显就多了起来，其他围观视频的群众，甚至还跟他那些语气不大友好的粉丝发生了一些争论。

趁着路铭心还在看视频的时候，顾清岚给杜励回了电话，表示自己已经大致了解了。

杜励看他没有因为自己的视频被曝光而大发雷霆，在松了口气的同时，连忙向他解释情况。

这个视频其实是昨天就被人偷偷贴到公共平台上去的，只不过开始的时候没有多少人看到，所以没有引起多大反响。

在今天中午，因为有人将视频地址贴到微博上，并且加了一句话：曹叶阳果然演不了大制作，要被换啦！

这个微博很快被转发了上万次，无数人涌到原视频网站看过后，又回到微博转发，而原视频因为点击量增长迅速，也很快被视频网站推到了首页的醒目位置。

曹叶阳的粉丝会闹起来，则是因为《山河踏碎》剧组制作班底的强大，在未开拍前就受到了不少关注。

虽然曹叶阳未能参加开机仪式，但在之前的所有通告中，都表明了他将会出演男二号“沐亦清”一角，剧组公布的定妆照里，也有他的造型照片。

据杜励说，从未出演过古装剧的曹叶阳白衣长发的造型出来后，反响还很不错，他的粉丝更是将他出演这个剧，当作他事业转型的标志。

毕竟曹叶阳之前演的那些粗制滥造的偶像剧，多少都有点儿登不了大雅之堂，而这部剧就不同了，一看就是大制作不说，还是偏严肃的正剧。

本来他前段时间传出醉驾被拘留的新闻时，拥护他的死忠粉丝们就很担心他的前途，现在他人还没出来，剧组就流出了这种视频，很明显就是要落井下石，把他换下来了，她们怎么能不激动？

这样的事，如果不是牵涉到了自己，他一定是不会过问的。可现在他被迫卷入了其中，他一想起网上那个视频，还有那密密麻麻的评论，顿时就又觉得头疼起来：“杜总，可否让网站把视频先删除了？”

杜励犹豫了一下，接着说：“可以倒是可以，可现在视频这么热，肯定有网友下载了的，即便突然把原始地址删除，也阻挡不了其他人再上传。”

顾清岚无奈地叹了口气："那么按照您的看法，我们应该怎么处理？"

杜励说："以我处理网络舆论的经验来说，我不赞同现在删除视频，但我们应该用官方渠道进行辟谣。"

她毕竟经验丰富，顾清岚只得说："那就全权交给杜总处理了。"

杜励答应下来，便很快找人去布置。等路铭心看完了视频，来到客厅时，就看到顾清岚正挂了电话，独自坐在沙发上。

她悄悄地走过去，想要扑上去偷袭他，等她绕到他面前，却发现他的神色有些怔忡，像是在想着什么。

路铭心愣了愣，她想起来顾清岚和她不同，也许她觉得拍摄过的视频被提前曝光了不算什么。

但顾清岚却是首次因自己的容貌，而面对公众的品头论足，对于他这种并非娱乐圈的人来说，心理上难免会有些不能适应。

她边想边走过去握住他的手，身体也半趴在他的膝盖上："清岚哥哥，你扮相真的很美，表演也不像没演过戏的，你看那么多人都说了喜欢你。"

顾清岚垂眸看了看她，轻"嗯"了声，他隔了片刻才笑笑："没什么……我不是在意别人怎么说我，而是……"他像是想到了什么，又停顿了一下，接着才说，"只是觉得有些事情，是我所不能控制的。"

无力控制什么，也无力改变什么……似乎无论是在前世，还是在现在，他都免不了陷入这样的境地。

他这么说的时候，语气里有一种前所未有的怅惘，路铭心听了，突然就觉得很难过，连忙说："清岚，我还是快点儿站出去澄清吧，说你只是我拉来帮忙的，并不是剧组的人，希望他们尊重你的肖像权。"

顾清岚抬手轻轻地摸了摸她的脸颊，笑着摇头："没事儿……我已经交给杜励处理了，需要怎么做，她比我们清楚。"

路铭心看着他的神情，还是心疼得要命，只能把脸放在他的膝盖上蹭了蹭："清岚哥哥，你需要我做什么都行。"

听着她这样的保证，顾清岚微微垂下了眼眸，他想要说什么，却始终没有说出口，只是对她微笑："谢谢。"

可能是被突然发生的事搅得有些疲惫，晚上顾清岚睡得很早。路铭心陪他一起上床，她这样习惯晚睡的人，肯早早地陪他睡觉，也算是做出很大的牺牲了。

然而他们躺下后，路铭心却还是比顾清岚更早睡沉了，她拉着他的手，整个身体都蜷缩在他的臂弯里，那姿势好像一只依偎着他的小猫。

他听着她均匀的呼吸声，在黑暗中看了她许久，最终还是轻合上了眼眸。蒙胧中，他似乎又回到了那个已逝去很久的朝代，身旁的亭台楼阁渐渐地清晰起来，耳畔传来了如今在都市里已经很少能听到的清脆鸟鸣声。

这样的梦境，在他回忆起前世的一切后，常常会出现在夜里——仿佛是那些曾经的无奈和不甘，一遍又一遍地回放，昭示着他心中绵延了两世的执念。

这一次，他看到的是她离家出走后的情景。她逃出阁楼时，趁乱推了他一掌，他相信当时她是情急时无心，可那一掌却还是震伤了他的心肺。

她逃走后，他被书童扶住后搀回卧房，没等御医来到，就咳了几口血。

书童见他咳血，被吓得连忙通报给他父亲，到了夜间，他不但是躺在床上连连低咳，而且还要听着暴怒的父亲对他的不满和指责。

眼看父亲就要让他身旁的季瑛（派给他的御前侍卫）去追她回来，他这才勉力下床，跪在父亲面前请他息怒。

那时父亲应该也是忧心他吧，看他如此，颇有些哀其不争地痛斥他：“徒负虚名，空抛年岁，于家国皆无益处。”

他竟然找不出一个词可以为自己辩驳，只能俯身下去，不住地叩头。父亲最终怒极而去，他这才松了口气，赶快差人送信入宫，告诉季瑛她离家出走的消息，请她多加包容。

而后又赶快将那两个御前侍卫也派了出去，暗中保护她的安危。那时的他，就是这样一个连未婚妻子都无法保护的无能男人，她骂他的那些话，也并没有错。

他是优柔寡断，不能分辨清楚对季瑛的心思到底是不是男女之情，所以才会答应下那桩婚事，还住进了内宫。

他也的确是不敢去找季瑛问清为何会这样对待自己，才会在听闻季瑛和墨宁熙情意甚笃后，不置一词，悄然从内宫中搬出。

他这样不堪的一个人，会被她轻视若此，也是理所应当的。

梦的最后，是她走了一个多月后，正在边疆建功立业，他的内伤也拖拖拉拉地将要痊愈时，独自在宅院里度过的一个午后。

那日正是长夏远去，凉秋渐来的时候，他院中的银杏树上，落下了第一片泛黄的树叶。

他也是突然来了兴致，让书童温了酒摆在院中，又将身旁的人都遣开，自己坐在树下独酌。

时至今日，他在梦中回到那一日，还是能感觉到那天照在身上的温软日光，还有凉风划过耳畔的碎响。

身体刚有起色，那壶酒他终究还是没有喝完，临到最后，他一人举杯，遥看着高高围墙外的一行大雁，悄声祝她：身如鸿鹄，远翔千里。

第二天路铭心醒来时，顾清岚少见地还没有起床。她侧头看他轻闭着的双眸，发现他的脸颊不但有些苍白，连眼睑下也有了淡淡的青痕。

顾清岚一贯早起，上次他没有早起，还是因为胸口被打伤。

路铭心顿时就有点儿着急，连忙轻晃了晃他的肩膀："清岚？清岚？"

她晃了几下，顾清岚这才睁开了眼睛，只是他一睁开眼睛，眉头很快就紧皱了起来，抬手按住了额头，轻咳了几声。

路铭心是给他吓到过的，连忙去捧他的脸颊："清岚，哪里不舒服？"

他还是紧蹙着眉，隔了一会儿才说："宿醉……"

路铭心没反应过来，"啊"了声："什么？你昨晚喝酒了？"

顾清岚总不能告诉她是在梦里，或者前世喝的吧，只能用力按了按疼痛欲裂的额头，轻吸了口气："没事儿……给我一杯茶就好。"

路铭心看到他苍白的脸色和皱着的眉头就心疼不已，凑过去在他发白的薄唇上轻吻了下，忙下床去给他泡茶。

他很少喝酒，家里没有备专用的醒酒茶，不过他这里各种茶还是很齐全的，周管家很快就准备好了一杯加了蜂蜜的普洱茶，让她送上去。

路铭心再回卧室时，顾清岚已经穿了衣服，勉强起身了。他脸色还是不好，因为头疼的缘故，站立也不是很稳，只能扶着椅背移到靠窗的沙发上坐下。

路铭心庆幸自己今天休假，能整天陪着他，把茶水放到他手边后，就挤在他身旁坐下来，拉住他的手心蹭了蹭："清岚哥哥，快点儿好吧。"

顾清岚被她黏得有些无奈，笑了笑说："我当然也想快点儿好……"

短短的一天时间，那个“《山河踏碎》剧组神秘白衣美男”的视频已经不仅仅是在一两个网站流传了，而是传遍了整个网络。

对于大部分网友来说，看一看面孔新鲜的惊艳美男，揣测下他的身份，就已经足够了。但对于曹叶阳的忠实粉丝们来说，这个视频是让他们无比闹心的存在。

曹叶阳即将被这个“白衣美男”替换下来的消息没有确定，他们也不能理直气壮地去找制片方闹事，于是就只能想办法诋毁这个身份不确定的“白衣美男”。

各大网站里只有他们的态度最激烈，一部分人想尽办法贬低顾清岚的相貌，一部分人又煞有介事，用看起来很专业的词汇挑剔他的演技。

闹了一整天，也就是这拨人，不知怎么从评论里发现“白衣美男”可能就是路铭心的“大学教授未婚夫”。

随即他们发挥了强大的“人肉搜索”，即使顾清岚从不注册社交网站，在网络上的资料也很少，他们也还是凭借“顾清岚”这几个字，挖出了他是B大的教授。

接着因为他们找到了在B大内部的人，所以又挖出来顾清岚只是“客座教授”，因为年纪太轻，也并没有教授职称。

所以他们就又紧揪着“教授”这个词汇，不外乎说顾清岚的“教授”头衔是有水分的，足以证明他本人虚荣。

又说他只是个学者，没有受过任何的表演训练，就擅自参与到剧组的拍摄里，妄图假装自己是专业演员，简直是搞笑什么的。

整个晚上，他们连续在一个流量很大的公共论坛开了几个帖子，掐得是风生水起。掐到后面，出来一个网友，什么都没说，就列举了顾清岚在美国时获得的学历，还有他的论文发表情况。

接着这位网友就说：不到30岁的历史博士，论文拿的权威学术奖，不跟史学泰斗比，年轻一辈的学者里算凤毛麟角，你以为美国没有大学和研究所想聘他？B大给他“客座教授”，是怕“讲师”这个职位人家不接受好吗？

最后这位网友还来了一个会心一击：不要掐学问了，属于主动暴露短板，光掐脸的话，你们家的小叶子兴许还可以拼一拼。

这些帖子路铭心都悄悄地用自己的平板电脑翻看着，看到这里，她终于忍不住笑了出来——跟娱乐圈的不少年轻偶像一样，曹叶阳也属于出道太早，而荒废了学业的类型。

曹叶阳其实还算好学，找了个大学，半真半假地读着书，今年才刚大三。当然他是艺人，不能用学霸的标准去要求他，只要他懂得上进，已经是很好了。

可他的粉丝非要在这里质疑顾清岚的学术水平，的确是自取其辱。她笑后，还怕吵到正在她面前躺椅上小憩的顾清岚，连忙捂着嘴。

顾清岚因为头疼的缘故，断断续续地睡了一天。路铭心几乎寸步不离地守着他，下午他怕她无聊，告诉她可以去书房玩电脑，路铭心却摇摇头，拉着他的手轻晃着："我想跟清岚哥哥在一起嘛。"

她不惜这样撒娇卖萌，顾清岚也只能不去理她，任她去了。

到了晚上顾清岚总算好了一些，晚饭过后，他接了一个电话。路铭心一直在他身边，听到他接了电话，从头到尾都在倾听，只说了几句："我知道，我会注意的。"

等他挂了电话，她有些好奇："怎么回事？"

顾清岚揉揉额头，对她笑了笑："没什么，有人把电话打到了学院里，问我是不是历史学院的老师，院长打电话来通知我一下。"

他其实还有些是没说的，院长方才跟他的通话中，还比较隐晦地提醒他注意舆论，毕竟他在外还代表着B大的历史学院。

路铭心听后忙说："幸亏现在是暑假，如果没放假的时候出了这件事，是不是你上课都要受影响？"

顾清岚对她轻笑："没事儿。"

晚上8点网络流量最大的时候，杜励也安排发布了官方消息，声称剧组并没有"换人"的打算，只是曹叶阳暂时不能投入工作，为了拍摄进度考虑，不得已采取了一些拍摄手法。

接着公告里又解释了为什么顾清岚会穿着戏服出现在视频中，说他因为是路铭心的未婚夫，到剧组探望路铭心并支持她的工作，结果被剧组的造型师发现背影酷似曹叶阳，所以才请他暂时担任曹叶阳的替身。

至于流出来的视频，只是路铭心请导演拍摄下来供自己私藏的。而顾清岚并非剧组演员，也没有签订涉及出镜的合同，所以将含有他影像的视频传播出去，属于侵犯公民肖像权的举动。

接下来东越公司会逐步向各大网站提出删除这个视频的要求，也请广大网友不要再进行传播。

这段说辞基本上都是真实的，而且官方否认了顾清岚将要替换曹叶阳出演“沐亦清”一角，也让曹叶阳的粉丝无从发挥。

官方辟谣发布出来后，杜励也打了电话，让顾清岚过目。那时顾清岚因为头疼已经睡下了，是路铭心接的电话，她看了遍公告，觉得没什么问题，就替顾清岚回复了杜励，并向她道了谢。

杜励倒是没有居功，说：“本来这件事也是因为我们管理不严格，才让视频流出去的，害顾先生不得不面对舆论，我们来善后也是应该的。”

路铭心跟着杜励这么多年了，还是第一次听到她说出这种类似歉疚的话，一时都不知道该怎么接，于是胡乱应了几句。

杜励话锋一转，语气又严厉起来：“明天就重新开工了，给我打起精神来！”

路铭心立刻精神起来：“是，老板！好的老板！”

杜励这才满意地挂掉了电话，路铭心松了口气，又回到卧室里去了，顾清岚没有被惊动，还是轻合着双眼睡得很沉。

他头疼的时候，似乎总是精神很差。路铭心神经再大条，也通过他几次的异常症状觉察出来他的身体应该不是普通的病症。

她相信顾清岚作为一个成年人，应该可以管理好自己的健康问题，但她还是忍不住担心。

那样的担忧，似乎并不是因为他目前的状况，而是她总觉得未来，他会受更大的苦，而她却没有办法替他分担哪怕是一点点。

她很少有这么瞻前顾后的时候，也许是因为明天她就要离开B市一段时间，不能每天见到他，所以心里的恐慌和不安定，就被放大了。

她躺在他身边，侧了身借着窗外的月光，看他安静的睡颜，一直看了很久，还是舍不得闭上眼睛。

她觉得自己这样的状态实在可笑，好像在她的人生中，还从未曾有过这样的时刻，痴傻到光看人家的脸，就能看上一个小时。

她这么想着，就回忆起了更多的让她回头看看都胆寒的细节：小时候她就特别喜欢黏着顾清岚，还很喜欢看他的眼睛，好像总也看不够。

那时候她还很喜欢对顾清岚做恶作剧，哪怕没有坏点子，也喜欢对他做个鬼脸、发个怪声。

现在长大了，她就知道，小孩子喜欢对哪个人做一些小动作和恶作剧，往往代表着她心里很在意这个人，希望能引起他的注意。

就算被顾清岚关在洗手间后对他产生了畏惧，每次家庭聚会见到他，她还总是下意识地去看他，哪怕偶尔会接触到他冰冷且带着告诫意味的目光，她下次还会忍不住看向他所在的位置。

她越想，就越觉得心里又是酸涩又是委屈……她原来从那么小开始就默默地喜欢着他了，这样朦胧又深刻的情感，她自己竟然也没有发现。

她觉得眼睛里湿湿的，就悄悄伸出手去找到了他的手，并把自己的几根手指都塞进去，和他十指紧扣。

在掌心里感受到他微凉的体温，她才终于觉得踏实了一些，又把头轻靠在他肩上，她蜷缩在他身旁，慢慢进入了梦乡。

可能是因为房间里空调开得太大，睡梦中她也觉得冷，忍不住想要缩起来。她好像来到了一个很冷的地方，触目也都是雪白的颜色，她跌跌撞撞地走着，一直走到深处的一个冰棺前，才跌坐在地上。

她身后传来一个温柔却带着威严的女声，那个人不急不缓地开口说："你没有看错，挂在城门口示众的那具尸首，的确不是他……若他做了那么多，却要落得一个曝尸的下场，于公于私，我都良心难安。"

她听到这样的话语，就木然地举起了自己的双手，那双手不再细白柔嫩，而是布满了污秽的痕迹，在掌心间还有一条条被绳索勒出的血痕。

看到这些伤痕的同时，她就想起了那些让她痛彻心扉的画面。她是在回到京师后，才知道这个消息的。可笑的是她在路上的时候还在想，回了京城，要不要向陛下请旨，去天牢里看他。

于是当她装作无意地询问身旁兵部主事，得到的却是讶异的回复："路将军不知吗？罪臣顾清岚被押解回京的当晚就在狱中服毒自尽了，怕是畏罪吧，尸首陛下命人挂在城门上，都二十余日了。"

旁人都以为她对他早就恩断义绝，毕竟她是功勋满身、精忠为国的女将军，他却是通敌叛国的小人，所以知道他早已身亡、下场凄惨，怕也只是慨叹几声罢了。

她盯着那个兵部主事，直到看得那人有些惊惶地后退了一步，她才一语不发地踏出了兵部的大门。

她的战马就在门外，她上马奔驰而去，却不知自己到底要去哪里。到宫里去问陛下，为何人才刚到京师就没了？怎么在牢里都没有人看着，还能让他服毒？

可她要用什么身份去问呢？是他的妻子？还是捕获罪臣的功臣？她几乎是木然地策马在街市间转了几圈，因为她身上的戎装，无人敢来过问。

当她茫然地将马立在西市的尽头，才想起来：原来京师之中已经没有他了，不仅是京师，此后在她的余生中，无论天地如何广大，也再也没有他。

就在这时，她抬起头，看到了城门上吊着的那具尸体，隔得有些远了，只能看到尸体是被绑在一根长长的绳子上的，微风吹过，还会随着风左右摆动。

她听到城门下，仍有人在围观议论，从他们口中吐出一个名字：顾清岚。

她就在四周的议论声中，沉默地抽出了自己的佩刀，刀刃出鞘的声音让许多人都回头看着她，她却冷静地躬身，将那柄长刀奋力抛出。

刀刃准确地穿透绳索，钉在了城墙的石砖上，那具尸体也应声掉落。在尸体落地之前，她飞身而起，接住了那堆掉下的枯骨。

尸体已经被悬在城门上二十日了，早就腐败不堪，露出了森森白骨，她却像是丝毫没有在意，只是将其紧抱在怀里。

四周的人纷纷掩着口鼻退到了很远的地方，她却浑然不觉地用手去捧那具头骨，发现绳索是在脖颈上系着的，她立刻伸手就去扯。

佩刀早被她抛到了城墙的石砖上，如今她身上再没有兵刃，所以她就用手掌去解那根麻绳，直到手掌心被磨出鲜血。

她就这么扯着，突然就停了下来，她又低头看了看怀里腐败的尸首，突然长舒了口气。

在旁人看来，就是她发了一阵疯，接着停下来，一把推开抱在怀里的尸体，跳上马背，策马扬长而去。

她直接策马入了宫，在宫门处被拦住，她没有进宫的手谕，看她满身污秽，连脸上都沾了不少，侍卫们自然是不肯替她通报的。

但没过多久，就有御前侍卫从宫中出来，将她带了进去。她见到了陛下，御驾早就在内宫的宫门处等着她，连皇夫宁王殿下都在，她以往虽不是恭谨守礼的人，在御前却还不至于失仪。

但如今却只是走到陛下面前，连下跪都没有，开口就说："我知道那不是他……他在哪里？"

她紧盯着陛下的眼睛，希望能从中看出一丝一毫的动摇，那么她就能知道，他还是在的，不管在哪里，她总还能见到他。

陛下却只是用一种怜悯的目光看着她，对她说："你随我来。"

她随着陛下走了，陛下甚至并未用御辇，只是握着宁王殿下的手，一步步带她走入禁宫。

直到行至宫墙深处，陛下才命人将一扇紧扣在地上的石门打开，石门之下阴森的气息扑面而来。

她到这时才有些懂了，心中那点儿在发现城门处的尸首并不是他时，燃起来的热切，重新又冷了下去——冷过此刻地窖中的寒冰。

接着陛下就示意她先进去，她的力气在这一刻都消失了，手脚酸软到几乎站立不稳，而后陛下就说了那句话。

她已经不想去理解，什么叫"做了那么多"……她只是趴跪在玄冰砌成的冰棺旁，歇了一阵，才终于有力气向里面看去。

她又看到了那张熟悉的面孔，只是他的脸色比冰雪更加苍白。

她下意识地伸出手去想要触摸他，却又在前一刻惊觉自己的手上有不少污物，而他平素是最爱干净的。

她连忙在身上的衣服上蹭了好多下，又毫不犹豫地扯掉软甲，翻出贴身的衣物，用衣服仔仔细细地将手都擦干净了，她才再次伸手去摸他。

他脸上没有任何温度，因为是中毒身亡，唇色更是泛着青紫。

她看着他，觉得他比他们出发去边疆时还要更消瘦了许多，整个人好像只剩下一把支离的病骨。

她想起在战场上，那次她隔着拼杀的将士，在城楼上远远地看到他，那时候他站在西夏王的身边，却仅着一身白衣，连一片甲胄都没有穿。

她那一眼看过去，觉得他随时可能乘风而去，再也不见踪影。那时她还在怨他、恨他投敌叛变，恨他让莫将军遇险，可那时她也会忍不住在心里担忧，害怕他被流矢所伤，怪他不设一点儿防护，就站在凶险的战场上。

陛下在她身后轻道："你和莫爱卿失陷在敌营里，是他去拖住了西夏王，才给了你们营救死士的时机……但他却回不来了，被西夏王扣在牢里。”陛下说到这里，又说，“常给你送去书信的鸟，名字叫青宝，是当年进贡给父皇的一对灵鸟生下的，我自小养着它，知道它颇通灵性。接到莫爱卿上奏说清岚哥哥通敌的折子后，我怎么都不信清岚哥哥会叛变，就让它带着书信飞去前线。三日后青宝果然带回了清岚哥哥的信，那信是以血为墨，写在撕碎的布料上的。京师盛传清岚哥哥临阵变节、私通敌军时，他人却是被西夏王关押在牢房里严刑折磨的。”说到这里，陛下像是没办法说下去，哽咽了一下，才继续说，“是我对清岚哥哥说，事已至此，让他假意归降西夏王，但自从你们被救走后，西夏王防范得很严，我根本没有机会救他出来。”陛下如同把她当作了倾诉的人一般，连“朕”都不用，只是那么缓缓地说着，“清岚哥哥告诉我，西夏王知道他精通兵法，逼迫他给自己做谋士，清岚哥哥说，他可以假意归顺，待小胜两场，取得西夏王的信任后，再将应对之法传给我，由我再交给你……”陛下说到这里，又哽咽了一下，“我只恨自己，为什么要听清岚哥哥的，不把此事告诉你……我也不知清岚哥哥为何要这样做，直到他回了京师，我才明白，原来他早就准备舍了他自己……”

她听着，却觉得自己明白他为何会这么做，大概是因为那日她护送莫将军逃出西夏营地，乱军中看到他，就怒而责问：“顾清岚，你何以叛国投敌！我真是错看了你！”

她没给过他辩驳的机会，此后数次在战场上远远相逢，他总是一袭白衣，万军之中醒目异常，她以为他是张扬自傲，数次呵斥他，却从未想过，他是早将生死置之度外。

宁王殿下在旁抱着陛下，听到这里，慨叹般说了句：“不过是早已心死。”

陛下扑在宁王殿下怀里哭了一阵，才又抬起头拭干了泪说：“后来西夏王兵败退走，将清岚哥哥留在了营地里，我就知道他被前线将士擒住后必定要受苛待，特地让侍卫们暗中相助，也幸亏是如此……不然他身子本就不好，在西夏营地里又受了刑，哪里还能撑到京师？”

她一面听着，一面用指尖反反复复地抚摸着他的脸颊和唇瓣，只是无论她怎么去摸，触到手的，都是冰冷无比的温度，没有任何生的迹象。

最后几句话，陛下似乎是悲痛到了极致，说出的话反而平静到了极致：

"到了京师后，我本想尽快将他带到内宫的牢房里，可当晚他就服了毒……那毒药是顾相让人送去的。顾相一生最重名节，他说清岚哥哥若不速死，顾家必定受他所累，到时候服毒自尽的，就是顾相自己。

"待到我赶去天牢，清岚哥哥中毒已深，他原本已熬到油尽灯枯，又怎么禁得住那样的剧毒？我带的御医救不了他，他去之前神志已然模糊，只留下一句话：若可相忘，便无相思；若有来世，愿无相逢。"陛下说到这里，放轻了声音，"那时在他身边的是我，但这句话，我想清岚哥哥是留给你的。"

她就这么看着他平静的遗容，听着耳边陛下强忍着悲痛对自己娓娓道来。

她只当自己已失了魂，听到什么都全无反应，待听到那句"若有来世，愿无相逢"，她突地就心如刀绞。

原来真的错过了，就是永世错过……原来他已心冷到连来世都不愿给她。

她泪如雨下，轻声开口唤他："清岚……"到这一刻，她才明白，原来她爱他，早就远重于国家。她保家卫国，不过是为了普天下的黎明百姓可以安居乐业，相爱的人可以不用分离，可假如天下的安定，要用他去交换，那她宁可不要。

原来她要的大义，在生死之前，竟然如此脆弱。

睡梦中的她一直在哭，她好像终于能理解那些无来由的担忧和心疼是从哪里来的了。

当他曾受尽折磨，身心俱灭地躺在她面前过一次，那么她早已不舍得再看他受任何苦痛。如果她曾爱他至深，为此可以抛却家国，那么纵使她对他毫无记忆，再看到他时，也必定会移不开目光。

蒙眬中，她听到他在轻唤她："铭心？铭心？"

她一定是哭得太厉害，他呼唤了几声，也着急了，干脆叫她："阿心？阿心！"

那是前世的他，对自己的称呼，她曾经听过无数遍，她从来没想过，还能再一次听到。

努力睁开眼睛，看到床头的台灯已经被打开了，他侧着身体抱着她的肩膀，不断地用手指去擦她脸上的泪水。

看到她清醒，他像是终于松了口气，放柔了声音说："铭心，你做噩梦了？"

话被哽在喉咙里，她根本说不出话来，却在刚看到他的那一瞬间，就抬头将自己的双唇凑了过去。

他的唇还是微凉的，却再也不是冰棺中那样冰冷的温度，她将自己的舌尖探进去，发了疯一样在他口中横扫。

虽然被她狂风暴雨般的亲吻弄得猝不及防，他也还是温柔地抱着她的身体，尽力配合。直到她也不知道自己吻了他多久，口齿都有些麻木了，才停下来，将头埋到他怀里。

感到她的身体还是有些颤抖，顾清岚就将她抱得更紧了些，他对她一直是充满耐心的，轻轻地拍着她的肩膀安慰她，直到感觉她彻底平静下来后，才开口轻声说："好点儿了？"

她轻轻地点点头，怕动作大了，眼泪又要夺眶而出，她说："清岚……若有来世，我必不负。"

她等了许久，他都没有再说话，甚至连轻轻地拍她肩膀的手，也都停了下来。

突然觉得一阵心慌，她连忙抬起头去看他。他的脸色仿佛在一瞬间就变得苍白了起来，幽深的双瞳中，光亮也像是黯淡了许多。

她更加心慌，连忙抬手去捧住他的脸："清岚，我想起前世了，我知道你写进剧本里的就是我们前世的故事。"她说完了，连忙又补充，"哦，不是全部的事情，你没有写用青鸟给我传信的人就是你……你才是我们大败西夏军的功臣。"她颠三倒四地说着，又忙说，"清岚，我爱你的！我如果知道你做了这样的事情，我一定不准你做的，更不会丢下你一个人在牢里。"说完这些话，她又想哭了，只能用力抱紧眼前的这个他，在他身上蹭了好多下才罢休，"清岚，清岚……我很爱你。"

和她想象中的尽释前嫌，感动相认不同，她这么闹了一阵，顾清岚也只是安静地看着她，隔了好一会儿，才叹了口气："铭心，你太入戏了？"

路铭心一愣，她想过他的各种反应，却没有想到他会有这样的回答，她抬起头有些不解地看他："清岚，难道你不是也想起前世的事情了，所以才写了这个剧本给我演的吗？"

他仍旧温柔地笑着，神色是她看不懂的淡然："铭心，我们不能相信那些怪力乱神，前世今生之类的无稽之谈……这个故事只是我写出来的一个剧本而已。"

看她呆愣着，他就温和地笑笑："我的立意，是想写一个中国式的'圣女贞德'，原本故事的尾声部分，杜青萍是要殉道的，是杜总告诉我想看一个光明的结尾，所以才有了现在的结局。"

路铭心刚从那些纷乱的记忆中拔出来，却被他这样告知，顿时又有些分不清现实还是虚拟："清岚……你是说，这些是我胡乱想出来的？"

顾清岚叹了口气，用手指点了点床头的座钟："你看，才刚凌晨4点钟，你就哭着醒了，一大早你还要赶飞机去西部影视城，你到底要不要继续睡了？"

路铭心还是捧着他的脸，又凑过去在他唇角吻了吻，有些不解地："可是……可是我梦里……"

顾清岚握住她的手轻摇了摇头，他似乎很无奈："铭心，那只是个梦而已。"

路铭心试图做最后的挣扎："可是刚才你叫我'阿心'，前世你就是这么叫我的！"

顾清岚还是看着她，满脸无可奈何的表情，又带着淡淡的宠溺："你要是喜欢我叫你'阿心'，我从今天起就这么叫你也可以。"

他的语气实在太平淡，路铭心发现不了任何异样，她愣了一阵，终于被现实中的逻辑打败了：她只是做了个与剧情一样内容的逼真的噩梦，于是就开始发疯说什么"前世今生"，实在是太搞笑了。

放弃了跟顾清岚的争执，她还是抱着他，在他肩头蹭蹭："清岚哥哥……别笑我嘛。"

顾清岚笑着轻轻地拍她的肩膀："好，不笑你。"

她头靠在他肩上，自然看不见他的神色，于是也就没看到，他虽是笑着，眉头却在她看不到的地方紧锁起来。而在他的眼眸中一闪而过的，分明是极度的痛楚。

chapter 7

曲高和寡

他以为当她记起那些往事，他或许就可以向她要一个答案。问她是否真的那么恨他？问她是否对自己有过些许真心？

飞机的航班是早上8点钟的，路铭心不用那么早起床，不过她醒了后也睡不着了，就抱着顾清岚不肯撒手。

顾清岚对她很是有些无奈，但看她哭得那么惨，也就任她去了。结果路铭心在他胸前蹭来蹭去，突然说："清岚哥哥……我要去西部影视城一个月啊。"

顾清岚轻轻地拍她的肩膀，笑着回答："是啊。"

她又说："拍摄期很紧张，估计是不会给我们放假的。"

他于是就又笑了："没事儿，你想休假的话，跟杜励说一声就行。"

路铭心想起他就是这部戏的投资商，当然能让杜励批她的假，但她还是不满意地继续蹭他："可是就算放假赶回B市，我也不能每天都见你。"

顾清岚只能继续微笑："你想怎样，说吧。"

他对她一直都温柔，只不过不怎么惯着她的无理要求而已，但今天他却意外地好说话，路铭心不禁有点儿飘飘然，开口就说："反正学校也放假了，你陪我去好不好？"

顾清岚到底没能纵容她到底，只是淡淡笑了笑。路铭心顿时就又开始心虑："是不是你会不舒服啊，毕竟那里吃、穿、住、行都不像B市这么方便，气候也干燥。"

顾清岚却又笑了："没事儿，我只是在考虑怎么安排行程。"

路铭心听到他真的要去陪自己，眼睛又亮了："真的吗？"

顾清岚笑着："也不是不可以啊，一个月不能见面，的确是太久了……不过我还有些事情要安排，可能会晚你两天到。"

路铭心连连点头："没关系，是我说得太急了，不然你可以早点儿安排的。"

她说到这里，又开心地掰着指头算："你过去很方便啊，跟我住一个房间就好，反正给我的房间是套房，外面太晒太热，你就多在房间里休息就好了。"

顾清岚笑看着她忙活着自己的打算，轻叹了声："你这么精神，天亮之前是睡不着了。"

路铭心笑嘻嘻地凑过去吻他的唇角："没事儿，飞机上可以补觉，今天也不需要开工，下午还能睡觉呢。"她一面说，一面又抱紧他，"清岚，我现在好爱你啊！"

顾清岚只是笑着抱住她，没有再说话。

一大早赶飞机还是挺累的，再加上她昨晚睡眠不足，飞机起飞后，她就戴着眼罩缩起来补觉。

朦朦胧胧的，她竟然又梦到了被顾清岚否定过的那个"前世"，梦里她怀抱着顾清岚，走在苍凉的古道上。

他们的车马前都有护卫，顾清岚此次去西部边陲的职务也是"督军"，他似乎是身体不适，一直低咳着，脸色苍白，脸颊两侧却有些不祥的嫣红。

她觉得无比心疼，低头去吻他的额头，埋怨他为什么病着，还非要请旨去前线，他笑着安慰她，却在咳了一阵后，生生地咳出了一口鲜血。

她被他吓到了，晚间他们到了驿站，就再也不肯走了，坚持要住下来等他身体好了再继续赶路。

于是他们就在那个丝绸古道上的小镇子里借了镇长的别院，住了十几日。

自从他们成亲后，他被陛下重用，朝政繁忙，而顾府里又有诸多杂务和规矩，顾夫人早逝，她也得早点儿学习如何操持一个大家族。

因为彼此都在忙碌，身边又有太多的其他人，他们独处的时间反倒不多。唯有在这个小镇子上，那短短的十几日里，生活平淡到好像他们只是一对边疆寻常夫妻。

她每天早晨都早起给他熬药，跟随行的小厮一起安排他一天的膳食，偶尔她兴致来了，还会亲自下厨，做出的东西虽然卖相不好，但好歹味道还不错。

天色一暗下来，小镇上就只闻鸡鸣犬吠之声，她便把院门都关了，到房间里陪着他。

他酷爱读书，常常手不释卷，即使病着，也还是常披了衣服，靠在床上借着灯光看一阵书，才会睡下。

她不会做女红之类的事，便陪着他看书，偶尔他要在书上写一些批注，她就会给他研墨。

有天他兴致好了，笑着说她："墨磨得倒是越来越像样了。"

她那时看他在灯下斜挑着长眉，温文而笑的样子，就觉得全身的血液好像在一瞬间就涌到头顶上去了。后来她才知道，那就是所谓的"心动"和"情动"。

到这一世终了的时候，她只后悔，那样平常又普通的日子，没有更长久一些，长久到年年岁岁。

飞机落地时，路铭心被身旁的人叫醒，眼罩早被浸湿了，眼妆也花得一塌糊涂。

刘芬芳坐在她后排，走到前面看到她这样子，皱了眉说："你眼睛发炎了？"

不是她后知后觉，而是她跟了路铭心这几年，从来没见她在拍戏之外哭过，从来都是没心没肺过日子的人，突然流泪流成这样，她只能认为对方是眼睛发炎了。

路铭心抬手擦擦眼泪，摇摇头说："不是。"

西部的日光强烈，刚出航站楼，她眼前一花，差点儿就跌倒了，还是刘芬芳手快一把拉住了她："路大美女，到底怎么了？"

她摇头冲刘芬芳笑："没来得及吃早饭……"

路铭心刚才上飞机就睡了，飞机餐当然也没吃，刘芬芳虚惊一场，在松了口气的同时，忍不住埋怨她：“你自己也要注意点儿身体，我们赚个薪水够不容易了，别再给我们增加负担了。”

话说得难听，路铭心却知道她是关心自己，忙说自己会注意。待上了去酒店的车，她坐在后座，悄悄地把眼睛又合上，免得眼眶里的泪水再滑出来。

她真的很傻，在早上听到他那么说，居然就真的信了。如果一切真的是她入戏太深的臆想，那么那些画面又为什么那么深刻，又为什么她梦到和想到的，都是他在剧本里不曾写到过的内容?

而且记忆是骗不了人的，她在飞机上，终于想起了更多，那些回忆穿起了一个人的一生，密密麻麻的细节让她无法去否认它们的存在。

路铭心早上走得匆忙，也就没有注意到，直到她出门前，顾清岚都没有离开卧室。

听着楼下的声响归于沉寂，知道她已经离开，他才用手撑着身体，从沙发上起身去拿放在床边的手机。

只是短短的几步，他额上却渗出了细密的汗珠，将身体靠在床上，他拨通了一个电话，接通之后，他轻轻地闭上眼睛，说：“任染……我需要你来一趟。”

任染是他的私人医生，在国外频繁头疼的那段日子，通过医院的推荐，这个华裔的年轻医生成了他的私人医生，后来他回国，就将任染也一起带了回来。

任染平时就在B市一家顾氏名下的医院工作，他匆忙走进来看到顾清岚的脸色，就紧锁了眉头：“你这是怎么了？”

顾清岚轻咳了几声，抬起头，看着他微微勾了唇角：“没事儿，只是头疼。”

剧烈的痛楚让他的神志越来越模糊，可是前世所经历的那一切，反而越来越清晰。

那时他被关押进天牢里，原本就没想过还能幸免，却在当晚，就见到了父亲派来的人。那人将一壶鸩酒放在他脚下，只说了一句话：“顾相说你知道该如何做。”

他当然知道，只要他还活着，就会被兵部会审，还会被陛下御审，这时无论顾家和他恩断义绝，还是偏帮偏袒，都要经受非议。

他已是身败名裂，无论如何都会令顾家声名受累，唯有速死，才能让顾家尽快抽身事外。不待那人离开，他就将酒送入了口中。

似是被他的决绝所感，那人叹了口气："既然如此，我就去向顾相复命了。"

他闭上双眼，再不去看眼前的人和物。他这一生，真如父亲所说：一事无成，于人于己皆无裨益。之所以走到这一步，与其说是造化弄人，不如说是咎由自取。

那毒的发作不是很快，开始不过是腹痛而已，尚且可以忍耐，而后就是五感渐失，眼前唯余一片空茫。

他不知陛下是什么时候到的，但他知道抱着自己不住哭泣的人是陛下，他也知此生再也无法和她相见。

她也一定是不愿再见他了，不然他被抓捕回来时，她不会连到牢房里见他都不肯。

她深知那一面会是永别，她却还是没有来。他想起她骂过自己的话，她说他伪善凉薄，不懂何为真心，在她心中，他这样一个人，自然不值得她再来相见。

他的确不懂何为情爱，不然也不会多年来清心寡欲，连自己的姻缘都无心过问。

她说他不懂如何以真心待人，他也确实是不知，如何让他人一看到他，就觉得他已经捧出了赤诚热心。

临到终点，他想起她曾说过的这些话，仍觉得她说得不错。他的确薄心寡情，所做的那些事，也不过是审时度势——救她和莫祁，是因为军中可以少了督军，不能少了大将。

用青鸟传书教她兵法，是因为她的确是可塑之才，他注定命不长久，衣钵可以得传，也是不错的。

他只是觉得疲倦，倦到什么事都不愿去想，这一世落到这种下场，他并不悔，只是若有来世，他只愿相忘烟水，再不相逢。

路铭心在来到西部的第一天下午，就接到了从B市打来的电话，号码显示是顾清岚别墅的座机，开口说话的人却是一个她有些陌生的声音："路小姐？我希望你能回来一趟。”

路铭心心里一紧，下意识地问：“清岚怎么了？”

那人却只是说：“我是顾先生的私人医生任染，他现在的情况有些不好，希望你尽快赶回来一趟。”

他能打来这个电话，已经证明了两点：一是顾清岚肯定是身体又出了什么问题；二是顾清岚的情况已经严重到不能亲自打电话给她。

挂了电话，路铭心呆愣了片刻，才连忙跟剧组请了假，让刘芬芳帮她订了最早一班回B市的航班。

西部影视城距离B市并不近，即使她用了最快的方式，赶回别墅的时候，也已经是深夜11点钟了。

不过是一天时间，她却觉得像是过了一世。冲进卧室里，她就看到一身黑衣的任染正站在床边，而床上的顾清岚闭着双目，胸前的起伏微弱得几乎观察不到。

这一瞬间她几乎不能呼吸，眼前仿佛又看到他躺在冰棺中毫无生气的样子。

任染虽然是华裔，气质却多少跟顾清岚有些相似，甚至还有些古典的味道，抬头看了她一眼，他淡淡开口道：“你走后不久，他就昏迷了。”

路铭心径直走过去，她半跪在床边，握住他有些发冷的手，低头轻吻了吻他的薄唇。

顾清岚再次醒来时，天色是暗的，窗外的日光有些昏黄，他不知道自己昏迷了多久，也无法分辨这是清晨还是黄昏。

他喉咙里干涩无比，像是堵着什么东西，才刚轻咳了一声，一直压在他胳膊处的那颗毛茸茸的脑袋就动了动。

路铭心顶着乱糟糟的头发抬起头，对着他蹭了蹭，用明显还带着睡意的声音叫他：“清岚哥哥。”

他一时没来得及回答，她就又自然地趴过来亲了亲他的唇角：“吓死我了……你总算醒了。”

他侧过头看着她，轻皱了眉想开口，发出的声音却比气流大不了多少：“你怎么在？”

知道他说话费力，路铭心干脆不等他问，就一股脑儿地回答道：“我接到电话了，说你又昏倒了，我就赶快跟剧组请了假……赶了昨天最晚的一趟航班回来了，不过幸好回来了。”她说着，又凑过去吻了吻他的脸颊，心有余悸般地感叹，“幸好还赶得上回来的班机，不然我就要担心死了。”

她说得很轻快，声音里又透着浓浓的委屈，他即使全身无力，也还是忍不住轻声安慰：“没事儿的……不用特地回来。”

她却不这么认为，紧抱着他摇头：“我现在觉得什么都没有你重要……工作当然也很重要，不过一听说你又病了，我就什么都干不了了。”

她说话的语气和动作还像之前一样，带着点儿撒娇的模样，但更多的是对他的依恋。

他看了她一阵，还是不能把她的脸看得很清楚，只能干脆闭上双眼：“现在是什么时间？”

她好像也知道他现在视力不大好，连忙起身把床头的灯打开了，回答他：“已经晚上7点钟了，你睡了一天一夜。”

怪不得他觉得全身无力，一天一夜未曾进食，觉得无力也是正常的。

路铭心却突然变得体贴了，看他侧着头无力地轻咳，就说：“我已经让厨房熬了粥，任染说你可以吃一点儿，我去给你拿过来，还是热的呢。”

他抬头看她，希望能从她的脸上看出些蛛丝马迹：“你见过任染了？”

路铭心点头：“是啊，就是他打电话让我回来的。”她说完，想想又加了句，“你从哪里挖来的这个医生啊，简直太酷了，好像古代游侠那种感觉。”

他知道她一直演技不好，现在脸上露出来的表情，他也看不出一点儿作假的痕迹。

确定她还没有想起前世的事，他稍稍放下了心，又疲倦地合上了双目：“捡的而已。”听到路铭心不解地“啊”了声，他就又勾了唇角，难得地开了句玩笑，“有次在街边看到他，就捡回家了。”

路铭心还真信了一样，恍然大悟地说：“真的？我要去问下任小帅哥！”

听到她远去的脚步声和房门被关上的声音，他才彻底放松下来，头疼欲裂，甚至看到眼前的东西，都有些朦胧。

然而心头的冷意却渐渐要盖过所有的痛楚：是他又一次错了，将事情都引向不可控制的方向。

一切的缘由，不过是因为他太贪心，一定要回到她身边，一定要她都记起来。

他以为当她记起那些往事，他或许就可以向她要一个答案。问她是否真的那么恨他？问她是否对自己有过些许的真心？

这些说到底不过只是他前世死去前的一点儿不甘心而已。他还是没有自己预料中的那样洒脱，身家性命不说，浮名也可抛却，却唯有那一丝执念，即使神魂俱灭，也无法放下。

因着这些，他苦心孤诣设下一局，等她终于在梦中哭泣着惊醒，告诉自己她已经想起了前世，他却惊觉……原来他从未曾想过，那些记忆会给她带来什么伤痛。

他不知在他死后，她是否健康安泰，一生平安。当他看到她脸上的泪痕，听她诉说着失去他的痛苦，才发现自己是如此的自私。

他为了自己的这点儿不甘，要她想起前世，要她赔上今世……连他自己，都觉得自己是那样的不堪。

第二天路铭心留在家里陪他，顾清岚半躺在床上休息，她干脆也靠过去，抱着他让他靠在自己的怀里。

这么热的天，如果不是房间里空调开的温度低，这么躺在别人怀里，不如靠在垫子上舒服。

不过顾清岚倒也没反对，只是勾着唇角笑了笑："我觉得你需要一个大型抱枕。"

路铭心调整了下姿势，把下巴放在他肩窝里，很满足地轻哼了一声："什么抱枕比得上活物啊……而且还是自己的爱人。"

她的语气太扬扬自得，顾清岚也不好继续打击她，就笑着任她去了。他还是精神不济，看了没多久，就靠在她肩上昏沉睡去。

也只有这种时候，路铭心才能放肆大胆地侧头去看他的睡颜，他近两日大部分的时间都在昏睡，气色却还是很差。

不但脸色苍白得厉害，眼睫下也有淡淡的青痕。路铭心看着他，却觉得能够看到这样的他，听到他微弱却绵长的呼吸，已经是奢求了。

她说过什么都比不上心爱的人躺在自己怀里，也并非是谎言。那一世临到最后，她所能拥抱的，也只是一具冰冷的尸体，不用说体温，连肢体都已经带了些僵硬。

前世她是殉情而死的，她不知道陛下是怎么对外宣称的，但宫廷里的人，应该也都知道。

自从在禁宫的冰窖里看过他的尸首后，她就不再去兵部，终日酗酒，家里人管不住她，她甚至骑着马在京城里四处寻事挑衅。

那些日子，真的就像在十八层地狱里度过的一样，那么多的痛苦和对他的思念，都不知道该怎么宣泄。最后她终于是疯了，半夜潜入禁宫，惊动了不少大内侍卫。

陛下和宁王殿下都被她惊扰，陛下显然是没料到她癫狂至此，大约也是对她深感失望了，只问她到底想怎样。

她就回答说："想要见他，想要再见他一面。"陛下气急之下，命人打开冰窖放她进去。

大约连陛下都没有预料到吧，她那一次走进去后，就再没有出来。冰窖的大门一直都虚掩着，外面也有侍卫在把守，只要她叫一声，或者推开门，她就可以走出来。

可是当她找到他，就躺在他身边抱住了他，再也没有离开过。

生则同衾，死则同穴。生时她没有好好地待他，连他临终时都没能在他身边，那么死时，她至少可以再不放开他。

路铭心还在B市，顾清岚就接到了杜励的电话，告诉他曹叶阳准备正式辞演这部戏了。

原本在曹叶阳连累路铭心工作量更大后，顾清岚就决定要换下曹叶阳了，只是碍于网络的视频事件，才没有立刻对外公布。

当视频事件发生后，杜励那边为了平息事端，还采取了拖延战术，新人选的事情一直悬而未决。

杜励当然也知道顾清岚说过的话不会反悔，她只是抱着幻想，希望能拖就拖，拖到无可奈何的时候，再拿出一个几方都能接受的方案。

结果拖了一阵，今天曹叶阳的经纪人主动提出要退出，她自然是喜出望外，没等一分钟，立刻就给顾清岚打电话报喜来了。

顾清岚虽然没有杜励那么喜形于色，但听完她的通知后，心情也好了些，表示自己知道了，希望新人选尽快就位。

他放下电话，看到路铭心正紧盯着自己，就笑了笑说：“是曹叶阳，他主动辞演了。”

对于现在的状况来说，曹叶阳已经算是违约，如果顾清岚较真，告他上法庭都是可以的。他自己辞演，还真是一个比较好的结果，既能在粉丝面前保全面子，又可以不用承受法律责任。

路铭心虽然也早料到了，但没想到来得这么快，顿时眼睛就亮了，却没敢立刻就对顾清岚提出来让他亲自出演的计划。

她一下午很辛苦地忍着，忍到吃过晚饭后，才吭哧吭哧地说：“清岚哥哥，我请了这几天假，回去就要开工，有点儿怕找不到状态……你能不能帮我对下台词啊。”

顾清岚今天的精神比昨天略好了些，不舍得拒绝她的要求，就点了点头：“也好。”

路铭心让他坐在靠窗的躺椅上，然后交给他一份打印好的台词，自己拿着另一份跟他对词。

剧本都是顾清岚亲自过目的，台词他其实并不需要看剧本，只不过这段戏正好是沐亦清和陆青萍的对手戏。

当时的场景也是军营中沐亦清和陆青萍就战事在讨论，按照剧本上写的，这时候沐亦清手中应该有一卷兵书做道具，所以他拿着台词本，也权当是道具了。

路铭心先开口说：“这次出兵辽城，为何只让左路军前去？辽城兵力五万，左路军只有十万，围城兵力必十倍兵力于敌方，左路军前去，不过是送入敌方虎口的羔羊而已。”

顾清岚目光垂下看着台词本，并没有抬头看她，没有开口，就先咳了几声。

路铭心听到他咳嗽就紧张得不得了，瞬间就扔开了台词本，连忙说：“清岚，哪里又不舒服了？”

顾清岚无奈地抬眼看了看她：“这是剧本上写的，沐亦清这时风寒未愈，要咳几声……”

路铭心“呃”了一声，突然觉得顾清岚这样的性格也挺可爱的：明明她只说了让他对台词而已，旁边也没有摄像机，他只用随便把台词念一念，完全没必要连咳嗽都演进去，但他却认认真真地按着剧本演了。

她又想起那次让他帮忙搭戏，他也是很认真地准备了，连给他化妆，穿那些累赘的戏服，戴着厚厚的假发套等，都没有反对。

她看着他在灯光下温文的眉眼，顿时又不想演戏了，前世说出的这些话，她其实已经记不得那么清楚了。

在军营中，她其实几次跟他起过争执，虽然事后总能证明他的安排是对的，大部分时间，连莫祁都会选择听他的计划，但她却依旧爱对他的决定提出质疑。

现在回头去看，不过是因为她心中始终对他不信任，而且还总对他有种莫名的敌意吧?

前世的他，也一定是对这种不信任和敌意有所感触的，要不然最后他也不会选择一个人默默扛下一切，守口如瓶地在狱中服毒自尽。

也许在别的知情人眼里，前世的他死得太不值，不过是一个误会而已，说出来不就好了？她却知道，逼他死，让他对尘世毫无留恋的人，正是她。

看她一直紧盯着自己，完全没有接着说台词的意思，也知道这台词是对不下去了，顾清岚只能看着她轻叹了声：“怎么，又走什么神？”

路铭心回过神来，她害怕自己的目光会泄露更多的情绪，忙对他笑了笑：“清岚哥哥太美了，看着就忘词了嘛。”她清清嗓子，试图找几句闲话来缓和气氛，就说，“这个沐亦清真是太难找人来演了，温文儒雅的公子好演，但是又温文儒雅，又病弱的美男就难演了。能把病弱演得入木三分，让观众一看就心疼，不但考验演技，还考验演员的脸和气质啊。”

她这么说，无非是想千方百计地告诉顾清岚，能演沐亦清的人实在太少，最好他能亲自出演，那就最棒了。

可顾清岚听完，笑了笑说：“不过是一个反派而已，不用太讨观众喜欢也可以……而且你不是说过吗？男人总是病歪歪的惹人讨厌。”

这句话当然不是今生的路铭心有胆子说出来的，更何况她从来都没这样认为过，又怎么会这么说。

会这样说的，肯定只有前世的路铭心，在刻意挖苦他的时候，才会说出来的。她几乎要下意识地辩解，说她这样说的时候，并不是真的觉得他讨厌，无非是想找几句话来羞辱他而已。

幸好她反应快，生生忍住了突如其来的心疼，继续装作毫不知情地说：“我什么时候说过这种话！我对着这么美的清岚哥哥，哪里忍心说这么恶毒的话，真是的！我只说过病弱的清岚哥哥美是美，但我看了就心疼好吗？”

顾清岚不在意地轻笑了下：“那看来是我记错了。”

路铭心暗地里都快哭出来了，顾清岚的品位实在太高，看样子他也并不确定她是否已经想起前世的事了。

可这无处不在的语言圈套又是什么？她只要稍不注意就会着了他的道。非演技派的路大明星，真是默默地在心里哭昏了一次又一次。

顾清岚放下了台词本，笑着对她说：“没事儿，害怕没有状态的话，就别在家里多待了，早点儿回影视城吧。”

言下之意，不过是她在B市赖着不走，天天出去见这个见那个，那边的剧组分分钟都在烧他的钱，她还是识相点儿早日回去为好。

路铭心无力地“哦”了声：“那好吧，我后天就走。”

他话都说到这份儿上了，她还是连“明天回去”都不肯说，非要推到后天，好像晚走一天就能怎样似的。

顾清岚对她这种拖延症简直没有办法了，轻叹了声后摇摇头。

第二天吃早饭时路铭心一脸愁眉苦脸的样子，顾清岚终于还是叹息了一声，开口问她：“铭心，有话就说吧，别忍了。”

找到一个台阶，沉不住气的路铭心哪里还有忍得下去的气魄，连忙紧盯着他的眼睛：“清岚哥哥，我想……我有个想法啊，说出来你不要骂我。”

顾清岚微微地笑了笑：“你先说吧。”

看他还是这么滴水不漏，路铭心干脆就破罐子破摔了：“我这个想法有点儿大胆啊，我是看过那个视频后才有的想法。就是……就是觉得为什么你不能亲自出演沐亦清啊，明明你外形和气质都那么符合要求！”

顾清岚还真没想到她憋了一天，就是为了这个，顿时有些啼笑皆非：“我又不是专业演员，而且哪里有编剧和投资商亲自演戏的？”

路铭心忙说：“有好多戏，都是演员自己投资、自己写剧本的！还有亲自做导演的！”

顾清岚还是笑着摇头：“那要先是个演员。”

路铭心无话可说，只能不断强调：“可是清岚哥哥你这么美，比好多演员都美！”

顾清岚淡笑着：“我没受过专业训练，只是做个男花瓶的话，我应该可以。”

路铭心都顾不得他话里的讽刺意味了，她总不能直接说，我都想起来前世了，沐亦清就是你自己，自己演自己哪里需要演技，着急地说：“反正你合适嘛！”

从上次她提出让自己去片场陪她演戏，又在片场被偷拍，顾清岚就有种落入圈套的感觉，不过他相信以路铭心的谋略，还没有能力策划这么一个圈套的，只能说她是无心而为。

他笑了笑说：“你求我演戏，肯定还有别的原因，说出来听听吧。”

路铭心当然不能说那是因为《山河踏碎》本来就是他们前世的故事，而前世的他，她不希望由别人去“扮演”，所以只能努力编了一套，说害怕父母以结婚为由，让她息影，所以要拉他一起演戏。

她父母的态度，顾清岚上次已经了解了，他也知道虽然顾盛没有说，但依照他对父亲的了解，待他和路铭心的婚礼举行之后，父亲也一定会以家庭为重这个理由，提出让路铭心息影的要求。

前世她想上战场杀敌，戍卫边疆，路家和顾家就一致反对，这一世她希望活跃在演艺界，两个家庭还是不支持。不得不说，有时候他真觉得，一切皆是宿命。

这么想着，他就又对她笑了下：“所以你准备拉我下水了？这样即使他们怪下来，也是先怪我？”

看他又要把父母的责怪全都承担下来，她连忙摇头反对：“不是的，怪也还是怪我，我会说都是我强迫你做的！”

顾清岚笑：“于是呢？既然决定了要自己面对来自父母的压力，让我陪你演戏，还有什么意义？”

他的逻辑太清晰，相比之下路铭心那个理由根本站不住脚，她在无计可施之下，干脆俯身去抱住他的腰，说出了一句很久之后，她想起来都要给自己点赞的话：“可是，这么好，这样闪光的清岚哥哥，我想让更多的人看到，想让清岚哥哥最美好的一面，能留在更多人的记忆里啊。”

即使路铭心这么说了，顾清岚也没有答应她，而是直接笑着说了句：“荒唐。”

并且为了防止路铭心再继续不务正业地在家里待下去，他亲自吩咐了自己的秘书，让他订了张次日飞往西部的票给路铭心。

机票都被安排好了，路铭心也没胆子拒绝，只能哭哭啼啼地原地画着圈圈，看她实在太伤心，顾清岚只能无奈地说：“我陪你一起去好了。”

路铭心瞬间就开心起来，冲过去抱住他：“清岚哥哥对我最好了！”

顾清岚笑了笑看她：“还好，本来也说过要陪你去的。”

他回答得略显冷淡，路铭心却还是开心地抱着他，凑过去在他脸颊上吻了一下：“我马上去准备！”

如果只是路铭心自己回影视城，行李就随便了，但顾清岚也要去，她就真的很认真地带了个大箱子，甚至连顾清岚最喜欢盖的那个薄毯子，都要塞进去打包一起带走。

顾清岚既然要去，他身体还没有完全恢复健康，身为他家庭医生的任染当然也要跟去。于是最后同去的，就变成了他们一行三人。

路铭心心情不错，也不在意随行了一个大灯泡，一路上黏着顾清岚不肯撒手。

剧组对于路铭心能够回来开工，当然是欢迎的，等她下了飞机，莫祁还特地跑到她房间来看她：“心心你可回来了，军营戏真的好累啊，你不在，导演只能拼命折腾我了！”

拍这种战争场面，特别是古代战场的，动辄就要上马，还要穿厚厚的铠甲，拿着冷兵器摆造型，的确是很累人的。

莫祁身为口碑极好的演员，就算累，该演到位的地方，当然也不会打折扣，他不能去找其他演员吐槽，只能跑到关系好的路铭心这里倒苦水。

路铭心给他泡了杯茶，坐下来笑眯眯地安慰他：“祁哥辛苦了，我回来后就有人陪你受虐了！”

他们正说着话，里面换好了衣服的顾清岚就走出来了，对莫祁轻轻地点了点头微笑：“莫先生。”

莫祁只听说路铭心回来了，没想到她还带了顾清岚。

他顿时有些错愕地起身：“顾先生，铭心说您病了，身体好些了吗？”

顾清岚笑了下，也在沙发上坐下：“好多了。”

路铭心立刻就挽住了他的胳膊，对莫祁说：“祁哥，其实清岚哥哥是我挖来接替曹叶阳的新‘沐亦清’！”

莫祁对此倒不像其他人那样觉得不可思议，只微愣了下，就摸着下巴：

“为什么我觉得可行呢？”

顾清岚本来已经再三拒绝过路铭心的提议了，只是他没想到，她竟然开口就对莫祁这么说，一时也不知道该怎么接话，只是微笑了下。

路铭心眼睛亮亮地继续对莫祁说：“是吧？祁哥你也这么觉得！”

莫祁摸了摸下巴说：“其实那天顾先生帮你搭戏，我就这么觉得了……演戏需要很多技巧，可对于角色深入的揣摩和领会，没有学过表演的人一样能够做到的。”

他说到这里，还说了句很感性的话：“那天看顾先生站在那里说着台词，我的感觉是‘这个人就是沐亦清’，这种感觉很难得的，不能说顾先生天生会演戏吧，只能说他跟这个人物实在太贴近了，完全可以本色出演。”

顾清岚听到这里，终于忍不住说了一句：“你们这么说，是不是提前串通好了？”

莫祁连忙举起双手以示清白：“我这样有信用的好男人，发誓从来没有跟心心串通过，都是肺腑之言！”

等送走了莫祁，顾清岚在房间里有些无奈地看着路铭心：“铭心，你真的这么希望我能够出演？”

路铭心拼命地点头：“你需要什么表演的基础知识，我告诉你，真的好简单的！我读了电影学院后，觉得理论知识太简单了，简直一看就会！”

顾清岚无奈地摇摇头：“表演是一门实践学科……理解简单、运用领会难，对吧？”

路铭心忙不好意思地挠挠头：“算是吧，我上场总被老师骂。”她说完，又连忙对顾清岚说，“不过清岚哥哥比我厉害得多，你实践起来一定没问题的！”

顾清岚万分无奈地看着她：“好吧，我考虑一下。”

努力几天，终于得到他一句“考虑下”，路铭心已经很开心了，立刻欢呼起来。

路铭心落下太多的戏，到影视城的第二天，她就被导演抓过去拼命补拍了。

顾清岚则留在房间里继续休息，等路铭心被狠狠地操练了一天，拖着骑马骑得连腿都有些合不拢的身躯回到房间里时，正看到顾清岚坐在沙发上，看着一本电子书。

虽然用电子书查阅英文资料和资料库比较方便，但他闲暇时总喜欢看纸质书，鲜见有这样看屏幕的时候，路铭心累得要死，也拖着身体，有些好奇地坐在他身边："清岚哥哥，你看什么呢？"

顾清岚抬头看到她满脸疲惫的样子，就先温和地对她笑了笑，连语气都柔和了许多："没什么，你说得太急，我没来得及买书，所以下了一些表演学的专业书籍来看。"

路铭心就是喜欢他这种做事一板一眼的态度，很开心地抱住他的脖子："清岚哥哥，你真的准备考虑我的建议了？"

顾清岚笑了下："我既然答应了你，当然就是真的考虑……只不过这个领域对我来说太陌生，我不知道自己能不能做好。"

他肯点头，路铭心已经喜出望外了，她紧抱住他，隔了一会儿，才能说出话来，还是掩饰不住激动的语气："清岚哥哥，谢谢你。"

顾清岚拍了拍她的肩膀，他还是有些无奈，却仍是纵容她："没什么，只是你的要求这么强烈，我总要试一试。"

身体稍好一些，晚餐后顾清岚就照例要出去散步。影视城坐落在西部一个小城附近，他们住的酒店，算是距离影视城最近的，因此离本来面积就不大的市区，还有段距离。

西部的好多城市，都是依托绿洲建设起来的。他们换好衣服和鞋子，走出酒店没多久，就能看到道路尽头连绵的戈壁和沙丘。

此时太阳下山还没多久，天际尽头还能看到一线紫色的残阳折射，B市当然没有这么开阔的视野。

路铭心跟着顾清岚一起走着，就忍不住感叹："还是这样的景色好啊，看后心境都能开阔许多。"

顾清岚微微地勾起唇角笑了："的确，你一直以来就不喜欢被束缚的感觉。"

路铭心听到这里，就知道他说的应该是前世那个她，喜欢反抗专制严肃的父亲、叛逆不羁的她。

她停下脚步，转过身看着他："清岚，我并没有讨厌被束缚，事实上虽然我小时候被要求努力学习，后来考影视学院、进入演艺圈，也被我父母反对，甚至他们至今都希望我放弃演艺的道路……可是他们却并没有强迫我做什么，所以我并没有被束缚的感觉，更谈不上讨厌。”

在她停下时，顾清岚也停了下来，看着她。她看着他脸上轻淡的神情，有那么一刹那，她突然觉得他离自己还是很遥远。

她只是记起了前世的事情，并不代表她就会变成前世那个一心杀敌报国的女将军，她仍旧还是路铭心，在都市中长大的普通女孩子。

直视着他的眼睛，她最后说出来：“清岚，有时候我会觉得，你并不是在看着我，而是在透过我，看着其他的人。”

接下来他们都没有再说话，直到散步完，回到酒店的房间，顾清岚才开口轻声说了句：“对不起，铭心。”

路铭心摇摇头，倾身抱住他的腰：“只要你爱我就好了……”她想了下，又加了句，“爱现在的这个我。”

他们到影视城的第三天，曹叶阳经纪人的微博发布了公告，表示曹叶阳因为身体和精神状况不佳，决定辞演《山河踏碎》一剧中的“沐亦清”一角。

消息公布后不久，国内的大论坛上，就出现了一些网友发帖说，既然曹叶阳主动辞演，不如干脆就让上次视频里出现的那个“白衣美男”演好了。

网络舆论往往就是如此，热点传播得很快，事后的消息和后续却没多少人关注。

上次的视频流传范围太广，即使后来发布了辟谣和声明，但看过那个视频，却还不知道“白衣美男”真实身份的人，还是占大多数的。

所以这帖子一经发布，很快就有不少网友纷纷表示，喜欢“白衣美男”的扮相和气质，强烈支持这个提议。

至于这些“网友”中，哪些是杜励的公关，哪些是真正的网友，那就不得而知了。

只不过帖子能一经发布就引发热烈讨论，不管是不是杜励的公关先发起这个话题的，都足以证明那个视频和“白衣美男”在大部分人心中的影响力。

一手促成这个结果的路铭心，当然很是得意扬扬，她拿着平板电脑去找顾清岚邀功：“清岚哥哥你看，大家都说你很适合演！”

顾清岚只看了一眼，就笑着淡淡地点头：“谢谢。”

关于亲自扮演沐亦清的事，他已经在电话中跟杜励沟通过了，决定还是慎重起见，先由他试演几天，如果真的效果好，再补签正式的演出合同。

也许是因为看过那个视频，再加上征求过莫祁的专业意见，杜励竟然很赞成这个提议，在电话里说："反正你和铭心是要演夫妻档的，里面也有亲热戏，让你看着铭心跟其他男人演那样的戏，你岂不是也很难过？"

顾清岚挂了电话，蹙眉回忆了一下，这才觉察到：原来一整部戏，虽然说陆青萍和沐亦清是夫妻，但竟然没有一场亲热戏，甚至连亲吻和拥抱都没有。

究其原因，虽然这是部严肃向的正剧，没必要在儿女私情上纠结太多，还有就是他当初设想的就是其他男人来扮演"沐亦清"……让他亲手写路铭心和其他男人的亲热戏，那还不如直接拿把刀把他杀了比较好。

首次发现自己那隐约却又可怕的嫉妒心和占有欲后，一直觉得自己还算胸怀宽广的顾清岚顾先生，略微纠结了起来。

在剧本里，军营戏里也有很多"沐亦清"的戏份，再加上曹叶阳缺席太久，所以沐亦清的戏份，已经严重落后整体的拍摄进度。

在顾清岚决定试演后，导演也顾不得他是自己老板了，拼命催促他赶快开工。

他加入剧组后，首先要做的，就是定妆。造型师对他的脸热情度很高，连夜赶工拿出了两版比较成熟的造型，又花了一天的工夫，让他试妆，最后总算拍出了两套定妆照。

路铭心拍完戏，就迫不及待地跑到造型室去，总算赶上了看他还没卸妆的样子，跑过去整个人扑到他怀里，惊喜地说："清岚哥哥，你真是太美了！"

不是她大惊小怪，是眼前的这个人，实在太过耀眼。她只想到他适合穿古装，却没想到当他真真正正地束起一头黑发，长袍宽袖地站在自己的面前时，受强烈的美感冲击，会让她短暂地忘记呼吸。

一旁辛苦了两天的造型师，也连连点头，自豪地说："这是我近几年来，最满意的作品。"

造型出来后，顾清岚也要进入正式拍摄了，他本来是中途才参与的，并且毫无表演经验，按以往的经验来说，并不能这么快就投入拍摄的。

但他是编剧，熟知台词和剧本，和“沐亦清”这个角色气质上又天然地接近，所以导演才考虑让他直接演。

虽然上次已经陪路铭心搭过一次戏，但毕竟那只是搭戏，和正式参演是不一样的。顾清岚倒没说什么，还是那样一副淡淡的样子，反倒是路铭心紧张兮兮地头天晚上捧着剧本不停地念叨。

顾清岚看她实在担心，就笑着去摸了摸她的头：“没事儿的。”

明天顾清岚的第一场戏，其实并不是跟她的对手戏，而是与莫祁的。这也是导演考虑到路铭心和他是情侣关系，再加上他们两个已经演过对手戏了，不如换一个人，更能看出顾清岚是否进入了状态。

莫祁的演技和带动现场气氛的功力也不是吹的，好多新人跟他对过戏后，都表示跟莫影帝对戏的时候，情绪能被他完全带动，不知不觉就会发挥出比平时好上很多的水平，不要太轻松哟。

虽然有导演的苦心安排，再加上对顾清岚的信心，但路铭心的心里还是七上八下的，比她自己第一次出镜，甚至是站在影视学院的面试考场上还要紧张。

她拉住顾清岚的手，咬着下唇说：“清岚哥哥，如果你觉得演戏不舒服，那我们可以……可以算了的。”

她之前那么积极地想让他参与进来，现在又说这样的话，倒不是出尔反尔，而是她关心则乱，整个人都有些不在状态了。

顾清岚笑了笑：“放心，我做事从不会半途而废。”

他说得这么笃定，等第二天灯光、场务就位，摄像机一打开，看着他在镜头中如行云流水般的表演，路铭心那颗提到嗓子眼儿的心，终于缓缓地落了下来。

影视剧表演和剧场表演的一大差别，就是对于机位的感觉和把握是有所不同的。

这也是有些演员，私下里看样子平淡无奇，一旦上了镜头，却会突然变得光芒四射的原因。

顾清岚上一次和路铭心搭戏的时候，还对机位和上镜角度毫无了解，需要导演来亲自帮他找站位，今天和莫祁的这场戏，每一步动作，却都已经卡得合乎标准，基本不需要导演去教了。

他们两个演的这一场，正是杜逸和沐亦清在大帐中商议军务，原本对沐亦清这样的文臣有几分轻视的杜逸，在听过沐亦清的几条意见后，对他刮目相看的戏。

一开机，镜头就对准了正威严坐在大帐正中帅位上的莫祁，他沉吟了一下，开口说："北城久攻不下，我欲先调兵攻打金门关，不知诸位有何良策。"

顾清岚是女帝派来的督军，也是有大椅可以坐的，事实上莫祁召开军务会议，根本也就没希望他发言，只是准备将他供起来就可以了。

他却负手站在帐中，听过这句话后，便淡淡地开口："金门关与北城相距百余里，北城攻不下，就转而去打金门关，若金门关也打不下，岂非还要调兵继续打北城。一鼓作气，再而衰，三而竭的道理，杜将军还需要本督来提醒？"

大齐朝是文官治天下的政权，杜逸虽然是大将，顾清岚的督军却是从二品，品级还要高于他。

但很多督军到了前线后，在一众刀头舔血的武官面前无法树立威信，所以总是不能服众，其实并不握有实权，大部分都是写写军报，等着领军功而已。

听他竟然这么不识相，在一众高级将领面前出言斥责大将军，一时间，大帐内的将领们，神色都沉了下来。

他们不像帝都里那些终日斡旋政斗的文官那样会伪装，生气就是生气，有几个甚至已经很明显地露出了蔑视的神情。

莫祁的脸色也是一沉，不过他很快又露出了微笑："那么依照沐大人来看，我军又当如何呢？"

顾清岚淡淡地看了看他，也勾了唇角微微一笑："北城被我军围困已久，西夏王恐失了金门关，又不敢分太多兵力来救，被攻下只是迟早的事。只不过战事胶着太久，朝中群臣不明就里，担忧者众，以为大军出师不利，需要督促，所以陛下才派了本督来。而杜将军既不愿舍弃即将到手的北城，又不愿被本督参上一本，所以才会故意说出要调兵去打金门关的话，对吗？"

一番话说下来，莫祁先是一愣，而后眸中一亮，哈哈大笑了起来："哪里，哪里，本将是怕沐大人怪罪不尽全力，贻误军机。"

顾清岚呵呵笑了声：“若杜将军为敷衍圣意，真的弃了北城去打金门关，那才是贻误军机。”

莫祁此时看顾清岚的目光已有些异样，他是听过沐亦清素负才名，但大儒才子多孤高迂腐，莫祁本就没对顾清岚寄予什么厚望，对他无非也准备像对其他督军那样，做个样子，应付一下而已。

却没想到他刚来前线，就已经对目前的战事状况了然于胸，没有墨守成规地例行催促，而是一语道破了他的一番试探。

有心再试探一下这位当世才子的深浅，莫祁就又开口问：“那么依沐大人所见，眼下该当如何？”

顾清岚挑起唇角：“杜将军不是已经有了计策吗？”

此语一出，莫祁就知道他已经看破了自己的计策，哈哈大笑了两声：“那么沐大人是准备鼎力支持本将了？”

顾清岚淡然道：“放心，本督既然已到了军中，若此次北城攻不下来，不用杜将军人头担保，用本督的即可。”

最容易让这些出生入死多年的将士赞叹欣赏的，无非就是这种将生死置之度外的胆识，他此语一出，帐中将领精神都为之一振，看他的目光，也绝非开始时的不屑和鄙薄了。

莫祁站起身屏退大部分将领，只留下几个心腹，这才看向顾清岚说：“为防消息泄露，我还是私下对沐大人解释一番才好。北城已是我军囊中之物，我是打算趁半月后，我军粮草器械补充完毕，就一举拿下。至于攻打金门关，无非是放出些消息迷惑敌军而已。”

莫祁对顾清岚说话，已经不用“本将”而是“我”，还特地对他坦诚打算，足见对他的信任。

顾清岚知道了他的态度，微笑了下，神色中也不再有先前的孤傲和冷意：“既是如此，我要向杜将军推举一名良将。”

随着一声“好戏”，这一场群戏，在配角和群演都没有出差错的情况下，两位主演居然一遍就过了。

不得不说莫祁的控场能力就是强，随着他一颦一笑，其他人都被带入了那个烽火连天、军情紧急的情景中，连呼吸的节奏，都被感染了。

而顾清岚的大段台词不用说纯熟无比，就连他的气势和光芒，也不逊于实力派的莫祁，两个人之间那种斗智斗勇，又惺惺相惜的张力十足，捉住了所有人的目光。

拍摄结束后，导演低头将监视器里的回放都看了一遍，摸着下巴说：“2号机位往左边挪半米，再来一遍吧。”

他说完，抬头看着莫祁和顾清岚：“啊，不是你们演得不到位，是我把机位安排偏了点儿。”他说着，很感慨地来了句，“是我的不对啊，以为顾先生不可能演到位，所以特写都交代了给他侧面……”

他一边说，一边兴致高昂地拍了拍大腿：“来，都动起来，给我拍出最好的效果来！”

像所有的好演员看到好剧本都会精神为之亢奋一样，好的导演，一旦发现了好演员，也一样是情难自禁：那往往意味着，又有一部经典之作要在他手中诞生了。

害怕她在场影响顾清岚的发挥，路铭心特地被导演支走，去拍另一组镜头。

因此她直到晚上收工，才知道顾清岚今天发挥得很好，现场看过他表演的人都赞不绝口，说绝对不像新手。

她兴奋难平，简直比自己拿了影后还要开心，见了顾清岚，就扑上去抱住他的胳膊：“清岚哥哥果然好棒！”

顾清岚就比她淡定多了，笑了笑说：“没什么，只是将平时说话的样子拿出来就好了，盯着我脸的人还不如上公开课时候的多。”他说着，沉吟了一下，“也不对，还要兼顾摄像机的位置。”

路铭心想起他本来就是要给学生上课的老师，学生们那炙热的求知目光，可不是要比观众更用力?

更何况他前世就是出了名的才子，才名跟官名不同，可不是凭空来的。他不但经常参加什么清流诗会，也曾在朝为官，舌战群儒、当庭辩义，什么大场面没见过，只今朝不过是被二三十个剧组工作人员盯着，对他来说根本不存在怯场的问题。

路铭心就偷笑了起来：“这跟你讲课可不一样，还需要有表情和情绪呢。”

顾清岚“嗯”了声：“不得不说，讽刺莫先生的感觉，还是挺好的。”

路铭心再次憋不住笑了，正巧这句话被路过的莫祁听到，他很无奈地说：“顾先生你这样真的好吗？我就觉得你站着从上到下俯视我那个眼神，不要太犀利……”

顾清岚此刻转过脸，就像从没说过刚才那句话一样，对他温文一笑，要多谦逊有多谦逊：“哪里，我只是在演戏而已。”

莫祁顿时觉得，电影节发的奖杯算什么，顾清岚才是“真影帝”，这演技，都全无缝对接到生活中了，杀伤力太大。

chapter 8

所求唯你

所以在他去后，她无论如何都不能再苟且偷生，安享他为她换来的一切……当然也因为，失去了他之后，她才知天地之大，红尘万丈，她竟无丝毫留恋。

她又悄悄地在他肩头擦去不知不觉流下的眼泪，觉得自己也真是够了，每次想起前世的一切，都无法控制情绪。

确定参演后，杜励就安排人将顾清岚那组定妆照发布到了网上。不出意料，这组照片才刚一公布，就引发了网友的热烈讨论。

在这个信息爆炸的年代，相比于那些每天都看到的老面孔，这样新鲜又惊艳的新人才更加被青睐。

这次的定妆照是官方确定的消息，不像上次那个视频，只转帖了几天就被删掉了，所以传播的范围更广。

再加上顾清岚既然已经参演，那么上次那个视频就不再涉及侵犯肖像权的问题，于是又很快被偷偷下载并收藏了的网友上传到了网络中。

这么沸沸扬扬地传了几天，也终于被B大的学生发现了，并站出来说：这个是我们老师，历史学院的，他讲公共课的时候教室后面都站着旁听的！

百忙之中还抽出空来翻网页偷看网络上对顾清岚评价的路铭心，看到这条评论后，惊讶地发现那个学生还说：顾老师不但人帅，课讲得也好，特别会讲冷笑话，我们都超喜欢听他讲课。可惜他不开选修课，如果有，选他课的学生一定爆满。

学生既然都跑出来了，这个网友当然被其他网友揪住了问东问西，于是这个网友又讲了一些上顾老师课的趣事，引得众网友羡慕、嫉妒、恨，纷纷表示，早知道B大有这么帅的老师，当年就是累死，也要考进去！

路铭心想起上次她暗自揣测顾清岚上课死板无趣，需要靠脸吸引学生的想法，顿时有点儿纠结地捧着平板电脑去找顾清岚，期期艾艾地问："清岚……你的学生很欢迎你？"

这时候是晚上了，顾清岚拍了一天戏，有些疲倦，微闭着眼睛坐在沙发上，听她说话。他轻轻地点了点头："还好吧，我的课缺席率很低。"

在这个没旷过课就不算上过大学的年代，古代史这种文科的大班公共课，向来是最容易被逃掉的课，他能保持上座率近乎百分之百的纪录，也算是个不大不小的奇迹。

路铭心顿时就沉默了：家世学术就不说了，还这么受学生欢迎，连演个戏都上手这么快，导演最近夸他都快夸成习惯了……另一半太过优秀，也是个压力好吗？

她沉默太久，顾清岚就睁开眼睛侧头看了看她，注意到她脸上纠结的表情，他微微笑了笑："放心，我知道小姑娘们容易崇拜和喜欢老师，但那跟真正的爱恋是有区别的，我有分寸。"

敢情他是理解错了路铭心为什么纠结，以为她在吃自己学生的醋。

他不说倒还好，一说路铭心的表情更纠结了："咱们这部剧没播就红了，一旦播出，你会多出更多的粉丝和爱慕者……我都吃醋，还吃得过来吗？"

她说这句话实在酸溜溜地过分，顾清岚不由得笑着对她招了招手，让她过来坐在自己的膝盖上。

他环抱住她的腰，在她耳侧轻吻了下，低笑了声："你现在就已经有很多粉丝和爱慕者了……我要不要吃一下醋呢？"

路铭心窝在他怀里，听着他低沉温柔的声音，骨头都要酥掉了，哪里还顾得上矜持，侧头追着去吻他的薄唇，撒娇般说："你可以吃啊，还可以惩罚我！"

顾清岚自问比厚脸皮，肯定是比不过她的，只能笑着："这样啊，我只会一种惩罚的方式……打屁股？”

路铭心欲哭无泪：“禁欲神人，你可以考虑更‘坏’的方式的！”

顾清岚干脆笑着不再理她。

顾清岚参与拍摄后的第四天，总算开始了他和路铭心的第一场对手戏。

在之前的三天，他拍的全是男人戏，在军营中和莫祁，以及一众将士之间，由隔阂丛生，到互相熟识，乃至钦佩相交。

这样男人之间的同仇敌忾和情义，不但张力很足，在这个男色满满的剧组里，拍出来后效果也很吸引眼球。

比如昨天拍的一场，是杜逸将军终于攻下北城要塞，留守在营地中的大齐将士等待他们凯旋，那时旌旗猎猎，在整齐雄壮的队列最前方的是一骑黑马、一身白衣的顾清岚。

遥遥看到莫祁和众位将士的身影，他翻身下马，对着他们的方向，双手齐举，深深一拜。

这一拜，是对前方浴血杀敌的将士们的尊敬，更是对在这一役中为国捐躯的烈士们的缅怀和遥祭。

所谓保家卫国的男儿志向，就是哪怕肝脑涂地、尸骨无存，也要守住身后这大好河山，使黎民百姓安康乐业。

这一幕拍完后，连导演都湿了眼眶，摘下墨镜擦了擦眼角，感叹了一句：“剧本这个细节，写得好。”

相比于前几天的大场面戏，今天就要拍感情戏了，拍的是顾清岚来到军营后，四处奔波劳累，本来就未曾痊愈的风寒在一场秋雨后又犯了起来。

躺在病榻上还牵挂着军情的他，就让夫人代自己出面，去莫祁的大帐商讨军务。

本来随军的眷属是不能插手军国大事的，但陆青萍身为名满天下的陆将军的将门虎女，在将士们面前，还是容易博得好感和信任的。

再加上那日初次商讨军务，就说要向莫祁推举一位良将的顾清岚，想要推荐的，正是自己的夫人。

历朝历代，也的确不乏随夫出征、立下赫赫功勋的女将军。

虽然大齐朝还并无此先例，但今时今日，毕竟是女帝当政，再加上莫祁也不是墨守成规的人，因此顾清岚说过后，他也没有否决，只说可以考量下顾夫人的胆魄和武艺，再做定夺。

他们今天要拍的，就是路铭心去参加军务会议回来向顾清岚转述军情，两个人在房中谈论的戏。

到了军营后，路铭心就多以劲装的形象出现了。今天她穿了一身紧身的黑衣，外面罩了束腰的红裳，头发高高绾起，绑了红色的发带，看上去更有一番英姿飒爽的意味。

摄像机开始转动后，她就从房门走进来，走到顾清岚的床前坐下。

因为是在病中，顾清岚只着了白色的宽袍，一头黑发也并未绾成发髻，而是松散地用发带绑了垂在肩头，妆容也是苍白虚弱的样子。

路铭心走进来时，他正半倚在床头的软垫上，翻看随军文书写下的战况，听到她的脚步声靠近，他就将手中的战况放下，抬头看着她，还未出言，就先掩唇咳了两声："今日杜将军说了什么？"

路铭心抬手扶住他的肩膀，又轻抚了他的胸口给他顺气，有些凝重地皱着眉头："杜将军说，北城和金门关互成掎角，如今既然将北城攻下了，为防西夏反攻，应当尽早将金门关攻下为好。"

顾清岚听后点了下头："是当如此，杜将军所虑不错。"

路铭心听到他也这么说，就咬了咬下唇，脸上浮现出忧虑之情："可是……前几日北城的攻城战里，杜将军左臂中了流矢，虽然并无大碍，毕竟是有伤在身，现在还要再领兵鏖战，会不会太过勉强？"

北城一役，莫祁的确受了伤，也正如路铭心所说，只是皮肉伤，没有伤到筋骨，已经行动如常了。

莫祁领兵多年，孰轻孰重他自然分得清楚，想必也是考虑过自己的伤势并不影响战事，才会说应当抓紧时机，一举攻克金门关。

听着她在自己面前如此忧心别的男人的伤情，顾清岚也只微微勾了下唇角："此时正当用人之际，你若是主动请命领兵，杜将军也许会答应让你试上一试。"

路铭心有些失望地摇摇头："我毕竟只是军属，在那么多将领面前，贸然请命，只怕杜将军不会答应。"

顾清岚微垂下眼睛，似是想到了什么，而后温文一笑："在众人面前不行，私下也许可以……你不是说杜将军箭伤未愈吗？正好我们带了不少药材过来，你可以带些进补的药材给杜将军送过去，趁此机会，多说些你的想法。”

路铭心听后眸光果然一亮，继而又有些犹豫：“可……那是带给你用的药。”

顾清岚又笑了笑：“我已经吃了这么多药了，也还是这样，多吃些少吃些，没什么要紧。”

路铭心看他这么说，又实在是很想去见莫祁，就点头说：“那也好，若你的药不够用，修书让京师再送过来些吧。”

顾清岚对她又笑了下，就拿起先前的战况继续看。自从婚后，路铭心和他的话一直不多，都是有一句就说一句，没有就彼此都不说。

听到顾清岚这么说，路铭心站起身，准备让小厮到库房中给自己取一些药材，好给莫祁送过去。

她起身走到房门口，就像剧本中写的一样，扶着门框，回头又看了他一眼。

她不看也就罢了，这一看，就看到清清冷冷的房间中，只有他一个人无力地靠在床头，那白色的身影，仿佛都要消失在暗沉的天光里了。

她胸口忍不住一阵闷疼，想起来前世她就是这样，带着药材匆忙去找莫祁。到了莫祁的营房里，又忍不住多跟他说了些自己在军情和兵法上的见解，一直说到那日暮色四合，才回去。

她只想着莫祁和自己的事情，根本都没有分神去想军营中人手紧缺，他身边跟着伺候他的小厮也被调去检点粮草，那整整一下午，他都是一个人在营房里的。

别说有人照顾，就是渴了想要喝杯温水，恐怕都没有人可以给他送过去。

她越想越愧疚、心疼，实在是忍不住，转身走回他床前，握住他的手说：“清岚哥哥，我不去了……我留下来陪你！”

身后传来导演有些无奈的声音：“路铭心，你搞什么？”

路铭心“呃”了声，抬头看到顾清岚看着她的目光里也充满了无奈。她尴尬地意识到：他们是在拍戏，而剧本上写的，是她在回头看了一眼后，就应该直接走出房间的。

她缩了下脖子，可怜巴巴地看着顾清岚：“清岚哥哥……我不想离开你嘛……”

顾清岚只能微笑着看她，轻声哄她："乖。"

导演气急败坏："不要当场秀恩爱！"

因为想起前世的自己丢下生病的他，跑去跟莫祁套近乎的事，路铭心这一天都分外愧疚，回到房间后，就抱着顾清岚不肯撒手。

顾清岚才刚洗过澡，发梢上还带着水汽，他害怕水沾到她脸上，就微侧了头，笑笑说："还好不是长发，要不干起来太慢了。"

路铭心还是很留恋他的长黑发的，故意在他耳垂上轻吻了一下，说："怕吹风机伤了头发，我可以帮你擦啊，一点点地帮你擦干。"

顾清岚微笑了下："你现在倒是有耐心。"

路铭心趁机将手放上去抚摸他的黑发，他的头发手感好到连女人也嫉妒的地步，她想起前世的那些回忆里，只有寥寥几次帮他束发，每次都疑惑自己握住了一把绸缎。

她想着，就说："头发还是长得太慢，如果快，你可以留起来，这样都不用戴假发套了。"

顾清岚不由得轻笑："男人留那么长头发，也太不成体统了。"

路铭心摇头："其他男人也许会，你不同啊，你肯定是仙风道骨，能迷倒一群人的。"

这段日子以来，顾清岚对她的这种类似于恭维的话，已经听得麻木了，只能笑："你现在怎么这么喜欢夸我？我记得以前明明说我的长相太阴柔，没有阳刚之气的。"

路铭心一个不小心，又差点儿掉到他的圈套里，这些话，明明就是前世的他说的，她如今随时小心，演技都跟着被磨炼了不少，轻哼了声，在他耳朵上轻咬了下以示惩罚："你最近才坏，老是拿我没有说过的话来诬蔑我！我小时候那么怕你，现在这么爱你，哪里有胆子说你坏话！"

顾清岚垂了双目，只笑不语。

顾清岚在剧组里还是保持了早睡的习惯，晚饭过后不久，看了一阵书，就早早地上床休息。

路铭心本来是个夜猫子，跟他共同生活以后，作息都正常了不少，乖乖躺床上陪他。

昏暗的灯光下，她紧抱住他的腰，将头轻靠在他的肩头上。在前世的那些回忆里，她似乎很少这么安静地依偎在他身旁，她总是想着太多的事情。

想着如何驰骋沙场、建功立业；想着要和莫祁并肩站在战场上，她喜欢和兄弟们在一起，打打闹闹也自有乐趣，不喜欢和闷闷的他一起看书，彼此相对无言。

现在她才知道，她错得有多离谱，他根本不是不善言辞的书呆子，只是她不愿和他交心，于是他就只能沉默。

她想着，胸中又泛起熟悉的疼痛，眼眶也有些酸酸的。她侧头在他脸颊上轻吻了下，小声说："清岚哥哥，我对你太不好了。"

顾清岚今天的精神似乎没有前几日好，轻咳了声，才温柔地笑了笑，问："怎么对我不好了？"

路铭心又把他抱紧了些，开口说："不够爱你。"

够不够爱这个问题，原本就太过主观，没有一个评定的标准。

顾清岚轻声笑了："哦？那么你觉得怎样才是足够？"

他总是这样，从一开始对她说话的时候，就仿佛有着无限的耐心，语气里总带着浓浓的纵容和宠溺。

路铭心听着他的声音，轻声说："永远都不够。"

她以为不会听到他的回应，但沉默了一阵后，他也低声说："我也爱你……铭心，用我能拿出的全部力气。"

其他任何男人说出这句话，都显得有些敷衍和应付，"全部力气"也是个无法衡量的程度。

但路铭心却知道，他既然这样说了，就一定会这么做。因为前世的他，就是如此：早就知道她心中有别人，却也还是掏尽了自己的所有。

他的一生，那样惊世的才华和风采，足以名垂青史，却就那样悄无声息地牺牲了自己，为了成全她的抱负，不惜万劫不复。

所以在他去后，她无论如何都不能再苟且偷生，安享他为她换来的一切……当然也因为失去了他之后，她才知天地之大，红尘万丈，她竟无丝毫留恋。

她又悄悄地在他肩头擦去不知不觉流下的眼泪，觉得自己也真是够了，每次想起前世的一切，都无法控制自己的情绪。

她干脆又亲了亲他的脸颊，轻声说："清岚，你不需要再为我做什么了……这次换我来做。”

这次他却没回答她了，路铭心等了一阵，听到他低弱却均匀的呼吸，就知道他已经睡着了。

他向来浅眠，能睡得这么沉，一定是很疲惫，她顿时又心疼起来。想着来到西部后，他虽然没喊过累，但毕竟体质不好，上次生病也还没有痊愈，又怎么会不累。

第二天一早，顾清岚起床后脸色果然苍白。

路铭心看着实在心疼，就说：“要不然你在房间里休息一天吧，我去跟导演请假。”

顾清岚笑着摇头：“没事儿，况且沐亦清不是正好病着吗？这样还省了化妆。”

演出来的生病跟真的生病能一样吗？路铭心简直要对他无语了，可惜顾清岚决定的事，就是她劝也没有效果。

早餐过后，他还是准时跟路铭心一起去了化妆间。

造型师也看出他气色不佳，有些担忧地说：“顾先生，你确定今天不需要休息吗？”

顾清岚到了剧组后，有些演员和工作人员还一度以为他这样豪门出身的人，又是学者，恐怕性格高傲不好相处，后来才发现他待人礼貌周到，不但完全没有架子，还意外地好说话。

有次演他丫鬟的小姑娘，在开拍后不小心打破了一个瓷碗，碗里的汤汤水水都溅到了他身上。

那个小姑娘刚出道，好不容易才得到了一个有台词的角色，都吓傻了，不停地向他和其他人道歉。

他没丝毫不悦，反而自己动手清理衣服上的污渍，还笑着对小姑娘说：“清理瓷片的时候小心些，不要扎破了手。”

这样的事情多了后，现在整个剧组都对他颇有好感。本来他这样的人，外表出色，气质超群，偏偏还温柔体贴，修养良好，很难不受欢迎。

造型师这么一说，化妆间里好几个人都回头关心地看着他。

他对大家笑了笑，摆了摆手说：“没事儿，昨晚没睡好而已，过会儿就好了。”

听他这么坚持，造型师也只能和路铭心一样，照常帮他换戏服化妆。

好在他今天出演的这场戏，是沐亦清带病和杜逸将军一起巡视军营，所以他脸上自带几分病容，还真的让化妆师省了些扑粉的工序。

这个镜头里没有路铭心，只有顾清岚和莫祁两个人，相携在营地中巡视。

这种戏属于群众演员很多的，场面铺开比较大，还要随着他们的脚步，拍摄出军营的繁忙景象。

路铭心暂时不用出场，按道理说可以先在一旁休息，不过她今天很担心顾清岚，一直凑在导演身边，名为学习，其实是看着顾清岚不要出状况。

顾清岚一袭白衣，和一身红色铠甲、威武挺拔的莫祁一起走着，他们身后还跟了些军营的文书副将等，一行五六个人，在营地间视察。

北城打下之后，大齐的主力就挪到了城池之内，由于攻城时已经将敌方耗得弹尽粮绝，所以攻城期间，也不用大规模破坏城墙和城门，把城池再修筑巩固一下，就是一个相当牢固的据点。

如今莫祁和顾清岚过来，就是看看新修的城门以及城墙上的硬弩、投石车等的修筑情况。

每到一处，莫祁都要说一些鼓舞士气的话，还要询问下工程的进度。

当然他特地带着顾清岚出来，也肯定是要再和顾清岚商议一下事务的，在城墙上，他就开口说：“依照沐大人所见，我们何时去攻打金门关为宜？”

顾清岚微微一就算西夏王还笑：“此时已是9月，西疆苦寒之时即将到来，杜将军不是想要在入冬之前，将西夏人从金门关赶出去？”

战事从春拖到秋，正是莫祁出于时机上的考虑。

西疆的冬季自古寒冷，物资产出也紧缺，一旦进入漫漫长冬，西夏将士的士气难免不受影响。

年初之时，西夏王正是趁着许多西夏人熬过了寒冬，储备的物资又耗尽的时候，鼓动将士东下烧杀抢掠，掠夺大齐的富饶物产，并带着一群精兵悍将，一举将原属大齐的北城和金门关拿下的。

西夏王野心不小，原本是打算一路东进，打到长安附近的，未料到遇上了莫祁这样的名将，硬生生地将他们堵在这里几个月无法前进。

现在又到了秋季，正是狩猎和储备过冬物资的时候，西夏人在整个春季和夏季，又抢了不少牛羊、金银和粮草。

就算西夏王还想要东进，但那些目光短浅只顾自己利益的西夏将士，却想着退回去过冬，等明年再战也不迟。

所以在金门关和西夏军的一战，也是迫在眉睫，而且不容失败。

莫祁站了起来，他们此刻正在北城的城墙上，抬眼望去，可以看到远处的黄沙漫漫，还有戈壁滩上的青草已经泛出枯黄的色泽。

莫祁也笑了下："可惜西疆不是北疆，没有丰沛的水草，不然用火攻也不错。"

城墙上风大，顾清岚忍不住掩唇轻咳了一声，才接着说："不需借用天时地利，也可以用火攻。"

莫祁眼眸一亮，追问："沐大人有何良策？"

顾清岚笑了笑，勾起泛白的薄唇："杜将军不是命人连夜修建了许多投石车吗？"

莫祁看到自己的计划被他看透，就哈哈笑了起来："沐大人果然知我！"

顾清岚又是一笑，接着又咳了几声，他这次咳得却有些急了，连身形都跟着晃了几晃。

莫祁忙上前一步，扶抱住他的肩膀，带些担忧地问："沐大人身子可还好？"

这本来都是剧本上的内容，接下来顾清岚应该扶着他的肩膀站直身体，说一句："烦劳将军挂心，我没什么大碍。"

但他却还是不断地轻咳着，只是摇了摇头，不见下一步动作。接着他越咳越重，竟然直接咳出了一口鲜血，落在白色的衣袍上，宛如雪中梅花点点。

莫祁扶抱住他的身体，满脸担忧："沐大人……您这是……"

顾清岚扶着他的肩膀重新站直身体，微勾起苍白的薄唇："不过是风寒而已，烦劳将军挂怀。"

莫祁显然不同意他这种轻慢自己身体的态度，摇了摇头，俯身就把他抱起来："沐大人，大敌当前，主帅无论如何不能倒下。"

顾清岚被他抱起来，先是露出了些许愕然的神情，继而为了减轻他手臂上的重量，主动用手环住他的脖子，轻笑了一下说：“是我疏忽，被杜将军看轻了。”

莫祁仍是有些担心地皱眉：“不说其他，待末将送沐大人回营房里休息吧。”

说完，他就抱着顾清岚，大步走向城墙下，镜头追随着他坚毅的背影，直到他抱着顾清岚的身影消失。

这一幕拍完，不但魏敬国说了声“好”，路铭心分明看见，剧组里几个为数不多的女工作人员，眼睛都开始发亮。

魏敬国的助理，是个刚毕业的年轻姑娘，还用手擦了擦眼角：“好激动哦。”

魏敬国哈哈笑着：“兄弟情深，这个牌果然好打。”

路铭心看着那个导演助理激动的神情，心里想：导演你太天真了，你真以为她们是为了“兄弟情深”感动啊，你不知道这个世界上还有一种生物叫“腐女”吗?

chapter 9

乱云出岫

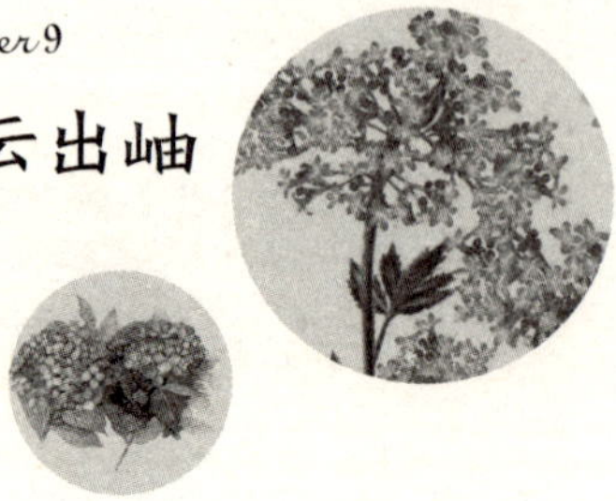

> 如果像好多人以为的那样，或者像好多影视剧里演的一样，爱和恨都那么单纯明白，那就好了。

下午难得有空，顾清岚回到酒店后却没有休息，打开电脑开始办公。

路铭心和他生活了几个月，已经知道他用电脑联网必定是在处理工作。偶尔浏览一下新闻网站，对他来说已经是极为难得的，其他人会用电脑进行的各种娱乐活动，对他来讲则是完全不可能的。

对他来说，所有消遣的活动，必定是线下的，比如散步，比如下棋，路铭心还知道别墅三楼有个单独的琴室，里面摆着的不是钢琴，而是古琴。

连古筝都不是，就是九弦琴，并且那把琴，顾清岚是真的会弹的，她不在家的时候，他有时会上楼弹奏一阵。

只不过他从来不在人前表演琴技，说练琴是为了静心，不需要听众，连路铭心也只是在楼下偶尔听到过几声，琴声清远，古雅至极，光远远地听一听，就觉得心境都能平和下来。

在如今这个年代生存，又是出国留过学的，还保持着如此传统的生活方式的人，真是不多见。

这些习惯，据说也是在他青少年时期就开始了，并不是因为这两年他突然恢复了前世记忆的原因。

她不好过问他的工作，就动手去泡了茶，第一泡洗茶，二泡入杯，茶香扑鼻，是她水温和茶叶的量都掌握好了，才有这种效果。

她对于自己的工作还是满意的，将青瓷茶杯送到他面前，有些献宝的意思："清岚哥哥，尝一尝，看我的手艺怎么样？"

顾清岚正在看公司的财务报表，一边浏览着那些数据，一边举起茶杯，送茶入喉，他轻啜了口，然后笑了笑："还算过得去吧……这么多年也没什么长进。"

路铭心笑眯眯地说道："谁说的，明明比小时候好很多了。"

顾清岚"哦"了声，他把饮过的茶杯重新放在她送来的托盘上，眼睛还看着电脑屏幕，就淡淡开口："是吗？我怎么不记得，你小时候曾经学过泡茶？"

路铭心一愣，她先是懵懂了片刻，而后额头就出了一层冷汗：她的确没有学过泡茶，小时候父母那么忙，家里连个茶叶罐子都没有，更别提教她茶艺。因为父母从事科研工作，熬夜工作的时候居多，他们家常备咖啡机，煮咖啡豆的手艺，她还真特地被教过。

小时候学过茶艺的那个人，根本不是她，而是前世的路铭心。

她连忙抬起头，看到顾清岚的目光不知什么时候已经移到了她的脸上，那双深黑的眼眸里，全是一派了然。

她慌了神，还徒劳地想要解释："唉，没有吗？那是我忘了吧，或许是长大后学的……"

顾清岚看着她乱了阵脚的样子，轻叹了声："铭心，这还是你第一次泡茶给我……我是说，今生。"

路铭心只是看着他，眼眶却悄悄地泛红了。

顾清岚还是不忍心看她这样为难，目光里渐渐带上了柔和的暖意："铭心，一个人如何改变，总有些事情是无法掩饰的……你瞒不了我太久。"

他如果对她冷冷质问，那她自问还能够顶住，并且努力向他解释，一切都是为了他的健康，现在他这样温柔地看着她，路铭心却觉得无法抗拒。

她忍不住合身扑过去抱住了他，她的动作太大，还推开了沙发前的桌子，连带上面的茶杯也被打翻，茶水就那么洒了一托盘。

她用力抱着他，还未开口，却已经泣不成声："清岚……我只想要好好爱你……把我原来没做的事情……都做了……"

她一面哭着，一面毫不在意形象地带着满脸泪水去亲吻他的脸颊和薄唇："我害怕再失去你……"

她本来就不是沉得住气的人，能瞒着他这么多天，在他面前演了那么多次戏，已经是个不大不小的奇迹了。

一旦可以放开情绪，她干脆不再试图控制自己的感情，顾清岚几乎是被她推到了沙发上。

她不断地吻着他，还试图说话："清岚……对不起……"

她一旦发起疯来，顾清岚只能用双手抱住她压过来的身体，他拥抱着她，脸上尽是她的泪水。

隔了很久，直到路铭心哭得声音小了些，他才轻声开口："铭心……现在很乖。"

路铭心把头埋在他胸前不肯回答，哭得一塌糊涂。

顾清岚等了一阵子，看她的哭声不但没有继续小下去，反而有愈演愈烈的趋势，只能又无奈地安慰了一句："这么乖的铭心，能不能先不要哭？"

"很乖"的路铭心在狠狠哭了一阵后，终于略微平静下来，按照顾清岚的要求，把双手放到膝盖上，在沙发上乖乖地坐好。

顾清岚看着她还是红红含泪的大桃花眼，很有些无奈："铭心，你明天眼睛又要肿了。"

路铭心"哦"了声："没关系，冷敷、热敷就好了。"

对她这种不在意的态度，顾清岚真是有些无奈了，轻叹了口气："铭心，你不要太自责了。"

他不说还好，一说路铭心垂下眼睛，眼看又要哭出来："可是我却对你那么不好，连你最后一面都没能见。"

顾清岚轻声开口说："你不是说了吗？让我不要透过你，去看着别的人……对我不好的不是你，或者说不是现在的你。"

路铭心听他这么说，就抬起头看着他，脸上还是无限伤心："清岚哥哥。"

他还是对她温柔地微笑着："铭心，你从没有对我不好过……那时的你只是不爱我，对于一个你不爱的人，那样的关怀和信任已经足够了。"

路铭心直觉地想反驳，可她一时却找不出他说的哪里不对：前世的她，肯定是不爱他的吧，不然怎么能轻忽他到那种地步，可前世的她，又应该还是爱着他的，不然不会在以为他通敌后，那么生气、失望。

是因为不够爱？还是爱他的方式不对？时至今日，路铭心已经经历了生死，也可以抽身出来，作为局外人，去清醒看待那一段让人痛彻心扉的感情了，可她还是搞不明白。

如果像好多人以为的那样，或者像好多影视剧里演的一样，爱和恨都那么单纯、明白，那就好了。

她想着，就抿紧了嘴唇，前世她是为了他殉情，追随他而去的，但她却不敢告诉他。依照他的性格，如果知道了那些事，肯定会觉得愧疚。

她苦于不知道该如何向他表达，憋了一会儿，终于说出来：“我爱你的，清岚，我很爱你。”

顾清岚微微对她笑了，神色间是浓浓的宠溺：“我知道，现在的你很爱我。”

被他暖如春晖般的目光包围着，听到他柔和的声音，路铭心突然觉得事情又没有她想象中那么纠结了：有很多事情不能告诉他又怎么样，有那么黑暗的过去又怎么样？

只要此刻的他是爱着她的，而他也知道自己同样爱着他，那么到底前世是谁的错，又是谁辜负了谁，也没那么重要了。

她看着他，还是忍不住扑上去抱住他，这次她没再落泪，而是把头埋在他的颈窝里，侧头轻吻着他脖子上的肌肤。

路铭心胸中有那么多对他的爱意，蓬勃地堵在胸口，苦于无处宣泄。她又亲吻他了好多下，从颈中一直到脸颊，接着她觉得再忍下去，自己一定会变成史上第一个把自己憋死的女人了。

她亲吻着他的唇角，泄气般地说：“清岚哥哥，我想和你做些健康和谐的事情……”

顾清岚一面任她吻着自己，一面若有若无地迎合着，他轻声笑了下：“哦？什么健康和谐的事情？”

路铭心今天下了决心，要是再让他逃过去，那就干脆跳出去在全剧组人面前高喊三声：我是猪，三个月了还没有搞定自己的男人！

路铭心干脆破罐子破摔，理直气壮地说：“就是前世我们没能做的那些事情。”

说起来这也真是前世那个一门心思建功立业的女汉子的失败，从他们成亲，到后来生死永隔，足足三年时间，夫妻之间竟然没有一次行房。

顾清岚不知是在这方面很淡薄，还是知道她心里有别人，所以从未主动；而路铭心自己，也竟然就懵懵懂懂地以为夫妻不过就是住一间屋子，睡一张床，如此而已。

本来大家闺秀出嫁前，都有专门的教养妇人传授经验的，可前世路铭心作死地逃婚了，后来又迫于圣旨，匆忙地跟顾清岚完婚，中间很多步骤，都给省掉了。

后来路夫人见他们成亲已久，却没有生育子嗣的动静，还含沙射影地问过路铭心，提醒她要不要找几个老妈子服侍？

可惜路铭心那个粗神经的人，根本没有听懂自己母亲的言外之意，只说她和顾清岚不需要老妈子服侍，于是路夫人也只得作罢。

她一想起来前世的事，顿时觉得悲愤无比：每天守着这么个大美人，竟然只知道睡觉、吃饭，自己简直就是个猪！

顾清岚倒不打算逼她真的把那两个字说出来，只是微挑了下眉梢：“今天？现在？”

路铭心心说这难道还要再约个时间吗？她都等了三个月了好吗？

她气得又泄愤一样把他抱得更紧：“不然呢？”

顾清岚只是轻笑着：“现在还是白天，而且我还在工作……”

这也确实是事实，路铭心没办法反驳，她就这么抱着他，突然觉得心中一阵绝望：他前世不肯碰她，现在还是不肯。

说来说去，要不是他对她根本没有感觉，要不就是还无法坦然地接受她。

路铭心越想越绝望，有那么一瞬间，她想干脆跑回卧室里，撞死在床头算了，可接着她又觉得，因为丈夫不肯碰自己，所以就撞死，这死得也太难看了。

她简直是越来越伤心，挡都挡不住的挫败感和失落感，眼泪又快要下来了，她的身体都开始忍不住颤抖。

顾清岚不忍心逗她太久，抱住了她的身体，轻轻地拍着她的肩膀，他的语气里带着柔柔的暖意：“铭心……我愿意的，我开玩笑而已。”

路铭心不知道那些向心上人求婚若干次终于成功的男人，听到“我愿意”这句话时是什么感觉。

反正此刻她是觉得，好像百花突然开放，春意瞬间赶走严寒，世界都充满了光明和温暖，地狱也突然变成天堂……这要是搁在印度电影里，她马上就要站起来和一群人载歌载舞了。

她抬头看着他，倒没破涕为笑，只是赶紧确定下一步行动：“那么我们赶快把遮光窗帘放下来，把房间的免打扰灯开？”

顾清岚还真没想到……她竟然真的急成了这个样子。

他不免检讨自己：不是他不愿，也绝非是他没有冲动，而是他总觉得即使恋人之间，也应该两情相悦，彼此有那个意愿，才不算仅仅只是履行义务和责任。

他沉默的时候，路铭心一直紧张地盯着他的脸，看到他微蹙了下眉心，立刻就又说：“对不起，是不是我太急……”

顾清岚把目光移回到她脸上，对着她笑了笑：“哪里，我也等了好久。”

也不知是不是因为他们此刻的距离太近，还是因为他的语气里，带上了她之前从未听到过的暧昧。

路铭心竟然觉得，这短短一句话，柔情到有些惊心动魄的味道。

她这么厚脸皮的人，不知为何悄悄红了脸颊，顿时连他的笑容都有点儿不敢看，连忙转过头移开眼睛。然后她就觉得，自己鼻子里有点儿痒痒的。

那边顾清岚沉默了一下，他似乎是被什么震惊了，然后他抬手捧住她的脸，有些无奈又有些心疼地说：“铭心，你流鼻血了……”

路铭心好想找个小黑屋把自己关起来，她勉强才撑住，为了维护自己作为成年人的尊严，说道：“哦，西部就是天气太干燥了……”

怕纸巾不够柔软，顾清岚还是拿出了自己口袋中的丝质手帕，仔细帮她擦了擦鼻子下的血迹，又在她泛红的脸颊上轻吻了下。

他还是无奈：“铭心，对不起，我没想到你对我这么……”

路铭心顺利接了上去：“没想到我这么爱你，求之若渴！”

因为她的“求之若渴”，他们真的就开始准备了。

总归是第一次，不能因为着急就匆忙开始，顾清岚先是结束了工作，然后吩咐秘书晚饭前不要给自己打电话，然后才是……拉上窗帘，把“请勿打扰”的灯打开。

接着他们一起去淋浴房洗了澡，路铭心悲催地发现，因为看到他的身体就情难自禁，之前她都没有敢跟他一起进过淋浴间。

这时在淋浴间的温热水流里，看着雾气中他的身体，她就移不开目光。

他其实是有些偏瘦的，因为体质原因，锻炼也选择缓和的方式，因此并没有那种坚实如大理石一样的肌肉纹路。

但他的身体却同样没有一丝赘肉，因为肤色偏白，像东方玉雕一样充满了流畅的美感。

她顿时觉得，又要流鼻血了，她这一天……真是尊严不保。

过后他们又一起去淋浴，路铭心想起来刚才他的样子，脸颊又开始悄悄变红，而他的肤色也微微泛着红，还留着方才动情的余韵。

她的手指在水流里轻滑过他的肌肤，带着万分的不舍和留恋，她是想窝进他的怀里——那是一种接近永恒的感觉。

每个人，也许都会有那么一瞬，有天地之大、独我孤身的感觉。

可经历过那一瞬间，她觉得自己再也不会感觉到孤寂……哪怕到了世界尽头，她也和他一起有过永恒。

她想起一句不知在哪本书里看过的话：“与有情人，做快乐事”，大概就是如此。

她这么想着，又低头将轻吻落在他的胸口，带着些朝圣和虔诚的味道。他也环抱住了她，那姿势小心翼翼，如同他怀里的是抵得过全世界的珍宝。

垂下头，将柔和的吻落在她的耳郭上，轻声说：“阿心，谢谢你。”

温暖的水流漫过他们的身躯，不断地流下去，仿佛此刻，他怎么都用不尽的温柔。

路铭心拥抱着他，隔了一会儿才说：“清岚哥哥，我要给你生个孩子。”

之前她曾听到有人说过，如果一个女人，不是出于对养育后代的渴望，而是单纯地愿意为一个男人生孩子，那一定是很爱他。

她现在的感觉就是如此，太爱，可以为他做任何事情。

他们是第一次，顾清岚还在用药，所以他们有刻意做过安全措施，现在听到她这么说，他轻声笑起来：“好，会有的……等我们准备好。”

路铭心抬头看了看他，很认真地说：“清岚哥哥这么美，又这么聪明，这样好的基因，一定没问题。”

顾清岚笑：“谢谢夸奖……基本上我对你的基因也很满意。”

路铭心眼睛立刻亮了：“真的吗？好开心。”

话题在不知不觉的时候，被带向了一个诡异的方向，顾清岚笑着在她光洁的额头上又印下一吻。

终于得到了朝思暮想、遐想了两世的美人，路铭心的满足感不是一般的强烈。

更何况顾清岚很温柔，她基本没有感觉到所谓的“痛苦”，只觉得整个人都像被浇灌过的植物，从头发梢到脚趾都浸满了幸福感。

他们干脆把晚饭叫到房间里解决，过后没出去散步，而是躺在床上，顾清岚看专业书，路铭心缠着他要他讲给自己听。

顾清岚不愧是受学生欢迎的老师，一个关于漕运河道对古代区域经济影响的枯燥论文，他也能讲得深入浅出，听起来简单易懂又有趣。

路铭心开始只是想听他低沉悦耳的声音，到后来真有些入迷，还就自己的理解跟他交流了一番。

只是躺在一起说了一阵话而已，但带来的满足却并不比下午少。第二天一早，他们两个又早早起床出去散步，吃过早饭后再一起去化妆间报到。

连造型师都看出来路铭心今天气色极好，她想起来昨天下午路铭心和顾清岚一起去休息了，就笑着打趣说：“看来是抽空解压了吧？”

路铭心十分无耻地回了两个字：“嘿嘿。”

顾清岚就坐在她旁边的椅子上化妆，对于她这种嘚瑟行为，也只微勾了唇笑了笑。

这一幕好巧，让昨天下午赶工拍了一场滚沙坑的戏，整个人都像被卡车碾过一样全身酸痛的莫祁看到了。

莫影帝脾气再好，也忍不住说：“真是瞎了……我要回家找我老婆。”

莫祁从未对外正式宣布过自己有女友，但就路铭心对他的观察而言，觉得他应该是有固定女友，甚至可能已婚了。

因为虽然是人气超高，口碑也极好的新晋影帝，但莫祁对待媒体其实是很低调的，一年到头，除了和作品相关的正经新闻外，几乎没有绯闻。

对于这么神秘的莫影帝，路铭心难免八卦，微侧了身问：“祁哥，你来这么多天，想嫂子了？”

莫祁侧头看了她一眼，语气有些故意做出的愤愤：“你跟顾先生天天在我面前秀恩爱，我能不想吗？”

话这么说，就代表他承认了，路铭心也知道他其实没生气，只是打趣而已，于是她得意地笑了：“谁让你把嫂子藏那么严实，不肯带过来的？活该。”

对她这种欠抽行为，莫祁只能表明他已经在心里的小黑本上记下了，君子报仇，十年不晚。

今天的戏，恰好是他们三个人的。莫祁答应顾清岚，可以让路铭心随军出征，不过他却表示战场上生死无常，不能保证路铭心的安全。

路铭心还是穿了紧身干练的一身红色戎装，站在主将的营房中，自有一番明艳逼人的飒爽英姿。

她听了莫祁的话，反倒没有怯懦退缩，而是豪爽一笑：“杜将军是怕我成为行军的累赘吧？请放心，我陆青萍的生死，自由我自己担当。”

莫祁听了她这话，不但没有释怀，反而看向了一旁的顾清岚。

这是在中国古代，在思想陈旧的男权社会，女性很多时候并不被看作有独立人格的个体，而更像是男性的所属私产和附庸。

莫祁这一眼，其实没有轻视路铭心的意思，不过是要得到她的丈夫，也就是顾清岚的首肯而已。

知道他的意思，顾清岚也对他微微一笑，说了一句话，奠定路铭心可以随军出征的前景：“这也是我的意思，请杜将军宽怀。”

莫祁挑了长眉点头，哈哈一笑：“那就好。”

本来可以随军出征是件好事，路铭心却因为最终能决定她可以上战场的人是顾清岚，不是自己，也不是她一直崇拜的莫祁，原本明亮无比的双眸，微不可查地暗淡了一下。

莫祁没有察觉到她的心思，顾清岚却看到了，他却无法再说出别的宽慰话语，只能对她笑了下。

这一笑，却又被路铭心误解，以为他对自己的各种“任性”，不过是一种施恩的态度，所以僵硬地将脸转开，再也不看他。

一场戏下来，魏敬国不免又夸顾清岚入戏后的状态很好，莫祁是影帝，对于角色的驾驭当然是没得说的一级棒。

至于路铭心，他就能挑出刺来了："铭心你的眼神还是不够犀利，你应该要误会顾先生的好吗？要凶一点儿，表情上的不平之气再多一些！怎么你看向顾先生就跟抛媚眼一样……我知道昨天你跟顾先生休息、运动好了，但你不能跟新婚小媳妇一样荡漾好吗？"

什么叫"休息、运动好了"？魏敬国现在说话的语言艺术简直越发登峰造极了，这么多人都听着呢，路铭心简直恨不得找个地缝钻进去。

于是只能又来了一遍，这次顾清岚和莫祁还是照着上次一样表演，路铭心在末尾的那一眼，在她憋足了一生的傲娇劲儿后，终于甩出了几分中二病的风采，让魏敬国大呼满意。

好不容易结束了上午的拍摄，中午回酒店卸了妆吃饭，时间成本太高，所以他们基本上都是带着妆穿着戏服蹲在片场解决的。

西部影视城拍摄条件比较艰苦，所有人都风餐露宿的，他们不好搞得太特殊，一般都是在外面跟大家同甘共苦。

路铭心知道顾清岚胃不好，每天都不厌其烦地跟准备盒饭的师傅强调要素菜，要清淡，还总把自己的汤匀给他喝。

莫祁喜欢和他们两个扎堆，三个人穿着将军和文臣华丽丽的戏服，带着凳子，藏在墙角的阴凉地儿抱着盒饭啃的样子，还真是反差巨大，有些滑稽感。

不过路铭心可顾不上讲究什么仪态，她把自己的碗端给顾清岚，说着："清岚哥哥，这汤里的冬瓜、青菜挺爽口的，你多喝点儿。"接着又随口说，"其实我觉得剧本应该调整一下。"

同样是吃盒饭，顾清岚就能把这样的动作做得行云流水、优雅无比，如果不是他一只手还要端着盒饭，简直可以拿到高级晚宴上去做礼仪教科书了。

他接过路铭心递来的汤碗放在一旁的凳子上，微微笑了笑说："为什么突然这么说？"

有莫祁在，路铭心总不能说你的剧本故事是残缺的，我这里有补充的完整版！

她只能尽量理性地说："我觉得沐亦清叛变很突兀啊，投靠西夏王，他明明没有任何利益的，就是为了变坏而变坏，剧情没有说服力。”她说着，还强调，“整个剧本逻辑上都很通顺，就是沐亦清叛变，理由太牵强了，祁哥你不这么觉得吗？”

莫祁显然也有相同的看法，不过他考虑到顾清岚是这部戏的编剧，所以说话就谨慎了些：“的确，我对沐亦清这个人物是很赞赏的，我觉得他可以更出彩些，立场的变化也可以多一些铺垫。”

既然路铭心已经想起了前世的事，顾清岚也没必要再坚持不把全部的实情说出来，而是温和地笑了笑：“好，我会考虑下两位的意见。”

改剧本并不是小事，更何况现在已经进入了拍摄阶段，剧本精细到连分镜都做好了，如果再改，是劳师动众的大动作。

但顾清岚既然答应下来，就开始认认真真地准备，待到讨论过的第三天，他就告诉路铭心和莫祁，已经和各方面协调过了，过一周李昂越会到组，跟他一起动手。

路铭心不担心其他，也不怕重新背台词，只而是说：“这么忙，清岚哥哥你的身体会不会受不了？”

顾清岚笑了笑：“没关系，李老师承担了大部分的工作。”

路铭心这才放下心来，那边莫祁则很感兴趣：“剧情会有什么变动呢？”

顾清岚笑笑：“其实我说了改剧本后，李老师立刻就有了些新想法……他准备到组后再详细谈。”

路铭心只是想把前世被掩盖的那些秘密都说出来而已，前世他就背负了不该有的污名，含冤而死，这一世如果连在影视作品里，都不能替他正名，那也太可悲了。

结束了一天的拍摄，路铭心晚上和顾清岚一起散步时，就握着他的手，一路上欲言又止。

顾清岚看她实在是有话想说，就笑笑问：“铭心，你怎么了？”

路铭心将他的手握得更紧了些，低声说：“清岚，你想知道，我是怎么知道……你并没有投敌的吗？”

虽然已经死过一次，但那却是上一世或者虚幻中的前尘往事，顾清岚对此倒不是很介意，而是笑了笑：“是陛下告诉你的吧。”

他的语气十分笃定，虽然事实也的确是如此，可路铭心还是觉得心里一紧：他根本就没想到其他的可能性，比如，是她自己发现的。

她点了点头，握紧了他的手：“清岚哥哥……如果当时我可以告诉你，我一定会说，不要什么事情都瞒着我，不要擅自做出牺牲还不给我补救的机会。”她咬了咬牙，还是将早就憋在心里的那句话说了出来，“你这样，对我来说，其实是另一种不公平。”

顾清岚没想到她会突然说到这些，微垂下眼眸，隔了一阵才抬起头来看她：“铭心，很抱歉。”

她说得不错……如果有可能，他也想再见她一面，无论能不能够解开误会，至少在他的肉体泯灭之前，可以再次见到她。

若是那样的话，也许他就不会带着太多的遗憾和不甘离开，也就不会将记忆牵扯到今生。

可她还不知道的是，那时的他已经没有时间再等她回来了。即使没有父亲的那壶鸩酒，他也不过就是在监牢里多熬上几天罢了，而她却远在千里之外的边关。

现在想起来，父亲的鸩酒其实是对他的仁慈，至少他在结束生命时，经受的痛苦很短暂。

路铭心抱住他，摇了摇头：“我不是想要你道歉……我更恨自己的鲁莽和无知，清岚，在前世时我就想，如果能有任何一种方法，可以换你回来，我都会去尝试的。”她紧抱着他，把头埋进他的怀抱中，隔了一会儿，才说，“清岚，失去了你时，才知道我有多爱你……实在太痛苦了。”

顾清岚轻环住她的肩膀，他承认前世的他，包括今生的他，都没有想到过这种可能。

他从未想过原来在前世，他就曾得到过她的感情，他一直以为，他于她而言，不过就是一个会束缚她的丈夫，和一个可有可无的故人。

其实到了西部后，他已经很少会头疼，今天却又开始了。他尽量控制着声音，不想被路铭心发觉自己的不适，轻声说：“铭心，对不起。”

他们说着话，不知不觉地停下了脚步，站在了空旷无垠的道路上。

这条路原本是很少有车辆经过的，这时却有一辆越野车从远处驶来，那辆车车速极快，在靠近他们时，突然打开了车灯。

此时已经是黄昏时分，车灯虽然不如夜间那么刺眼，但因为那辆车开的是远光灯，所以路铭心听到发动机的声响，有些诧异地抬起头时，就看到一片刺目的光亮下，是一辆冲着他们径直开过来的车。

她直觉地感到危险，几乎要拉着顾清岚向路边的荆棘丛里滚去，那辆车却在他们面前减速了。

刺耳的刹车声表明开车的人显然是当车达到很高的速度后，才开始踩急刹车的，即使车的性能极好，那辆车还是在滑行了几十米后，才勉强停了下来，车头一摆，正好挡在了他们身前。

路铭心都能感觉到车辆带来的气流，她略皱了眉，看到车门打开，从驾驶座里，跳下来一个矫健的身影。

即使是在夏季，这个人还是穿了一身黑衣，但和任染不同，同样的黑色，他穿起来非但丝毫不禁欲，反而给人一种扑面而来的压迫感。

他摘下脸上的墨镜，看着顾清岚，哈哈笑了起来："我还说这荒郊野外，哪里来的一对儿野鸳鸯，原来是顾先生啊。"

这还是路铭心第一次被异性忽视得这么彻底，但她却无暇去在意这种细节。

如果还没有想起前世的记忆就罢了，但她已经想起来，于是也就认出了眼前这个人。

在前世，虽然只是远远看过几眼，路铭心也对这张脸记忆深刻：他就是西夏王，那个即使被他们击败，逃入大漠，却始终没有被擒获的西夏霸主。

如今他的身份是老牌影星，同时也是娱乐圈中无人敢惹的特殊人物——不是因为他资格太老、架子太大，而是他不仅有自己的影视公司，传闻中还和政界有颇深的渊源。

顾清岚对他微微笑了："我记得合同上规定的，是一周后到组报到，李先生还是这么敬业，这么早就来了。"

李靳又大笑起来："哪里，我不过是想借工作之便，多亲近亲近顾先生而已。"

chapter 10

秋意渐深

以时光为鉴，可以照见万物，照见一切。

其实剧组原定扮演西夏王的人，并不是李靳。他名气太大、资格太老，江湖辈分不仅比路铭心高太多，连莫祁这样的新晋影帝，见了他也得叫声“李哥”。

就是总导演陈汝老爷子这样，走出去人人都要卖几分薄面的人物，去请他来演一个反角，他都不一定会卖面子。

所以西夏王最初的人选，是另一位上了年纪，演技过硬，却不是大牌的男演员。

本来这种用来衬托男主角和女主角的大反派，如果有重量级演员参演更好，没有的话，低调的实力派也是不错的选择。

可就在剧组刚确定下来全部演员后不久，他却主动找到了剧组，提出自己愿意出演西夏王。

有这样的好事，杜励当然求之不得，立刻放下架子，亲自去安抚了原定的那个实力派演员，还搭进去了预付给人家的片酬，然后兴高采烈地将李靳李大哥要进入剧组的喜讯通知了下去。

那时曹叶阳还在拘留所里关着，顾清岚更是没有确定要出演沐亦清，剧组上下很有些愁云惨淡。

这个消息传来，类似于强心针，让不少人都感觉很振奋，毕竟李靳加入任何剧组，对这个剧组来说，都是最好的宣传之一。

在决定之前，顾清岚当然也是被通知了的，但那时他正好身体不是很好，并没有过问太多。

就算对李靳早有耳闻，也早想起了前世的渊源，但这还是他们第一次面对面地站在一起。

李靳说过了那句话后，顾清岚的神色仍是淡然：“李先生过奖了。”

本来这也还算正常的对话，李靳也不过就是表现得稍微剃头挑子一头热罢了，但接下来他却做了个动作，让路铭心一下子就睁大了眼睛，感受到了一种莫名的危机。

他干脆上前一步，一把握住了顾清岚的手腕，大笑着说：“哪里，我久闻顾先生大名，一直敬仰得很啊。”

这要是平常的礼节性握手，路铭心一定不至于大惊小怪，可礼节性握手，哪里有直接握到手腕上去，还紧紧攥住不松手的?

而且他们自己都不觉得诡异吗? 李靳并不比顾清岚高，但他的身材却是健美型，这么欺身靠过来的样子，实在太有压迫感。

脑补活动距离的路铭心，脑子里已经浮现出一个场景：恶霸调戏良家……美男。

被他抓住了手腕，顾清岚再淡定，眉头也微皱了起来，目光下移，扫了眼自己被抓住的地方，而后开口：“李先生……”

李靳这才恍然大悟一样，但却还是不肯撒手，而是放开他的手腕，改为握住他的手，还用力晃了晃：“见到顾先生，我真是太激动了，有些失态，有些失态。”

路铭心在心里悄悄地嘀咕：你的确是激动了，不过我没看到失态，看到变态了好吗?

顾清岚将手从他的手里抽出来，微笑了下：“以后日日都要见面的，李先生太客气了。”

他这么一说，路铭心就看到李靳的眼睛蓦然更亮了一些，他的长相其实很英俊，而且眼睛和鼻梁还带着些混血的感觉，所以看上去阳刚气十足，很有些异国的风范。

那边李靳“寒暄”完了后，又开始提议：“顾先生，现在天色也晚了，你们在没有路灯的路上散步挺不安全的，坐我的车一起回酒店吧。”

别的不说，这条路上虽然车辆稀少，但谁也不敢保证会不会再蹿出来一个像他这么开车的疯子。

顾清岚倒没拒绝，只是笑了下，点头：“也好。”

李靳立刻殷勤地为他拉开副驾驶的门：“后座放了我的行李有点儿乱，顾先生您还是坐前面吧，到了酒店我们再多聊聊。”

顾清岚看了眼站在自己身旁的路铭心，那意思很明显，如果有好座位，当然是要先留给女士的。

路铭心怎么舍得让顾清岚受苦，连忙准备拒绝，但她的话还没出口，李靳竟然侧过头，瞪了她一眼。

路铭心无法形容这种感觉，都是同行，之前她跟李靳当然不至于没见过面，但每次见面也都是不咸不淡打个招呼而已。

那时路铭心也没想起来前世的事，对他的印象也不过是他架子很大，态度也有些倨傲而已。

但她没想到有一天，这个家伙居然会瞪她，而且是为了一个男人……好吧，那个男人是她的丈夫。

李靳瞪完她后，就说：“顾先生不要客气，你身体不是不好吗？路小姐也苗条，跟行李挤一挤，可以的。”

这人还真会自作主张，短短几句话，路铭心有种自己被打回了原形的感觉：她还是那个戴着大黑框眼镜、其貌不扬的女高中生，不然怎么会有男人会用这么轻慢的态度对待她！

更可气的是，顾清岚一直看着她的表情，也许是看出了她心里在想什么，非但没有开口解救她，反而勾起了唇角……那样子看起来根本就是忍不住要笑了好吗？

路铭心顿时整个人都不好了，为了避免自己更崩溃，她干脆自己跑去后排，拉开车门坐了进去。

看她上了车，顾清岚才微微笑了下，侧身上车。

李靳立刻笑逐颜开，不但殷勤地替他关上了车门，坐好后，还主动弯腰替他系安全带，一边系一边说：“哎呀，顾先生真是清瘦，得想办法好好补补，之前别人给我家老爷子送了些长白山老参，都是真正的百年野参，反正他也用不完，我让家里拿过来给顾先生。”

后座真如他所说，塞了一个大箱子还有个旅行包，路铭心只能默默地腹诽他，一个男人出来带这么多东西，后备箱放不下，还得放后座。

路途本来就短，李靳又把车开得飞快，很快他们就到了，车停在酒店的旋转门前，酒店的礼宾员很快把车门打开。

顾清岚侧身下车，对着同样下车的李靳点了点头，淡淡地说：“谢谢李先生，我们就先上去了。”

李靳要到的消息剧组当然已经知道了，早有剧组负责接待的人站在酒店门口等着，这时候也走了过来，殷勤地帮李靳拿行李。

李靳倒没理会那几个人，而是盯着顾清岚看，开口说：“那我待会儿去顾先生房间打扰了，不知道顾先生方便不方便？”

路铭心气得不行，他不到也就罢了，到了还真跟狗皮膏药一样黏上甩不掉了。她也顾不上是否会得罪李靳，挽着顾清岚的胳膊甩过去一句：“清岚晚上要早点儿休息的。”说完她怕威力不够，还加上一句，“他身体不好，睡太晚第二天就头疼的！”

李靳这才作罢，但还是紧盯着顾清岚不肯放，那架势，说他是暗恋了顾清岚多年，别人都信。

路铭心拉着顾清岚赶快乘了电梯回房间，还很快把房门锁了，免打扰的灯也一并打开。

她被李靳这一连串打击弄得气急败坏，关上门后恨恨地说：“我觉得这货一定对你图谋不轨！”

顾清岚听她说着，就勾唇笑了下：“这货？”

路铭心早就已经气得顾不得维持淑女的形象了，又哼了声：“简直莫名其妙好吗？哪里有一见面就对你大献殷勤到这种地步的，简直就像是对你觊觎已久的，既然觊觎已久，肯定也图谋不轨！”

顾清岚还是微笑着，淡淡地应了声，走去沙发上坐下。

路铭心看他毫无危机意识的样子，更着急了，连忙过去贴着他坐下来，还抬手抱住他的腰：“以前怎么不知道李靳还喜欢男人，他不是挺喜欢泡嫩模的吗？或者……他是见了你之后才起了心思？一定是这样，因为清岚哥哥长得太美了，结果被坏人惦记上！”

顾清岚看她越说越不像话，不得已抬手摸了摸她的头，笑着：“你这个脑子……思维真是够发散的。”

路铭心哼了声：“不然呢？除了他看上你之外，还能有什么？”

顾清岚有心向她解释原因，不过这个事情解释起来比较麻烦，还要牵涉他一直隐瞒着父母的一些事情，于是就干脆笑了笑，不再说话。

路铭心的思维却在发散开后就收不住了，脑补了李靳用108种方法追求顾清岚，又脑补了顾清岚被占便宜的108种画面。比如：拉小手，抱小腰……

她突然想到一种惊人的可能，整个人立刻像一张弓一样紧绷起来，似乎下一秒就能弹出去把李靳灭掉的样子，她抬起头睁大了眼睛看着顾清岚：“清岚哥哥……难道……难道……前世西夏王他玷污过你……”

顾清岚明显是愣了一下，接着才无奈地失笑摇头：“铭心……你想得太多了。”

虽然被顾清岚否定了，但路铭心还是紧盯着他的脸好一阵，确定他不是忍辱为她宽心，才作罢。

但她还是对李靳颇有微词：“无事献殷勤，非奸即盗，他肯定不是什么好东西。”

她边说，还边拉住顾清岚的手，又用另一只空着的手摸了摸他的脸颊，感叹着：“果然还是清岚太美了，被那么多不怀好意的家伙惦记着，我还要继续努力。”

对她这种说法，顾清岚早已经不想去纠正了，就笑了笑说：“我怎么觉得你是不怀好意者之一。”

路铭心不以为耻，反而又得意起来，干脆凑过去在他的薄唇上轻吻了一下，还得意地舔了舔唇：“果然是人间绝品，滋味太美，只有我才吃得到！”

她实在是太嘚瑟了，顾清岚淡笑了下：“哦？你确定是你吃我？”

路铭心笑眯眯地想回话，他的身体却早压了过来，接着她的唇就被堵住了。

顾清岚很少会主动，他一旦动作起来，却有着意外鲜明的占有欲和强横，这种奇异的掠夺感，交织在他固有的温柔和宠溺里，只需一点点，就可将人溺毙。

路铭心被他吻上的那个瞬间，就不由自主地屏住了呼吸，直到她意识到自己开始缺氧，微张了口想要吸气，他的唇齿却又飞快地填满了所有的空隙。

直到她手脚发软，几乎是要挂在他身上一样瘫了下去，他才发了点儿慈悲放过了她，双唇仍旧在她已经有些红肿的唇上轻点了几下。

即使在这一刻，他的唇齿仍旧是微冷的，如同初春的微雪，明明应该是带着暖意的，却仍旧冰凉。

路铭心喘着气尽全力勾住他的脖子，靠在他的肩膀上恢复体力。

被这样带着惩罚性质的吻吻到全身无力，她已经不敢再肆无忌惮地调戏他了，然而大美人就在眼前，她又正好看到他脖子下露出的一截完美的锁骨，顿时就又吞了吞口水。

对于她这种垂涎，顾清岚恍若未觉，只是抱着她坐在沙发上。

路铭心也不敢再说话，却也舍不得放开他，就这么抱着他，看着眼前的美人默默地吞口水。

隔了好一阵，路铭心的呼吸均匀了，心跳却因为跟他靠得太近而越来越快，他轻笑了下："铭心，如果我们今晚不……你会不会睡不着？"

路铭心才吞下了一大口口水，听他这么说，几乎是不过脑子就十分没骨气地承认了："嗯……"

而他也没有再折磨她，只是笑了起来："铭心……乖一些会有很多好处。"

最大的好处不就是可以吃美人吗？路铭心拼命地点头，然后终于忍不住，凑过去，舔了舔他的锁骨。

自从那天两个人体验了人生的第一次后，这是他们第二次尝试。

有了经验，这次自然和谐了许多。路铭心红着脸颊去吻他动情后微微泛出粉红色泽的薄唇，又一次没出息地觉得，他这个样子，真是美到惊心动魄。

第二天一大早起床，他们吃过送到房间来的早餐，才收拾好了出门，就在门外的走廊上看到了李靳。

他手里夹着一根点燃的雪茄，看样子不知道已经在走廊上转悠多久了，一听到房门打开，就马上转过身，看着顾清岚欣喜地说："顾先生，早啊。"

顾清岚和路铭心住的是酒店顶层的套间，这一层本来也没有几间，只住了几个剧组的人，除了他们之外，也只有魏敬国和莫祁了。

李靳来了后，也被安排住在这一层，他抽着雪茄在外面走廊上转悠，倒是不会遇到剧组里其他的人，只不过他这样子也太……

路铭心意识到有被抢夺美人的危机，已经不打算跟李靳客气了，娱乐圈混不下去就混不下去，大不了回去读研跟父母混，但这夺爱之恨是绝对不能姑息的！

她干脆先发制人，不等顾清岚回复，上去就冷冷地笑了下："李先生倒真是好兴致，这么早就有心情在这里散步了。"

哪里有人散步散到酒店走廊上的，李靳知道她是讽刺自己，立刻瞪了她一眼，那目光里的阴沉和警告意味，不可谓不浓厚。

路铭心不知死活地抱着手臂，抬着下巴仰起头看着他，还很有挑衅意味地"呵呵"了一声。

他们之间的敌对情绪已不是暗流那么简单了，如果路铭心是个男的，说不定这会儿都打起来了。

顾清岚只得上前一步，站在他们中间，笑了笑："李先生起得好早。"

李靳把脸转向顾清岚，表情简直像翻书一样，满面微笑，那叫一个如沐春风："哪里，昨天没有能跟顾先生多聊几句，今天早上哪里还睡得着。"

他这话在路铭心听来就是赤裸裸的调戏，她想也没想就接过话来："敢情李先生这么大年纪了，晚上还得有个人给您讲故事，不讲故事您就睡不好啊！"

李靳那凛冽的目光瞬间又转到了她身上，不过似乎是看在顾清岚的面子，没有直接跟她吵起来，而是无视了她，继续对着顾清岚笑眯眯地说话："顾先生要去片场吗？我们顺路一起去？"

路铭心忙打岔："您那车上空间比较紧张，我们还是搭自己的车去吧。"

李靳跟顾清岚统共说了三句话，每次都被路铭心抢过去回答，对于他这样平时说一不二的人来说，就算顾清岚的面子再大，他也到了忍耐力的极限。

眼看着他额上几乎要暴出几根青筋，还是顾清岚笑着说："可以，我也有些话想对李先生说。"

他又转头对路铭心笑了笑："铭心，你先去吧，我和李先生一起去。"

路铭心怎么放心让他跟这么一大头野狼共处一车，那眼神里的担忧不要太明显了，还拉着他的手臂晃了晃，软软地叫他："清岚哥哥……"

顾清岚对她微笑："之前李先生想要找我谈件事情，我一直没机会和他见面，所以他才如此的。"

路铭心还是担心，还转头去看了李靳一眼，李靳很勉强地对她点了下头。

光天化日之下，现在又是法制社会，而且不过就是从酒店到片场的短短一段路而已。

路铭心看李靳那个态度，也不像是会对顾清岚不客气的样子，于是就勉强委屈地答应下来。

顾清岚让她先下楼，她却一步三回头的，进电梯之前，还回头说了句："清岚哥哥，随时给我打电话哦。"

顾清岚对她微笑了下："好的，别担心。"

好不容易送走了她，连李靳都松了口气，忍不住抱怨："她怎么这么防备着我，我又不是坏人！"

顾清岚勾着唇角笑笑："大概是因为你表现得太急切了，让她产生了什么误会！"

李靳长叹一口气："冤枉啊，我不过是求贤若渴……"

顾清岚看了他一眼，笑了下，干脆直接回绝了他没说出口的请求："李先生，无论您说几次，我都是一样的回答，TIMES虽然是个小公司，但我没打算出售它。"他说到这里，顿了下，还是笑笑，"我们也不接受任何有条件的捐款。"

李靳显然已经预料到他会这么回答了，呆了下后，叹息道："果真如此，就算是找到机会跟顾先生面谈，也还是不行啊。"

顾清岚笑了下，微微垂目："不能以李先生希望的方式合作，抱歉了。"

李靳摇摇头："我还没有完全放弃……"他说着，带些洒脱地一笑，"我跟你们这些学者打过交道，知道跟你们一起做事，靠诚意是不够的……得有足够的说服力。"

他既然这么说，顾清岚也不好再说什么，只是笑了笑。

虽然被顾清岚拒绝了，但李靳还是很殷勤地去给他摁电梯，还用手挡着门请他上去，那态度称得上是呵护备至，一边还说：“顾先生身体一直不好吧？平时工作这么忙，一定要注意下啊，我看着都替你担心。”

顾清岚只能笑笑，对他说：“谢谢。”

他第一次跟李靳通过邮件联系，大概还是在一年半前，那时候他还在美国，某天自己的电子邮箱里，突然多出了一封中文长信。

不得不说，李靳看起来好像是个粗人，其实却是名门出身，家学颇为渊源，那封信措辞古雅，态度也极其诚恳。

在那封信里，他只字未提自己的演员身份，只说希望能够和顾清岚名下的TIMES合作。

顾清岚的确是TIMES的持有人，也可以算是核心研究员之一，这家规模不大的民间智库性质的公司，与其说是商业公司，不如说是研究所更贴切一些。

大部分民间智库都会积极和政府保持密切的联系，甚至会在一定程度上依赖政府拨款和政府购买，但TIMES却是不同的。

在创立这个公司之初，顾清岚就没有接受过任何机构和个人的捐款，因为保持着立场的绝对中立，所以TIMES才能保持着他最初的理念：时间是见证一切、验证一切的绝对真理。所有的可能，都在时间中孕育，也在时间中被证明。

五年前，他还是在读的博士，TIMES通过互联网发布的几篇针对全球时局的分析预测，已经在业内引起了广泛的关注。

如果要让顾清岚为这家公司取一个中文名字的话，他一定会将它命名为“时鉴”。

以时光为鉴，可以照见万物、照见一切。

提前一步到了片场的路铭心，连化妆室都没进，就在路边望眼欲穿地看着漫漫黄沙中的公路，等着顾清岚和李靳过来，弄得刚下车的莫祁也有些莫名其妙：“你站在这里干什么？”

路铭心回头看看他，可怜巴巴地说：“祁哥，来了个跟我抢清岚的凶兽。”

莫祁不由“呃”了声，心想什么人居然能让在某种程度上本来就很凶残的路铭心称为“凶兽”。

这时他们的视野里，终于出现了李靳那辆醒目的黑色越野车，莫祁和李靳是认识的，当然也见过他的车，联系到李靳昨天到剧组报到，他不由又“呃”了声，产生了某些不好的联想。

果然，那辆外形和它的主人气质非常匹配的霸气越野车一个转弯停在了他们面前，从驾驶座里跳出来戴着墨镜的李靳，接着他还大步绕过车头，去把副驾驶的车门打开，语气居然是温柔的：“顾先生，我的车有点儿高，小心脚下。”

在娱乐圈混了好多年的莫祁莫影帝表示，这还是他第一次看到李靳李大哥给别人开车门。

等他看到顾清岚下车，李靳抬手去扶了他的手臂一把时，觉得自己的眼睛都要直了。这态度哪里只是呵护备至，差不多快是柔情无限了好吗?

自认为自己还算正直纯洁，其实已经被腐女腐蚀得世界观发生改变的莫祁莫先生，摸了摸下巴，心里想的是：莫非李大哥真的看上了顾先生，那铭心的压力还真有点儿大呢，据说李大哥看上的人没有一个逃得掉的。

路铭心早冲过去抱住了顾清岚，她更是不客气地说：“清岚哥哥……他没为难你吧？”

李靳在旁边都气得要笑了：“路小姐，你没必要把我当贼一样防着吧？”

路铭心回头看了他一眼，前世他是西夏王，他们战场上相见，哪一次不是剑拔弩张，她对他最深刻的一次记忆，还是那次她去救莫祁。

她总算跟他面对面地遇上了，只是混战中根本无暇多想，匆忙地一瞥之下，她只记住了他那个凛冽的眼神。

再后来，就是混战中她带着莫祁逃走，而后在那个西夏王的身旁，看到了顾清岚的身影。

在那天之后，她还在乱军中见过顾清岚几次，每次他都站在西夏王的身边，仿佛他是被倚重无比的谋士。

直到最后，她知道了真相，却再也换不回他了。

看着眼前李靳的脸，虽然知道他并没想起前世的记忆，路铭心还是有些没来由的戒备。

那边李靳也是大感头疼，有些后悔昨晚第一次见面时没哄好这个小姑娘。

在他的印象里，路铭心就是个长得特别漂亮的女明星而已，话不多，性格也不见得有多鲜明。他更偏爱成熟有风情的女人，对她不感兴趣，也没特别留意。

他在娱乐圈肆无忌惮惯了，昨天没过脑子，就给她使眼色，让她别打扰自己和顾清岚谈事情。

结果这个小姑娘还真炸了毛似的跟他杠上了，偏偏她又是顾清岚的未婚妻，而且看顾清岚的样子像是很在意她的。

如今再吓唬她，看起来会适得其反，引起她更大的反感，真对她做点儿什么，那跟顾清岚的合作就压根别想了。

李靳是个爱才之人，从他对顾清岚的态度就能看得出来，不想跟顾清岚的关系恶化，就只能忍着这个小姑娘了。

李靳长叹了口气，非常无奈的样子："我明明是好人啊，很多人都可以作证的。"

路铭心侧身挡在他和顾清岚之间，总之只要顾清岚跟李靳站在一起，她就会想起前世那段椎心泣血的回忆，所以特别排斥。

路铭心用全身护着顾清岚，她还回头对他哼了声："对清岚哥哥好的才是好人，最好别让我抓到你对清岚哥哥不好，我不会放过你的！"

李靳头疼地摸出根烟点上："我哪里舍得……"

莫影帝站在旁边继续脑补：我是不是该站出来说点儿什么，不然显得我好像有点儿多余啊。而且这不应该是四角关系？我跟顾先生才是官配吧？剧组的剧务小妹都是这么说的……

李靳是提前了一周到剧组报到的，但他这么一尊大佛既然来了，剧组就没有让他闲着的道理。

魏敬国在知道他要提前到组的消息后，就将他的拍摄计划挪到前面来了，本着物尽其用的理念，压榨每一个大牌演员的剩余价值。

李靳的妆是之前在B市就定好了的，造型师没花多大的力气，就给他上了妆，做了全套造型。

当那个意气风发的西夏王者，一身戎装地站在他们面前时，路铭心又一次有了时光错位的幻觉。

而李靳看到已经换好戏服的她，也勾起唇微微地笑了下：“陆将军今日也是红光满面啊，想必是有什么喜事？”

这是剧中李靳饰演的西夏王的一句台词，战场上遥遥相逢，西夏王为了嘲弄陆青萍是女子，特地说了这句话。

路铭心想也不想，就将台词回了过去：“击退西夏贼子，就是我今日最大的喜事。”

李靳哈哈笑了起来，又说出了下一句台词：“那只怕我今日要惹陆将军不高兴了，到时候可别哭啊，说我欺负女流之辈。”

不得不说，李靳虽然为人张扬好事，职业素养和敬业精神还是有的，他提前到组，台词已经背得这么熟，甚至张口就来。

接下来路铭心就没台词了，剧中的陆青萍戴上盔甲，当先冲锋陷阵，用沉默的行动，做出了对这种轻视最有力的回击。

这里不再是前世的战场，而是片场，路铭心总不能拎起一个板凳抡圆了去砸李靳——虽然她挺想这么做的。

她看了眼李靳，最终还是选择轻哼了声，以表达自己的不屑。

李靳倒也已经习惯了她像小野猫一样到处挠爪子，不准备再跟她计较，只是摸了摸下巴，从专业角度评价：“台词功力还不错。”

路铭心色厉内荏地追加了一句：“清岚哥哥我不会让给你的，死心吧！”

李靳干脆转身走了，理都没理她。

今天要拍的，也正是剧情的转折点：杜逸将军率军度过峡谷，却被早就埋伏好的西夏人前后夹击，最后被生擒。

激烈的战斗即将结束，莫祁浑身都沾满了尘土和血迹，手中的长枪上早已沾满了斑斑血迹，连背后的佩刀，刀刃也已经砍到翻卷起来。

然而即使如此，他仍没有放弃战斗，和仅存的几名将士背部紧贴，负隅顽抗。

眼看敌方大将就在眼前，无数西夏士兵跃跃欲试，想要扑上去将他生擒了领取奖赏，却畏惧于莫祁那凛然肃杀的战神威名，迟迟不敢上前。

突然有两支羽箭破空而来，一支直插在莫祁背后那个将士的咽喉间，他几乎没有发出任何声音，就倒在了地上。

另一支却穿透了莫祁的肩胛，巨大的劲儿将他整个人带得倒退了几步、贴上了一侧的山岩。

峡谷口的天光里，李靳骑在通体乌黑的骏马上，手持着一柄强弓，不紧不慢地纵马而来。无论是幸存的十几个大齐将士，还是杀到眼红的西夏人，此刻都诡异地安静了下来。

这就是王者的气势，它无迹可寻，却又确实存在，仿佛摩西分开红海，安静的人群中，唯独李靳的身影在逆光中显得高大无比。

他俯视着靠在山岩上不住喘息的莫祁，淡淡抛下一句："杜将军是国之栋梁，给我好好招待。"

再有西夏人上前去时，大齐的将士已经放弃了反抗，原本兵力就太悬殊，他们负隅顽抗，也不过是想死得痛快一点儿罢了。

但李靳的出现，却把他们心中那点儿最后的孤勇，给打得七零八落。连莫祁也不再反抗，或者说远超出了负荷的厮杀，还有创口失血过多造成的虚弱，让他再也无力反击。

这个西部战场上的名将，就像一只被折断了翅膀的雄鹰，无力地被绑住手脚，丢上了囚车。

在他被送上囚车的时候，李靳翻身下马，抬手捏住他无力垂着的下巴，呵呵低笑了一声："仔细看的话，杜将军也生了一副好皮囊啊……这细皮嫩肉的，啧啧。"

这一句纯粹就是李靳临场发挥自己加上去的台词，莫祁无力地在囚车上靠着，心中早有一万匹草泥马呼啸而过：李大哥你不是看上顾先生了吗？怎么又开始调戏我了，爷是笔直的，卖艺不卖身的！

魏敬国那边没喊"停"，他还不能停下来，莫祁只能在脸上露出一个不羁却又倨傲的笑容，呵呵地笑出声来："好皮囊末将就不谦虚了，细皮嫩肉却不必了……须知谁跟西夏王您一比，都算白嫩。"

好在李靳也只是随便发挥下，又低笑了声，就按照原定的剧本，命令人将囚车拉走。

这场戏里没有路铭心和顾清岚的镜头，他们两个就化了妆站在场外看着。

等收了工，路铭心连忙跑去莫祁那里吐槽：“祁哥，你都被调戏了，太可怕了。”

莫祁接过助理递来的湿毛巾，擦着手脚和脸上的尘土以及血汗，说：“也许是因为李大哥没追求到顾先生，欲求不满发泄到我这里来了吧？”

路铭心深以为然，一切都是因为她家清岚哥哥那个蓝颜祸水啊，原本藏家里还不安全呢，现在带到外面来更不得了，随时都能被饿狼叼走是不是！

他们俩在这里嘀嘀咕咕地说话，那边李靳早找了个机会，穿着戏服，又去跟顾清岚搭话了。

他们的对话不过也就是继续寒暄下，李靳照旧关心顾清岚的身体，并大力给他推荐自家老爷子的私人按摩师。

因为拍摄场景比较大，这一幕结束后，还有很多工作人员来往穿梭，挪动道具，收拾地面的东西。

现场有些闹哄哄的，于是也就没人发现，就在离李靳和顾清岚站立的地方不远，一个搭建起来的临时拍摄台，在经过几次的过往撞击后，已经摇摇欲坠了。

那些木板和金属坍塌的速度非常快，李靳正面对着那个架子，看到第一根木头落下来的瞬间，就大力将顾清岚一把拉到自己身旁，而后快速后退了好几步。

即使如此，仍旧有一些东西砸在了他们身上。

当尘埃和巨响散去，李靳脱口说了句脏话，方才他将顾清岚紧紧护在了身下，于是他的额头就被锋利的钢材边缘切开了一道口子，鲜血顺着他的脸颊流下来，一滴滴地落在顾清岚白色的长袍上。

路铭心和莫祁站得最近，事发后他们第一批赶过去，路铭心惊魂未定地去扶顾清岚：“清岚哥哥，你没事儿吧？”

顾清岚摇摇头：“快帮李先生止血，头部受伤出血量很大，会有危险的。”

即使在不停地流血，李靳精神倒是不错，又骂了一句，才说：“我没事儿，壮实得很。”

拍摄大场景时本来就容易出意外事故，救护车就在旁边待命，很快就有医护人员赶来给李靳止血。

他头部的创伤有些大，需要进手术室缝合，很快就被救护车送往了医院。好在除了他伤势较重外，其他人都是扭到脚腕，擦破皮之类的小伤。

出了事故，还有个人被送去医院缝针，戏当然是没法拍了，魏敬国连忙安排几个得力的人跟去医院看情况，其他人就先回酒店待命了。

李靳是为了护着顾清岚才受伤的，他当然不能坐视不理，救护车开走的时候，莫祁就去开了车，载着路铭心和顾清岚一起赶往医院。

知道李靳应该是没有生命危险，路上莫祁为了缓和气氛，还说了个僵硬的冷笑话："李大哥这是英雄救美，求仁得仁啊。"

他抛出这句话后，不但顾清岚没有说话，连一贯喜欢插科打诨的路铭心都没有反应……莫大影帝顿时就又开始怀疑人生了。

隔了一会儿，路铭心才突然开口，语气却意外郑重："清岚……这是针对你的？"

莫祁还在开车，顾清岚却没有避讳他的意思，淡淡应了一声："可能是。"

李靳血流了很多，却并没有大碍，推进手术室里缝了针，又输了血，就被转到普通病房了。

路铭心、顾清岚和莫祁一起在医院里等着他做手术，等他转入病房后，又一起过去照看。

这个西部小城市的医院没有那种套间的豪华病房，就算李靳身份不俗，也只能安排在单人病房里。

因为打了麻药，李靳还没有清醒，他身体再强壮，毕竟也是受了伤，脸色看上去有些苍白。

莫祁压低了声音说："顾先生，这里有我看着就好，您和路小姐先回去休息吧……"他说着，清了清嗓子，"待会儿有人来接替我，我也要回去的，毕竟我们都没有换戏服……"

他这么一说，路铭心才有些后知后觉地想起来，因为原本都在等待下午接着拍戏，他们三个人都还穿着戏服。

医院的人真是心理素质过硬，看到这么一群穿着古代衣冠跑到现代医院里来的人，居然也没大惊小怪——可能是临近影视城，这样的事情不是第一次发生了吧？

先不说戏服的事，就是他们三个人都挤在病房里，也的确会影响病人休息，顾清岚轻点了下头，说了句：“辛苦。”

顾清岚又和莫祁约好了有事打电话，这才和路铭心一起出来。等出了病房大楼，路铭心毕竟是对李靳心存感激，有些迟疑地说：“我们就这么走了，李先生醒来会不会失落啊？”

顾清岚笑了笑，转头看着她：“你现在不拿他当西夏王看了？”

路铭心脸上多少有些不自然：“那都是上辈子的事儿了，而且他都根本不记得了，我再老纠结着那些多不好。”

顾清岚微微一笑，接着他轻声开口：“铭心，你数过没有，记得我们前世的人，总共有几个？”

路铭心一愣，她还真没空儿细究过这些，现在他突然一问，她才想起来去数：她是记得的，顾清岚当然也记得，任染说过他是大齐朝的人，算一个……剩下前世跟他们有关联的人——他们的父母、莫祁、李靳，就统统不记得了。

她没有去跟陛下和宁王殿下求证过，不知道他们两个是否全都记起来了，但他们既然说出了那个故事，那就是想起来一些，姑且算两个。数来数去，也只有五个人。

于是她老实地伸出一只手比画着：“就我们五个人？”

顾清岚又笑了下，他此刻的脸色有些苍白，目光却幽深到异乎寻常：“是啊，我们五个人……”

路铭心和他边说着话，边停住了脚步，她看着他有些异常的神色，不禁担心：“清岚哥哥……”

顾清岚却并没有说下去，只是摸了摸她的头，笑着：“走吧，我们再留在医院里，就要被人围观了。”

路铭心侧目一看，果然看到有几个好奇的行人，正对他们行着注目礼。清了清嗓子，她连忙拉住他的胳膊，快步走去开车。

到宾馆后，卸了妆，换上现代装，待路铭心洗完澡出来，就看到顾清岚坐在沙发上打电话。

他打给谁路铭心并不知道，只听到他淡然又低沉的声音：“我会保证李先生的安全，您放心。”

她走近时，顾清岚已经收了线，抬起头看着她笑了笑：“收拾好了吗？

我要再去医院一趟看看李先生，你在房间里休息一下吧。”

路铭心点点头，李靳是为了救顾清岚才受伤的，人还在医院里，顾清岚就躲得远远的，的确不像话。

刚才那个电话，应该就是李靳的家人，或者是传闻中那个“老爷子”打来的。她想到这里，连忙又说：“不然我也一起去吧，你一个人我不放心。”

顾清岚对她笑笑：“没事儿，有司机在，你还是留下休息吧。”

顾清岚虽然对她温柔，但在一些事情上，他说一不二，很难违拗。

路铭心只能点点头，尽量表现得乖巧一点儿：“那好吧，你也别去太久了……毕竟你自己身体也不好。”

顾清岚又对她笑了笑，这才起身离开。

路铭心所看不到的是，等他乘电梯下楼时，酒店门前早就停了一辆黑色的宾利，开车的人不再是路铭心常见的那辆房车的司机，而是一个她从未见过的人。

侧身上车，顾清岚在车门关上后，就微皱起眉头，闭上眼睛靠在后座上，低声说了句：“去机场。”

那个人显然是受过良好的培训，对于他的决定不置一词，只是看了眼后视镜，就将车驶出酒店，开上了机场高速。

他从头到尾都异常沉默，超静音的车内，空气几乎要凝固，只有从后座上不断传出的闷咳，打破这片寂静。

当后座传来的咳声愈演愈烈，这个沉默的司机终于开口说话：“顾先生，您现在的身体条件，恐怕不适宜乘飞机。”

又咳了几声，顾清岚的脊背仍是挺直的，他低头将口中的血吐在纸巾上，又闭了闭眼睛，才轻声开口：“没事儿。”

他说着，微微勾了下唇角，那苍白的薄唇上还染着几丝未擦净的鲜血，一瞬间竟然有了些妖异的味道，他就这么笑了下，又淡淡地吐出一句：“别人既然一心要置我于死地，我又怎么能不去见？”

因为市区狭小，机场很快就到了，这个小机场一天只有寥寥几趟航班，飞往B市的航班更是只有一趟，起飞时间要到下午5点钟。

顾清岚却并没有打算去乘那趟航班，黑色的宾利直接将他送到停机坪上，那里已经停了一架小型的商务飞机。

在车上时还曾吐出血来，等他下车时，却又恢复了平日的样子，除了略显苍白的脸色之外，看不出任何异样。

chapter 11

自欺欺人

> 他的声音并没有太大的变化，话声里也还带着不变的笑意，路铭心却像是听出来了什么，沉默了一下，有些迟疑地说：“清岚，你是不是哪里不舒服？”
>
> 顾清岚没有回答，他轻闭上眼睛，隔了很久才说：“铭心，不要怪我。”

路铭心先是在房间里休息了一阵，然后下楼吃了中饭，再接着睡了个午觉。

自从到了西部后，因为每一天的开支都很大，所以拍摄强度一直很大，虽然她的身体不错，却也觉得疲惫，现在难得有一天休息的时间，她这一睡，便睡到了下午。

她睁开眼睛时，晚霞已经洒进了房间，西部的晚霞也像这个地区的其他景致一样，无端地透出一股壮丽与辽阔。

残阳在西天能够逗留很久，渐渐由火烧一样的红云，变成蓝紫色的一线余光。

她翻身起来的时候，看到的正是这样的残阳，夏天日落得晚，她回头看了眼床头的电子钟，才发现竟然已经是晚上7点钟了。

她环顾了一圈，也没有发现顾清岚的身影，就有些诧异：虽然他说要去医院看望李靳，但7点已经过了晚餐的时间，而顾清岚的胃又不是很好，平时是最注重这点的，每天傍晚6点钟用晚餐是雷打不动的。

这点连魏敬国都知道，在演员普遍要工作到七八点钟才能收工的剧组里，每天提前结束他的戏份，让他能够回酒店按时用晚餐，为此路铭心还跟着沾光，也能跟他一起在傍晚6点钟之前回酒店。

路铭心跳下床在房间里找了一圈，她才确信，顾清岚是没有回来。可是他去了哪里呢？她想了下，还是打了他的手机，出乎意料的是，顾清岚的手机竟然处于关机状态。

她愣了一阵，随即又打了每天开车接送他们的司机的电话，那个司机姓吴，来到西部后，每天都是他开车接送他们。

更出乎她意料的，吴司机接通了电话后，立刻表示自己中午已经被顾清岚通知回B市了，现在他正在开车回B市的途中。

好在她没纠结太久，因为房门响了起来，她连忙去开门，看到门外站着的是莫祁，明显是在医院陪护了半天，莫祁的神色也有些疲倦了。

莫祁对她笑了下，才说："对了，顾先生下午给我打过电话，让我转告你……说是他家里有些急事需要处理，先回老宅了。"

他边说，还边叹了口气："你这闺女到底是走了什么狗屎运？顾先生还特地交代我，让我晚上7点钟后再来告诉你……他说你不能午睡，若是午睡就肯定会一觉睡到太阳落山，我早来的话，会吵醒你。"

路铭心愣了愣，然后就"哦"了声，她看着眼前莫祁熟悉而英俊的脸庞，突然说："祁哥，我们刚认识的时候，你有没有觉得……跟我一见如故？就是那种好像上辈子就认识了，所以这辈子遇到了就分外投缘的感觉？"

莫祁笑了起来，他之前喜欢抬手摸摸她的头，没有丝毫男女之间的暧昧，纯粹就是哥哥对自己喜欢的小妹妹那样的亲昵。

在知道她已经和顾清岚订婚后，他为了不让顾清岚误会、吃醋，还一度放弃了这个动作。

现在他又抬手摸了摸她的头发，语气是沉淀后的温和："当然有，我觉得我们前世一定是失散多年的兄妹。"

他的手掌和顾清岚的不同，带着暖暖的温度，路铭心抬起头冲他笑了笑："我也这么觉得！"

莫祁又笑着拍了下她的肩膀。

从西部回东部的航程并不短，商务机降落在H市时，已经是下午4点钟了。

虽然这里已经是顾家的地界，来接他们的车，却还是一辆从未在顾家资产里登记过的宾利。

上车之后，顾清岚就靠在座椅上闭了眼睛，不时低声咳嗽。就像那个司机所说的一样，按照他的身体情况，并不适合进行这种中度航程的飞行，所以他的脸色，比在西部时还要苍白几分，嘴唇还隐隐透出了青紫。

任染是和司机一起去接他的，他是个医生，就算生性再淡漠，也不禁皱了眉："你这样子，是打算找到那个加害你的人，然后将血溅在他面前，让他如愿以偿吗？"

顾清岚还是微闭着双眸，他微挑着唇角："要是我死在她面前，能让她开心一些，那我也算是尽了孝道。"

从他的话里，任染听不出他说的是"他"还是"她"，他愣了片刻，而后才惊讶地说："难道要害你的是顾老先生？你不是他的独子吗？何至于此？"

顾清岚也不再解释，只是侧头沉闷地咳嗽。看他不回答，任染也不再多话，只是微挑了挑长眉，转过脸去。

从机场通往顾家老宅的道路通畅，车辆又不多，不过20分钟，他们就已经到了顾家。车进了院子后，停在正门前，上前拉开车门的是等得略微有些焦急的周管家。

看到顾清岚侧身下车，他连忙说："先生，您脸色太差，是不是发病了？"

顾清岚对他微微笑了下，避过这个问题不答，而是问："母亲今天在家？"

他在外人面前，对袁颖洁的称呼一直是"母亲"，没有亲密，反而透着隐隐的距离感。

看他下车的第一句话就是询问袁颖洁，周管家的神色僵硬了片刻，才回答："夫人在的。"

顾家企业的运作，虽然顾清岚回国后已经分担了一部分，但大部分事务，至今都是顾盛亲自过问。

顾盛又是著名的工作狂人，今天并非周末，他一般都要到晚上八九点钟才会回家，这个时间，肯定是不会在老宅的。

顾清岚只是笑了笑，就抬步走进了自家大宅的玄关。顾家的前厅，其实并不比B市他自己的那栋别墅大多少，总体面积却要大得多，经过几代的扩建，结构复杂、房间也多。

从前门的守卫那里得到他回来的消息，到他走进前厅，袁颖洁也才刚从自己的房间赶到。

袁颖洁一眼看到他苍白的脸色，也愣了下，立刻就用担忧的语气问："小岚，你又病了吗？脸色这么差。"

顾清岚对她温和地笑笑，才开口："谢谢妈妈关心，我还好。"

他们母子的对话，若在外人看来，绝对可以称得上母慈子孝的典范，但却只有他们彼此，能在对方的目光中看到冰凉的冷意。

顾清岚转头对任染说："任先生，麻烦您和郭甲在前面稍等一下，我有话要和母亲说。"

那个从西部跟随他回到顾家的司机，名字就叫郭甲，任染对此并无异议，点了下头，就随着招待他们的用人去了客厅。

倒是郭甲临走之前，深深地望了顾清岚一眼，这才移动脚步。虽然任染和郭甲走了，但客厅里仍有其他用人，袁颖洁的语气还是十分和蔼，还带着几分恰到好处的责备："小岚，你身体不好，为什么不休息，反而赶回家来？"

顾清岚淡淡地看了她一眼，他已经在这个家中待了20多年，却还是不明白，一个女人，缘何能够在人前和人后，做出完全截然不同的姿态。

他这么想着，就勾了唇角淡淡地笑了笑："妈妈，我们还是去书房谈一谈吧，那里安静。"

顾家的书房就是路铭心幼时闯过祸的那间书房，远离前厅，在宅子的最深处，一直是顾宅里最安静的处所。

顾盛不喜欢去这个过于安静的书房，反倒是顾清岚从小时候起，就经常在那里看书。

袁颖洁的神色只略微僵了一下，还是端着慈爱的笑容说："好啊。"

顾清岚微垂了头，对跟在他身后的周管家低声说了句："周叔也来吧。”

他们一行三人，在去往书房的路上，称不上和乐融融，仿佛彼此都已知道即将直面的是什么，所以全都分外沉默。

顾清岚仍是礼貌地让袁颖洁先进去，而后自己才跟了进去，周管家将房门掩上，这里即将发生的对话，就被厚重的橡木门隔绝了。

袁颖洁在书桌前转过身来，直视着顾清岚的眼睛，已经将和睦的面具撕下：“你到底想说什么？”

袁颖洁比他年长22岁，今年也才不过50岁。她年轻时样貌就美丽，后来生活优越，又注重保养，像所有养尊处优的女人那样，看上去肤色润泽，光看样貌，甚至像是刚到40岁。

顾清岚看着她，有些无奈地一笑，轻声说：“母亲，您的这个游戏已经玩了20年了，不觉得累吗？”

袁颖洁的神色早就冷了下来，这才是她在只有他们两个人时，对顾清岚的态度，也是顾清岚从记事起，对她最深刻的印象。

在最初的模糊记忆中，他还十分幼小，那时的他并不明白，为什么在爸爸和其他人面前，对他温柔又可亲的妈妈，在无人时会那样对他。

不仅是冷漠，她还会寻找一切可能的方式让他觉得难过，打他会留下疤痕和印记，所以她会用手捂住他的口鼻，直到他即将窒息，才会放开。

当只有他们两个人时，她不给他东西吃，也不给他水喝，并毫无缘由地罚他站在墙角，只要他稍有支持不住，便会冷笑责骂他。

他从少年时胃就不好，顾盛以为他是先天不足，才会早早有了慢性病，实则是经年累月的虐待所致。

小时候路铭心觉得他老成无趣，每天只会抱着书本看，像个无趣的成人，他又何尝不想像她那样，肆意地在父母面前玩闹。

可他像个孩子一样撒娇的权利早就被剥夺了，除了尽量让自己沉默之外，他不知道还有什么办法可以避免来自母亲的苛待。

他长大了一些才知道，如果一个成年人，刻意虐待一个未成年人，特别是当这个成年人还是未成年人的父母时，是多么的简单，和多么容易逃避责罚。

袁颖洁做得太隐蔽，这么多年来，顾盛包括家里的用人、管家，几乎没有人发现过。

顾盛工作繁忙，对于他的沉默和早慧还颇为赞赏，毕竟对顾盛来说，长子过得开心与不开心并不重要，只要可以继承顾家的产业，那就是最好的孩子。

他也曾以为母亲只是不喜欢小孩子，可当妹妹顾青月出生后，他在母亲的脸上，看到了和其他母亲一样的温柔和爱怜。

于是他就知道，袁颖洁的恶意，只针对他一个人。而这一切，他16岁那年，在委托医院做的DNA对比中，得到了答案。

他是顾盛的儿子，却并不是袁颖洁的儿子……他们根本毫无血缘关系，又谈何母子之情?

也是在那一年，他和袁颖洁在私下摊牌，开始了对立，他在第二年，就申请了国外的大学，于是一去数年。

顾盛不知是不是猜到了什么，默许了他数年不回国，也同意了他在回国后，借口学校的工作，长期在B市居住。

袁颖洁就那么冷冷地注视着他，目光中是不加掩饰的恨意和厌恶，她冷笑了声："为什么要玩够？看着你痛苦的乐趣明显要比任何娱乐都强。"

顾清岚勾了下唇角，轻声说："母亲，可是这次你的做法，有些过分了……怎样针对我都可以，请你不要殃及无辜。"

剧组上午在影视城发生的意外，连媒体都没得到消息，袁颖洁却像早就知道了一样，冷笑了声："你倒真是命大，竟然有李家的公子替你挡着。"

顾清岚还是笑笑，声音一直是不温不火的："还有买通我身边的周管家，指使他在我的药里下毒，未免也太狠毒了吧……如果不是我的私人医生，恐怕母亲今天早就看不到我了。"

即使后来撕破了母慈子孝的假象，顾清岚在人前人后，也都给足了她面子，像今天这样不客气的话，也是第一次说出来。

袁颖洁显然没料到他如今这样"大胆"，妆容精致的雪白脸庞瞬间就涨红了些，脱口就骂："对付你这样的人，用什么手段都不为过！"

相比于她的气急败坏，顾清岚就一直是风轻云淡的神情，他微微地笑了笑，声音虽低，却是不容置喙的从容："母亲，我是顾家的长子，是您的儿子，我若是不堪的人，您和爸爸颜面何存呢？"

他这句话，显然触到了袁颖洁的逆鳞，她的脸色由红转白，气到口不择言："谁是你的妈妈？你身上流的是那个贱人的血！不要说出来恶心我！"

顾清岚带些怜悯地看着她，微微地笑了笑："母亲这是说的什么话呢？与顾家相熟的任何人都知道，我是您亲生的儿子，又哪里有什么'贱人'呢？"

他态度太淡然，袁颖洁越是气急败坏，就越落了下风，她也意识到了这一点，话都咽在了喉咙里，过了半晌，才冷冷地笑出来："真好，真是我的'好儿子'。"

顾清岚仍是看着她微笑，放轻了声音，原本就轻淡的话声，更像是要飘散在空中："妈妈，若您知道适可而止，那么我们还可以做一对好'母子'，若是不然……我也不再是当年那个任您宰割的稚童了。"

他一直都以温文儒雅的面目示人，袁颖洁更是习惯了他在人前的"孝敬"，还有私下的淡漠。

直到今天，她听着他微笑着说出这种近似于威胁的话，才猛然警觉：他是真的长大了，不再是当年那个沉默寡言，却又乖巧听话，努力讨她欢心的小孩子了。

不仅如此，他还城府很深，言谈举止间，有着更胜于他父亲的凛冽和威严。她不由自主地后退了一步，用腰抵住了身后的书桌，才停了下来。

她想起那年秋天，她还是初进顾家企业的职场新人，在那天晚上的大雨中，她看到了坐在公司楼下的顾盛。

她这种身份的新人，只在全公司的会议上见过他，她记住了那张英俊的脸，知道他是顾氏的主人，也是未来可以主宰她命运的人。

现在这个人却席地坐在自己公司的大楼下，浑身的西服都已经湿透，那样子，好像被全世界的人抛弃了。

她鼓起了勇气，打开伞，走过去撑在他头顶，她明白自己这一生中，很可能都不会再有第二次这样的机会，所以她温柔地对他笑了，假装没有认出他是谁。

她说："先生，淋雨会感冒的，要小心身体哦。"

她以为这会是一个王子与灰姑娘的浪漫爱情故事，可那一天，他回头看着她，眼中都是空茫，像是根本就没有看到她，或者他正在透过她，看着另外一个人。

他只对她说了三句话："你想不想做我的妻子？要不要做我儿子的母

亲？要不要做顾氏的女主人？”

在那三句话中，她的梦就碎了，然而她最后说：“好。”

于是从那天起，她就成为了顾氏主人的女友，第二个月，他们就举行了婚礼，她不用再去工作，整日关在顾家的大院里“怀孕”。

七个月后，她怀抱着一个男婴，以顾家女主人和长子之母的身份，接受道贺。

这么多年来，她根本就不知道这个孩子的母亲到底是谁，顾盛将这个女人藏得太严，即使她请了私家侦探，都查不出任何的蛛丝马迹。

而这么多年来，顾盛也竟然真的以为，她会爱这个孩子，会用这种尴尬的身份，接受“儿子”的爱。

看她不再说话，顾清岚就笑了笑，转身向门外走去，周管家一直低头站在他身后，这时也赶快替他打开了房门，顾清岚却连看都没看他一眼，只是抬步走了出去。盯着他的背影，袁颖洁的声音嘶哑又阴沉，全然没有了平日的柔丽优雅：“你若是肯去死，把顾家让给清月……你就是我最好的儿子。”

她以为顾清岚会回头看她，他却只是冷冷一笑，留给她一个沉默的背影。

头一次被他“忤逆”，她是气到失态了，见他不回头，她又咬牙切齿地说：“你这样的杂种，也配和燕秋的女儿结婚？你要是肯离开她，我也不至于这么着急让你去死！”

她提到路铭心，顾清岚才终于在门边站住，他回头看着她，连用唇角应付的讥笑都不再有：“虽然我知道我的警告您大概不会放在心上……不过，请您聪明点儿，别碰铭心。”

他此刻的目光太冰冷，袁颖洁直觉地感到害怕，她随即反应过来，破口骂出：“你以为我是冷血的坏人？铭心是燕秋的女儿，我怎么会害她？”

也许是看她的态度太坚决，猜出来她并没有对付路铭心的意思，顾清岚才收回了目光。

他轻勾了下唇角，不再看她，淡淡地说：“那就好。”

他离开了书房，周管家还是跟在他身后亦步亦趋。

他年纪已经不小，不大会儿工夫，额头已经出了层冷汗，沾湿了花白的头发，再也不是那个优雅的老管家，而只是一个焦急的老人。

空无一人的走廊里，顾清岚沉默地走在他身前，直到快要看到客厅的一角，他才终于忍不住开口："先生，夫人交了我太太的手术费用……"

顾清岚顿住了脚步，他轻声说："你问过我了吗？"

周管家一顿，他到底是跟了顾清岚多年的人，不用他多说，就明白了他话里的意思，嗫嚅着说："不曾……"

顾清岚略转了头，看着他，目光冷淡："不曾问过我，又如何知道，我不肯替你排忧解难？"

顾清岚笑了下，脸色仍旧苍白如雪，那从上而下看着他的目光，却像是他已经是不会再去多看一眼的垃圾："你这样的人，我不会再用了……回家去吧。我会让律师起诉你投毒，记得接逮捕令。"

自从知道顾清岚不告而别后，路铭心总觉得有些不对劲。她当然也是生气的，就算家里有事要急着走，为什么不当面跟她说？就算事出紧急，难道就不能打个电话给她？

可她还是没胆子直接一个电话打过去，跟顾清岚吼：你有什么家里事不能跟我商量，要知道我是你老婆，合法的老婆！

所以晚上她想了好一阵，最终采取了个折中的方法，她打了个电话，给顾清岚的妈妈，也就是她自己妈妈的闺密。

电话很快接通了，袁颖洁的声音还是一如她记忆中的那般和蔼可亲，还带着明显的惊讶："铭心？你有事情找我？"

看看，还是袁阿姨……不对，未来婆婆亲切，上来也没个客气话，这明显是把她当自己人的节奏。

于是被当作"自己人"的路铭心，就毫不犹豫地跟未来的婆婆吐槽起来："阿姨，清岚突然扔下我就回东部了，我都被他扔在西部影视城了！您说他做得对不对？"

袁颖洁沉默了一下，路铭心猜她可能是在组织语言安慰自己，于是很欣慰地听着，过了一阵子，袁颖洁大概是酝酿好了情绪，再开口的时候，语气更加亲切温柔了："是吗？小岚这孩子的确做得不对，我会说他的。"

路铭心因为被顾清岚无情抛弃而忧伤的小心脏，得到了很好的安抚，顿时觉得自己舒服了不少，于是她更进一步地问："清岚说他突然回去，是家里有事，是您和顾叔叔那边有事情了吗？”

袁颖洁又沉默了一阵子，才接着说：“没有啊，我跟小岚爸爸都很好。”

路铭心于是“唉”了声：“难道他没有回老宅？是回B市了？我还以为他回您和顾叔叔那边了呢。”

袁颖洁只能又说：“也不是，他下午回来了一下……”

路铭心总算打探到顾清岚的行踪，瞬间精神起来了：“是吗？那他回家的时候身体有没有不舒服？我们的戏在拍的时候，发生了点儿小意外，有位同事受伤了，当时清岚也差点儿被砸伤，后来我看他脸色一直不好。他又不肯休息，非要跑回家去。”

顾清岚身体是不是不舒服，袁颖洁最清楚不过，但她显然不想跟路铭心多说，只是含糊地应着：“小岚没什么啊，我看挺好的。”

袁颖洁是顾清岚的妈妈，按说当妈的说儿子身体挺好的，那就是肯定不错了，毕竟亲妈才是最留心自己孩子情况的。

可路铭心不知怎么觉得有些不相信，因为袁颖洁是她妈妈的闺密，她小时候跟袁颖洁见得还多一些，在她的印象里，袁阿姨一直是漂亮可亲的，对她也很好。

但小孩子也是最敏感的，她小时候就觉得袁颖洁跟顾清岚之间的感觉有些怪怪的，虽然袁颖洁对顾清岚的态度也称得上温和，却总像带着一层客气的成分。

妈妈跟自己的儿子，如果态度上有客气的意思在，那就绝对称不上正常了。

更何况顾清岚从事故发生后，脸色的确一直有些不好，她跟他生活了几个月，就知道他那身体，说难听点儿跟玻璃人差不多，磕着碰着一点儿，冷着热着一点儿，都要好久缓不过来，不然她也不会老是这么小心翼翼的。

他在西部的时候就脸色不好，没道理长途跋涉回H市后，反倒挺好了。

因为怀疑袁颖洁的话，路铭心也沉默了，路铭心这个人在生活中只要不是刻意隐藏情绪，基本上一句话就能让人猜出来她心里想什么，她说：“哦。”

袁颖洁显然是听出了她的怀疑，心虚之下连忙解释：“也不算吧，小岚脸色有些不好，我问了他，他说没事儿。”

可惜袁颖洁也算聪明一世糊涂一时，她也忘了，在路铭心这种直肠子的人看来，袁颖洁这个当妈的，向她这个顾清岚的未来妻子，隐瞒顾清岚身体状况的意图，肯定是善意的，那就是怕她知道了担心。

路铭心也听出来她的欲盖弥彰，顿时就脑补更激烈了：顾清岚的身体绝对是出问题了，不然他怎么可能一句话不说，扔下她就回了东部？而且还让他妈妈骗自己说他很好！

她这么一想，差点儿都要哭了，清岚哥哥还是不够信任她，在受苦的时候，不愿让她陪在身边。

她急起来干脆就什么也不顾了："阿姨，清岚还在老宅吗？我明天就回去见你们！"

说完她也不等袁颖洁回话，立刻就挂断了电话：她得赶紧打电话让刘芬芳给自己订一趟明天最早去H市的航班啊，顾不上说废话了。

那边的袁颖洁愕然地看着手机屏幕上被挂断的电话，有那么一瞬间，她几乎要怀疑，顾清岚已经把和她之间的矛盾告诉路铭心了，他们俩也已经串通好了。

不然路铭心何至于给她打这个电话，然后说了这么一通莫名其妙的话？

幸好她很快就冷静下来了，依照她对闺密两口子的了解，还有对路铭心本人的观察来看，这个闺女缺根筋的可能性更大。

只是……路铭心说她明天要来老宅？袁颖洁盯着暗下去的手机屏幕，想到此刻正在书房里，关上门和顾盛聊天的顾清岚，暗暗咬了咬牙。

顾盛是按照平时的时间回家的，到家里后，就见到了许久不曾回老宅，甚至连订婚，都没有带未婚妻回家的儿子，神色也没多少意外，只是淡淡地说："回来了？"

顾清岚能有这样波澜不惊的性子，多少也有些像顾盛，他也淡淡地笑了笑，说："是啊，爸爸。"

看到他，顾盛终究是高兴的，一眼看出他脸色不是很好，就转身对老宅的管家说："顾叔，今晚做了轻淡的菜没有？没有的话，就赶快给小岚加两道。"

顾家老宅的总管，就是顾氏宗族里的人了，比顾盛大10岁，论辈分连顾盛也要叫一声"叔"的。

顾叔答应下来："少爷下午回来时，我就跟厨房说过了，就等先生您回来开饭。"

袁颖洁在旁边笑着，神色却带了一丝僵硬，自从20多年前嫁进来起，虽然她是顾宅的女主人，可顾叔却总仗着是顾家的人和辈分高，常常不问她的意见，就做了安排。

尤其在给顾清岚做什么事时，顾叔更是爱自作主张，仿佛在他眼里，这家里的主人只能姓顾。

顾清岚也对顾叔笑了下："谢谢叔爷爷。"

这次顾清岚不仅自己回来，还带了任染和郭甲，顾叔更是早早地给他们安排了客房，又让人把顾清岚的房间重新收拾了一遍，生怕他住得不舒服。

添了几个客人，晚餐时餐桌上的人就多了，顾盛坐在主位上，看到顾清岚苍白着脸轻咳，难免有些在意："小岚身体不舒服，就不必等我开饭了，他胃又不好，到家里来还要饿着肚子等我。"

顾叔在他身后站着，很自然地接了一句："家里的规矩一直是等先生回来用晚餐的，加菜我可以事先安排，但晚餐时间太太没有吩咐，我不好更改。"

顾盛不着痕迹地看了袁颖洁一眼，再开口时，语气就更淡了些："小岚难得回来一次，你这个做妈妈的也要多关心他一下才好。"

袁颖洁的笑容更加勉强了，只能将手里的汤碗递给顾清岚，做出一副关怀的样子："是妈妈粗心了，小岚胃不好，先喝点儿汤暖一暖，再吃东西。"

顾清岚接过来笑了下，也是语气温和："没事儿的，谢谢妈妈。"

任染是个聪明人，这顿饭看起来是一家子和乐融融，但短短几句话，不难看出里面暗流涌动。

再加上顾清岚下午关起门和袁颖洁说了一阵话，出来后就赶走了自己的管家，袁颖洁更是好久都没从书房里出来，他再看不出这对母子有问题，那就是瞎了眼。

顾盛的性子再冷淡，毕竟是上了年纪的父亲，看到顾清岚心情也好了不少，吃过饭后，就让顾清岚随自己去书房说话。

袁颖洁和任染粗粗聊了几句，也上楼回了房间。也就是在这时候，路铭心的电话打过来了，一通沟通后，她表示自己明天就过来。

挂断电话，袁颖洁想了下，自觉有了借口，就下楼去敲书房的门。

听到顾盛一句提高声音的“进来吧”，她推开门走进去，看到顾盛和顾清岚都神色如常地看着自己，就知道顾清岚大概是没有将自己买通周管家给他下毒的事情告诉顾盛。

她先是温柔地笑了笑，才开口说：“小岚，你回来怎么不带着铭心呢？她担心你的身体，刚才打了电话跟我说，明天也要回来。”

顾清岚勾起唇角：“我回来得有些匆忙，没来得及带上她，不过明天她到场也好。”

他显然话里有话，却不打算明说。袁颖洁特地又站了一阵子，看顾盛和顾清岚都没有再开口的意思，显然是要等自己出去，只能又“善解人意”地表示，自己先出去了。

等她离开，关上房门，又等她的脚步声慢慢地远去，顾清岚才再次开口，这一次他在挑高了的唇角上，已经带上了一丝讽刺：“爸爸，事到如今，您仍是要维护她吗？”

顾盛沉默不语了许久，他年轻时就是个英俊的男人，现在即使50多岁，也仍旧儒雅俊美，眼角甚至都找不到多少皱纹。

如果说化妆品是女人最好的抗衰老的保养品，那么事业无疑就是男人的保养品，他经营顾家的产业多年，虽然说不上功绩卓著，但比之上一代，却已经是建树颇高了。

今晚他低着头，一向精神矍铄的脸上，却慢慢显露出了一些疲惫。

他最终轻叹了声：“小岚，她毕竟是你的妈妈，也是小月的妈妈。”

时光就是这样无情的东西，在匆匆流逝间，改变了许多。对于顾盛来说，袁颖洁一开始，也许只是一个听话、懂事，又易于掌握的女孩子，她很乖巧，也懂得审时度势，于是可以娶回家，给顾清岚做一个挂名的母亲。

可时间久了，日复一日的朝夕相处，她真的变成了他的妻子，对他很温柔，每日嘘寒问暖，帮他打理家里的一切，最重要的是还为他生下了小女儿。

如今已经快要30年过去了，他能感觉到自己的人生已经走过了大半的时光，而陪伴他最久的人，既不是儿子，也不是女儿，是她。

即使他年轻时，曾以为此生最爱的女人，永远会是顾清岚的亲生母亲，但那又如何呢?

他现在已经有些想不起来她的样子了，一边是陪伴了他近30年的妻子，一边是寄予厚望的儿子，最后，他也只能叹息着说了一句："她毕竟是你的妈妈。"

顾清岚看着自己的父亲，突然觉得眼前的场景有些讽刺意味，于是他勾起唇角笑了笑："这么说，爸爸是不同意我报警将母亲拘捕了。"

顾盛又沉默了一下："不是已经有你的那个管家顶罪了吗？"

顾清岚没再就这件事纠缠下去，他只是摇了摇头，带些讥讽地一笑："我早该知道，当年您不会为了我去责怪她，现在当然也不会。"

家庭和亲情，有时就是这样怪异地存在着，他知道，顾盛不是不爱他，也不是不重视他。

可总有其他人和其他事情，比如袁颖洁，比如顾清月，同样被他所爱，也被他重视。

于是当矛盾发生时，顾盛不至于不顾及他，却也会在这些他爱着的家人中权衡，做出决定。

这一次，顾盛的决定和他16岁那年一样：他还是要儿子忍让。看着儿子苍白的脸色，顾盛终究还是说："我这次会找她好好谈谈。"

顾清岚勾起唇角笑了下，语气淡如薄冰："谢谢爸爸。"

顾盛看着他欲言又止，最后只得又加了一句："我送她去乡下住一阵。"

这个"一阵"，是多久？是几年，还是几天，他同样是没有给出保证。顾清岚笑笑，不再说话，罕见的没有礼貌地道别后，就从父亲面前转身走开了。

深夜的顾宅，比B市他自己的那栋别墅还要安静很多。用了多年的管家和用人们训练有素，一到夜里，就会到后院那栋单独的用人房里休息，不会在主楼多做逗留。

顾盛不喜欢灯火通明，于是连走廊中的灯光，都特地被调暗，透着昏黄。

顾清岚从5岁起到16岁，住的屋子就在一楼走廊的另一侧，非常安静，也距离二楼父母和妹妹的房间很远。

袁颖洁告诉顾盛，这是为了方便他去书房读书，还有是他自己要求要安静一些的房间。

他5岁时不知道该怎么去辩解，说自己也想要离爸爸和妈妈近一些，年纪渐长后，也就习惯了这样的寂静。

现在他回到房间里，打开门看到里面陈设如初，还是他搬离那年的样子。木床、木桌，除了基本的陈设外，就只有放置在书桌上的书和笔。

他拉开书桌前的椅子，坐下来打开手机，他的手机关了很久，开机后就看到她的几个未接来电，还有几条询问他到了哪里，什么时候给自己回电话的短信。

他看着就笑了一下，拨通了她的号码。

路铭心显然已经等待很久了，几乎在他电话打来的瞬间就接了起来，她开口就是一句带着撒娇的嗔怪："清岚哥哥，你不知道我有多担心你！"

他不由得笑了笑："我不是让莫先生告诉你了吗？我回来有些急事要办。"

路铭心还是不满意，继续说："你回家办什么事，不可以带上我啊？你家的事不就是我的事？再说了你脸色一直不好，万一有什么不舒服，我不在你身边怎么可以？"

这长长的一天下来，他本来已十分疲倦，然而听着她的声音，竟然有些舍不得去休息。

顾清岚将手臂放在书桌上撑住身体，他调整了一下姿势，轻按着一直在阵阵闷疼的胸口，勾着唇角笑了，说出的话语，仍旧是不变的温柔："我没事儿……你明天不是也要回来了？"

他不提这个也就罢了，提了路铭心就轻哼一声："我已经跟阿姨说了，明天就杀回去兴师问罪！看你以后还敢不敢扔下我就跑！"

顾清岚笑了下，他按住手机的话筒，侧头轻咳了几声，才继续说："是吗？那还请大小姐手下留情了。"

他的声音并没有太大的变化，话音里也还带着不变的笑意，路铭心却像是听出来了什么，沉默了一下，有些迟疑地说："清岚，你是不是哪里不舒服？"

顾清岚没有回答，他轻闭上眼睛，隔了很久才说："铭心，不要怪我。"

他经常说话这样没头没尾的，路铭心早习惯了，又轻“哼”了声：“那要看你明天的表现了。”

顾清岚低声地笑了，他最后说：“等你明天回来再说吧。”

本来都已经收拾好行李爬上床睡了，但手机响起来的时候，路铭心还是飞快地翻身接了起来。然后在听到他熟悉的声音后，她悬了一天的心，才终于落下来。

手机里传出的声音，听起来多少有些遥远，即使他的声音再温柔，她也本能地觉得，他不开心。挂了电话，她已经归心似箭了，躺在床上默数了好久的数，才勉强入睡。

也许是在心里一直惦记着他，而这几个月来，她也早习惯他睡在自己身边，所以今晚的梦中，她又看到了那个久违的白色背影。

他还是穿着前世时爱穿的白色长袍，长发高高绾起，站在距离她有些远的地方。有风吹过来，吹起他宽大的衣摆，他转过身看着她，对她微微地笑着，并向她伸出了手。

她很开心地抬起手走过去，然而就在她将要握住那只手的时候，他突然仰面向后倒了下去。寒风凛冽，高高扬起他的衣袖，却托不住他如流星般坠下的身体。

她这才看清，他身后就是万丈深渊，泛着黑色的光芒，犹如一只吞噬一切的大口。

她惊叫了一声冲过去，却只看到那道白色的身影消失在无尽的黑暗中。

chapter 12

似是而非

> 她一肚子疑问，却并不后悔从西部影视城赶到顾家老宅来。无论顾家人之间的亲情有多诡异，她都得把顾清岚放在自己眼皮子底下看着才放心。

路铭心一晚上没睡好，所幸刘芬芳给她订的机票是第二天一大早的，所以她也不用在酒店里干熬，早早起床赶去机场。

西部影视城这边的机场是个三级的小机场，去东部很多城市都要到大点儿的机场转机。

路铭心铆足了劲儿赶去H市，天气也够给面子，两班飞机都没晚点，等她转了一趟飞机，降落到H市的时候，已经是下午3点钟了。

大半天都耗在机场里，在天上的时候又不能开手机，路铭心只能在转机的途中，抽空给顾清岚打了个电话。

电话中他的声音听起来和昨晚一样，有些虚弱无力，路铭心很担心："清岚，你到底有没有生病？"

他笑着说："没事儿，你路上注意安全。"完全是在避重就轻。

等到了H市机场，来接她的就是那个她之前没见过的司机。路铭心也没指望他亲自来接自己，看到那个司机就问："顾先生是不是生病了，所以让你一个人来接我？"

那个颇有些保镖气质的硬汉司机看了她一眼，目光中明显是某种赞同的意思，但没接她的话。

于是路铭心就懂了，气哼哼地坐进后座：“我就知道他爱瞒着我！”

那个相当沉默的司机也不再说话，只是很快将车开出了机场。

虽然童年时来过很多次顾宅，但细数起来，这还是路铭心第一次以“准儿媳”的身份走进这个宅院。

她跟袁颖洁已经比较亲密了，下了车直奔客厅，看到袁颖洁就毫不见外地喊了声“阿姨”，然后抱怨：“清岚真是的，回来都不带着我。”

袁颖洁和蔼地对她笑笑：“你回来得正好，小岚昨晚发烧了，今天正在房间里输液呢。”

路铭心一听就急了，连自己的行李都不管了，匆忙问了句：“他还是在原来那个房间住？”

说完也不等袁颖洁回答，就向走廊尽头的房间走去，留下站在原地的袁颖洁，把准备了一肚子嘘寒问暖的话又咽了回去。

路铭心跟顾清岚早就不客气了，走到记忆中他的房间外，推开门就进去了。

一眼看到半躺在床上，正跟旁边的任染说着什么的顾清岚，她就毫不客气地走过去坐在床边，语气非常委屈：“你果然是生病了。”

顾清岚脸颊上还带着些不自然的晕红，显然是还没退烧，却弯了弯唇角，对她笑得温柔：“就是感冒了，没什么大事。”

任染可没那么客气了，淡淡地说：“别人感冒不是大事，你感冒了可不是小事。”

路铭心听了就忙问他：“清岚哥哥怎么了？还有其他地方不舒服？”

任染看了看路铭心，然后又对顾清岚说：“看来你挺重视隐私的，对未婚妻也没有坦白健康状况。”

本来在领结婚证之前，按惯例是要体检的，但现在法律没有强制要求，路铭心也就没管顾清岚要体检报告。

她现在想到这点，突然后悔没有要求看他的体检报告，毕竟像他这样什么事都爱瞒着自己的人，能有个机会比较全面地了解下他的身体情况，还是挺不容易的。

路铭心委屈地喊了一声：“清岚哥哥！”

顾清岚只能对她笑笑，任染又看了他一眼，看他也没有要阻止的意思，就对路铭心说："身为他的家庭医生，我来告诉你吧，他有慢性胃炎、哮喘，16岁那年初发风湿性心脏病，好在治愈后情况不错，不过会不会复发现在还不能确定，最近两年又多了神经性头疼。

"简单来讲，就是不能冷着、饿着，不能气着、累着，普通的感冒发烧也不能保证不会引起其他病症复发……这么说明白点儿了吗？"

路铭心呆呆地听着，听到后面眼圈就红了，也是她粗心，只知道顾清岚体质不好，没想过要详细了解他到底哪里不好。

她握住他没在输液的那只手，说："清岚哥哥，都是我太粗心了，没能好好照顾你。"

任染真给她这种颠倒的因果逻辑弄得无语，心想：大美女，不是你太粗心，而是你眼前这个人，根本没对你坦白好吗？而且你才跟他同居半年好吗？他的身体早在20年前就糟蹋坏了，20岁之后也没闲着，跟你没照顾好有什么关系？

可惜潇洒出尘的任染先生，没有陷入爱情中，也理解不了正在热恋中的人的脑回路，于是只能继续面无表情地看着他们秀恩爱。

路铭心拉着顾清岚的手，放在自己的脸颊上蹭了蹭，看着他的眼睛里泪水盈盈："清岚哥哥……都是我不好，还拉你去剧组，让你累病了。"

顾清岚轻摇了摇头，温柔地笑笑："不怪你，是我自己没有注意。"

路铭心想起前世他身体一直不好，自己也常常疏忽，就更伤心了，干脆俯身抱住他，将头轻靠在他胸前："清岚哥哥，我不要再离开你了，别再私自不见了。"

她这样的话语中撒娇的成分比要求的成分要多，顾清岚笑了笑，抬起手臂，轻轻地拍了拍她的肩膀："好，这次太匆忙，下次不会了。"

顾清岚下午输完液，体温总算降了一些，他要休息一阵，路铭心下了飞机也有点儿累，干脆就窝在他身边跟他一起睡。

顾清岚说过怕感冒传染给她，她还振振有词地表示："我的体质好，不会随便感冒的。"

他们依偎在一起，一睡就睡到了晚上。路铭心醒来的时候，顾清岚还紧闭着双目没有清醒，她就半趴着偷偷地看他。

他还是不适，眉头微蹙着，不时还会轻声咳嗽。路铭心原本就握着他的手，这时握得更用力了些，她就这么看了他好一阵，才看到他侧头咳了咳，微微张开双目。

她趁着他将醒未醒的时刻，凑过去在他微张的薄唇上轻吻了下，她是真的心疼他受苦，恨不得能自己分担一点儿："清岚哥哥，好点儿没有？"

顾清岚刚从梦中醒来，就被她吻了一下，隔了一阵，目光才彻底清明起来，他垂眸看着她，笑容仍是不变的温柔："好一些了……"

路铭心又凑上去吻了下他微翘的唇角，他还感冒着，据说还有哮喘，她不敢跟他深吻，只能这样稍稍亲近一下。

即使如此，她还是觉得满足，好像不知道从什么时候起，顾清岚就有了种魔力：只要能够在他身边，哪怕只是安静地依偎，那就万事足矣。

顾清岚高烧还没退，去餐厅吃饭也是很勉强的，这里不是B市他自己的别墅，不出门也不用跟任何人打招呼。

路铭心就让他躺着，自己去客厅里跟顾盛和袁颖洁一起吃饭，然后再从厨房带他的晚饭给他。

顾盛很是关心顾清岚的病情，刚从公司回家没多久，坐在餐桌上就问："小岚今天好点儿没有？"

路铭心忙说："好一些了，不过医生说为了保险起见，要输液三天。"

顾盛点了点头表示知道了，对她还算和蔼："难为铭心特地回来了。"

路铭心笑笑："清岚生病，我当然要回来，如果他生病却没人照顾，那我这个未婚妻做得多不称职。"

她不过随口一说，袁颖洁本来就心虚，听在耳中，还以为她是含沙射影地说顾清岚在顾宅里没人照顾，当下就说："小岚在家休息也很好，我还嘱咐厨房给他炖了生姜鱼汤。"

路铭心听完却是一愣，她话里没有责怪袁颖洁的意思，本来她这个做儿媳妇的，只有被婆婆挑刺嫌做得太少的道理，哪里有去挑婆婆刺的资格。

她心里觉得有些怪异，但也没说什么，抱起汤碗来喝了一口以掩饰自己的疑惑，而顾盛自从开口问了一句后，就再没说过一句话。

路铭心想起顾清岚也不喜欢在餐桌上讲话，据说是因为"食不言，寝不语"的家教。

小时候以及少年时代和顾清岚一家见面，路铭心自己的父母都是在的，她又粗心，人来疯一样见谁都很兴奋，所以也没留心。

现在看了顾盛，还有这个气氛沉闷的晚餐餐桌，路铭心才开始想：怪不得顾清岚长成那副性子，在这样的家庭里，想活泼都很难吧?

用最快的速度吃完了饭，路铭心就去厨房拿了给顾清岚准备好的餐盘回房间。

本来顾清岚的晚饭是由用人送过去的，不过路铭心来了后表示自己可以代劳，于是也就交给她做了。

因为不是主卧，顾清岚的房间并没有他别墅里的那么大，但也不算太小，洗手间、浴室一应俱全。

路铭心回去时，他正在淋浴间洗澡，她将手里的餐盘放下，去敲浴室的门．“清岚哥哥，有点儿胃口了吗？我拿了晚餐给你。”

等了一阵，见他还是没回应，想到他高烧没退，就自己跑去冲澡，路铭心连忙拉开浴室的门冲了进去。

里面雾气蒸腾，顾清岚单手扶着墙半靠在墙壁上，人倒还是清醒的，看到她后勾了下唇角，声音低弱：“铭心……你这是又要干什么？”

他虽然是笑着，但脸颊上的红晕却被热气蒸腾，显得更大了些，路铭心看他的样子，就知道刚才他是没力气开门，也没力气大声回答自己。

虽然说感冒发烧时冲个澡有助于身体降温，但他这样站都站不稳了，还自己跑来浴室的，真是少见。

路铭心看着他的样子，也不管自己的衣服会不会被弄湿，就上前一步，架住他的胳膊，然后关了还在喷水的淋浴头。

既然洗澡，他肯定是没有穿衣服的，路铭心当然也不忘用眼睛在他身上溜两圈吃够豆腐。

顾清岚倒还是开心地笑：“铭心，你要看我，随时都可以……”

路铭心这会儿可不害羞了，轻哼了声：“白捡的便宜不占白不占。”她接着问他，“你洗好了？”

顾清岚点头：“洗是洗好了，不过没控制好时间，大概是在浴室里太久了，手脚没力气。”

他的确全身酸软，大半身体都毫不客气地靠在她身上。

她当然也不能让顾清岚就这么光着身子走回去，出浴室前就扯了浴巾把他的下半身包起来。

把顾清岚扶到床上坐着，她又去衣帽间找了块浴巾给他擦头发。

弄了一阵，她无意间低头，看到顾清岚微垂着头，坐在床沿上等她给擦头发的样子，突然觉得他看起来乖乖的。

于是她就笑着得意道："清岚哥哥，你现在好像个懂事的小孩子哦。"

顾清岚大约是真的没力气跟她争辩了，只微笑了下："你现在大可以尽情得意……"

路铭心是领教过顾清岚的腹黑和气场的，他当然不爱发脾气，但偶尔认真起来，自有一种凛然的气势……比如小时候把她关在洗手间那次。

被吓破了胆的路铭心当即就闭嘴不敢再多说了，认真地把他的黑色短发擦到半干，然后又找了睡衣帮他穿上。

他们已经同居几个月了，每天同床共枕，最亲密的事情也做了不少次，路铭心给他穿衣服当然也不会再害羞。

顾清岚还跟以往一样，任她毫不餍足地在自己身上乱摸，被她扶着半躺下后，就对她笑了笑："铭心，剧组出了意外，受伤的还是李靳，杜总跟我商量过，预计要停工一周彻查。"

路铭心也早预料到了，点点头说："我知道，我回来时剧组那边虽然没正式通知，但大家也都在观望，我离开魏导也没阻止我，大概也是知道短时间内没办法开工吧。"

如今的现实情况就是这样，如果那个架子倒下来时，受伤的是普通人，可能剧组还不会受太大的影响，可李靳毕竟不是一般的工作人员。

如果他受伤，剧组还像什么都没发生过一样照常拍摄，好多人那里都交代不过去。

尤其是李家，连顾清岚都在第一时间接到了李家的电话，剧组面临的压力有多大可想而知。

知道这部戏对于顾清岚的意义后，路铭心反倒先安慰起了他："没事儿，你不是也病了吗？我也跑回来了，两个主演都不在还拍什么？再说了，剧本不是要修改，正好时间也更充裕一点儿。"

听她这么说，顾清岚就对她笑了笑，没再说话。

顾清岚平日的晚餐时间都是在傍晚6点钟，但今天因为他下午输液没有胃口，所以就推到了夜里。

路铭心端进来的餐盘里，有熬得很烂的米粥，也有袁颖洁提过的驱寒的生姜鱼汤。

顾清岚还是胃口不佳，即使路铭心亲自劝他，他也还是喝了几口汤就摇头表示不要了。

路铭心只能让他又喝了些水，抬手去摸了摸他微微泛着水光的薄唇，叹息着说："摊上这么个玻璃美人，不知道我要操碎多少心。"

顾清岚侧头咳了几声，温和地微笑："你也可以不要。"

路铭心顿时就㞞了，忙努力保证："我哪里舍得不要！"

他既然吃不下东西，路铭心也不敢多劝，看他闻到汤里的鱼腥味还有些恶心欲吐的样子，连忙把餐盘收拾好了端出来。

把餐盘送到厨房去处理的时候，路铭心还意外地在厨房外遇到了袁颖洁。

看到那些剩下了大半的饭菜，袁颖洁就微微地皱起了眉头问："小岚还是吃不下？"

路铭心忙点头，有些忧心地回答："是啊，也许是因为有炎症，胃病也犯了，刚吃了一点儿就要吐。"

袁颖洁"嗯"了声，像是忍不住抱怨："小岚的身体就是太差了，每次都是这样，犯了病就折腾得厉害，怎么小心都不行，拖久了他爸爸又要以为我不尽心了。"

从顾清岚小时候起，她似乎已经为他的身体受累多年，说几句抱怨的话，也无可挑剔。

只是她这话里的意味，总有些不大像在说自己的孩子，而是在说一个不得不背着的包袱，而她希望顾清岚快些好起来的原因，也只是因为怕顾盛责怪。

路铭心以前没注意，这次回来后，却总觉得袁颖洁跟顾清岚之间的母子关系，有些怪怪的。

比如她因为不注意感冒生病了，她妈妈吴燕秋也会骂她的，非但要骂，还骂得更严厉难听一些。甚至吴燕秋也会说，你生病了你爸爸又要怪我没照顾好你。

但那样的抱怨里，总是带着关心和焦急的，所以就算话再难听，听着的人也不会觉得心寒。

袁颖洁的话却不同，她是认真地在担心顾盛责怪自己，却没有真正地去担心顾清岚的身体。

路铭心犹豫了一阵，终究觉得人家母子，她一个局外人，还是准儿媳的身份，不能插手太多，只是笑着说："没事儿，医生说暂时还没有发现其他病症发作，应该过几天就好了，您也别太担心了。"

袁颖洁有些漫不经心地点了点头，又说："铭心，既然你回来了，小岚我就拜托给你照顾了。"

这样表现自己的好机会，路铭心哪里有不答应的，满口打包票："您放心，清岚哥哥就是我心口的朱砂痣，我就算自己吃苦，也不舍得让他受一点儿委屈！"

袁颖洁不由得笑起来："你这个小丫头，倒是会说好听的话。"

路铭心作温柔贤淑状地笑："那是当然，不然阿姨怎么能放心把清岚哥哥交给我。"

话虽这么说，可路铭心觉得袁颖洁在说完那句"拜托给你"后，像是松了口气一样，有些如释重负的样子。

她一肚子疑问，却并不后悔从西部影视城赶到顾家老宅来。无论顾家人之间的亲情有多诡异，她都得把顾清岚放在自己眼皮子底下看着才放心。

回到房间，顾清岚已经睡下了，身体陷在白色的被褥间呼吸沉稳。

他房里的木床还是年少时用的那一张，虽然也是双人床，却没有B市别墅里的那样宽大，睡两个人也很勉强，但路铭心既然回来，肯定没有和他住两个房间的道理。

看他睡着了，她匆忙去浴室洗漱了一下，换了睡衣上床。她刚躺下，本来还闭着眼睛的他就自己往旁边侧了侧身体，她以为他是不舒服，忙问："清岚，怎么了？"

他轻咳了咳，才低声说："有汗的，会沾到你身上。"

路铭心一愣，这才想到他之前为什么站都站不稳，还要坚持去冲澡，他发着烧，身上出汗厉害，他们两个要睡在一起，难免会影响她，所以他才要洗澡。

她不知道他从小受的是什么教育，但自己还病着，却先替别人考虑，尽量不给别人增添不适的习惯，显然不像是被父母捧在手心里长大的人会有的思维方式。

愣过之后，路铭心又是一阵莫名的心疼，她移动身体，凑过去抱住他，又在他的耳侧轻吻了下："我不怕的，美人出汗叫香汗，我哪里会嫌弃。"

顾清岚没她胡搅蛮缠的本事大，只能微微地笑了笑，由她去了。

他这么一说，路铭心倒惦记着夜里万一他出汗厉害，自己要给他擦汗的事情，以致她睡得并不是很沉。

深夜睡眼蒙眬的她听到他不时的轻咳声渐渐密集起来，声音也沉闷了许多。她意识到不对劲，就翻身起来，打开了床头的灯。

昏黄的灯光下，他果然用手紧捂着嘴在闷咳，额头上也出了一层汗。

路铭心忙去扶他半坐起来，努力用手去顺他的背："清岚哥哥，你哪里不舒服？要我去叫任染吗？"

他看向她的目光有些涣散，仿佛已经不能看清她的神色。她看着他放下了掩唇的手，挑起唇角，对自己露出了一个虚缈的微笑。

他只说了句："阿心……"就合上了双目，无色的薄唇间，蜿蜒流下一道深红的血痕。

路铭心抱着他的身体，全身都在颤抖，也许是过了很久，也许只有一瞬间，她连忙松开他，撞撞跌跌地跑到门口。

拉开门，她顾不上去想任染到底住在哪个房间，就对着走廊大喊："任染！救驾！"

事后任染再提起当时这句话，连路铭心都觉得的确有些好笑。然而在当时，她却已经失去了组织语言的能力。

她心中所能想到的，也唯一能够保持的清醒，都来自于躺在卧室里的顾清岚。

任染的客房就在这条走廊的尽头，他也比较警觉，听到路铭心的哭喊，几乎第一时间就起身冲到了门外。

路铭心哭喊的话语忽略不计，仅从她的语气中，就可以分辨出顾清岚是真的出了紧急的状况。

任染连外衣都没来得及披，只穿了中式的睡衣，大步走过来问："怎么了？"

路铭心赶快握住他的胳膊，声音里还带着哭腔："清岚哥哥吐血了，人也意识不清！”

任染问她的时候也没停步，几步走进房间，看到床上顾清岚的脸色，神色一沉。

顾清岚仍没有清醒，除了无意识地轻咳外，唇边的血丝更是不断涌流，路铭心忙过去抱住他的身体，抬手不断地去擦拭。

上次顾清岚在她眼前断了呼吸，她慌得六神无主，这次也已经全无主张，看任染脸色沉着，她就赶快问：“怎么回事？清岚哥哥为什么没意识了？”

任染看了她一眼，然后摇头：“中毒。”他说着，突然冷笑了声，“这中毒的时机也太巧了。”

路铭心听到“中毒”这两个字，抱着他身体的手臂就不自觉地又收紧：“什么毒？”

任染再次看了她一眼：“到医院做过检查就知道了，我去叫救护车。”

救护车倒来得真快，没过多久房门被打开，冲进来几个医护人员，匆忙将顾清岚挪到担架上抬走。

任染是有医师资格证的医生，也随车一起去了医院，救护车不大，最多能准许两三个亲属随同。

在经过走廊时，任染看到神色焦急的顾盛和袁颖洁，却并没有请他们上车，而是对路铭心和郭甲说：“你们两个一起去。”

路铭心连忙上了救护车，她一直握着顾清岚的手，不管他是否意识得到，都不停地说：“清岚，我在的。”

到了医院后，顾清岚被推进了抢救室，任染也换了手术服跟了进去。只留下郭甲陪路铭心在抢救室外等候，顾盛和袁颖洁乘了顾家的车追过来，很快也到了抢救室外。

顾盛同样是连衣服都没来得及换，只在睡衣外披了一件外套，毕竟是唯一的儿子出了事，他忧心忡忡，再加上家里人一直被任染隔离在顾清岚房间之外也带了些气，沉着脸劈头就问：“清岚到底是怎么了？”

路铭心忙回答：“听任染说是中毒，”她本来在救护车上就哭过了，说着就红了眼圈。

顾盛一愣：“在家里好好的，怎么会中毒？”他说着，却突然一愣，转头看了眼身旁的袁颖洁。

不知道是不是路铭心的错觉，她在那一瞬间，感觉到顾盛身上散发的怒气，那一眼里，甚至有了些凛冽的杀气。

路铭心却顾不得去想里面的问题，跟他说了几句话，就继续朝抢救室的方向看去，希望顾清岚能早点儿被送出来。

他们足足站在外面煎熬了两个多小时，其间路铭心没再说话，顾盛和袁颖洁也同样一语不发，甚至连他们夫妻之间，都不再有一句对话。

两个小时后，抢救室的门被打开，顾清岚总算被推了出来，他被注射了镇静剂，正昏睡着。

他们全都跟上去，准备一起去病房，任染这时走过来跟他们解释情况："已经脱离危险了，我在家里已经做了点儿处理，再加上送医院还算及时，毒素应该不会对他的身体造成不可逆的伤害，不过顾先生本身的身体素质不是很好，需要留院观察。"

他说到这里，停顿了一下，看了看顾盛："顾先生，我和这家医院的主治医生分析过了，病人体内的毒素并不是生活中常见的药品，应该是有人投毒所致……所以我们建议您报案，请警方来侦破这起案件。"

顾清岚就在自己的家中，却被投毒，路铭心听到这句话后，下意识地去看顾盛。

不是她怀疑顾盛，而是前世顾清岚死于顾相一壶鸩酒的印象太深刻，令她心有余悸。

顾盛却被她这充满怀疑的一眼看得有些火大，一向淡漠的脸上也有些绷不住，转头对身旁的袁颖洁说了声："你跟我出来。"

任染看他对是否报警的问题避而不答，冷冷地笑了声："顾先生，请三思啊。"

路铭心此刻却已经反应过来，向任染递了个眼色，说："我外套忘在抢救室外了，我回去取一下。"

此刻他们已经快要走到病房里，顾盛来不及点头，就看到她头也不回地转头走了。

路铭心小跑着绕过走廊，离开顾盛和袁颖洁的视线，她立刻就拿出手机来拨通了报警的紧急号码。

电话很快被接通，听到里面传来礼貌的问候，路铭心连忙说："我要举报一起投毒案，受害者目前正在医院。”

对方立刻询问案发的具体地点，和有可能涉案的人员，路铭心一口气将顾清岚的名字、顾家的地址，还有顾盛夫妇的名字报了出来。

那边沉默了一阵，应该是接线员在记录报案内容。记录完毕后，对方提醒她说出自己的姓名和联系方式，以便出警的警员查证，她犹豫了片刻，才说：“我叫路铭心，我是受害人的未婚妻。”

当她说出自己的名字时，接线员明显停顿了片刻，才说：“好的，我们会安排人员尽快出警。”

报警电话不过就是两三分钟，挂断了电话，路铭心轻舒了口气，她相信警方不会随便向外界透露自己的姓名，还有查案的细节。

但她毕竟是个公众人物，若真的开始长期调查，想要瞒住媒体并不是那么容易的事，更何况顾家在H市也不是没有影响力的家族，闹出投毒的事情，嫌疑人还是家庭内部成员，想要悄无声息地处理掉，几乎是不可能的。

但她却一点儿也不后悔报警，她想起前世的那些事，连最后一点儿犹豫都打消了。

假如顾盛和袁颖洁不能给顾清岚应有的庇护，反而变成弑害他的凶手，那她不介意代替他们去保护他。

她回到病房时顾盛和袁颖洁已经不在了，只有任染在顾清岚床边的沙发上坐着。

路铭心先去看顾清岚，他仍是昏睡着，眉头微蹙，脸色十分苍白。她坐下来握住他无意识微蜷着的手，将它放到自己的唇边轻轻地吻了吻，紧握着，仿佛想要借助自己的体温，给他带去些许温暖。

任染在旁边看着她，开口说：“你报警了？”

路铭心点点头：“警方说会尽快出动警员。”

任染笑了声：“那就好，我已经让郭甲先回顾宅保护现场了……毕竟投毒案不是持械伤害，证据比较容易销毁。”

路铭心还是紧握着顾清岚的手，她抬头看着他无知觉的面容，隔了一阵，才低声说：“任染，为什么有些人在外人看来，十全十美，一无所缺，细究起来，却只是孑然一身……所有和美幸运，都不过是浮光掠影。”

这是她突然想到的，上一世顾清岚就是那样，她总觉得他太过完美，家世、学问乃至声名，诸多光环于一身，让人想靠近都难，更别说心疼和怜惜他。

直到最后她才明白，他的家族会为了保全名誉放弃他；他的盛名，也会在一夜之间变成恶名；而他所爱的人，也就是她……却早已对他弃之不顾。

这一世也是一样，他看起来还是那样完美，出生在富庶之家，年纪轻轻在学术上就颇有建树，还在经营公司，无论做什么事都那么优秀。

因为看起来太完美，所以很多人就不愿去探究，他是否被人所爱，是否觉得幸福。

任染沉默了一阵，才说：“众生皆苦，世俗人所看到的皆是表象，也属寻常。”

路铭心低头在顾清岚的脸颊上轻吻了下，才笑了笑：“没事儿，现在有我爱清岚哥哥……有什么苦，总是两个人分担比一个人硬扛要好得多。”

这还真是典型的路铭心式的乐观，任染也难得地笑了下。

现在是深夜，警方的出动速度却一点儿也不慢，顾盛和袁颖洁再没有回过病房，据说是直接被警察带走问话了。路铭心身为报警人，也被警察叫出病房问了话。

不知是不是郭甲回顾宅保护现场起到了作用，没到天亮，警方就在顾宅里找到了大量证据，包括还含有毒物残留的汤碗、汤锅等。

一旦展开全面调查，真相其实很容易就能被查出来，顾家的厨师供认是其母袁颖洁嘱咐自己将毒物放到给顾清岚单独煲的汤中的。

等第二天上午，警方已经将顾盛请出了警局，却将袁颖洁作为嫌疑人扣押了下来。

路铭心一直在病房里守着顾清岚，听到这些消息时，并不觉得非常意外，只是她无论如何也想不到，为什么在她印象里一贯和蔼可亲的袁阿姨，会下毒加害自己的儿子。

顾清岚是在临近中午时才清醒过来的，他体内还残留有毒素，身体仍是非常虚弱，却在刚刚醒来后，就找她，对着她微微勾起唇角：“阿心。”

他们都回忆起前世的事情后，他还是很少叫她“阿心”，一直都叫她“铭心”，仿佛是为了向她证明，他现在看着的这个人，并不是前世的那个她，而是眼前真实的“路铭心”。

但一声“阿心”，却带着无法言说的柔和，好像此刻他的眼底与心中，除了她之外再没有其他的了。

路铭心以为自己已经过了多愁善感的年纪了，却因为他的一声轻唤，差点儿就红了眼眶。

她低头吻了吻他，轻声说："清岚哥哥……"

顾清岚抬起手臂，在她的肩上轻轻地拍了拍，眼眸却已经投向了窗边的任染。

任染仍是负手站在那里，一派仙风道骨的出尘样子，看到顾清岚的目光，轻轻地点了点头。

顾清岚醒来后没多久，顾盛就来了医院。

一夜过去，他不但脸色疲惫，还像是突然苍老了许多，走进病房，他对路铭心和任染仍然是客客气气的："任先生、铭心，我想单独和清岚说几句话。"

任染起身点了点头，路铭心也站起来，看他的目光却带了几分审视。

顾盛注意到了她的目光，笑了笑对她说："铭心，小岚是我的儿子，我不会怎么样他的。"

路铭心忙"哦"了声，她对顾盛显然已经没有多少信任感了，听他说完，还加了句："顾叔叔，这里是医院，病房也有监视器的。"

顾盛的神色间已经带了些许的无奈，他也不知道从什么时候起，连从小看到大的女娃，都这样怀疑他了。

然而看了眼还躺在病床上脸色苍白着的顾清岚，他顿了顿，再次保证："放心吧。"

路铭心这才跟在任染身后出了门，还一步三回头地看着他们两个人，反手带上了门。

等她出去，顾盛才叹了口气，开口说："小岚，警方可能会以谋杀未遂的罪名起诉你妈妈……因为下毒的剂量，已经超过了致死量。"

顾清岚在他来时，就被路铭心扶着半坐起来了，这时候有些无力地靠在病床上，笑了笑："那么爸爸反对这个结果吗？"

顾盛摇了摇头，有些自嘲地笑："小岚，我并不像你想象的那么狠心，我爱你和清月，并无二致，至于你妈妈，她原本是我以为可以相伴终身的人……"他说到这里，又顿了顿，才接着说，"原本以为啊。"

他神色黯然，顾清岚却并不打算就此放过他，突然问："爸爸，假如我做了什么事，累及到顾家的名誉，还有你和清月的安全，您会亲手送我速死吗？"

顾盛一愣，下意识地反对说："小岚，虽然爸爸曾糊涂地做了错事，但我怎么可能会忍心让你死呢。"他说完，还以为是自己纵容了袁颖洁多年，才让儿子心寒至此，连忙又辩解道，"小岚，爸爸只知道你妈妈不喜欢你，我以为她心里还有怨气，发泄一番也就算了。

"所以我才想为了清月的前途，也为了我们家庭完整，对她严加管束，也许就没事儿了。我是真的没想到她竟然心狠手辣到这种地步！"

像顾盛这样矜持、自重的人，到了这把年纪，还为了狠毒的妻子，在苦苦向儿子解释，也称得上辛酸了。

他从来信奉慈母严父，对顾清岚和顾清月，从来都是以严肃端正的态度自居的，今天却难得真情流露，看着顾清岚，沉声说："小岚，你和清月都是我的孩子，为人父母，哪怕自己粉身碎骨，也不会牺牲你们的。"

听他这样回答，显然也出乎了顾清岚的预料，他垂下眼眸轻笑了下："对不起爸爸，我不该怀疑您的。"

顾盛摆了摆手，面容颓唐："别这么说，都是爸爸不好。"

他做了半辈子的严父，自以为儿女双全、妻贤家和，即使在人前不曾显露过，但内心深处一直是颇为自得的，如今让他直面这一地鸡毛，难免会觉得既难堪又伤感。

面对着顾清岚，他犹豫良久，还是说："小岚，我想让律师用精神失常的理由为你妈妈辩护……她年纪大了，谋杀未遂的罪名一旦成立，最少要面临10年以上的刑期，所以我想……"

顾清岚对他这样的安排像是早就料到了一样，笑了笑，轻声说："我并不反对，只是爸爸……我希望您能让出顾氏的股份和集团董事长的身份，不知道您愿不愿考虑？"

顾氏的继承人一直是顾清岚，包括顾盛自己立的遗嘱，都把袁颖洁排除在外，最大的受益人也是顾清岚。

他突然提出这个要求，顾盛就愣了愣，继而有些不可置信地说："小岚，你还是不相信爸爸？"

顾清岚摇头说："我当然不至于怀疑您的用心，只是爸爸，只要顾氏还在您手上一日，母亲就难免会有其他的想法，若她入了狱接受教育，那还好说。但若她以精神失常的原因脱罪成功……那她再有别的动静，到时候我们都防不胜防。”

顾盛还不到60岁，像他这样年纪的大家族主人，确实已经有一些退居幕后，但即使是名义上把企业交给子孙打理，那些大家长们却还是会捏着股份和企业命脉的。

既能轻松一点儿，又能在外界博得一个退位让贤的美名，做太上皇做得不要太开心。真正放手的，其实一个都没有。

他不知道自己这样做了后，在H市的上流社会里，会被传成什么样子？顾盛不但经营家庭失败，连妻子都约束不了，搞到精神失常去暗害亲生儿子，还连儿子都驾驭不了，被迫逼宫退位？

他一天之内接连遭受打击，已经有些站立不稳，勉强抬头看着病床上的儿子，惊讶地问：“小岚，你这是在同我讨价还价？”

顾清岚看着他那苍白的脸色，还是那样不动声色地微笑着：“爸爸，您可以请律师，疏通关系，给母亲制造‘精神失常’的证据，我同样可以请人查明真相，让她接受应得的惩罚……母亲到底会不会经受牢狱之灾，全看爸爸您的决定。”

顾盛又看了他许久，他到这时才发现，也许他是太久没有和儿子一起生活，以至于他都没有发现，儿子真的已经长大了。

如同那些已经离巢的雄鹰，在老鹰看不到的地方，羽翼逐渐丰满，当雄鹰再次回到巢穴里时，并不是寻求老鹰的庇护，而是要取代父辈，成为这一片天空的主人。

他像所有猛然觉察到自己真的已经是年岁已大，再无力掌控全局的老人一样，一时间心中百味陈杂。

说失落，也不尽然；说欣慰，更多的却是不甘。

他终究是个聪明人，思索了片刻后，再次问顾清岚：“小岚，你是否已经对顾氏志在必得？”

顾清岚微笑了下：“爸爸，原本顾氏您交不交给我，我并不介意，假使清月学成归国，有意继承公司，我也不会因为她是个女孩子，就忽视她的意志和能力。届时让我真的把顾氏让给清月，我也并不会留恋……只是母亲太心急了，她既然容不下我，我不得不自保而已。”

顾盛看着他，终究是失笑了，尽显自嘲：“我知道了……”

顾清岚是他的儿子，他只要想一下假如年轻的自己处在顾清岚的位置上，会做些什么，大概就知道他会准备什么样的后招。

他若挣扎不甘，不想放手，那么只会让顾家被外人看到更多的笑话……而他们之间那些父子和睦的最后一块遮羞布，也会被一起扯下来。

他最后说了句：“给我一天的时间考虑。”

顾清岚对他笑了笑，十分体谅地说：“当然，爸爸您可以慢慢考虑……时限可以有三天。”

路铭心守在病房外没敢远走，她正担心地要咬指甲，房门打开了，顾盛走了出来。

他的样子，好像比刚才走进去时，又老上了几岁，甚至连一贯挺直的脊背，也有了略微的佝偻。

路铭心免不了关心他一句：“顾叔叔，您怎么了？是不是太累了，休息一下吧。”

顾盛侧头看了看她，到这一刻，他想起自己曾对这个过分漂亮，职业也是自己不喜的未来儿媳一度不满过，不由又想自嘲地笑笑。

他当初也自以为考虑得面面俱到，选了各方面都令他满意，看起来也很好操控的袁颖洁，结果又如何呢？

他看到的竟然全是表象，看不透人心的叵测，还有女人的善变。

眼前的这个路铭心，起码会在顾清岚危急的时刻，毫不犹豫地站在他那边，甚至不怕得罪自己这个做父亲的，拼命去维护他。还会在仍然怀疑着他的时候，关心地询问他，怕他太累……仅仅是这些细节，足见她的善良与懂事。

于是路铭心看到一向不苟言笑的顾盛，对自己称得上慈祥地一笑，说：“铭心，你是个好孩子，好好照顾小岚。”

这一句话情真意切，没有半点儿作伪，路铭心被说得心头一热，都开始愧疚自己怀疑他了，忙说：“我会的，顾叔叔您放心。”

住院三天后，顾清岚就提前出院了。路铭心是一点儿都不同意的，奈何在很多问题上，她其实没办法说服顾清岚，于是只能跟在他身后，小心翼翼地嘘寒问暖。

上午才出院回到顾宅，下午顾清岚就和顾盛叫来的律师一起接受了顾盛赠予的股份。

今天做完这些，明天在顾盛召开的紧急股东会议上，就要正式将董事长一职交给他了。

签署完文件，顾盛倒没有再提袁颖洁的事，只是带些感慨地看着儿子：“小岚，如果公司里有什么事，需要爸爸的支持，我永远是你的后盾。”

顾清岚淡淡地笑了下，他语气仍旧温文，说出的话却有几分矜傲：“请爸爸放心，既然我要将顾氏拿过来，就不会没有万全准备。”

他说完，又开口：“公司具体的管理事宜，我已请好了专业的管理人员。我仍会常住在B市，老宅仍是爸爸的产业，日常开支等，还会遵照以往的标准。”

顾盛轻轻地点了点头，顾清岚虽然看起来人情淡漠，却不是心胸狭隘的人，将顾氏交给他后，自己也不至于不能颐养天年。

他想着，轻叹了声：“小岚，有闲暇时，常回老宅住上一两天吧。”

将顾氏交出去后，他就真正成了赋闲的老人，到时若有子孙绕膝还好说，要是没有，生活之寡淡可以想象。

顾清岚也点了点头：“我会的。”

顾盛想了下，还嘱咐他：“你年纪轻轻，身体就这样不好，平时也要注意调养。”

说到这里，他突然想到，儿子还这么年轻，身体就已经这样糟糕，或许也是因为自己多年来的疏忽，和对歹毒妻子的纵容。

想到这，顾盛的神色间不自觉地又带上了黯然，他轻声说：“小岚，爸爸做错了许多，只希望往后不要再让你为难。”

他们父子的相貌其实有七八分相似，只不过顾盛比顾清岚的气质要更冷硬一些，他现在这么感伤的样子，和顾清岚平日的样子，就更像了些。

顾清岚看着他，语气也难得更柔和了：“已经过去的事，爸爸您不必太介怀了。”

两天的时间很快过去，顾清岚在此期间还处理了一些公司的交接事务，其间顾盛自然是努力推动、帮忙。

路铭心看着短短几天内，就像老了好几岁的顾盛，不免有些感慨。

其实她也有烦恼的，那就是袁颖洁是她妈妈吴燕秋的闺密，袁颖洁出了事被关在看守所，吴燕秋不免打了好几通电话问她是怎么回事。

为了不让顾清岚听到为难，她每次都是躲出去接的，她不敢跟妈妈说是自己报的案，只能尽量解释下现状。

她采取的自然是顾家现在对外界的统一说辞：袁颖洁患了抑郁症和精神分裂，所以才会下毒害顾清岚。

吴燕秋搞了半辈子科研，人虽有些顽固迂腐，在大是大非上还是拿得准的，听完后沉默了许久，才有些自责地说："真没想到阿洁的精神问题这么严重，我都没发现……清岚多好的孩子，现在不知道该多难过。"

也许是顾及路铭心和顾清岚的感情，害怕他们伤心难做，吴燕秋问过两次后，也就不再提这些事了，再打来电话，就是关心顾清岚的身体，问问他们那边的情况而已。

后来她爸爸路之遥也给她打了电话，听语气，还是特地避开了吴燕秋给她打的。

电话里路之遥也没多说，只是说："铭心，你虽然要和清岚结婚了，但你始终是独立自主的女性，没必要跟他们家的恩怨牵涉太深。"

路之遥毕竟是男人，看得也比吴燕秋清楚得多，顾家内部的矛盾，路铭心身为一个准儿媳，的确是应该置身之外，不应该插手过多，以免两头不讨好。

他这么说，也有给女儿撑腰的意思：那就是假如顾盛和顾清岚因为袁颖洁和吴燕秋的关系，迁怒于路铭心，让她难过，大不了回娘家。

路铭心知道爸爸的意思，忙安慰他："没事儿，现在顾叔叔和清岚哥哥都没有要怪我的意思，吴阿姨也是精神出了问题才会这样，他们是亲人，会互相体谅与帮助的。"

说这些话的时候，她也忍不住心虚，顾清岚虽然没对她明说自己和袁颖洁并不是亲母子，但在她看来，袁颖洁和顾清岚之间的问题真的有点儿严重。不过为了让父母安心，她也只能这么说了。

路之遥也表示赞同："我觉得老顾和清岚也不像那么不通事理的人，总之有什么事，你不方便跟你妈妈说，尽管告诉爸爸。"

路铭心忙说："爸你放心吧，我又不是藏得住事儿的人。"

回西部之前的一个晚上，她躺在顾清岚身边，握着他的手入睡，却又梦到了前世的事情。这次她梦到的跟以往不同，是他们还年少时的事。

那是她14岁那年，长夏里母亲将她送到顾府常住，她还是个贪玩的少女，顾清岚却已经是初具风华的青年了。

偌大的院子里，除却侍女婢仆外，就只有他们两个，虽然院中有曲水流觞、荷塘莲香，但四面高墙围着，她难免会觉得无聊，每日里就想尽办法找点儿乐子。

顾清岚虽然并不言语，却仿佛怕她闯祸一般，每天都在不远的地方，看着她上树掏鸟，下池捉鱼，闹得不亦乐乎。

偶尔玩得累了，她抬起头，总能看到他自书本上投来的淡淡目光。

并不见得有多少温度，却总是柔和无比，只用看上一眼，就能看出其中浓浓的爱护和守候。

她有一天就看着他的目光呆呆地愣住了，而后挽了挽袖子，趁着四下无人，悄悄地向他靠近。

拉住他的袖子，她看着他微微一笑，长睫微垂，心跳不由自主地加快了。

她偷偷将一直藏在袖子里的东西递给他看，邀功一般说："清岚哥哥，这是侍女不小心留下来的，会响哦，还会唱歌……你看神奇不神奇。"

她摊开的掌心里，是一支长条形状的银色小盒子。

如今在梦里回顾，她看得非常分明，那是一个十几年前款式的MP3，不大的电子屏幕上，还一遍遍地滚动着正在播放的歌曲名字。

chapter 13

萤火之光

顾清岚又低头，轻吻去她眼角的泪水，咸涩的滋味沾湿了他的薄唇，可他并不以为意，隔了一会儿，他才轻声开口："铭心，我早就想对你说了，前世的一切……从今天开始，我们都把它当作一场梦境好吗？"

头天晚上做了那么一个奇怪的梦，路铭心第二天早上是直接被吓醒的。她醒来的时候，顾清岚才刚起，就给她看到他半起了身在床边压着胸口低声咳嗽。

这一看，她顿时就把梦里的怪异事情抛到了九霄云外，坐起来就去抱他："清岚哥哥，你怎么了？"

顾清岚轻咳了几声，回头摸了摸她的头发，微微一笑："没事儿，早晨起来有些胸闷。"

这时候也只是早上五六点钟，他没有开灯，昏沉的晨曦里，路铭心并不能将他的脸看得很清楚，只是觉得他的脸色过于苍白。

她去握住他按在胸口的手，果然有些冰凉，就干脆拉着薄被靠到他背上，将他和自己都裹在被子里。

路铭心抱着他并努力想让他的身体恢复点儿温度，她嘴里还说："清岚哥哥不难过，有我在呢。"

她嘀嘀咕咕的话被顾清岚听到，他就笑了："是啊，有铭心在呢。"

路铭心半跪着紧抱住他，将下巴放在他的肩膀上，想了下突然说："清岚哥哥，你叫我一声'阿心'吧。"

那是前世他对她的称呼，路铭心记不得今生他们小时候，他是否曾经也这样叫过她了，她只是觉得那一声轻唤，带着浓浓的宠溺，让人沉醉而不自知。

顾清岚现在对她的各种要求可谓悉数纵容，听她这么要求，也只是笑了笑，略顿了下就轻声叫她："阿心。"

听到他出声的那一刻，路铭心觉得无论这世界上有什么样的仙音妙乐，也一定都比不上他在耳边的这一声低语。

路铭心又抱着他呆坐了好一会儿，才回味完毕一样地说："清岚哥哥，等戏拍完了，你一定要原声配音……观众的耳朵会怀孕的！"

她半天就来这么一句，顾清岚不由又笑了，低咳了两声后才说："还好吧，说起来……好像有我的学生录了我上课时的录音拿出去卖。"

他一份上课时的录音都能拿出去卖钱，路铭心也是被学生们声控的境界感动了："真的吗？他们也觉得你说话声音太好听了，可以拿来当音乐欣赏的！"

顾清岚轻笑着："不过他们倒卖录音的主要原因……应该是我从来不给学生拷课件，考试时也不画重点。"

路铭心不由"呃"了一声……她都忘了，对于那群大学生来说，美色、美音固然重要，最重要的还是"求不挂科"吧。

他们两个都起得早了，也正好早做准备，路铭心收拾好了两个人的行李。

她本来以为顾家这么四分五裂的，大概是不会抽出心思来照顾他们两个，结果顾叔还是给他们准备了很多东西。

顾叔是个老人家，当然没有女人那样的心思，给塞上很多衣物什么的，倒是准备了好多营养品，当然还有他老家的一些土特产。

这倒正对了路铭心的胃口，她看着那个装了火腿虾仁和老母鸡肉的箱子流口水。

顾叔看着顾清岚，眼神里是深切的关怀："少爷身体还没好，需要好好补补，西部又苦寒。”

虽然酒店的厨房给剧组准备饭菜时也是很尽心的，但毕竟西部的饮食习惯和东部不同，更别提和顾家这样食不厌精，又特别针对几个主人口味的富家门第比了。

顾叔说到这里，又说：“不然还是从家里带一个厨师过去吧？”

顾清岚则笑笑说：“没事儿的，天天在外总要习惯，更何况按照剧组进度，拍摄期最多也只有一个月了。”

顾叔还想说什么，又想到家里的厨师因为袁颖洁的事，也被当作从犯叫去警局接受调查了，只能叹了口气作罢。

顾盛在旁看着，难得说了一句：“注意身体。”

顾清岚对他笑笑：“爸爸您也是，保重。”

从H市到西部影视城的航程，比B市过去更远，三个小时后，他们的飞机才降落在当地机场。

等他们出了机场，才发现去接他们的不是剧组的工作人员，而是莫祁和李靳两大影帝。

好在这里的机场人烟稀少，这两尊大神又没有戴着大墨镜摆出派头，他们就在停车场里叼着烟头聊天，也没有被人认出来。

看到他们走出了机场的航站楼，李靳立刻将烟头摁灭在一旁的垃圾箱上，快步走过去：“顾先生，你这么快就回来了，身体怎么样？”

顾清岚倒是先上下打量了下李靳，发现他头上的伤口已经愈合得差不多了，现在只是贴着几乎看不出来的纱布，就笑笑：“这话应该我问李先生吧？身体好点儿了吗？”

跟在旁边的莫祁看着他们互相嘘寒问暖，颇有些幽怨地说了句：“顾先生还说自己没通敌，跟西夏王都这么惺惺相惜了……”

因为李靳“伤势未愈”，他们上车后，开车的是莫祁。

他们两个本来就认识，再加上李靳受伤后，去医院陪他最多的也是莫祁，所以两个人还培养出了患难见真情的感觉。

当你跟一个人突破“普通朋友”的界限后，说话通常不是更客气、亲昵，而是更无所顾忌。

一路上他们针对谁才是顾清岚戏中的“知己”，倒是好一阵“争风吃醋”，你一言我一语地互相揶揄，一点儿没有见外。

那次事故后没多久就调查清楚了，发现是脚手架上的螺丝脱落，又查出那是一个临时场务负责的工作。

于是第二天，那个临时场务就被当地警局带走，从剧组消失了。

这场风波过去，剧组也开除了几个没有提供详细身份证明的杂务和群演，整顿了一番后准备重新开拍。

从背后做手脚的那个场务是什么身份、受谁指使，警局没有通知剧组，不过顾清岚和李靳心里也都清楚。

顾清岚难免会因为这件事对李靳心存歉意，对他的态度就好了很多。

莫祁看在眼里，难免又感叹几声，语气颇为失落：“顾先生果然有了新欢，都怪我没能抓住英雄救美的机会。”

路铭心在旁边一副看笑话的姿态：“祁哥，在这场看不见的战争里，你已经输了！”

莫祁边开车，边从后视镜里看了她一眼，语气哀怨：“是啊，李哥半路杀出来，防不胜防啊。”

路铭心得意地搂住顾清岚的腰，又在他脸上轻吻了下，得意扬扬地说：“不，你们都输了，清岚哥哥早就是我的了。”

前座的李靳也假装恼怒地开口：“谁说顾先生是你的，我马上就会抢过来关在自己营房里的！”

面对这一车活宝，唯一自重的顾清岚只能轻叹：“我觉得我有些交友不慎……”

顾清岚和路铭心到的时候，是当地时间下午3点钟，难得剧组有心，特地在晚上组织了聚餐，一来庆祝李靳康复，二来给他们两个接风，还顺便热闹一下去去晦气。

李昂越在他们离开后已经到组了，这几天停拍，闷着头日夜颠倒地改剧本，今天好不容易出来放风，喝多了酒后找到顾清岚，拍着他的肩膀说：“顾老师，我早说该这么写嘛，你看看现在还要改，不过改完后剧本绝对更完美了，大气磅礴！英雄史诗！”

见他满脸泛红，双目发光，明显是喝高了，顾清岚也从善如流地微笑着：“李老师的笔力自然是一流的，先前是我考虑欠周全。”

路铭心在旁看着顾清岚，以防有人给他敬酒，自己当然也顺带给灌了不少，听到李昂越说剧本，她当然是对剧情改动最关心的，忙凑过来问：“李老师，后面的剧情到底怎么改了？”

李昂越又拍了拍顾清岚的肩膀，指了指他的脸说：“你看看顾老师这张脸，让他演坏蛋，说得过去吗？就算真演了，观众能信吗？这活脱脱就是一张忍辱负重、风光霁月的脸啊！”

路铭心很感兴趣：“所以说……沐亦清不是叛国的奸臣了？”

李昂越醉成这样子，还知道卖关子，呵呵一笑：“怎么改，你们明天拿到新本子就知道了嘛。”

他老人家可好，倚老卖老地吊胃口，那爪子还在顾清岚肩膀上搭着死活不松开。

路铭心看得怒从心头起，斗胆上去抓住他的手丢开，一把将顾清岚搂过来自己抱住：“清岚哥哥，李老师喝醉了，不要跟他说话。”

顾清岚下午在车上要面对节操掉了一地的同伴，晚上还得应付一群醉鬼，他真的觉得自己是进错剧组了。

现场这么混乱，众人早就喝成了一团，身为为数不多清醒着的人，他只能笑着去揉揉路铭心的头发：“好，铭心乖。”

路铭心是真的酒意上头了，这么多人都在，她也不害羞避讳，看到他唇边淡淡的笑意，就凑过去吻他：“清岚哥哥果然对我最好了！”

醉意蒙胧间，她似乎又想起一些前世的事，那些断断续续的回忆，如果她不刻意去想，就一直放在那里。

一旦有什么触动，却又纷纷涌出来，让她猝不及防。

那还是他们刚到西疆，莫祁一举拿下北城，初战告捷。

大齐将士终于能告别帐篷，驻扎进有厚实城墙的要塞，当晚整个北城喜气洋洋，莫祁破例允许将士们公开饮酒取乐，缓冲连日来的疲惫。

顾清岚将她带入了莫祁的营房，里面将领散坐，中间的炉火上还烤着乳羊，她心情不错，也跟着喝了几杯。

醉意蒙胧间，隔了一阵她才发觉顾清岚已经不见了。那时她才到营地不久，还没有跟将士们混熟，自己一个女眷，坐在席间就觉得有些尴尬，忙告辞了出去找他。

到了营房外，她才发现外面不知道什么时候已经开始下雪了，西疆的雪不比京师，来得早，也来势汹汹，鹅毛般的雪片在空中肆意地飞舞，不多时就将地面染成一片银白。

她站在廊下，先呼吸了几口清冽的空气醒酒，而后才循着房后低沉至极的咳声去找他。

转过一道墙，她才在营房侧面的回廊下找到了他。

他正坐在回廊的护栏上，面对着身前空荡荡的一片雪地，一边不住地低咳着，一边微抬着头，去看院中大片飘落的雪花。

就着雪地里的清光，她看到他手里还捧着一只青铜的酒杯。

她脚步很轻，他也像是没有发觉她，只是孤身一人坐着，就着黑夜中的雪景，咳上几声，就去喝上一口酒杯中的黍酒。

她看了看他面前的院落，因为是军营，就算空出了不小一块地方，也并没有任何树木和景致，只是一大片被四面墙壁围起来的空地。

她实在体会不到他心里所想，看了一阵才走过去，开口说："清岚，外面太冷，还是回营房去吧。"

他这才被惊醒一样，回过头看她，声音有些低哑："阿心？"昏暗的光线里，他勾起唇角对她微笑着，目光仍是柔和无比，"你怎么出来了，不和他们多聊聊？"

她还怪他把自己一个女人丢在一群不认识的将领里，有些嗔怪地说："除了莫将军外，其他一概不认得，有什么好说的。"

她说着，看他只在衣外披了件薄薄的披风，想到他风寒还未痊愈，就更不耐烦地说："你也是，身体还没有好，受了凉再折腾出事来，别人又要怪我不会照顾夫婿。"

她只想着抱怨，怨自己空有报国情怀，却生为女儿身，怨她已经嫁作人妇，就要遵从那些麻烦的三从四德，不然就会有无数闲言碎语包围着她。

却没看到，就算她语气那样坏，他看她的目光却还是温柔如水，并不见丝毫波澜，如同他早已习惯她这样冷言冷语，也不再有任何其他的期待。

她边说边走近了他，想在他身旁坐下来，抬手去扶他的手臂，还没伸出，就先看到他身旁的雪地上，赫然是一团暗色的痕迹，在清雪中透着红色的光。

被吓了一跳后她几乎想立刻转身去叫大夫，手臂也略带惊惶地抱住了他的身体："清岚哥哥，你又咳血……"

他微笑着揽住她的肩膀轻轻地拍，似乎想要平复她的慌乱，语气也还是一如既往的温和，对那些并不在意："没事儿……风寒而已……"

她有些害怕地抬起头看他，嘴唇嗫嚅，却说不出什么话。

现在想起来，那时候的她，也只有在意识到自己会失去他时，才会为他担心惊慌，在其他的时候，总是会有心或者无意地忽略他。

已经相隔一世，她还是很想去打醒那个一碰到他的事，就立刻六神无主的女子：既然那么害怕失去他，为什么不能当他还在、还知道时，多去关心他一些，一定要等到真的再不可相见，才意识到对他的情感早就深入骨血？

她人还挂在顾清岚的脖子上，却突然怔怔地落泪。

顾清岚注意到了她温热的眼泪滴在了自己的脖子上后，忙将她抱进自己怀里，轻轻地拍她的肩膀，低声在她耳旁说："铭心，你怎么了？"

路铭心这才回过神来，注意到自己还坐在灯火通明的宴会厅里，跟他们坐在一桌的莫祁和李靳也都注意到了这边的情况，目光带着询问投了过来。

她觉得有点儿丢人，干脆就把头埋到他肩头装醉不肯再抬头，有些委屈地说："清岚哥哥，我头晕想回房间。"

听她说自己不舒服，顾清岚当然紧张，马上笑笑对桌上的其他人说："铭心喝多了，我带她回房间。"

别人不知，莫祁是见识过路铭心千杯不倒的风范的，她今天替顾清岚挡了不少酒，可远没到能让她喝醉的地步。

不过人的酒量也会随心情而定的，情绪低落时，特别容易醉。

莫祁想了下，也想不出今天有什么事，是能让乐天派的路铭心情绪低落的，只能归结为她可能在顾家受了什么委屈，还关心地问："顾先生一个人行吗？要不要我帮忙？"

顾清岚笑了笑："没事儿，铭心还走得了，我一个人就可以。"

回到房间后路铭心倒是老实了，只是抱着他哭了一阵，就迷迷糊糊地睡着了。

这一次她睡熟后，倒做了一个好梦，梦里还是前世，只不过却不是记忆中有的事情，而是从未见过的场景。

那是换下了一身戎装的她，春风和暖，和他一起在顾府的庭院中，他们就站在一张桌案前，桌上是一幅画了一半的明秀山水，他提笔作画，她在旁研墨。

落笔的间隙，他抬起头向她微微一笑，眉目间，净是不需言说的柔和宠爱，她也对他回以微笑，抬起手盖在他扶案的手背上。

他们十指交握，身体相依相偎，有纷飞的花瓣从他们头顶飘落，带出浅淡的花香。

因为头一晚做了一个这么好的梦，第二天起床后去看李昂越送来的新剧本时，路铭心就特别开心。

她都跟顾清岚说过，让他们把剧本的结局改好，改成让杜青萍和沐亦清有情人终成眷属。

顾清岚也答应了，既然这么说了，那结局一定跟她梦里的很像，两个人琴瑟和谐，美美的大团圆结局。

然而等她兴冲冲地把剧本看完，顿时就像三伏天被人兜头浇了一盆冰水，心都凉透了，她也顾不上形象了，拿着剧本、拉着顾清岚，就冲到李昂越房间里抗议："李老师，怎么清岚哥哥……不对，沐亦清最后还是死了！这算什么大团圆？"

李昂越正坐在自己房间的阳台上，就着大漠美景喝茶，看她闯进来，也只眨了眨眼睛，摸了摸自己的络腮胡子："沐亦清是死在自己爱人怀里的，在死前还沉冤得雪，被女皇下诏褒扬，这对他这种悲剧式的人物来说，不就是最好的大团圆结局了吗？"

路铭心简直被他的逻辑气疯了，回头又对顾清岚说："清岚哥哥，你看李老师！"

顾清岚坐在李昂越对面，拿了茶具，顺手给自己倒了杯茶，放在鼻子下嗅了嗅，笑笑说："李老师这里果然有好茶啊。"

看他们明显是串通好了，路铭心只能泄气地坐了下来，委屈地看着顾清岚："清岚哥哥。"

顾清岚动作优雅地拿了细瓷的茶碗，也给她倒了一杯，送到她面前一笑："铭心，别急，听李老师说。"

路铭心委屈地抿了抿嘴，又去看李昂越。

老江湖李昂越可不吃她那一套，反而得意地晃了晃脑袋说："这点我跟顾先生讨论过了，虽然顾先生表示你想要个大团圆的结局，但我认为在那种情况下，沐亦清死了反倒比他活着更震撼人心，也更感人……所谓虽死犹生，精神永存，不失为最好的结局啊。”

作为一个演员，去干涉剧本创作，本来就是不守本分，还强制去扭曲编剧的意思，就算是路铭心，也没办法理直气壮地说：我想要清岚哥哥活下来，所以你给我这样写。

她默默地垂下头，看着顾清岚倒给自己的那杯茶，茶色绿中带黄，清香扑鼻，的确是一杯好茶。

顾清岚握住她的手，等她抬起头看自己时，对她微微地笑了笑：“铭心，故事毕竟是故事……无须太在意。”

路铭心想了下，觉得也是，即使她再希望前世的自己和顾清岚能有个好结局，但悲剧早就注定，就算强改也不过是自欺欺人……可以让前世的顾清岚昭雪，已经很好了。

更何况前世早就过去，她在今生和顾清岚的结局，一定不会像前世那样凄惨。

这么想着，她就好受了许多，马上又转头去看李昂越：“可不可以把沐亦清死时的场景写得再美一点儿啊，让观众煽情煽到心碎！”

在路铭心“务必要让清岚哥哥死得美一些”的呐喊声里，他们的拍摄也重新启动了。上午的第一场戏，就是路铭心和顾清岚的对手戏。

杜逸被西夏王俘获的消息传回大齐军营，陆青萍忧急担心之下，在众将面前表示自己要带人深入敌军营救杜逸。

除了在场的众将不大赞同外，连沐亦清也表示贸然行事是犯了大忌，并不赞同。

先开拍的是群戏，营房中陆青萍被沐亦清一句“此事容以后再议”挡回来，怒气已经有些压抑不住，冷笑了一声开口道：“是啊，军中有沐大人坐镇，有没有主将又有什么区别呢？”

且不说她是下属，就是作为妻子，这样公开顶撞，对沐亦清来说，已经是很难堪的事了，一时间众将都把目光移到沐亦清身上，神色有些探究。

沐亦清神色仍是淡淡的，只微微笑了下：“若是无事，请诸位容我告退。”

他说完，就起身离开营房，镜头转了下，陆青萍紧追了几步，在回廊下上前一步，拉住了他的衣袖。

她是真的忧心杜逸，西夏王残忍好杀的名声已经传遍漠北，杜逸失陷在他手里，每多一日，就要多受一番折磨，生机也更渺茫一分。

四下无人，她急起来，干脆不再管自己的面子，拉着他哀求："沐哥哥……杜将军真的……"

沐亦清停下来回过头看她，到了此时，他脸上的神色仍旧是淡漠的，在看到她一脸哀伤后，目光却不由自主地柔和起来。

他怎么会不想救杜逸？不说杜逸是三军主帅，就算是出于道义和他们之间彼此的敬重，他也想要救杜逸脱离虎口。

可西夏王并不是等闲之辈，他在大齐军中安排下内奸，截获杜逸行军的路线，将杜逸生擒后，并不当场斩杀立威，而是扣押在军中，意图不言而喻。

他的目的并不仅是杜逸而已，是要等大齐军自乱阵脚，这时最为忌讳，也最不能做的，恰恰是集结兵力去营救杜逸。

他不想直白地告诉她，想必她也明白，此时的杜逸已经是实死无生，唯有弃掉杜逸，才可稳住大局。

看他沉默地看着自己，目光虽然柔和，却并不说话，陆青萍更加伤心了。

她爱慕杜逸，在他们之间早已是不需明言的默契，但她和杜逸之间并无丝毫越礼之处，为了不让沐亦清猜忌，她甚至会在私下避开和杜逸独处。

但此刻，在生死取舍面前，所有细微的情愫都被牵涉其中，她眼中泛起了泪光。

绝望和失落混杂在一起，她无法说服自己像其他人一样，接受杜逸将要殉国的事实，狠下心不去想他在西夏军营会遭遇什么。

她没有办法缓解椎心的刺痛，唯有向面前的这个人发泄，她甩开了他的衣袖，字字控诉，犹含血泪："沐亦清，你能说放弃杜将军，你没有丝毫私心作祟？你平日满口道德仁义，不过是个自私的伪君子！"

她发了狠，不去注意面前的人瞬间变得苍白的脸，深吸了口气抬起头，说出口的话更是毫无遮拦："沐亦清，你我之间有的，不过是一纸婚约……就算你打断了我的腿，将我关在你的后院里，我也仍是杜将军的兄弟，是在战场上，能把命交给他的人！”

顾清岚微微愣了下，这一幕是他曾经常回忆起的，前世的她并不知道，当听到这句话时，他早已冰冷下去的胸腔也蓦然一阵刺痛。

如同他和她之间的隔阂，早就存在，无法消弭，但往日也还可以维持勉强的平和。

就算有那些忽略和冷漠存在，就算对她早就不再有琴瑟和谐的期待，他也还可以习惯那种寂寥。

他并不知道，原来当她把那些话毫无顾忌地说出来时，他还是能在这一瞬间，望见自己的狼狈和不堪。

摄像机在无声地运转着，四下一片寂静，路铭心冰冷的目光也在一点点瓦解和融化，换上了越来越明显的探究和担心。

顾清岚回过神来，他并不是在前世，而是在电视剧的摄制现场，假如他不快些做出下一步的反应，路铭心的表演就白费了，这一条也将面临重拍。

他将目光中的暖意收回，压下胸中的痛楚，冷冷地一笑，转身不去看她，抬步走出镜头。

魏敬国的一声“咔”话音刚落，顾清岚就听到身后一阵快速的脚步声。

路铭心扑上来把他抱住，力气之大，差点儿将他撞得跌出去几步，她连戏服都不脱，就这么穿着一身铠甲把他用力抱住，声音里带着哭腔：“对不起，对不起！清岚哥哥……我是个混蛋！”

导演和其他人都以为他刹那间的失神，是表演需要，这样的表情也的确入木三分，对于沐亦清这个人物来说，要他在伤心时大哭大喊是不可能的，也唯有这样细腻的表演，才可以展现出他的内心。

但路铭心却知道，他的失神是因为想起了前世的此情此景。

她背台词时就觉得自己简直太过分了，刚才亲口将那些话说出来，又看到他那种神情，如果不是顾及着拍砸了还得重拍，还要把那些诛心之言再说一遍，她早就绷不住了。

虽然没有莫祁和李靳的戏，他们还是跑到片场，抄着手在旁边看路铭心和顾清岚的对手戏。

看到路铭心没骨气地跑过去抱着顾清岚一个劲儿地说对不起，莫祁十分满意地微笑着摸下巴：“果然亲眼看着秀恩爱的情侣，终于秀不下去了，真是大快人心，不亦快哉啊……”

李靳和他一起靠在镜头外的廊柱上，也不怀好意地说：“哎呀，还真忍心对着顾先生那张脸说出那些没良心的话呢，看顾先生脸色都不好了，我真心疼啊。果然是最毒妇人心啊，女人靠不住啊，靠不住。”

路铭心含着眼泪抬起头，去吼这两个拖后腿的猪队友：“我和清岚哥哥吵架，还不是因为你们俩，你们还好意思在这里挑拨离间！”

莫祁很无辜地眨眨眼睛：“唉，我们只是看热闹的，关我们什么事？”

路铭心简直要无语了，的确不关现在的、他们的事，是戏里的他们……

魏敬国坐在监视器面前，目不转睛地看着刚才的镜头，头也不抬地说：“铭心别哭了，表演状态是很好，不过入戏太深了，自己调整下……小莫和李先生也别逗她了，不知道她脑子不好使吗？”魏导演说完，抬头看了他们几个一眼，又说了句，“铭心你也别使劲儿抱着顾先生了，你身上那铁甲可好几斤呢，还有硬刺，没把他撞出事儿来，也要挤出事儿来了。”

路铭心这才手忙脚乱地放开顾清岚，忙绕到前面去看他的脸色：“清岚哥哥，我把你抱疼了吗？对不起，我太没轻没重了！”

顾清岚脸色煞白，伸手扶了扶腰侧，笑得有些勉强，根本没理她，抬了头对魏敬国说：“谢谢魏导……”

这一点儿他真是早该料到……路铭心折腾他的方法，从来都不仅仅是说几句话气他而已。他都来不及缓一下，就被她手臂上的铠甲硬刺勒得喘不上气了……

不仅在演戏时令顾清岚虐心，演完了不小心失手还挤疼了他，还让他被旁边的莫祁和李靳看了笑话，路铭心被数罪并罚，一上午都没再从顾清岚那里得过好脸色。

中午休息的时候，她就跟个小媳妇似的，捧着盒饭靠在顾清岚身边坐着，小心翼翼地从自己带来的大包里摸出一个保温盒，献宝一样打开，还配上勺子，才敢递给顾清岚：“清岚哥哥，这是我嘱咐厨房炖的汤，用了李哥给的野山参呢，还有从家里带来的鸡。”

顾清岚抬头看了她一眼，他这时还穿着戏服，也带着妆，一身白衣胜雪，墨色长发也散了一半在肩上，看人自带几分清冷凛冽，也没对她笑，淡淡地点头说：“先放一边吧。”

路铭心乖乖地放在他面前的桌子上，转过脸还小声嘀咕："高冷男神果然不是那么容易哄的，一个不小心又生我的气了……"

她边说边拿手去捏盒饭里的炸鸡腿，被顾清岚一筷子敲在手背上，蹙了眉训斥："多大年纪了，还用手抓东西吃？"

可是那只鸡腿略大，不好用筷子夹啊……路铭心只能捂着被敲红的手背，哭丧着脸去拿筷子。

抬头看到顾清岚竟然将敲过她手的筷子放下，又去取了一双夹菜吃，顿时更伤心了：这是从头到脚地嫌弃啊，都不带一点儿缝隙的！

那边莫祁低头都快偷笑得憋不住了，只能努力地喝水来掩饰笑意。

顾清岚抬眼看了她半天不吭声，低头嘟着嘴颇有怨言的样子，淡淡来了句："怎么，有什么不服气的？"

路铭心忙抬起头，看到他微垂了眼睑，神色淡然的样子，那弧度比冰雕还美得不食人间烟火，连忙没骨气地说："没有，清岚哥哥打断我的腿我都没怨言，真的！"

她还真敢继续提那些台词，顾清岚气得都要扔筷子了，冷声说："吃不下了。"

路铭心当然又是一连串地道歉、忏悔，最后好不容易哄得他又吃了几口饭，喝了一半汤才罢休。

下午虽然还是路铭心和顾清岚的戏，不过却是分开的。路铭心这边是一位对莫祁忠心耿耿的刘副将，找到她，告诉她自己也想要冒死营救莫祁。

在顾清岚那边，则是他在军营中紧急彻查奸细。

从剧情上看，当顾清岚查出军中的奸细不是将士，而是莫祁的一个小厮时，路铭心和刘副将也连夜集结了几百人马，要偷袭西夏大营，希望这次奇袭能够救出莫祁。

偷袭的剧情属于群演很多的武戏，和文戏分开来拍，要等几天和营救莫祁时的打戏一起拍，今天两边的剧情拍完，就算先收工了。

《山河踏碎》剧组走的是精良制作的路子，预算资金也比较宽裕，既然改了剧本，要增加沐亦清的戏份，造型师自然就赶工又给他设计了两套造型。

拍完戏收工还算早，回了酒店，他就被拉到造型师那里试造型，路铭心当然也跟了过去。

莫祁和李靳现在是焦不离孟，好得天天勾肩搭背、同进同出，他们今天算是休息了一整天闲着没事儿，也兴致勃勃地尾随过去了。

到了造型师那里，顾清岚在套间里换衣服，路铭心就堵在门口，双手抱胸不让莫祁和李靳进去。

她也不知道他们怎么那么闲，一个大牌影帝，一个娱乐圈大哥，除了看八卦就是围着顾清岚打转，都不嫌烦！

看她凶神恶煞的样子，李靳摸了摸下巴："铭心啊，你是大美女，不要每天这么凶，会影响形象的。"

路铭心"呵呵"了一声："没事儿，反正我这么美，凶一点儿照样美。"

当无赖对上更无赖的，李靳也没了法子，转头去看莫祁："小祁，看你了。"

相比于李靳的简单粗暴，莫祁就春雨润物多了，对路铭心温和一笑："铭心，让我们进去帮顾先生穿一下戏服吧，造型老师是女性不方便进去，戏服又那么复杂，没人帮忙穿很累的。"

路铭心能不知道他们打的是什么主意？帮忙穿衣服是借口，进去摸两把占个便宜才是正经事吧，更何况她这个正牌老婆都没进去，哪里轮得着他们两个形迹可疑的同性！

本来对莫祁特别亲热的路铭心，这次也板着脸不吃他那一套了："不行，祁哥被李哥带坏了，让你们俩跟清岚哥哥共处一室，我不放心！"

顾清岚穿好了戏服从里面出来时，就看到他们三个活宝在门口斗嘴，顿时又觉得头疼："李先生、莫先生，你们很闲吗？"

李靳立刻转头很委屈地看他："顾先生，你都不说说铭心，就说我们，太偏袒了，大伙儿的心都寒了。"

顾清岚还真不大适应他这么耍宝卖乖，略顿了下，才再次开口："她早就改不了，所以不试图挽救了。"

莫祁在旁边失声憋笑，路铭心瞥过去一眼，她算是终于明白过来了，他跟李靳过来看顾清岚是假，来看她怎么被骂才是真吧？

话又说回来了，剧组的生活其实很枯燥、无聊，特别是他们这样被关在西部小城里，没日没夜地赶工，憋久了，的确都快要把人憋出毛病了。

再加上最近拍的戏都是沉重悲情的基调，他们除了苦中作乐一下，还真没其他更好的抒缓情绪的方式。

造型老师跟出来，抬手略微顺了下顾清岚肩上的长发，就连连点头：“顾先生果然适合深紫的，这个效果不错。”

顾清岚的戏服一直都是冷色调，除了官服外，常服只有青色和白色，造型师给他用的配饰也很少，整个人往那里一站，就是清清冷冷的。

这次造型师用了深紫的轻纱布料，也不减丝毫清冷之气，反倒将他整个人衬托得更加出尘绝俗了。

路铭心满脸痴迷地说：“清岚哥哥穿什么衣服都好看。”

顾清岚连看也没看她，就回头对造型师温和地笑笑道谢：“您辛苦了。”

造型师是个工作狂，上下打量顾清岚的目光好像在看一件自己满意至极的作品，连连点头：“顾先生客气了，分内的事，”说着又想到什么，“还要再加一套临终那一集的造型啊，什么颜色比较好呢？”

路铭心在旁边想也不想地接话：“当然还是白色，血吐上去好看！”

她这一声说得太不假思索、太响亮，房间里的所有人顿时都把目光移到了她脸上。

过了一阵，莫祁还十分意味深长地点了下头：“还真没看出来，铭心有这个爱好……”

顾清岚侧头轻咳了一声，不知道是不是又给气着了。

路铭心连忙捂住脸：“祁哥不要欺负我！”

李靳拍了拍莫祁的肩膀，同样意味深长地说：“魏导不都说了吗？不要欺负铭心，她脑子不够用……”

玩笑归玩笑，接下来的几天拍摄，顾清岚还是被道具组频繁地往嘴里塞了血包。

李昂越显然也有某种兴趣爱好，为了表现沐亦清被冤枉叛国后的悲惨遭遇，十分不悭吝地写了诸多悲情至极的细节。

被路铭心骂过后还要连夜查明奸细，查了后又要审，自然是要苍白着脸咳嗽的，还要咳出几滴血到锦帕上给个特写。

秘密审讯完奸细，又得知路铭心和刘副将已经私自带兵去救莫祁，气急交加兼震惊忧心之下，还是要咳出口血来的。

为了阻止路铭心和刘副将送死，他只身单骑闯西夏营地，那一骑白衣在苍茫夜色中犹如劈开迷雾的闪电，下马后人更是面色苍白如雪，还是要侧头隐忍地掩住口，吐出一口血来给镜头增加点儿冲击感。

莫祁和李靳在拍自己的戏份之余，还要去频频围观顾清岚，看到后来他们除了捂着胸口叫好、心疼之外，还凑在一起品头论足。

莫祁抄着手说："果然角色还是要看合适不合适啊，有些东西靠演技弥补不了的，这些镜头我可不敢挑战，就算让脸长得那么秀气的曹叶阳来演，也绝对没现在这种效果好。"

李靳也频频点头："没错啊，顾先生简直天生有让人心疼的潜质啊，我这么铁石心肠的人心都要碎了。"

顾清岚正拍完了下马吐血的那个镜头，扶着身旁的马鞍抬起头来看了他们一眼。

这次看热闹的两人组都换了戏服、化了妆，一个穿着西夏王的戎装，一对英挺长眉尽显霸气，一个被严刑拷打过，衣衫凌乱却有种落拓的帅气，满脸血痕仍不失硬朗。

一个是他此行的最大对手，另一个则是他将要以命换命的对象……现在却凑在一起开心地评判他。怎么看，怎么让人有点儿胸闷吧……

他唇角勾起一抹笑容，抬手将唇边还挂着的一道血痕用手指不在意的擦掉，淡淡地开口说："两位真是好兴致啊，呵呵。"

莫祁尽责地回头叫魏敬国："魏导！你看看这浑然天成的美感！不入镜头你亏大发了！"

而此时的路铭心，则没那么悠闲地观赏美人美景，她正满头大汗地在另一个片场拍武戏。

按照剧情的时间来说，在陆青萍和刘副将带了大批人马劫狱，却又被西夏王事先埋下的伏兵包围时，这边沐亦清也见到了西夏王。

他只是一介文臣，又没有携带任何兵刃，在被哨兵擒获后，就被押解到西夏营地的主帐。

在两军交战时，不披铠甲的文臣仍是有优待的，带他来见西夏王的亲卫，甚至没有将他绑缚起来，而是直接带了人进来。

西夏王正坐镇帐中，待要等被围成瓮中之鳖的陆青萍和刘副将也被擒获，却没想到，竟然又有一人，敢闯入自己的营地。

甚至比陆青萍和刘副将更甚，还是孤身一人前来的。

他饶有兴致地看着站在自己面前，仍是一派淡然，敛目默然不语的人，笑了一声：“本王道是谁有这等胆色，却原来是沐大人，久仰清流才子大名，沐大人果然如传闻中一般，如斯风华绝代，令人见之忘俗啊。”

对方是敌军主帅，他却大谈什么“风华绝代”，言下已经颇有戏弄轻侮之意。

沐亦清却只微微地笑了笑：“忠勇王之风仪也是不俗，百闻不如一见。”

西夏原本是大齐属国，西夏王在大齐朝获封的名号就是“忠勇王”，只不过他反叛已久，昔日的“忠勇”，早就成了笑话。

两军对峙，沐亦清还拿他在大齐的封号称呼，也是十足的讽刺。

西夏王自反叛以来，最恨的自然是那段不得不向大齐称臣的历史，这个“忠勇王”他忌讳颇深，多年来下属、臣民，无人敢在他面前提这三个字。

沐亦清此刻已经身为阶下囚，却喊出这个称呼，他脸上的怒容顿时就显露出来，戾气外露，冷冷笑了声，再也没有心思去占那些口头上的便宜：“沐大人怕是才子做久了，不知道军营的规矩了吧？”他说着，还顿了顿，目光中杀气毕露，威压扑面而来，“还是沐大人自以为颇负才名，本王畏惧天下悠悠众口，不敢砍了沐大人的头颅下来？”

沐亦清抬头直迎着他的目光，微微一笑：“在下自然不敢轻狂若此，今日来，也不是为了公干，而是想向王爷讨教一二。”

他不称“本督”，而是说“在下”，来时又未着官服，言语中也服了软，西夏王是个聪明人，看他的目光中就带了几分审视：“沐先生所谓讨教，又是什么？”

见他也对自己改了称呼，沐亦清的笑容，就更多了几分亲切：“在下于京师中，也曾听旁人说过，说王爷虽为异族，汉学造诣却颇深，不仅书画两绝，棋艺也是高超……只憾山水刀兵相隔，一直无缘和王爷煮茶论道。”

无论西夏王有多自负狂傲，也总是喜欢听人夸赞的，更何况夸他的这个人还是名满天下的沐亦清，而他称赞自己的，也不是什么陈腔滥调的武功盖世、英明神武，而是他一直以来甚为自得，在西夏却甚少有人称颂的书画和棋艺。

他听着，就“呵呵”笑了几声，神色也更加轻松：“沐先生过奖了，本王不过少时研修了几年而已。”

沐亦清微笑着，继续淡淡地开口：“在下不才，与这几道也颇钻研了几年，因此今日斗胆，想要和王爷对弈一局，一较高下。”

他的主将，甚至是妻子，都被围困在西夏大营中，他却在这个时候独自跑过来，大谈什么对弈。

就连被连年厮杀磨得满心暴虐的西夏王，也不由起了几分好奇和兴致，玩味地看着他：“沐先生倒是好兴致。”

沐亦清微微拱手一拜，衣袖翻飞间，即使在这血腥气充盈的军营中，仍是谈笑自若，风雅无双：“哪里，不过是兴之所致，以天地为棋盘，以今晚兵势为棋子，手谈一局，不知王爷可愿应战？”

燃着炉火的静室之中，除了桌椅之外，就只有他和西夏王两人，还有站在西夏王身旁的一名年迈的汉学先生。

应该是为了让他不至于在强敌环伺下错乱惊惶，西夏王甚至让自己的亲卫都退了出去。

桌上是一副摆好的残局，可落子的空白已经寥寥无几，黑子已经稳占了半壁江山，将棋局之中的白子，几乎要尽数堵死。

落座后，西夏王抬手做了个“请”的手势，言谈中不无得意：“本王斗胆，方才已亲自摆下了这个残局，在下素来敬重沐先生，甘愿以学生自居，所以拿下了这先行的黑子。”

他的得意也并不是毫无由来，他只出去准备了不到半个时辰，就布下了这个颇为精妙的残局，足见棋艺高深，脑中所记的历代名局也着实不少。

沐亦清只淡淡地看了一眼，就微微勾唇开口：“王爷果然精通此道，倒是在下有些托大了。”

他话说得谦虚，西夏王双目微眯，已经多了几分自得之色。

但沐亦清却将话锋一转，唇边的笑意里，也仿佛多了几分凛冽：“只是如此棋局，在下不才，已有了破解之法。”

西夏王性格颇为狂妄自负，听到他这么说，脸色先是一变，继而就浮上几分不信和嘲讽："那就请沐先生赐教了。"

生死之局就在眼前，沐亦清却微笑着捻起了一粒棋子，略加思索，就将之落下。

他太过从容不迫，好像此时并不身在敌营之中，而是在自家的院落中，临水照花，闲敲棋子。

西夏王目光中的冷意更甚，一双狭长眼眸，也眯得如同一柄出鞘的利剑，嗜血的锋芒闪耀，不余其他，只见杀意。

他之所以同意沐亦清的请求，无非是捕获到猎物的雄狮，给自己寻些余兴罢了。

陆青萍和杜逸已在他股掌之中，生杀予夺无非一句话而已，沐亦清又送上门来，他内心的狂喜比当初生擒了杜逸更甚。

是他的幕僚告诉他，南朝人最重情义，留下杜逸一条性命，或许可以带出一串猎物，他就姑且信之。

却没想到，短短一日之内，竟然先后有陆青萍和沐亦清自投罗网。

陆青萍他只记得名字，战场上几度交锋，让他知道南朝有这么一个女将军，武艺不俗，勇气也可嘉，丝毫不逊男子，但也只是一介武将罢了。

带了几百人，就想趁夜色救走杜逸，不过是自寻死路。沐亦清却又不同，自从这个名满天下的才子到了阵前后，杜逸简直有如神助，连连有奇技，连兵阵布局，也愈发老练奇诡。

他听过沐亦清大名，知道他博学近乎鬼才，琴棋书画还可说只是微末之道，奇门兵法，也无一不通。

他先前还以为这不过是民间夸大其词，临到阵前连连吃亏，才明白沐亦清并非徒有虚名。

擒获了杜逸，南朝只是失了一员主将，擒获沐亦清，才是真正可以反败为胜的关键。

他只怕沐亦清按兵不动，稳住南朝军心，哪怕他斩杀了杜逸，南朝军中还有沐亦清坐镇，他也依旧拿北城无可奈何。

他却没想到，沐亦清竟然奋勇到冒失的地步，孤身一人闯入他军中——所谓天下奇才，也不过如此。

他心中冷笑连连，棋局是他摆下的，沐亦清这起手的一枚棋子，也未出他意料之外，他想着，将一枚黑子不假思索地落下。

沐亦清却笑了笑，开口说：“既然对弈，我们不妨添些情趣，每落一步子，帐外的军阵就应时而动……这才是真正的天地为局，时势为棋，不知王爷敢不敢赌一局？”

帐外他的兵马数以千计，陆青萍和杜逸所依仗的，无非是数百而已，更何况营地里还有数十万兵马，不过是困兽犹斗，还能玩出什么花样来?

即使沐亦清真如他自言般胜了这局棋，他还真能把他们放了？一声令下，仍旧将他们三人斩于军前，他有何不敢?

西夏王自负一笑：“沐先生有这般雅趣，我又怎么会推辞？”

他说完，挥手对身后的汉学先生说：“传我令下，前右队往前围拢十丈！”

那汉学先生已颇老迈，得了令有些许蹒跚地走出去，将他的号令传了下去。

帐外兵马嘶叫隐隐传来，兵刀相交之声也越加明显，间或有惨叫声传来，却是西夏兵将陆青萍他们围住了，就似戏耍耗子的猫一般，偶尔围杀几人，慢慢耗尽他们的战力。

西夏王听到惨叫，心中略有得意，不禁扬眉看了沐亦清一眼，眼前这个一身白衣的人，却仍是垂眸看向棋局，就像对帐外局势丝毫不担心。

西夏王看在眼里，微挑了挑长眉，他倒要看看，他还能装腔作势到几时。

两人下的，乃是快棋，沐亦清落子无悔，一步步几乎不假思索，西夏王心思也如闪电，步步跟上。

随着汉学先生来来回回一句句的号令，帐外马嘶刀鸣更是络绎不绝。

白色的棋子，持在沐亦清的指间，翻飞间犹如在指下布出一道白色巨龙，渐渐杀出一条血路，横亘在黑子之间。

然而开局黑子已经占尽天时、地利、人和，黑龙白龙厮杀良久，终于还是西夏王棋胜一招，险胜沐亦清。

他全神贯注在棋局之中，这时才嘘出口气，沐亦清棋力在他之上太多，若不是残局对弈，而是在空棋盘上公平较量，他是万万不能胜过沐亦清的。

然而他身为一代枭雄，深知世事从无公平一说，终于还是胜了这一局，他击掌从棋盘上抬头看沐亦清，语气倒没有先前的狂妄，却仍快意无比：

“沐先生，本王不才，还是赢了。”

也在这一抬头之间，他才看到，方才落棋雍容的沐亦清，此刻的脸色竟比开局之前苍白了许多，甚至额上，也起了细密的汗珠。

沐亦清冲西夏王勾唇一笑，他苍白到无色的唇间，还有一抹微不可察的红痕，他开口轻声说的却只有两个字：“承让。”

西夏王一愣，棋不是他赢了吗？虽然没有官目，但局势明朗一清二楚，沐亦清却说“承让”？

沐亦清自然还没有昏头昏脑到数不清输赢的地步，同样也不会昏到言语混乱……西夏王这才想到什么，大惊之下回头去看，却恰巧看到帐外滚进来他麾下的一名将军。

那将军厮杀半夜，衣着铠甲却仍旧锃亮如新，显见打得游刃有余，然而此刻他额上却出了一头冷汗，进了帐翻身跪下，语声颤抖：“大王息怒，是我无能，让囚犯从西南的缺口里……跑了……”

西夏王睁大了双目，猛然回头，只看到灯下沐亦清还勾了唇淡笑，他面容苍白，眉宇间也浮上倦容，那双犹如深潭的黑眸中，却盈满了讽刺：“忠勇王，承让。”

原来他自始至终，目的只是偷梁换柱，给陆青萍和杜逸，制造一个出逃的时机而已。

棋局中的输赢，从一开始就是他抛出的诱饵而已……一面进行如此艰难激烈的棋局，一面却步步诱使，让西夏王的合围露出破绽，此等心力，何其可怕？

西夏王几乎目眦尽裂，转头扫过那个忠实传达着他的意思，正不知所措缩起瑟瑟发抖的汉学先生，手起刀落，将他的头颅砍了下来。

鲜血自脖腔中喷涌而出，那颗发色花白的头颅滚落在地，西夏王冷笑了一声：“沐先生，今夜拿你这颗大好头颅祭刀，我还真有些舍不得呢。”

面对惨死的汉学先生，还有他刀锋上的血色锋芒，沐亦清仍是垂眸低咳了几声，忍了许久，他唇边溢出一丝鲜红，血迹点点落在棋盘之中，染红了白玉棋子。

薄唇染血，他却只是一笑，宛若风雪中那株不可摧折的寒梅：“某心愿已了，死生无差。”

西夏王怒目圆睁，切齿盯着他一阵，终究还是上前，一把扯住他的手，也不管他是否跟上，拽着他大步走向帐外。

沐亦清疾驰而来，斗志交锋在后，已是心力交瘁，被他拉扯着，脚步竟有些踉跄，待跟他走到帐外时，更是脚步微错，几乎跌倒。

西夏王眼疾手快，在他快要向前跌下时，连忙松开他手腕，扶住他的双肩。

一声“过”及时响起，李靳心有余悸地上下打量顾清岚，早换了一脸担忧：“顾先生，你没事儿吧？”

顾清岚抬手摇了摇，隔了片刻，才喘匀了一口气，笑了起来，这次就是全然的温和：“李先生，你拉得也太急了……”

刚才的棋局，是一个长镜头，为了拍各种特写和角度，来来回回拍了几遍，到拍好那一条，李靳拽住他站起来时，他双腿保持一个姿势太久，已经有些麻了，又被李靳这么生拉硬拽着往帐篷外冲，差点儿跌倒也不意外。

李靳看着他额上的薄汗，还有苍白的脸色和唇边的血痕，虽然明知道那是化妆效果，鲜血虽然看着吓人，也只是血包，但还是止不住心惊肉跳。

顾清岚看他注意到自己唇边的血迹，就笑笑：“好在李先生配合好，一遍就过了，我可不想再吐一次血。”

李靳看着他，只能长叹一声：“我也不想再来一遍啊，吓得都快演不下去了。”

接下来的戏，是西夏王在帐门口借着火光看到已经逃入茫茫荒漠的陆青萍和杜逸一行，气急败坏地命人追杀。

而陆青萍在遥望中，一眼看到站在火把下的沐亦清的身影，隔空嘶喊，质问他为何通敌叛变。

这一幕是分开拍摄的，路铭心和莫祁在另一个片场拍摄这一段镜头，他们在这边拍完那几个动作。今天的戏就这么多，这一幕拍完，他们就能收工了。

他们在这里说了几句话，那边机位调整完毕，魏敬国冲他们挥了挥手臂。

等他们调整好了位置和状态，场控在旁边喊：“《山河踏碎》第三十二集，第二十幕，开拍。”

镜头下，顾清岚唇角微敛，他终究还是能远远地见她最后一面，然而她口中所说的话语，他一时间竟有些不懂，也没有预料到：为何那短短一眼，他就成了投敌叛变的内奸？又为何心血耗尽的一局，仍是得不到丝毫回应？

李靳怒喝而出，继而狂笑，一把推开他，将他本就摇摇欲坠的身体推得跌坐在地，尘土飞扬间，那一袭白衣尽染尘埃。

他再看不到她的身影，抬起头，眼前只有居高临下的敌人，对他狞笑，目光里尽是疯狂和痛恨："通敌？沐先生，我倒突然想让你多活几日了！让你亲眼看看你的一番心意，如何被他人作践！"

今天路铭心他们那边，就是各种打斗、战马嘶鸣的武戏。

夜里拍这种戏，还时不时需要骑马，按说策马奔驰的镜头可以让专业替身拍的，不过路铭心和莫祁都没用替身，自己上阵了。

她还被武术指导夸了马术不错，路铭心觉得自己也算作了弊，前世她是策马在战场的武将，又出生将门，这点儿基本功夫，不扎实就说不过去了。

且不说前世，就是今生，她也早早地就在马术俱乐部混了几年了，从小运动能力在女生中就算强的，体育项目乃至舞蹈，都还算不错。

当年她出道的第二部作品，就是大制作的武侠电影，虽然她在里面还是个大花瓶，可出场时的一段剑舞，刚柔并济，既妖且媚，也算艳惊四座。

被分组导演夸了几句，路铭心破天荒没心思去听，匆忙卸了妆就跑去找顾清岚。

她去时，正巧那边也拍完收工了，演员已经卸完了妆，连拍摄器材都被收起来打好了包。

路铭心在人群里一通找，终于看到了卸妆完毕，正和李靳站在化妆间门口说话的顾清岚。她都顾不得礼貌，推开众人一路跑过去握住他的手。

他的手还是有些冰凉，在被她握住后，他眉峰微微蹙了下，自己还没开口，旁边李靳就连忙说："铭心，顾先生的手刚才跌到地上的时候被小石子蹭破了，刚抹了酒精，你别用力。"

路铭心吓了一跳，连忙拉住他的手腕，凑到灯光下看，果然看到他掌侧有面积相当大的一片被蹭破了皮，好在只是表皮伤，也没怎么渗血。

其实这样的擦伤在他们这种动刀动枪的剧组里也算常见，但受伤的人变成了顾清岚，路铭心就皱紧了眉头，好像那伤口是划拉在她心上一样，疼得眼泪都要出来："清岚哥哥，这是怎么弄伤的？"

李靳又连忙接过了话，语气里满是歉意：“是我推顾先生那一把的时候没掌握好力度，让顾先生跌狠了。”

路铭心一愣，也不管李靳话里满是愧疚，就瞪着他提高了声音质问：“你为什么要推清岚哥哥？”

李靳很有些无奈地提醒：“剧情需要……”

路铭心这才想起来，她之前看剧本的时候，看到过这样的情节：西夏王在她和杜逸成功逃离后，就迁怒于沐亦清，对待他甚为冷酷粗暴。

这些事情，前世的她当然是不知道的，就连陛下告诉她时，也只说了沐亦清在西夏营地受了许多折磨。

她就算不能完全想象出来，也应该明白那并没着重渲染的一句话，放到现实里，将怎样残酷。

路铭心顿时就咬住了下唇说不出话来，不敢去碰他的伤口，就握着他的手腕，欲言又止，一晃神，眼泪滑落在他手背上。

看她这个样子，顾清岚也只能叹了口气，用另一只手摸了摸她的头顶，笑笑说：“铭心，没事儿的，小伤口而已。”

顾清岚一直温和带笑，可路铭心在回酒店的路上却情绪低落，握着他没受伤的那只手不说话。

偏偏今天李靳为了表达歉意，亲自开车送他们回去，看她默默垂泪的样子，还火上浇油说了句：“实在不好意思，也是我太急于求成，害怕一遍不过还得再推一次，所以下手重了点儿。明天不知道会不会影响拍摄，顾先生的右手从下一场开始就要上刑了，还需要拍特写。”

路铭心顿时精神就崩溃了，低着头不吭声，眼泪掉得更急。她这一哭，李靳从后视镜里看到，心就更慌了，连声安慰：“铭心我的小祖宗啊，千错万错都是我的错，你打我都行，千万别哭了，我这辈子最怕看女人哭！”

路铭心抹了抹泪，抽抽噎噎地说：“不，都是我的错，都是我不相信清岚哥哥，都是我把他一个人丢在你那里。”

她说的是前世，只不过在李靳那里看来，就是拍戏的剧情了，顾清岚笑了笑，抱住她的肩膀轻轻地拍了拍，低声提醒：“铭心，那是剧本。”

李靳倒没觉察出不对，只当她因为心疼顾清岚太入戏了，这几天拍戏拍到疯魔，说话也老颠三倒四的，演员太入戏在拍戏过程中也不算稀奇，李靳自己就有过类似的经历。

听她抽噎着说话，李靳更愧疚到近乎崩溃，唉声叹气：“真是小祖宗啊，你再哭，我接下来都不敢再碰顾先生一根指头了，这戏真没法拍了！”

顾清岚只能继续抱着路铭心哄：“铭心，拍戏意外在所难免，你再这样，李先生真的要无地自容了。”

路铭心没办法接话了，把头埋到他怀里，虽然还是继续抽噎着，总算稍微忍住了一些。

等他们回了酒店，李靳还一路护送着顾清岚回房间，按个电梯按钮都不让他抬手，可谓呵护备至。

李勒一直将他们送回房间，又对顾清岚说了几句道歉的话，嘱咐他伤口不要沾水，并且表示有什么发炎迹象，就立刻去隔壁房间找他。

不过是一个小擦伤，李靳这样周到、愧疚，顾清岚也觉得不好意思了，笑容温和了很多：“李先生实在太客气了，真的没事儿，劳您费心。”

自从李靳上次为了救顾清岚受伤后，顾清岚对他的态度就转变了很多，但也没像今天这么温和过，李靳看着他的笑容都愣了一下，过后才抹了把脸：“顾先生这样还真是……”

他想了半天还是没想到合适的词汇，就叹了口气：“我怎么突然想说……我万死不辞啊。”

顾清岚对他微笑：“哪里，一直都是我受李先生关照，再这么说，我也要说无以为报了。”

这句带了玩笑的话说出来，气氛才轻松了些，李靳笑着又嘱咐了几句，才回了自己的房间。

等他走了，顾清岚拉着还在低头忍眼泪的路铭心坐到沙发上，他没说话，只是轻轻地把她的脸颊捧着抬起来，指尖擦过她脸上的泪痕。

路铭心抬头看到他脸上一如既往的和暖表情，咬了咬下唇：“清岚哥哥……”

顾清岚又低头，轻轻地吻去她眼角的泪水，咸涩的滋味沾湿了他的薄唇，可他并不以为意，隔了一会儿，才轻声开口：“铭心，我早就想对你说了，前世的一切……从今天开始，我们都把它当作一场梦境好吗？”

前世的一切，早就如烟云般消散，如果不是因为这部戏，她不会回忆起前世那些事，可如果不是因为这部戏，她也不会再体会一次那种椎心之痛。

路铭心不知道该作何反应，只能点点头，靠过去抱住他的腰。

顾清岚还是温柔地把她抱在怀里，他的胸膛温度从来不灼热，却正好是微暖的温度，她将头靠在他身上，许久没有离开。

他将唇俯在她的耳上，低声轻语，清醇的声音如同风过松林，带着淡淡的蛊惑："阿心，把那些当作一场梦吧……我还在这里，与你同归。"

路铭心模模糊糊地想，又是"阿心"，又是"与你同归"，简直太犯规了，然而她的身体渐渐放松下来，心中的那些伤痛也奇异地平复下来。

是的，把那些都当作一场梦去看的话，不会有这么多悔恨，也会觉得一切都还来得及补救。

她这么想着，就靠在他肩上合上了眼睛。

其实若要论劳累，她这几天工作强度也很大，连着拍武戏，剧组怕他们休息过后找不回状态更累，把那些戏都集中起来拍，中间都没有停歇。

路铭心累极了，又为顾清岚担心，还哭了一场，等放松下来后，就迷迷糊糊地有些睁不开眼睛。

还是顾清岚扶着她，把她送到浴室里，再等她洗完后，又把她送到床上，临睡前，她还知道抓着他的手，含混不清地说："清岚哥哥，你的手不能沾水。"

顾清岚笑着用手轻抚她的额头，轻声说："没事儿，我会注意的，你先睡吧。"

路铭心实在困，听完他的话没多久，就迷迷糊糊地睡沉了。

之后一夜昏沉，她依稀又梦到了那个古代的庭院，还有她和少年时代的顾清岚。

梦中顾清岚仍是白衣飘飘、出尘脱俗的样子，她举着手里那明显不属于这个时代的电子器械，满心欢喜地等他夸奖。

却看到他的脸色微微变了，继而他就从她手中接过了那个东西，将它收到自己的袖子里，他抬起头对她微微笑着："阿心，不要乱捡这些奇怪的东西了，知道吗？"

她本来是想要几句夸奖的，却不想他会郑重地这么说，就"哦"了声，多少带了点儿失落。

那之后他们照常习字读书，在天色昏沉下来后，用过晚膳，就早早回房。

很奇怪的，这个梦里再没有那么多人，没有他们各自的父母，也没有其他的亲友，只有他们两个。

待到入夜后，偌大的园子里，几乎再不闻人声，除了墙外偶尔传来的更鼓声外，连风里仿佛都带着沉默的力量。

他们的年龄，已经到了有男女大防，需要避讳的时候了，但他们却住在一间房里。

她那时似乎格外惧怕黑暗，夜幕降临后，就像一只惊惶的小动物一样，死死拽着他的衣服。

他在卧室的木桌上放了彻夜不熄的油灯，就那么和衣抱着她，和她一起躺在床上。

她紧揪着他胸口的衣物，瑟瑟发抖地躲进他怀里，如同天地间，她只剩下他，只剩下眼前的这个少年可以依靠。

他温柔地环抱着她，低头亲吻她的额头，她听到他压抑的低声咳嗽，但他还是将她抱紧，轻声说：“阿心，别怕，我在。”

她将身体都缩进他的怀抱之中，用尽了全力紧紧抱着他，她听到自己用低而颤抖的声音说：“清岚哥哥……不要离开……一直陪着我好不好？”

他温柔的声音，在暗沉的夜里，听起来分外清晰，他说：“好，我永远都不会离开阿心。”

第二天梦醒时，路铭心睁开眼睛，看到自己正缩在顾清岚的怀抱中。

他已经清醒，却没有挪动她紧抱着自己的手臂，而是安静又耐心地躺在她身边等着她醒来。

路铭心动了下手脚，发现自己的手臂已经因为长时间保持一个姿势而有些麻了，她自己都这样，他肯定也被她压得身体酸麻。顿时有些不好意思，她凑过去吻了下他：“清岚哥哥……对不起啊。”

他对她温和地笑了笑，低声说：“没事儿，你好像做噩梦了？”

路铭心点点头，她上次做了那个怪梦被惊醒后，没好意思说自己梦到古代也有MP3了，这个梦也的确有点儿奇怪，不再是她记忆里“前世的事”，而像是……从没发生过，却又存在的事情。

总之就是记忆有点儿凌乱，她想了想，还是觉得这段梦境太模糊，自己也不能确定是真的在前世发生过，还是梦里凭空臆想的，所以就保持了沉默。

只是没想到，她竟然还会再次梦到那时候的事，两次梦境竟然能重合，还有发展顺序，她自己也不能再确定那是否只是个怪梦了。

然而看着顾清岚唇边的笑意，她又不知道该从何说起，在她的记忆里，前世他们虽然是青梅竹马，但远没有如此相依为命的感情，要不然她也不会对于自己要嫁给他这么不满了。

想了又想，她决定还是放弃求证，就当那只是她压力太大下的一个幻想罢了。

完全醒了后，她觉得自己有些头疼，脑袋四周像被钢圈箍过一样，憋闷生疼，就忍不住向他撒娇："清岚哥哥，我头有些疼，给我揉揉吧。"

顾清岚却像是愣了片刻，接着他又笑了笑，依言抬起手，在她的太阳穴周围轻轻地按压。

她没说哪里疼，他按的却正好是能缓解症状的地方，路铭心就有点儿舒服地半闭上眼睛，喟叹般嘘了口气："真是的，清岚哥哥你的头不疼了，怎么我又疼上了……"

他微微地笑了声，语气是不变的温柔："都怪你昨晚哭得太多吧？"

路铭心偷偷吐了下舌头："可能是吧……做哭包也有后遗症啊。"

他还是无奈地笑着："你也知道你现在是哭包……"

虽然醒来时有些头疼，但被顾清岚按了一阵，又用毛巾贴在脑门上热敷了一下，好多了，路铭心到片场后，就恢复了生龙活虎的架势。

路铭心依依不舍地拉着顾清岚的手说："清岚哥哥，休息时我去找你哦。"

想到武戏片场那凌乱的状态，好歹他们这边的戏还是在帐篷里的，顾清岚就笑着点点头："好。"

化完妆就位，今天顾清岚的戏，比昨天要凄惨得多了。

陆青萍和杜逸逃走后，他被西夏王推倒在地，西夏王那一掌中还含着内力，他体内受创，低咳不停，口中还咳出点点的血滴。

即使如此，西夏王仍不肯放过他，将他关在自己大帐外的一座帐篷里，那帐篷本来就是为了拷问被俘的大齐将士用的，满地血腥之气，形色各异的刑具林立，上面还沾着些不明的血迹，甚至干涸的血块与皮肉。

西夏王命人将沐亦清双手铐住，也许是考虑到他身体羸弱，西夏王好歹没有变态到让人把他吊起来抽打，只是将他关起来，不给他食物和清水。

一日一夜的监禁后，西夏王终于处理好了军务，带着亲卫走进了这个帐篷。

看着眼前的人，近乎无力地倚靠在一个刑架上不断低咳着，一身白衣不仅沾染了尘土和污渍，胸前还染上了层叠的血点，他暴戾的目光中，才带了些许快意。

西夏王饶有兴致地半蹲下来，用手中的刀柄强迫沐亦清抬起头，看到他苍白的脸色和干裂到渗出血丝的薄唇，他眼中的快意更甚，低笑出声："沐先生，你舍命救回的好兄弟和好妻子……不仅没有说要赎回你，还扬言要将像我们两人这样的乱臣贼子，都杀掉祭天呢！"

沐亦清身体明明已经颓败无比，却仍是勾了唇角，干哑的声音再不复当初的清澈醇美，傲气却是丝毫不减："能与忠勇王共生死，也算我此生之幸。"

西夏王神色变了几变，放开他的下巴，直起身冷冷地笑了一声："沐先生啊，本王可是想了一夜呢……究竟该如何折辱沐先生这样的人，才足够有趣呢？"

说到这里，他又用长刀挑起沐亦清的下巴，看到沐亦清一双犹如深潭的黑眸中，仍是一派淡然清明，心头火气更甚，笑容里也带了一丝丝扭曲："沐先生如此丽质，却不是女子，自然不介意脸上多几道疤。鞭笞火烙，又似乎太过粗暴，怎能拿来待上宾？本王想来想去，最好不过夹棍了……虽然也是多用于女子的刑具，但对于沐先生这双玉手，再合适不过呢。"

听他不断说出那些可怕的刑罚，沐亦清仍是淡然一笑，微垂下眼睑，并不去看他。

他越是如此，西夏王越是恼火，挥手之下，早就有亲卫上前，将刑具套在沐亦清的右手上。

西夏王又冷笑了声："沐先生这双手也真是不错呢，我舍不得都毁了，只不过前一晚拿过棋子的这只手，本王看起来实在太不顺眼！"

随着他的冷笑，刑具已经被大力收紧，被夹在铁棍之间的修长手指逐渐扭曲。

西夏王笑着，声音里不无恶意：“这是本王特地命人连夜为沐先生专门准备的……木棍不好夹断指骨，未免也太不周到了！”

血肉崩裂的声音和着骨头被压迫的闷响，沉闷却又刺耳，沐亦清却只是轻闭上了双目，任由汗水湿透了额头，顺着脸颊流下。

chapter 14

可叹奈何

顾清岚笑了笑："她没有……她还深信着，我们的两世情缘。"

他说到这里，低头看了看自己交握的双手，唇边泛起一抹说不清意味的笑容，带着点儿欣慰，更多的却是苦涩。

沐亦清的双手，曾执妙笔绘丹青，也曾琴箫动天下。常有人说，他诗画双绝，琴棋俱精，有此才华，在如今的太平盛世中，本可以做一个富贵闲人，清名自来。

他却并不耽于此，科举场上，一步步自乡试、会试考上来，他才名太盛，相府声威太煊赫，所以也很少有人注意，他进了殿试那一年，是一甲三名，钦点的探花。

事后有好事者以为他必定是借了相府荫庇，才有这探花郎做，然而将同批次文章看过，那人才说：原来陛下是避了嫌的。

只有避嫌，才会将如此锦绣文章，点为第三，也因这文章实在挑不出任何错处地，才即使避嫌，也一定要给一个探花，以免失了偏颇。

后来他出仕，又大出众人意料之外，去了兵部，再后来，他又去了西部前线。

有人说这是因为顾家想染指兵权，又有人说，沐亦清在未去兵部前，就写过一本兵书，其中不乏独到之处。

此刻，在一片血色和刺耳沉闷的声响中，他右手的指骨断裂开来，这曾经描绘出千金难求的字画，弹奏出绕梁弦音的手，被扭曲成了一种怪异的形状。

西夏王还未满意，因从头至尾，沐亦清没有发出一声呻吟，只是汗水浸透了白衣，紧咬的薄唇上也渗出鲜血。

他呵呵一笑，手中长刀再次出鞘，手起刀落，众人却只听到一声破开血肉的声响。

刀锋过处，沐亦清右手腕上，迅速渗出鲜血，再一刀落下，却是在他的右脚腕上。

两刀后，已将他手脚之筋尽数挑断，终于听到一声猝不及防的闷哼，西夏王才略微咧开了嘴："原来沐先生还没有哑嘛……"

他居高临下地俯视着眼前的人，几分快意里，更带几分暴戾："本王是爱才之人，今日暂且先取了沐先生一手一脚，明日沐先生若是想通了点儿什么……本王再来取沐先生另一对手脚……顾先生可请尽快想清楚了！"

他说完，就再不停留，挥手带着亲兵走出营帐。

西夏王离开后，竟然很快有军医提着药箱走进来，匆匆给沐亦清的伤口止血包扎，却也仅是草率包起来而已，至于他扭曲的指骨，则根本没有试图处理。

沐亦清岂能不懂，西夏王这番作态，是有威逼招降之意，若要招降，自然是苦头要给够，可又不会真的杀了他。

他想着，唇边就露出一抹带了讥讽的笑容，这次却不是对他人的，而是带着不知深浅的自厌。

按说这样的手段，用在一般囚犯身上，恐怕是不会用过刑就给医治的，西夏王会如此，也一定不是因为爱惜他，而是看他着实体弱，怕一不留神，稍加刑罚，他就真的死了。

即使身在敌营，也能让对方顾忌着他的身体，此等境地，不知是幸还是不幸。

本就受了内伤，又一日一夜未进水米，再失了气血，军医在他手脚上包扎时，他已经有些昏沉。

手腕、指间还有脚腕处，也渐渐觉察不到疼痛，抑或是太痛，连他自己都分不清哪里在痛。

他微错开双目，就从那些污秽刑具的间隙里，看到帐篷上开出的小窗外，那一片明亮又遥远的天光。

今日应当是个晴好之日，那一角天空中，还能看到些微瓦蓝之色。他就这么愣愣地看了有那么一刻，才缓慢地闭上了眼睑。

那一直无力，却一直挺直着脊背的身躯，也逐渐脱力，悄无声息地向后倒了下去，紧抿着再未发出任何声响的唇边，滑出一道鲜红的血痕，绵延不绝，迅速浸红地面。

空气都像停滞了，许久，才响起魏敬国的声音："好戏，过！"

这一幕并不好拍，如果重拍，不管是化妆还是道具，都要重来一次，魏敬国向来要求高，不满意的拍上十几条都是常态。

好在不管是李靳的状态，还是顾清岚的节奏掌握，都恰到好处，他又多加了两个机位，多角度去拍，才会一遍就过了。

随着魏敬国的声音，那边出了镜头后就拿着一个大浴巾站在场外干着急的李靳，立刻冲上去用毛巾把顾清岚的身体抱住了，再扶他坐起来。

顾清岚身上还有些血浆，地上有不少尘土，他却丝毫不介意，一边包还一边说："这地上也太凉了，顾先生穿这么点儿，躺久了都要着凉了。"

之前这些刚停拍就冲上去关心的事，当然都是路铭心干的，只不过这几天路铭心在另一个片场有心无力，李靳就十分顺手地把活儿接了过来。

相比于爱人之间的亲密，和李靳毕竟只是普通朋友关系，顾清岚还略微有些不好意思，只是他嘴里还有些残余的血浆，只能闭着口，到镜头外拿了纸巾包着吐出来，才笑笑对李靳开口："多谢李先生了。"

李靳看他唇边还残留着的血迹，怎么看怎么觉得碍眼，都是大男人，他又不好动手去擦，只能用手指指自己唇角，示意顾清岚自己去擦。

拍戏拍到这份儿上，李靳觉得自己这些日子以来，简直不要太难熬了。

本来顾清岚就是他很敬重的学者，之前看了他主笔的几份报告，简直惊为天人。

所谓千金易得，国士难求，这样的人如果能笼络住收归己用，家里老爷子不知道得多开心。

这导致后来几次见面，他都是用对待上宾的态度去跟顾清岚相处的，客气得很。

就算顾清岚几次婉拒了他合作的请求，他还是没有放弃。

这次硬挤进《山河踏碎》剧组，的确是有借着合作，再加深一下两个人之间的情谊，以后也好说话的意思。

上次为了救顾清岚受了点儿小伤，他心里别提多得意了，这是救命之恩啊，顾清岚这样的君子，肯定会知恩图报的。

顾清岚也的确转变了对他的态度，李靳望着这条金光闪闪的友谊之路，默默地给自己当初的英勇和敏捷反应，点了千万个赞。

只是千算万算，他没想到两个人的对手戏这么考验人，一面演得狠巴巴的，一面又心疼愧疚得要死。

想到单方面“虐待”顾清岚的戏差不多可以告一段落，他终于可以松一口气了！

李靳心里想那么多，剧组的人当然看不到。

联系到之前他那些男女不计的恶劣传闻，还真有那么几个人，心里想：天啊，李哥真的在追顾先生吧，看这架势，还绝对是真爱啊。

至于近期在另一个片场，有些被边缘化的路美女，群众则一致选择忽略了她。

被“真爱”了的李靳还毫无察觉，对着顾清岚一脸心疼得要死要活。

路铭心和莫祁那边的戏一点儿也不轻松，战争场面群演又多，稍不留神有个位置较重要的人犯错，打乱了镜头感，所有人都得重来一遍。

那边李靳老辣的演技和顾清岚传神的演绎，在魏敬国的高标准、严要求下，也是一般两三遍过，一遍过的奇迹也不是没有，再看看这边，路铭心和莫祁一条戏拍个十几遍的则是常态。

自己累得像狗一样要死要活，路铭心也没忘在休息间隙里，指派自己的助理去顾清岚那边打探情况。

刘芬芳算是级别较高的助理了，处理些更重要的合同、外联等事情，拍戏时她还有两三个小助理轮班过来，今天轮到的是一个叫小周的小伙子。

小周两个月前才刚从大学毕业，目前还是实习期，戴个眼镜儿有点儿龅牙，性格倒好，整天乐呵呵的，阳光灿烂得不得了。

他就顶着这种灿烂无比的笑容跑去那边，再跑回来，带回来的消息笼统模糊，深有某些政府简报的风范。

路铭心听他跑了第一圈回来时说：“哎呀，顾先生被关起来不给吃饭喝水，脸色可差了。”

路铭心忍住吐槽的欲望，她好想告诉他清岚哥哥今天早上才被她监督着吃了半碗粥，还喝了半杯参茶，哪里有不给吃饭喝水！那是化妆效果和剧情！

再接着他跑了第二圈，回来时这么说：“妈呀，李先生对顾先生上刑了，那手上夹得血肉模糊的！吓死人了！”

路铭心痛得浑身都颤了下，没敢问如何个血肉模糊法儿，倒是旁边的莫祁忍不住了，和蔼地说：“小周同志啊，在这些话前面，加一个‘现在正演到’，会比较好一些，不然光这么听，别人以为李哥真的在折磨顾先生呢。”

路铭心感激地看了莫祁一眼，小周还是灿烂地笑着，挠挠后脑勺儿：“莫哥说得也是啊，我都给忘了。”

小周跑完第三圈回来，就记住了莫祁的话，开口说：“现在正演到啊……李先生把顾先生扶起来去旁边说话……”他说完一愣，连声改正，“哎呀，不是，是演到顾先生疼昏过去了，演完后李先生把顾先生扶起来，到一边说话去了。”

路铭心听了前半句正纳闷呢，听到后半句整个人都不知道该不该笑，倒是莫祁“噗”的一声毫不客气地笑了出来：“铭心啊，小周同志多好玩，说得一手冷笑话啊，孺子可教也。”

玩笑归玩笑，再辛苦，戏也要继续拍，他们这边的剧情，是路铭心和莫祁九死一生，五百个人带过去，只活着回来了几十个，连带和路铭心一起去救莫祁的刘副将，也为了给他们断后，战死沙场了。

好不容易撞上前来接应他们的大队兵马，追兵也退去了，莫祁满身都是鞭痕和血迹，撑着回到城内，就无力地坐倒在地。

但他毕竟是员干将，在稍作休息后，就恢复了点儿精力，他心思缜密，回到北城后的第一件事，不是养伤，而是询问奸细是否查出。

这一问，就问出了事，本来他们在西夏营地看到顾清岚孤身在那里，就有了不好的推测，路铭心更是脾气火暴，当时就叫骂了起来。

莫祁跟她不同，他还是愿意信任身边的这位智谋过人的能臣的，更何况顾清岚品阶不低，身为督军在军营中权力不比他小，顾家在大齐又是那种地位，于情于理，他都不该投敌叛变。

听他询问，营地中的一个副将就站出来说，督军大人审了一夜，抓到是莫祁身边的一个小厮，被钱财和利禄买通了，透露了军情。

只是刚审出来，督军大人就听说了夫人和刘副将带人去偷袭西夏营地的事，而后就略做交代，独身一骑出了城。

莫祁听到这里，再想到今晚那有如神助的逃脱过程，就知道是怎么回事了，沉默了良久，才抬起头对路铭心说：“青萍，你错怪了沐大人……”

路铭心也知道自己错了，但此刻什么都晚了，就算错了又能如何？

那时他们无力回身去将李靳身边的顾清岚也救下，此刻仍旧不能，经过一场交锋，路铭心也知道西夏营地绝不是能任他们来去自如的地方。

上一次有顾清岚独闯大帐，为他们争来一个逃生之机，等顾清岚失陷，又有谁能救他？

路铭心想起来自己在离开北城之前，对顾清岚说出的那些恶言恶语，再想到西夏营地前匆匆一瞥，胸腔中蓦然生出一股生疼。

这种生疼在看到莫祁身上纵横交错的伤痕时，又几倍锐利起来：莫祁在那里遭此酷刑，顾清岚又能好到哪里去？他身子还一向羸弱。

可这也是她最后一次顾念到自己和顾清岚的旧情了，人却再不能救，唯有设法保住顾清岚的性命。

然而不等他们做出反应，第二日李靳就派人到北城前大肆宣扬，言道顾清岚已被招降，主帅都已投诚，他们这些小兵还不速速臣服在西夏王的威仪之下。

李靳当然没有天真到以为如此就能劝降数万兵马，这些叫嚣之语当然是为了扰乱军心而已。

李靳此计一出，就算莫祁想要保住顾清岚的声名，也无计可施。

而且主将和督军先后失陷敌营，虽然莫祁已经生还，但此刻军心仍旧有些不稳，无奈之下，莫祁只能放出话来，将逆臣叛徒诛杀殆尽，方解心头之恨。

此话放出，也就代表了大齐认定顾清岚已是叛贼。

而莫祁的密折，也在这时快马加鞭，连夜送回了京城，上面向女帝禀告了事情的经过，说顾清岚是为了营救自己和夫人，才会失陷敌营，之前并未有通敌迹象。只是人已在敌营，是否变节，已不可考，请陛下示下云云。

女帝接到急报后，一面让莫祁稳住三军，一面放出了自己饲养的青色灵鸟。

此鸟是她从小饲养，颇具灵性，不必用樊笼和脚链束缚，就知道环绕在她身旁，并不乱飞。顾清岚常出入宫廷，青鸟也识得他，每每喜欢落在他肩头讨吃的。

女帝嘱咐了青鸟一阵，又给它看了往日顾清岚用过的器具和衣物，它果然振翅飞出京师，越过崇山峻岭，飞入了西夏营地。

剧情进行到这里，剧本相比较于第一版，已经做了一些修改，也和路铭心前世的记忆更一致。

她在西夏营地里呵斥顾清岚，过后立刻就发现自己弄错了，但紧接着，西夏那边就传来顾清岚已经归降的消息。

她在气愤地怀疑之余，也不免想，是不是因为自己的怒骂，他才一气之下，干脆投靠了西夏王。

时至今日，她早为自己的想当然和恶意揣测愧疚难当，但任她万般悔恨无奈，当日的一切，也像洪流一样滚滚向前，命运的奇诡之处，不可预料，也不可想象。

在西夏营地里第一次昏过去后，顾清岚再次醒来，发现自己已经离开了刑室，身在一个颇为明亮温暖的帐篷里。

他身下躺的，也变成了铺了软垫的矮榻，身上的衣物已经被换了干净的，连手脚的伤口，也被重新包扎。

这次大约是舍得为他接骨了，断指的伤口处，还有一阵阵清凉透出。只是就算医治得当，他的一手一脚筋脉俱断，此后也算废了。

手伤就算好了，恐怕也无足够的腕力运笔，脚伤也是，站立应该尚可，行走却不再有完好时流畅。

他平躺在床上，眼神逐渐清明，唇边的讽刺却渐渐露出端倪：这是看酷刑不足以震慑，开始怀柔了吗？

帐篷口一阵骚动，是李靳走了进来，他这次不再带着亲卫，甚至连长刀都放在了帐外。

走进来后，还在矮榻旁边的垫子上坐了下来，顾清岚倒是没看他，只微微地笑了声，低声说："忠勇王真是好闲情……不是说……下次就要了我另一双手脚？"

他在昏迷时应该已经被灌下了汤药和水，所以尚能言语，只是说了两句，就又是一阵闷咳。

李靳抬手扶住他因咳嗽不断轻颤的肩膀，还从桌上的茶壶里，倒了杯茶水，又周到地送到他唇边，喂他喝了几口。

那茶水有些苦涩的药味，回味却甘甜润喉，还正好微温，顺着他干涩的喉咙滑下，很快就压住了他的咳意。

顾清岚喝了几口，却不道谢，只是闭了双眼，又靠回软榻上。

李靳就盘腿坐在他身旁，却微微向前倾身，是一种恳谈的姿态，连王爷的架子也不再摆了："沐先生，我想过了，对待国士，自然有对待国士的法子，先前是我一时意气，太粗暴了，伤了沐先生手脚。我已将国都的太医特地叫了过来，要他务必给先生治伤，就算不能让先生的手脚康复如初，也定能免去许多后患。"

他用了怀柔这一套，在顾清岚看来，比之前的一味凶残，还是识相了不少，他们这种文士君子，推心置腹往往比恐吓威逼更有效。

要知文人都爱风骨，越拷打反而越容易激起他们的愤慨之情，往往适得其反，就算活生生打死，也不一定能打弯了他们的骨头，但以礼相待，却往往收效甚好。

顾清岚心里想着，就睁开眼睛看他，唇边仍是挂着几分不加掩饰的讥讽："这还要谢忠勇王下刀狠准，以后若是留下伤疤，估计也不会太大。"

李靳听出他语气里的讥笑，却不以为意，他已经从最初的震怒和挫败中冷静了下来，不再怒火上头，不顾后果了。

自从顾清岚到了前线后，他屡战屡败，莫祁已经是他的老对手，那些招式套路他都清楚得很，你来我往，勉强可算不输不赢。

原本他是没将顾清岚放在眼里的，想他一介文臣，就算在民间传得那么神乎其神，也不过是纸上谈兵罢了，没想到顾清岚竟真的有一些用兵之道，连月来自己数度吃亏，尽是折在一些不明不白的地方。

这点在他和顾清岚的一局对弈中，已足够清晰明了了——此等心机手段，说是鬼才也不为过。

李靳并不是有勇无谋的匹夫，若能将顾清岚招至麾下，现下给他嘲笑几句，对他来说犹如挠痒痒般，不疼也不痒。

李靳就呵呵一笑，继续诚恳道：“沐先生，并不是我太唐突，而是看杜将军和贵夫人……实在也太忘恩负义了，沐先生舍命救了他们，转眼间却被说成了叛贼，这要是我，我可忍不了这么大屈辱。”

他话说得巧妙，没有直接说莫祁和路铭心有私情，却说得含沙射影，但凡男人，都听得懂他话里的意思。

顾清岚却只淡淡地看了他一阵，眼底就泛上些冰冷的笑意，良久才淡淡来了一句：“王爷可否再容我思虑几日？”

这么苦口婆心，温柔相对，他却还是不松口，李靳脸色略有些不快，不过他很快压了下去，仍是那副礼贤下士的样子：“也好，沐先生先养好伤再说。”

出了营帐，他憋着的那口气才吐出来，不由一阵烦躁。

他若不是看顾清岚身体实在弱，不过受了一轮刑罚，就吐血昏迷，少不得还要继续敲打一下他的筋骨。

眼下太医说了，顾清岚本就有心疾，受了风寒迟迟未痊愈，气血更是不足，再拷打下去随时能断气，他才停了手，采取了怀柔之法。

可没想到还是吃了个软钉子，军情紧急，哪里有几日可给他思虑?

李靳想着，眼底终是添上一抹狠毒：硬的软的都试过了，要是这个顾清岚还不乖乖就范，管他是不是国士，如果不能为自己所用，也不可让他人再得了去，一刀杀了干脆!

路铭心小姐千辛万苦地拍完自己那边的戏，拖着两条灌了铅一样的腿，跑去找她心爱的男人时，看到的就是如下场景：

顾清岚一身白衣，斜躺在帐篷中的卧榻上，因为是在病中，还散了一头长发，如瀑黑发逶迤洒了半枕，衬得面色更如雪般莹白。

他用手半撑起身体，面对着坐在床前的英武男子，不知是说到了什么，他还微垂头，勾起了唇角。英武男子看向他的目光也一再柔和，甚至持起了他的一只手，去摩挲上面的绷带。

对于路铭心小姐来说，这无疑抓到了出轨的现场版，她整个人都不好了，大步冲上去，还妄图一把将英武的男子推开：“李哥！你乱摸什么！”

李靳一愣，看到她悲愤无比的目光，似乎意识到了什么，随即就笑得无比贼："顾先生说手上包这么厚，手指头都变木乃伊了，动都动不了，我就过去摸摸看啊！"

路铭心悲痛地看了他一眼，然后把顾清岚的手抓起来，道具组真敬业，的确是包了厚厚一层，为了追求逼真，用的还是粗麻布，不是医用纱布。

可就算是包了粗麻布的手，也不能让李靳占了便宜！路铭心愤恨之余，把那只手放到唇下，吻了吻……然后她就表示，这布尝起来味道有点儿咸咸的。

再然后她就被顾清岚一指头点在额头上："乱舔东西，快去漱口！"

李靳在旁边拍着腿大笑。

魏敬国对天默默翻了个白眼，开口说："铭心和李靳都给我先出镜头，清岚还有几个特写镜头要补拍，你们还想不想快点儿收工？"

在魏导演的威压下，他们都老实起来，跑去一边，看魏敬国对着榻上半卧的顾清岚各种拍。

路铭心在旁又看了她一眼，对边看着那微垂下的黑长睫毛，那眼底的淡淡柔光，那屈起手指放在薄唇边轻咳时指尖透出的荧光，双手握拳捧在心口，流着口水说："我清岚哥哥好美！"

李靳在旁边摸着下巴说："说起来，我突然有些敬佩你了，我要是有这么个人，一定放家里藏起来，除了我谁都别想看。"

路铭心也是憋了很久了，满头黑线地看了他一眼："李哥，你真的男女都可以啊？"

李靳转头看了她一眼，对此疑问也见怪不怪了："我喜欢的都是女人，喜欢我的倒是有几个男人，不过我看不上。"

路铭心也知道娱乐圈有些传闻的确是三人成虎，不过李靳这么干脆利索地否认，也让她有些意外："那些说你男女都要的话传得那么凶，你怎么不否认下？"

李靳无所谓地耸了下肩："不过是几个上赶着想泡我，却没泡上的男男女女传出的闲言碎语，理他们做什么？"

这份坦荡和气度的确也够爷们儿，路铭心顿时有些佩服："李哥你也算个真汉子了啊。"

李靳又看了她一眼，对此溢美之词却没反应："当然也是没人有胆子当着面问我，所以我也没有否认的机会。”

路铭心也学着他摸了摸下巴：“这么看来，我还真勇气可嘉。”

李靳难得地又夸了她一句：“所以我才说突然有些敬佩你，胆子还真不小。”

这句明明是夸奖，不知为何听着有那么点儿像威胁……他们两个人聊得很愉快，旁边不小心听到的工作人员，就出了一头冷汗。

反反复复拍了好几遍，魏敬国终于表示可以收工，这时也已经是暮色四合了。

路铭心上去扶顾清岚起身，又跟去化妆间帮他脱衣服卸妆，男演员脸上的妆本就比较淡，只是打些粉底让肤色在镜头下看起来更柔和罢了。

顾清岚肤色在男人里原本就是偏白的，就算病容妆，也不需要抹太多东西，只需要将唇色调整下就好。

路铭心拿着卸妆棉，一点点仔细替他擦着，看到他眼底那点儿遮掩得很好的倦色，突然就有些心疼：“清岚哥哥……拍戏很辛苦吧？”

顾清岚笑笑，握住她空闲的手说：“还好，只是初次接触，要学的东西有些多，幸好大家也都帮忙。”

路铭心想到本来表演就不是他的兴趣和爱好，他平时的事情已经那么多了，又是学校，又是公司的，是因为自己的私心，才把他硬拉进了剧组。

化妆间里没有别人，她想着，就低头在他额上轻吻了下，低声说：“谢谢你，清岚哥哥。”

顾清岚看着她，目光仍是柔和无比：“没什么……应该道谢的是我。”

他们卸好妆出来后，李靳和莫祁已经在车上等着他们了。

这些日子和他们两个人相处太好，顾清岚和路铭心已经不跟着自己的助理坐保姆车了，常在收工后，和他们一起走，四个人在车上随便聊几句。

若说这次有什么拍戏之外的收获，就是多结识了这么三五个好友。这个圈子是非算计太多，这样平淡又真实的友情，已很是弥足珍贵了。

回到了酒店的房间，顾清岚去接了个电话，回来后对路铭心笑笑说：“清月说要来剧组探班。”

路铭心愣了下，才说了句：“哦。”

对于顾清月，无论是前世，还是现在，路铭心的印象都很浅淡。

前世顾相也只有这两个子女，还都是嫡出，按说他们兄妹间的感情应该很深厚，可顾清月却甚少和顾清岚一起出现。

就连她回忆起前世和顾清岚一起被关在那座院子里的事时，也丝毫没有顾清月出现过的印象。

现在她更是常年在国外，据说中学时就已经在美国读书，连知道她和顾清岚订婚后，也只是打了个电话，跟她这个新晋的未来嫂子随口聊了几句，并没有回国。

甚至连她母亲毒害哥哥，闹出那么大动静，她这个人也像是消失了一样，丝毫不过问一下。

她想着，就说："说起来我上次见清月，她还只有十来岁吧？你们这些年也不常见面吗？"

顾清岚去书桌前打开笔记本电脑，随口应了一句："哪里，清月从小就跟着我，在国外时也和我住在一起，只不过这两年我回了国内，她学业未成，只能留下。"

随着他这句话，路铭心感觉到了一股违和感，在心头一闪而逝，但她又想不出到底哪里不对，只是觉得头隐隐作痛，开玩笑般岔开话题："对了，你的私人医生任染呢，怎么他突然不见了，明明之前还老出现。"

顾清岚正在打字的手一顿，随即从电脑屏幕上抬起头，冲她笑了笑："他有些急事，前些日子回美国了。"

这是大齐至安九年的秋天，天气已经逐渐转为寒凉，北疆的初雪也过早地降临。

他躺在只能看到一方天空的帐篷里，看着帐外飘零的雪花，偶尔会有雪片飘入帐内，于是那些雪片就在窗子下落成了一小片，淡薄又羸弱，却固执地占据了那一角。

帐内的温度其实并不高，虽然西夏王令人搬来了火炉等物，但因为他要求打开窗子，所以关不住的寒意，就这么透了进来。

静看了一阵，他就侧过头，压抑地低声咳嗽，唇边溢出些甜腥，这种情况在这几天来已经太寻常，他只是抬起手指，不在意地擦去了。

从最后一次劝降后，已经过了两天，西夏王的耐心，也即将告罄了，他能看出西夏王每次来时的脸色，越加阴沉冷酷，对待他的态度，也没有了殷勤和体贴。

在他病入膏肓之前，应该就会被西夏王暴怒地砍掉，所以他也不用再去忧心这些烦琐的小事。那么归降呢？在他看来，却是不可能的事情。

即使外界都已经认为他已是个投敌叛变的降臣，有些事，他还是不会去做，若为了苟活，就去背叛自己的国家和臣民，那还不如就此死去，倒也归于尘土，了无挂碍。

只是……他想起她临别时那愤怒质疑的目光，她是否能懂呢？懂得他到底是一个怎样的人，还是即使他死去，她也还是会认为他是个重利轻义的小人？

他想着，唇边就浮上了一丝自嘲的笑容，他这一生，也算空负虚名，枉送性命……就像父亲所说过的那样，与家国皆无益处，连死都是，别说死得其所，连死都只是一个笑话而已。

在他即将又疲倦地合上双目时，帐篷的窗口处，却传来了几声极其细微的声响，那声响太小，连日夜守在帐外的卫兵，都没听到。

而后他就听到了一声低低的啾鸣，接着，眼角处划过一抹亮丽的青色，那只小鸟小心地飞过来蹲在他肩膀上，歪头打量了他一下后，还用小脑袋蹭了蹭他的脸颊。

他惊诧之余，以为这只是一个幻象，继而又在那陌生的触感里找到了真实感。

鸟儿还亲昵地蹲在他肩上，他也看到它的一只嫩黄脚掌上，绑了一只小小的信筒。

他认得它，它是季瑛的爱宠，有个堂皇的名字，叫“青凰”，他却看出它是只雌鸟，笑季瑛不辨雌雄的同时，坚持称它为“青儿”。

鸟兽亦有灵，似乎觉察出了他的怜爱，他只要进宫，它总喜欢飞落在他肩上讨果子吃，他也总是有求必应，喂得多了，季瑛总笑着说，再喂它就肥得飞不起来了。

就眼下来看，它还是可以飞的，不仅可以飞，还飞过了崇山峻岭，在这敌营之中找到了他。

目光不由自主地柔和下来，他抬起仅能动的左手，将那只信筒从它的脚上取下来。

里面的信件自然是季瑛书写的，蝇头小楷里透露的俱是对他的忧心和挂怀。

他看着那些熟悉的字迹，目光微动：在此时，他的主君仍信任他，与他来说，不知是喜还是忧。

他看完后将那页纸丢在榻前的火炉中烧了，他手边并无片纸点墨，略加思索，撕下手边白帕的一角，咬破指尖将心中言语写于帕上。

他已无右手可用，但世人却鲜知，他左手仍旧写得一手好字。

事毕，他送青儿返程，手边没有其他的食物可以给它，只有一些冷掉的薄饼，他掰碎了放在掌心，看它急切地啄食，目光更加柔和，低声道：“青儿莫急，委屈你了……待回了禁宫，陛下会给你果子。”

他不敢说日后亲自再给它喂食，只因前途黯淡，生死难料，他何苦再去骗一只小鸟，让它以为还有再次相逢之时。

只是青儿的到来，却让他看到了一线生机……并非他自己的逃脱之计，而是事关战局的生机。

门外传来沉重的脚步声，他不再耽搁，挥手让青儿飞出帐外，而后抬起头，就看到了掀开皮帘走进来的李靳。

惊诧他不再躺着，而是半坐了起来，李靳神色也变了变，继而带着凉意地笑了笑：“看来沐先生想了几日，总算是想通了点儿什么？”

他微微一笑，还是一如既往地淡然：“没什么，只是觉得要攒些精神，方可和王爷多聊几句。”

他态度暧昧，不过是拖延时日，在李靳听来，却是态度松动的迹象，等了这么久，终于等到柳暗花明的迹象，李靳一挑长眉，目光中也有了些期待：“如此看来，沐先生是真想通了……”

随着一声“通过”，镜头停止转动，李靳也笑着去拉半躺着的顾清岚：“顾先生，躺了半天，腰酸不酸？”

顾清岚笑了笑，握着他的手掌从榻上站起来：“还好，躺着演戏，还算比较轻松。”

李靳也哈哈笑了起来，他身后路铭心不甘心地挤过来，握住顾清岚的手说：“还好有被子盖，不然老穿这么薄，清岚哥哥都要感冒了。”

为了追求飘逸的效果，顾清岚的戏服都是以白衣为主，布料还都是丝绸薄纱，西部影视城虽然没有像剧里一样，已经开始下雪，但着实有点儿凉了，他的衣服穿上还真是会有些冷。

顾清岚笑了笑，抬手捏了捏她鼓囊囊的脸颊：“没事儿，我哪里那么脆弱。”

这话用他现在这样好像碰一碰都能碎掉的扮相来说，还真没什么说服力，路铭心又抿了抿嘴，将手里拿着的外套给他披上。

其实在路铭心看来，她目前的日子也还是滋润的，白天拍戏虽然辛苦但还扛得下来，晚上则可以抱着顾清岚美美地睡一觉。

因为晚上可以补回来，所以连续几天来，顾清岚白天被李靳霸占着摸小手、搂小腰什么的，她都忍了。

但在李大哥眼里，路铭心美女每天看他的小眼神，还是充满了嫉恨和幽怨。

当然李靳这样自诩风度翩翩的成熟男士，也不会对一个小女人的醋意有多大反应，他只是……跟顾清岚说话的时候，那笑容更灿烂、温柔、含情脉脉了许多。

就在这样戏里戏外两重天的诡异气氛下，那些军营权谋的戏份，竟然就稀里哗啦地快拍完了。

而这一段戏，也是全剧的重头戏之一。

沐亦清在青鸟的通信后，假意归顺西夏王，屡建奇功之余，私下却屡屡通过青鸟传信给路铭心，教她克敌之法，里应外合，竟将原本以为定能制胜的西夏王逼得节节败退。

然而西夏王毕竟是智勇双全的枭雄，在大营即将被攻破的当口，认定了这背后是沐亦清在捣鬼，一掌将他打成重伤，而后弃在营地之中。

得到顾清岚被生擒的消息时，路铭心正在和莫祁一起巡视营地。

激战两个月来，因为她英勇善战，兼之常有奇计，她在军中的威望已经日渐显赫，莫祁也上了折子，奏请女帝授予她正式的军职。

听到副将禀报说擒获了顾清岚，路铭心的脚步不由自主向前迈了一下，扶在腰间长剑上的手也不由自主地握紧了。

她抬起头，跟莫祁交换了一个神色，为了稳定军心，她和莫祁告诉军中时，都说的是顾清岚先通敌后投敌。可事实他们自己心里清楚，顾清岚是为了解救他们二人，才失陷于敌营，如果说后来投敌，也大约是严刑逼迫所致。

虽然里面还有些曲折，但投靠敌军就是投靠敌军，顾清岚当然也不能算是清白。

然而就算她和莫祁自认为了大局，不得不牺牲了顾清岚的一些声名，想起他当初孤身独闯敌营的壮举，也多少是有些愧疚的。

所以在攻破西夏营地的时候，莫祁就颁令下去，命众将士务必生擒顾清岚，并宣称这是女帝的律令，生擒有重奖，随意砍杀则反而要问罪。

这样的安排之下，顾清岚生还的可能自然大大增加了。

两人交换了下眼神，路铭心在莫祁眼中看到了同样的愧色，就轻吸了口气，对身前的副将说："好好关押起来，即日押解回京吧……"说到这里，她还停顿了一下，补上一句，"陛下要亲自审问罪臣，一路上好生照顾着，不可怠慢。"

四周的摄像机还在转动着，路铭心却有刹那间的恍然：到现在为止，一切跟前世的情形没有分毫差别。

她因为心里的那点儿歉疚，不敢去见他，再加上军务繁忙，自然就一句话将他安排回京就好。

那时的她还在心里想，总归回到京城后，有陛下照顾他，还有御医良药，哪里轮得到她担心。

于是她就心安理得地在边关又待了两月有余，两个月后她回到京城，再见到的，却只是地窖中他早已冰冷的身体。

她从未想过，是她给了他一个"叛国谋逆"的罪名，又将他推回了满是寒刀冰霜的京师，又怎么还能坦然地以为他还能等她回去?

那一刻在她都恍惚了的神智里，想到的，不是其他，而是他在最后的时刻里，都想了些什么?

会想到她吗?还是早已心死，连一点儿回忆也不愿再匀给她?他饮下那杯鸩酒时，如此决绝，是因为世间再也没什么值得他牵挂和眷恋了吗?

那一刻，拥抱着他早已冷透的身体，她的身体仿佛已经变得和他一样冰冷，唯独胸腔中跳动着的心脏，每动一下，都牵出千丝万缕的痛楚——也唯有此，才能让她记起自己还活着，活着承受已经永远失去他，连任何歉意和补偿，都再也无法给予他的痛苦。

镜头里，她紧握着剑柄，整个人如同一柄绷紧了的弓，她看向扮演副将的那个演员，等他说出和前世不同的台词。

在她说了那些话后，副将就抱拳躬身答了“是”，而后又有些犹豫地开口：“可罪臣沐亦清他……似是受伤颇重，若依照常例押解，不知能不能撑到京师。”

副将口中的“常例”，自然是囚车押送，莫说伤势有人医治，就是一日三餐，也不见得能供给。若犯人本就伤重，半途中死亡也是平常事。

路铭心听完，神色蓦然变了，眼睛也睁大开：“你说罪臣他……伤重？不是说了这是陛下的严令，谁那么大胆，竟敢伤他？”

副将忙答道：“此令已经传下去了，自然不是我军中的人，只是找到罪臣时，他已经伤势颇重了，应当是西夏叛贼所为。”

路铭心已经没了心思听他在这里推诿，咬了咬唇说：“人在哪里？带我去见！”

即使顾清岚后来确实已经投敌，莫祁对他的感情，也仍是惺惺相惜居多，开始时，也的确是全赖他奋不顾身相救，才得以脱困，所以也忙说了声：“我也同去看看。”

那副将也正想把这个烫手山芋扔出去，不然押解途中真死了人，他也不知道该如何交差，忙躬身领他们过去。

镜头转过，他们在凌乱的战后营地中穿过许多帐篷，来到已经被战火半毁的一个帐篷前。

路铭心眼尖，隔得还远，她就一眼看到那个依靠着一根断木勉强站立的白色身影。

即使被传令下去不可伤害，但大齐的士兵显然也没有客气对待俘虏的习惯，而是将手里的长刀架在他的颈间，催促他快走，不耐烦中，还伸手推了他一把。也就是这一推，将他原本就摇摇欲坠的身体推得向前跌倒。

路铭心紧握着刀柄的手连忙松开，大步跨过面前散乱的兵器和杂物，在他倒下之前，就一把抱住了他的身体。

落入怀中的身躯，如同已经没有了任何温度，离得近了，她一眼看到他胸前那分明不是一次晕染上去的血迹，落在被弄脏的白衣上，仍是分外醒目。

一声轻唤被她咬着牙咽了下去，她收紧抱着他手臂的双手，转头斥责那几个小兵：“还愣着干什么？没看到人都要走不动了吗？快抬个担架过来！”

然后她转过头，俯在他耳边，在镜头拍不到的地方，悄悄伸出舌头，舔了舔他的耳廓。

不是路铭心故意，而是这么多天……这么多天她都没能和顾清岚在镜头面前亲热了，憋都要憋死了。

现在拍到这里，她心里又急又痛，要不是剧情要求，她绝对是扑上来一通猛吻的，哪里还那么节制。

顾清岚不动声色，只是轻咳了咳，垂下眼睑。

镜头外魏敬国叫了声“咔”，探出头来看了看：“铭心，我知道你急着抱顾先生，不过你这哪里看得出来陆青萍的矛盾和急切交织的情感了？你这简直就是乳燕投林！”

路铭心轻哼了声，既然停拍了，她也不偷偷摸摸了，大大方方抬头在顾清岚唇上轻吻了下：“我跑慢了，万一清岚哥哥真跌倒了怎么办？地上这么多石子和棍棍枪枪的，扎到、硌到了怎么办？上次李哥不是都让清岚哥哥擦伤了手吗？”

站在镜头外候场的李靳觉得自己躺着又中了一枪，连忙摸摸鼻子，清了清嗓子以示无辜。

魏敬国可不管她那么多废话，等她啰唆完了，就一句：“回去重来一遍，你拍失败一次，清岚就要假跌一次，失败次数越多，他真跌下去的概率就越大，你自己看着办！”

路铭心顿时就老实了，这才依依不舍地跑回原位重新来第二遍。

转眼间他们转组来到西部影视城，已经过去快要两个月了，因为中间出了事故，停拍了一周，早就超出了原定35天的拍摄周期。

现在已经进入了10月，天气转凉，西部的秋季来得如此猛烈，远超于他们这些内地人的想象，不说其他，现在夜里当地温度已经到10℃左右了。

别的不说，那两场下雪的戏，是真的借了今年当地的初雪去拍的，下雪那天温度降到了0℃左右，跟冬天没什么区别了。

顾清岚的戏服，原本都是走飘逸绝俗的路线的，不仅色调青白，连料子都是怎么飘逸怎么来，这样势必就不能兼顾保暖了。

再加上这一段戏拍的，原本就是他在敌营中和强敌周旋，身形不说形销骨立，也是越发清瘦嶙峋才贴合，为了拍摄效果，他戏服里也不能再加其他衣物。

一场戏好不容易拍完，路铭心就毫不犹豫地把自己肩上的大红披风一扯，盖到顾清岚身上，然后自己也抱住他："清岚哥哥，是不是冷了？我们去喝点儿热汤暖身体。"

顾清岚压着声音，低声咳了咳，对她笑笑说："好。"

虽然瞒住了剧组里的其他人，不过路铭心却知道顾清岚这几天是有些着凉的，他本来身体就是那个样子，着凉感冒也比其他人症状多一些。

不仅头疼咳嗽，夜里还会有些低烧，胃口也差得很，一天下来也吃不下多少东西。

路铭心看着实在心疼，又后悔自己把他拉来拍戏，只能想尽办法在能做到的地方让他舒服一些。

看着她把人抱着又是搓手又是哈气的样子，旁边和李靳一起蹭着喝热汤的莫祁，也只能酸着牙说："铭心你往后镜头里也可以一直抱着顾先生了，出了镜头还这么黏着，不怕变树袋熊啊？"

路铭心连头都不抬地理直气壮地承认："没事儿啊，我可以1天24小时黏着的！"

顾清岚有些无奈地摸摸她的头："铭心，莫先生这是在笑你。"

路铭心抬头对他大声笑了下："为了清岚哥哥，我才不怕被祁哥笑！"

她在战场上那一抱，是再也没撒开手过，他们解开了重重误会，她知道了依靠青鸟给自己传信的那个"高人"就是他。

有了莫祁上书陈明来龙去脉，他也不用再背负"叛臣"的罪名，而是被女帝下诏褒奖，并召回京师。

但他伤病至此，不仅在北城休养不见起色，连女帝连夜派了御医带着大批良药来接他，他也还是回到京师后不久就病重离世。

这种坑爹的剧情，哪里算得上"甜蜜"了？这种看着心爱的人一日日变得虚弱，最终无可挽回地逝于自己怀中的剧情，明明更虐心好不好！

路铭心暗暗又在心里对李昂越磨了一阵牙，转头继续不怕肉麻地去摸顾清岚泛着水光的薄唇："清岚哥哥，胃口好点儿没有？晚上想吃什么？"

顾清岚含笑握住她不老实的手："还好，随意吧。"

最后诀别的一场戏，还有一些要收尾的重头戏，都是回B市影视城和另一个组会合后一起拍摄的。

随着回程被提到日程上来，顾清月也到了这里。

按说她只要在B市多等几天，就可以见到顾清岚和路铭心了，但她却坚持一回国，就立刻转机到西部来。

临近杀青，顾清月来的那天，他们还都在片场赶工，一直到晚上8点钟，才回了酒店，见到了下午就已经赶来的顾清月。

顾清月身材高挑，剪了一头利落的中性短发，见了路铭心，就微微一笑，主动伸出手说："大嫂您好，我是清月。"

毕竟是亲兄妹，她五官和顾清岚有五六分相似，虽然多了不少女性化特征，整体风格却仍是清冷俊秀，正是最近两年国际上流行的那种雌雄莫辨的俊美。

顾清月比顾清岚小9岁，比路铭心小6岁，路铭心对她的印象，还是小时候那个总是跟在顾清岚屁股后面，脸色却跟哥哥一样臭屁高冷的小丫头。

现在猛地看到长大后气场强大的真人，路铭心还真有点儿缓不过来，有点儿呆愣地把手伸过去跟她握了握："哦，清月啊，谢谢你来看我们。"

顾清月微挑薄唇，算是笑了："本来应该早些过来见大嫂的，不过临近毕业事情太多，大哥就让我先处理好自己的事情再回来。"

听她这么说的意思，她还真是很听顾清岚的话，不仅他们结婚这样的事，就连自己母亲因为毒害哥哥入狱这么大的事，她都没回国，就是因为顾清岚一句话。

路铭心觉得顾家的家庭关系在她眼里实在太诡异，又想到之前袁颖洁被捕入狱，自己是坚定站在顾清岚这一边的。虽然不知道顾清月和袁颖洁感情如何，但袁颖洁毕竟是顾清月的亲生母亲，顾清月对顾清岚会不会有看法她管不着，至于顾清月会不会因为这件事，对她也有看法，路铭心就拿不准了。

这么一想，好好的姑嫂见面，就有些尴尬的意味在里头了，路铭心的笑容里也有了些勉强："没事儿，还是先处理自己的事情比较重要。"

顾清月又对她笑了笑，顺手就摸出了一盒烟还有打火机，她刚抽出了一支烟想点上，路铭心就忙说："清月，你哥哥最近有点儿感冒，熏着会咳嗽的！"

顾清月手上一顿，眼睛里带点儿笑意看了看顾清岚，依言将烟和打火机又都放了下来。

这么一来路铭心更尴尬了，她心里默默流泪想，见不熟的小姑子真难，和小姑子搞好关系真难，和一点儿也不软萌反而很汉子的小姑子搞好关系更难！

好在顾清岚看出了她的不自在，笑了笑对她温和地说："铭心，我有些话要对清月说，我们去她房间一下，你先洗澡休息吧。"

路铭心"哦"了声，看着他起身带着顾清月走了，顾清月对她倒是很客气，临走时还关上房门，对她笑了笑说："大嫂早点儿休息，明天聊。"

顾清月的房间就在下面一层，也是空间宽敞的套间，她的一堆行李就摆在外面的客厅里，箱子打开，露出里面翻得乱七八糟的衣物。

顾清岚进门口，先皱了眉头："女孩子出门这么毛糙，给别人看到了成什么样子？"

顾清月无所谓地耸了下肩："没事儿，我女朋友不在乎就行。"

不得不说，顾清岚之所以能对路铭心层出不穷的奇怪言论反应那么淡定，跟这个常常语出惊人死不休的妹妹也有很大关系，他抬手揉了揉额头，语气无奈："我记得你没有女朋友。"

顾清月更不在意地又耸了下肩："反正也没男朋友。"

顾清岚干脆也不再理会她，径自走到沙发上坐下，好歹顾清月还比较识相，看他坐下来，就忙去倒了温水双手送上去。

顾清月是和顾清岚同一年出国的，刚去时她还只是个10岁的小孩子，在国外的一切基本都靠顾清岚打理，若说长兄如父，在那样举目无亲的地方，顾清岚一手将她带大，也真和做爸爸没什么分别了。

顾清岚拿起茶杯来喝了一口水，看到她还抓在手上的香烟盒子，就皱了眉开口教育："虽然我说过你成年后，烟酒什么的，只要不违法我就不管你……但女孩子还是不要抽烟比较好。"

顾清月连忙"哦"了声，抬手就把香烟连带打火机都丢到垃圾箱里了：

“毕业论文压力太大，我没管住自己，不敢了大哥，原谅我大哥。”

路铭心要是能亲眼看到这一幕，就知道为什么顾清岚训起她来训得那么得心应手，而自己为什么很快就甘心臣服在他的气场之下了。

这跟他做不做老师没关系，纯粹是他在家里训顾清月已经训得习惯了，气质那么高冷的顾清月尚且抵挡不住顾清岚淡淡一眼，更何况本来就不够高冷的她?

看她也跟路铭心一样认错态度良好，顾清岚就掩唇咳了咳，没再说她。

倒是顾清月在他对面的沙发上坐下来，看着他说：“大哥，任染说你身体状况好些了……你还头疼吗?”

顾清岚点了点头，没去接她的话，反倒抬了眼说：“妈妈那里，你也去看一下吧，毕竟她最惦记的就是你。”

跟顾清岚不同，顾清月是袁颖洁的亲生女儿，袁颖洁口口声声要害顾清岚，最大的理由也是为了顾清月。

但听顾清岚提起袁颖洁，顾清月的眉宇间却忍不住浮现出一丝厌恶，她点了下头：“我知道，我先来看你，再去精神疾病治疗中心看她。”

说到那个“精神疾病治疗中心”的时候，她语气里还带了几许讽刺。

顾清岚微顿了下，才开口：“妈妈毕竟是爱你的，她最大的精神支柱也是你。”

对此，顾清月就冷笑了一声：“是啊，爱我爱到可以设计绑架我的亲生哥哥，爱我爱到打着为了我的名义下毒害你，我宁肯她一点儿都不爱我！”

她说完这句，自觉失言，忙抬头看了看顾清岚：“大哥……”

顾清岚对她微微笑了笑：“没事儿，我已经都记起来了。”

虽然在听任染转述，知道顾清岚头疼和昏厥的症状已经消失，就猜到是这样，但听他亲口承认，顾清月还是停顿了一阵，她不知道该说什么，沉默良久，还是说了句：“对不起，大哥。”

顾清岚对她笑了笑，他脸色还有些苍白，笑容却是温暖的：“没事儿，本来我接受催眠的效果就不好，会这么快想起来，也在预料之中。”他说着，又对顾清月微笑了一下，“这本来也不怪你，当年，你只是个小孩子而已。”

顾清月也没再说下去，她和哥哥默契已深，彼此沉默了一阵后，她带些试探地问：“那大嫂……”

顾清岚笑了笑：“她没有……她还深信着，我们的两世情缘。”

他说到这里，低头看了看自己交握的双手，唇边泛起一抹说不清意味的笑容，带着点儿欣慰，更多的却是苦涩：“她还没发现，这些根本都是假的……只是我一手编造来自欺欺人的……”

后面四个字，他终究没有亲口说出来：自欺欺人的虚情假意。

chapter 15

何谓真假

> 她本该继续活得张扬肆意，光彩夺目，她的生命里，也不应该再次有他出现，他却为了一己私欲，夺去了她的其他可能。

那是在12年前，那年他还只有16岁，那一年的暑假，仿佛特别冗长，冗长到一眼望不到尽头。

一切的开始，源于他和路铭心的一次出行。那时清月还小，总被袁颖洁带在身边，而过于淘气活泼的路铭心，则总被交给他。

他那时当然也不够成熟，可以游刃有余地带着一个叽叽喳喳的小女孩，而路铭心被他关进洗手间之后，她也总是有点儿怕他的样子，即使和他同处一室，也会尽量离他远远的。

夏日的午后总是太过冗长无趣，所以当他接到袁颖洁："带铭心出去逛一逛"的要求后，也并未多想，就让路铭心跟着自己出门了。

他再过一年就要高中毕业，年龄不够拿驾照，也不肯到哪里都要司机和保镖跟着，所以他们出行，搭的是城市快轨，目的地是市中心的图书馆。

在别人看来，大约会以为这又是哪家严厉的哥哥，带着妹妹出去，因为全程路铭心都小心翼翼地站在他身边，不敢说话，却怕和他走散，于是伸出一只手拉着他的衣角。

他根本没怎么在意她的心情，甚至连她的存在，对他来说都是一个不大不小的累赘。

他已经遇到了苏季，对她也有了些朦胧的好感，在他的心中，苏季这样温文娴雅的大家闺秀，才是他会有好感的女性。

假小子一样没一点儿教养的路铭心，根本不在他的考虑范围之列。

也许是敏感地觉察到了他的冷淡，路铭心缩着脖子，一路上都没敢跟他搭话，只是拽着他衣角的手，无论在什么地方都没松开。

他想着她也只有13岁，在陌生的城市里，跟着关系本就冷淡的“哥哥”出门，心情难免会紧张，也就没有去理会。

然而那天的他们，最终却没能安全到达图书馆，就在他们下车后不久，在经过一条人烟略稀少的街道时，先后被打昏带上了一辆没有牌照的面包车。

这就是当年在H市上层社会流传过一段的绑架案，虽然顾盛花了大力气阻止这件事见报，但当街绑架了两个青少年，过程还被道路上的监控录像拍到，还是足够让人惊骇。

他后来想，如果路铭心不是一直坚持拽着他的衣角不松手，也许她就可以幸免，毕竟那些人的目标，只是他而已。

但事情既然已经发生，就不再有如果……他和路铭心一起被关在市郊一个废弃工厂的仓库里，在近乎彻底的黑暗中，被折磨了整整27天。

他知道路铭心是受自己牵连，而且她又比自己小那么多，在那27天里，他努力去和看守他们的绑匪纠缠，为了让他们能够活下来，也为了路铭心能够少受一些折磨。

但当他们被解救出来时，虽然他的身体情况更加糟糕，路铭心的精神，却已经接近崩溃。

她只知道不停地哭，连自己的父母都不太认得，却对他有了种病态的依赖，一旦被带离他身边，就歇斯底里地大哭，在角落里蜷缩成一团，无论谁去哄都没有用。

她嘴里唯一的词汇，也只有一句在她8岁后，就不再叫过的“清岚哥哥”。

正当大家束手无策时，顾盛在国外的一个朋友，得知这边的情况，就介绍了一个治疗创伤后应激障碍的心理专家。

那位专家是个地道的白人，却十分迷恋中国文化，甚至有个中文名字叫作乔生，也正是任染的导师。

当乔生博士到了中国，看过路铭心的状态后，提出了使用催眠治疗，而这种催眠治疗，是他最近正在做实验的一种治疗方法。

顾家和路家当时已经在国内请了不少这方面的专家，治疗效果都很差劲，这时也不得不听从乔生博士的意见。

而那位乔生博士的治疗方案，也的确有些突破常规，外加有一些个人的恶趣味。他要顾家准备一座中国古庭院，把顾清岚和路铭心放进去，然后再由几个医护人员，装扮成仆人和管家的样子，生活在他们周围。

然后在催眠暗示下，让两个青少年忘记那段黑暗的回忆，认为自己是生活在古代的少爷和小姐。

但当他们真的以为这段“古代”的生活是真实的生活后，再进行一次催眠，暗示他们古代的记忆是不真实的，让他们回归到现实生活中。

按照乔生博士的说法，记忆本就是具有欺骗性质的，当信息太过紊乱时，大脑会自动剔除那些太过荒诞的部分。

他说，这叫记忆覆盖，为了掩盖真实的记忆，覆盖上一层虚假的记忆。

事实证明，这样的治疗的确有效果，在古代庭院中生活了两周后，路铭心就渐渐可以正常交谈，虽然对象仅限于“清岚哥哥”。

他们在那个庭院中，住了足足四个月，从那年的夏季，一直到深秋。

他原本就没有创伤后应激障碍，在整个过程中也都保持了清醒，但他却也喜欢并习惯那样的生活。

处处充满着古意的庭院，隔绝了一切现代产物的安静，时光变得缓慢，他只需要每日读书写字，就足够惬意。

当然他还要照顾路铭心，她那时依赖到他每时每刻都要待在她身边才可以，他每晚都会抱着她，看她入睡。

那样的四个月里，他们仿佛是被时代遗忘在某个落满尘埃的角落里，只有彼此，相依为命。

四个月后，路铭心已经可以正常和庭院中的其他人交谈，也不再有惊惶的表现。

那之后她再一次接受了催眠，忘记了这几个月来发生的一切。

半年后，成功治愈了应激障碍的路铭心被带回B市，他也在休学半年后重返校园。

这半年生活留给他的，除了更加严重的胃病和最终被治愈了的风湿性心脏病，还有一段他不愿再去回忆的记忆外，就再没有其他了。

也是在那年，他终于发觉了袁颖洁对自己异乎寻常的态度，私下做了DNA鉴定，证明了两个人并无亲子关系。

而绑架案背后的主谋，也呼之欲出。

两年后他高中毕业，坚定地选择了去国外读书，而顾盛在犹豫了一阵后，把女儿也送去了国外，名义上是为了让她接受更好的教育。

实际的用意，却是父子二人都心知肚明的：袁颖洁心思太过歹毒狭隘，他们怕顾清月被母亲影响太深。

事情发展到这里，他已经淡忘了和路铭心相依为命的那段日子，路铭心也没有再出现异常的精神状况，本来已经可以就此了结。

出国后，他甚至已经不再和路铭心见面，但就在两年前，正是他和苏季刚刚分手，避走国外的时候。路铭心却因为拍摄了一部有幽闭情节的电影，频繁地头疼，并且短暂地出现了当年的症状：无法和人正常交流，对一切动静都反应过激，嘴里只有一个词汇“清岚哥哥”。

虽然她的症状是间歇性出现的，却证明了当年刻进她大脑中的记忆已经不足以掩盖真正的黑暗记忆。

于是路之遥再次联系了顾清岚，希望他可以再次帮助路铭心。

这一次催眠，却远远没有他们想象中那么顺利。心智成熟，对他也不再有当年那种盲目信任的路铭心，不再接受没有任何剧情和前因后果的“古代少爷小姐”。

而他想起了刚听苏季说起过的梦境，就干脆将它加以完善，补上了朝代“大齐”，还有他们青梅竹马的身份以及父母的存在，告诉乔生博士，将它暗示给苏季。

这时乔生博士的得意门生任染——他其实是个心理医生，同时也是精通汉学的华人后裔，建议说，可以哄骗路铭心，让她认为自己对顾清岚异乎寻常地执着，是因为“前世”，但既然是“前世”，自然不可能只有幼年和少年的羁绊，此后一定还有更多的故事。

而为了补完这个故事，保证故事的完整性，最好让顾清岚也接受催眠，再根据催眠中顾清岚最真实的反应，让他和路铭心一起“经历”前世。

这之后他也和路铭心一起接受了催眠，于是连他自己的记忆，都开始混乱，他也开始相信那些“前世今生”，并深陷其中。

那时候路铭心的情况确实有些糟糕，通常情况下她看起来还好，言谈举止并没有任何不妥，但却会毫无征兆地突然情绪失控，不停哭泣，恐慌不安，仿佛谁都不认得，只能缩在房间的角落里。

虽然她哭过一阵子后通常会睡着，醒来后就忘记了刚才发生过的事，但当她哭泣时，任何人去安慰都没有效果，只有他过去抱住她，才可以让她稍稍安定下来。

也是因为她发病后一直要找“清岚哥哥”，她才会被送到美国来。

她来接受治疗时，不仅父母陪她到了美国，连她的经纪人杜励，也一同来了。

杜励找到他恳谈，表示路铭心是公众人物，现在她的情况，根本不能继续工作，时间久了，就算她的精神失常的事情没有传出去，太久不出镜，也难免会影响她的人气和星途。

他也曾反复考虑过，最后还是同意了乔生博士和任染的建议。

于是他和路铭心一起被做了催眠，以完成那个虚幻中的“前世”。

有了小时候那四个月的铺垫，他们在共同的催眠状态下，很顺畅地就在大脑中“演”完了古代的一生。

为了尽可能让那些情节可信，并被催眠中的他们接受，乔生博士和任染分别负责他们的催眠，并把他们的“反馈”对接。

于是他们在催眠中被植入的记忆，才会高度一致，而假如那些事情真实发生一遍，他们各自也会做出类似的反应。

如果硬要说那些事情是真实发生过的，也不为过，因为他真的会娶了她，也会努力成全她的理想和目标，更会因为她的不信任和抛弃，心灰意冷到不再留恋尘世。

顾清岚记不得自己是从什么时候起，逐渐回忆起一切的。

就如他对顾清月说的一样，他原本就不是容易接受暗示的人，即使这些暗示的一部分是出于他自己的意愿和构想，也是一样。

当他不再服用那些加了慢性毒药的药物，也逐渐不再头疼时，就陆续拨开了迷雾，看到了那些记忆的骗局。

很多时候，真相远远比谎言更加狼藉，也更加鲜血淋漓，那些绝不是什么愉快的回忆。

他沉默不语，顾清月就有些担心地看着他，说：“大哥……你……”

顾清岚抬起头对她微微笑了下：“没事儿，做催眠之前，我已经预料到这种结果了。”

在接受乔生博士和任染的催眠之前，他就料到事情不会这么简单收场，只是他却没想到，出现问题的竟然是他这边。

催眠过程不过十几天，路铭心在接受完催眠后，没再见他就被送回了国内，在她的记忆里，这些天她只是在美国拍了几个平面广告而已。

但他却开始频繁地头疼，并且会昏过去，无奈中，乔生博士不得不让任染作为他的心理医生，跟随他来到中国。

回忆起的“前世”越来越多，他渐渐有了不该有的执念——让路铭心也回忆起“前世”，为此，他还写了《山河踏碎》的剧本，并带着对“前世”的执着和不甘，硬是介入到路铭心的生活中。

将所有的事情都回忆起来，回首这一年来发生的一切，他就知道，是自己再一次拖累了她。

16岁那年，是他害她被绑架，精神也被烙上了无法消除的伤痕，这一次，是他在她好不容易恢复了平静生活后，还要逼她去回忆那些痛苦的“前世”。

他们之间的事情，是他亏欠得越来越多，所以当他面对路铭心愧疚心疼的目光时，又怎么能坦然受之？

顾清月还算了解自己的哥哥，看他垂下眼眸默然不语，脸色也随着沉思变得有些苍白，就更加担忧地出声：“大哥，事已至此，你和大嫂也在一起了……不如就瞒着她，不要去过多追究以前的事了。”

顾清岚抬头对她微勾了勾唇：“不是不要追究，是一定不能去追究……再接受那种深度催眠，会影响铭心对世界的认知能力，这一次，如果不能瞒住她一世，就是治疗的失败。”

他没对顾清月说，路铭心已经回忆起了当年那四个月间发生的一些事情，也像他快要脱离催眠影响时一样，会偶尔头疼。

她接受第二次催眠，按道理来说，应该会比第一次持续更长久的时间，然而从第一次催眠，到复发，只过了将近十年。

第二次催眠后，却只过了一年时间，她的精神防线就有了松动的迹象。

他知道这是他犯下的错，若不是他受催眠的影响太深，就不会有这部戏，也不会有这段婚姻。

她本该继续活得张扬肆意，光彩夺目，她的生命里，也不应该再次有他出现，他却为了一己私欲，夺去了她的其他可能。

告别了顾清月，顾清岚回到房间时，路铭心还没睡，她洗过了澡，也没有吹干一头长发，就穿着浴袍趴在床上玩着平板电脑。

看到他走进来，她立刻直起身，光着脚跳到地毯上，过来搂住他的腰：“清岚哥哥，你们说了好久啊，清月要在这里待几天？”

顾清岚抬手揉了揉她半干的长发，对她笑了笑：“她和我们一起回B市。”

剧组还有两三天时间就结束拍摄，到时候除了道具组的工作人员外，其他人会一起回B市，顾清月这时候来影视城看顾清岚，正好可以跟他们一起回去。

路铭心“哦”了声，抬头看了看他，也不知道是不是灯光的原因，她总觉得他脸色太过苍白，就心疼得抬起手，摸了摸他的脸颊：“清岚哥哥，你是不是累了？”

握住她的手，又对她微微笑了笑，顾清岚摇摇头：“没事儿，可能说了太久话的原因。”

他这样多说一会儿话都能苍白着脸回来，跟风大了一吹就倒有什么分别?

路铭心当然不敢大意，忙让他快点儿洗了澡休息。

但即使这么小心，第二天一大早，路铭心先醒来，还是发现身边躺着的人有些不对，脸色苍白不说，双颊上也有两片有些异样的红晕。

她抬手试了试他的体温，发现他果然是发烧了。

还记得他上次感冒发烧，断断续续一周多才好，还有他发烧时，任染特地交代，让她注意他会因感冒引起的其他病症。

路铭心顿时就吓坏了，她小心地推了推顾清岚的身体，看他蹙着眉侧头轻咳了几声，才略带茫然地睁开双目。

他蒙着雾气一样的眼睛隔了片刻，才恢复了清明，他先勾起唇对她笑了笑，轻唤了声：“铭心。”

看他撑着床想坐起来，她忙扶他起身。他有些艰难地半靠在她身上，身体不仅绵软无力，胸口还传来阵阵闷疼，呼吸也并不顺畅。

他知道就像上次那样，可能不仅仅是上呼吸道感染，又闭了闭眼睛，努力赶去头脑中的昏沉。

路铭心紧张地抱着他的身体，连声地问：“清岚哥哥，我们去医院吗？还是打电话叫任染？他还在不在西部？你除了头晕外，还有哪里不舒服？”

她似乎总是这样，过分担心着他，他想着，唇边泛起一抹柔和的笑意，轻握了握她的掌缘，以示安慰：“铭心，没事儿的……别慌……”

他说着又咳了几声，在她面前，他控制住不用手去按压闷疼的胸口，而对她笑了笑：“带我去医院就可以。”

路铭心看着他一如既往的温和笑颜，她也不知道为什么，本能地感到他在受苦，远远要多于他所表现出来的——他从来都是这样温柔，为了让她安心，不至于害怕，宁肯自己承担起所有的痛苦。

她也不知道自己为什么会突然冒出来一个这样的想法，她又看了看他苍白的脸色，凑过去吻了吻他同样发白的薄唇，才拿过床头的手机说：“我打电话，让祁哥陪我们一起去。”

剧组的机票都订在后天，李靳今天还有戏要补拍，莫祁和他们一样，已经处于暂时可以休息的状态。

莫祁听说顾清岚病了，当下行动得很快。顾清岚刚勉强起身换好了衣服，收拾了一下，就和路铭心一起被他接到了楼下。

看着他双颊泛红、轻咳不断的样子，莫祁也很担心，边发动汽车，边说：“顾先生，你没事儿吧？坚持一下。”

他感冒一次，都能让其他人这么紧张加劳师动众，顾清岚也只能微微笑了：“多谢莫先生，还好。”

路铭心就坐在他身旁抱着他，还让他靠在自己身上休息。

西部小城的医院规模当然不能跟B市和H市的医院比，但到了医院后，医生还是尽责地看出了情况，开了一堆检查项目出来，还问病人是否有心血管方面的病史。

路铭心忙将情况向医生交代了，对方自然是要求顾清岚住院治疗。

在送顾清岚去了病房后，路铭心和莫祁在等待检查结果出来的时候，莫祁有些后怕地说：“原来顾先生身体这么糟糕，怪不得让人看了就担心……铭心你也真有勇气，还拉他出来拍戏……”他说完，又想了想，补上一句，“顾先生也是真宠你，身体这样，还能答应你出来演戏。”

路铭心这些天也早有些后悔了，略带烦躁地说：“如果不是因为这部戏意义特殊，我也不会希望他亲自来演……我不想看别人演他。”

莫祁听着她的话，觉察出了不对：“嗯？铭心，什么叫别人演他……顾先生难道是以自己为原型写的沐亦清？”他想了下，觉得也是，“也对啊，顾先生的气质和性格，的确和沐亦清很贴合，修改了剧本后更加贴切，简直像为他量身定制的一样。”

路铭心还想着检查结果的事，听他这么说，脑子里近乎机械地想到，那是因为沐亦清就是前世的顾清岚，当然会贴切。

她随口应了句：“是啊，杜逸将军不也像是为你量身定制的吗？”

莫祁一愣，而后说：“是吗？我倒没觉得，不过这个角色的确很像我早年间一部电影里的角色，难道你不觉得？”

路铭心想着，就笑了笑说：“我知道，《铁血》嘛，你演的戚继光，那一手枪法，耍得真帅气。我上学的时候，老师特地当冷兵器动作片教材，放给我们看了。”

那部戏，是莫祁第一部担纲主演的电影，也助他拿下了当年电影节的最佳新人奖。

除了莫祁的表演可圈可点外，那部电影的剧本和制作都很精良，莫祁饰演的戚继光，也一时成为了意气风发的青年将军的代言人。

那部戏里的莫祁如果经过了几年时光磨砺，成熟起来，简直就是前世的他的翻版。

想到这里，路铭心突然皱起了眉，她发现一个很玄妙的问题：在她前世的回忆里，莫祁的形象，的确和《铁血》电影里的几乎一模一样。

前世的她，应该不可能知道莫祁饰演过的青年戚继光形象的，《铁血》电影的形象设计师，也不可能钻到她的脑袋里，读取她前世的记忆。

更何况《铁血》上映的时候，她还在读大学，根本就没有回忆起前世的一切。

除非……她还惦记着检查结果，也只是很机械地进行着逻辑思维。

可偏偏就是这样的时刻，有些逻辑上的死角，会被轻而易举地越过。

而这次，她想到的是，除非……她是先看过《铁血》这部电影，然后才有了前世记忆的。

可前世的记忆明明发生在遥远的数百年前，又怎么会在她看了这部电影后才出现?

就像是一张竖着的多米诺骨牌，一旦其中的某张牌倒下，剩下所有的牌都会跟着倾塌。

莫祁也有些感慨地说："是啊，说实话当初拿到剧本简介的时候没打算接的。不过杜总说服了我，让我先看剧本，我看完整个剧本才觉得，这部戏的确写得好，我演了杜逸这个角色，也许会超越当年的青年戚继光。更何况你又在剧组，当然……片酬也很丰厚啦，哈哈。"

路铭心转头看着他，一瞬间，她忽然有些分不清现实和虚幻的界限，不知道站在她面前的这个人，是否就是数百年前，和她曾经并肩作战过的战友?

这几天来偶尔会困扰她的头疼，又开始发作，并不是很明显，却像是有很多绵密的小针，一直在刺着她的额头。

她想着，又开口说："这么说起来，李哥之前也演过和这个剧里的西夏王类似的角色啊。"

莫祁点点头："是啊，李元昊嘛，可不就是西夏开国皇帝？他演起这种马上征战的枭雄，简直是轻车熟路。"

路铭心又回忆了一下李靳饰演李元昊时候的形象，发现竟然又和她前世的记忆里的一模一样。

她头疼得厉害，莫祁看出她脸色不佳，忙扶住她肩膀："铭心？你怎么了？别太担心，顾先生现在的情况还算稳定，你别也病倒了。"

路铭心只觉得头快要炸开一样，她忙甩了甩脑袋，让自己不要胡思乱想。

果然不再去思考什么前世记忆有什么不对的事情后，她的头疼就减轻了不少，她忙深吸了几口气，转身对莫祁笑了笑，表示自己没事儿。

莫祁看她还是脸色不佳，就说："没事儿，我在这里等结果吧，你先回病房陪顾先生，他身边没人也不好。"

无论怎么说，莫祁都是个真朋友，他这种身份的人，完全没必要亲自跑医院帮她忙前忙后，但他却还是一叫就来了，没半点儿推辞。

路铭心感激地对他笑笑：“那麻烦你了，祁哥。”

莫祁一笑：“还说什么客气话。”

一周以后，顾清岚的身体总算有了些起色，他们就一起回了B市，托顾清岚的福，她搭了他的私人飞机，出机场就有任染带着司机来接他们。

见了顾清岚，任染也没客气，上来就是一句：“你这么喜欢自找苦吃，又要我们这些医生做什么？”

顾清岚没回答，只是略显疲惫地对路铭心笑了下：“周管家不在，其他的工人也被我辞退了，目前家里只有两个定时打扫卫生的工人，有些事可能要我们亲自动手了。”

他这么一说，路铭心才想起来，周管家因为牵涉到他的下毒案里，被警察带走调查定罪，当初别墅里那些工人，可能都是通过周管家招聘来的，他出了事，那些人又怎么敢留？当然要一起辞退了。

路铭心也没觉得有什么不好，她本来就不喜欢家里还有别的一大堆人在，弄得私人空间都没有了。

想着她就抱住了顾清岚，得意地跟他邀功：“我生存能力不错的哦，清岚哥哥要不要我照顾你？”

顾清岚笑看着她，伸手轻轻地揉了揉她的头发。

结果夸下海口表示自己生存能力不错的路大美女，刚到家就给囧住了。

因为她发现，这里不是酒店，没有随时可以服务点菜的厨师，也不是市中心她自己那个公寓，楼下随时有数家店可以提供外卖——简而言之，她不怎么会做饭，所以连最基本的吃饭问题都解决不了。

更关键的是，家里除了她和顾清岚之外，还有嗷嗷待哺的家庭医生任染小哥，看他坐在客厅理直气壮等开饭的样子，显然也不是会下厨的主儿。

最后还是尚未痊愈的顾清岚起身去厨房的大冰箱里找了食材，亲自下厨来喂饱三个人。

路铭心羞愧之余，当然自告奋勇地去厨房给他打下手。

厨房自然是超大的，两个人活动起来也还方便。

路铭心羡慕又钦佩地看他几下清理好了鱼蒸上，又开火炖上了汤，就在旁边狗腿子般地拍马屁：“清岚哥哥这么棒，在国外都是自己做菜的吗？我真是捡到宝了！”

顾清岚只是刚退了烧，头还昏沉着，刚做了两个菜，就退到冰箱旁，靠在墙壁上缓一缓眩晕。

他怕将感冒传染给他们，还带了手帕来捂着嘴轻咳，咳了一阵才低声开口：“没遇到周管家之前，家务的确是我自己做的。”

路铭心“咦”了一声，不怪她惊讶，别的留学生也就罢了，但顾清岚这样明显是十指不沾阳春水的样子，居然也有这么强的自理能力。

顾清岚看她满脸惊讶的样子，不由好笑，又捂着嘴咳了几声，他实在没什么力气，还要伺候两位大爷。

用手按了按额头，他笑得勉强：“看来当务之急，是快点儿请一位厨师……”

一顿饭做完，原本掌勺的人，也是家里最该被照顾的病人，就坐到了床上。

饭菜上桌之后，顾清岚一口没吃，就回房间休息去了，看他苍白的脸色，连冷冰冰的任染都有些不好意思，说了句：“不要累着……”

顾清岚则看了他一眼，笑得有些无奈：“没事儿，你们吃吧。”

路铭心眼睛看着他消失的方向，捧着碗在楼下扒拉了一碗饭，就连忙把菜、饭、汤都分出来一份，用床上餐桌装了，给他送上去。

到了房间里，果然看他加披了件外套，半躺在床上，还拿着手帕捂着嘴轻咳。

路铭心忙走过去把餐桌放下来，扶着他抚摸他的后背，希望能让他好受点儿，她实在愧疚得厉害，本来他就生着病，回到家就算她不能做到无微不至的关怀，也起码不能让他还要照顾她。

她想着都快哭了，咬着牙说：“我回头去报个厨师班……”

顾清岚被她扶着又重新靠回了床上的软枕上，他放开堵着口的手帕，抬起眼对她笑：“没事儿，也怪我没有事先安排，我告诉顾叔了，他会尽快调些人手过来的。”

说起来，在生活方面顾叔似乎比顾盛都要可靠许多，也幸亏顾清岚还有这么一个为他着想，心里向着他的远房叔叔，不然当初被袁颖洁刻意冷落虐待，日子肯定要更难过。

她想着，又想到周管家，她刚来这个别墅时，曾经也觉得周管家对顾清岚不错过。

后来看，周管家对顾清岚也未必就没有关心爱护的意思，但毕竟他们只是雇佣关系，对周管家来说，他有更重要的家人，有更多的利益需求。

他对顾清岚再好，也不过是一份建立在利益上的薄薄的情谊，经不起什么风吹雨打。

那么顾叔呢？顾叔对顾清岚的关心，肯定是比周管家要多的，可这份情谊，又有多深厚，可以经得起多少考验呢？

她思维发散太多，想来想去都快进入死胡同了，她不由自主地靠过去，抱住他的腰，身体也靠在床边，和他依偎在一起。

顾清岚不知道她为什么突然会这样，就笑了笑，拍了拍她的肩膀："铭心，怎么了？我没事儿，缓一缓再吃东西就行。"

路铭心摇摇头，她刚刚又深了一步想到的，是她自己。

她对顾清岚的爱呢？有多深？深到可以穿越两世的阻隔，可以让她为他生，为他死……那这份爱，又经得起多少波折和考验？

她抱着身边的这个人，手臂渐渐用力，她贴着他的胸口，听到他的心跳和呼吸声，这一刻，她是如此坚信着的：无论发生了什么事，哪怕世界倾倒，她都不会放弃他。

顾清岚缓了会儿，还是吃了些东西，路铭心在旁劝他："自己做的菜，多吃点儿才能回本，更何况这么好吃。"

顾清岚正在持着勺子喝汤，听她这么说就停下了动作，抬眼笑看着她："怎么，对我的手艺还算满意？"

路铭心连连点头："好吃啊，胜过大厨！"

她倒真不是的恭维，那几个菜和汤，光看卖相已经很不错了，吃下去更是美味。

特别是那道梅子排骨，清甜可口，酸爽适中，就算是路铭心这样的吃货，也挑不出一点儿毛病。如果不是因为急着上来看她，她起码要再多吃半碗饭。

路铭心一边回味，一边还用眼睛溜了一下他面前的那一份，接着拍马屁："原来我家清岚哥哥这么能干，做什么都这么棒，我压力好大！"

顾清岚倒没客气，只是勾了下唇角，笑得还是一派淡然：“没什么，只不过凡事精益求精罢了。”

好吧男神就是永远这么优雅从容地搞定一切，路铭心都要默默啃手指了。

好在顾清岚看出了她的眼馋，将面前的筷子递给她，笑了笑：“我吃不下排骨，你替我消化了吧。”

他还感冒着，的确吃不了太油腻的东西，路铭心想到这道排骨还有那道龙井虾仁，都是他现在吃不了的，应该是特地做了给她吃的——当然任染那个大电灯泡就被她排除在外了。

看他还不断轻咳着，饭菜都没怎么动，也只是喝了些汤，路铭心就觉得心疼，抬手搂住他的腰，在他肩上蹭了蹭。

对于她这种小动物一样的行为，顾清岚都是纵容的，抬起手轻轻地摸了摸她的头顶，笑着：“铭心乖。”

听他这么哄着自己，路铭心突然觉得他的话语和语气有些异样的熟悉，好像他曾经经常这么哄自己，不是在最近，而是在很久之前。

她想着，就仔细回忆了一下他们小时候的事，进而又回忆他们前世的事，都没有找到类似的痕迹。

在她关于他们年少时的记忆里，他们两个并不亲厚，他也总是淡漠地对着她，怎么会对她说出这么宠溺的话。

前世就更不用说了，他们相处得淡漠，一直到死别，都没有什么亲昵的相处。

即使他已经说过，这部戏拍完后，他们就忘记前世，把那些当作一场梦境，但每当她想起前世他孤独地逝去，都还是心疼不已。

一面想着，她一面又在他肩膀上蹭了几下，收了收搂着他腰的手臂，感受到他身体内传来的体温，才稍稍安心了些。

又在家休息了几天，等顾清岚的身体恢复得差不多了，他才又进组，开始补拍之前的戏，以及拍摄最后那几场戏。

顾清岚在家休养时，路铭心已经回了剧组，先拍好了一些她的单人戏份，里面包括她被女帝嘉奖，还有沐亦清逝世后，她追忆夫君的苦情戏码。

拍那几组镜头的时候，路铭心的状态出奇得好，尤其是准备用作整部剧结尾的镜头，她更是一气呵成演完的。

那是多年后的杜青萍，许多年来，她始终冠着夫姓，活跃于战场之间，某次她从边关归来，站在和沐亦清曾相携走过的庭院回廊，想起他的音容笑貌，一如当年，历历在目。而她，却已是红颜催改，鬓染寒霜。

一生都不曾低下过头，也不曾再落过泪的女将军，此时却抱着和她相伴多年的铁枪，垂首潸然泪下。

这世间最悲切的事之一，莫过于情正浓处却生死永隔，从此往日不可追，来日亦无期。

而此生的她，已经再也无法拥抱着他，无法对他诉说衷肠，唯有这杆铁枪，可以撑起她满身铮铮铁骨，也可撑住她和他一同守卫的天下苍生。

虽然自己的戏份已经杀青，但顾清岚返组那天，李靳还是特地过来看他。

他们西部铁四角终于再次聚首，路铭心抱着顾清岚的腰，颇为防备地看着李靳："李哥你又来做什么？回去，回去！"

她有胆子对众人巴结还来不及的影坛大哥呼来喝去，没在西部跟组的人都吓了一跳，面面相觑以为要出大事。

在西部已经见惯这一幕的人，都见怪不怪了，谁再跟他们说李靳李大哥很凶很可怕，他们统统不信，明明就是个看起来凶了一点儿的老好人嘛——当然除了路铭心外，其他人也没敢上去捋虎须。

李靳摸了摸下巴："铭心你别老这么防着我嘛，这不是听说顾先生病了，前几天我在外地，没能登门探望，今天特地来弥补的。"

路铭心龇着牙如同护食的小兽："补品送到就好，人不用老来晃了！"

顾清岚笑着摸了摸她的头："铭心，李先生一片好心，别对人家太凶。"

路铭心这才收起了爪牙，斜睨了李靳一眼："好吧，看在清岚哥哥的份儿上，今天对你好一点儿。"

按说李靳也是有点儿受虐体质了，那么多上赶着对他抛媚眼嗲声嗲气的女星，他不假辞色，反倒对只肯看在顾清岚面子上对他稍微好点儿的路铭心，竟然能视为亲友，也算是奇葩。

虽然是来探病人，不过之前李靳人在外地，已经让自己的秘书送了许多补品到顾清岚的别墅里了，今天空手而来，纯粹是为了来和他们三个聊天。

两个剧组合并后，人员就多且杂了起来，魏敬国也只是两个执行导演之一，今天并未到场，在场指导他们拍戏的，是另一个导演。

在西部的一个多月，条件虽艰苦，却要比B市影视城里更清净一些。开拍前，在剧里扮演女皇的吴倩雅，特地过来跟他们打招呼。

吴倩雅是业界前辈，和李靳及莫祁都是旧识了，彼此寒暄了几句。路铭心是她直系师妹，对这个师姐印象颇好，两个人就多说了几句。

打过招呼后，吴倩雅就带了些好奇和探究地看着顾清岚："早在样片里看过顾先生的戏了，没想到见了真人更惊艳，这样的气质影视圈多少年没见过了。"

路铭心对吴倩雅的态度就亲热多了，拉着她的手说："是吧，我清岚哥哥这么美，不放出来让更多人看到太可惜了！"

吴倩雅点点头："你这丫头居然不藏私，我真佩服你。"

路铭心嘿嘿一笑，她转头看着顾清岚，心想哪里没藏私，有些样子，比如他半睡半醒间慵懒地半睁黑眸，比如他衣衫不整地靠在床头，比如他情动时刻微微泛红的脸颊，那是必须要藏起来谁都不给看的。

今天要拍的戏，是返京后顾清岚沉疴已重，女皇特许他不必进宫面圣，在府中静养，还亲自带了太医来探望。

顾清岚着了一身素服，长发以白玉绾起，被路铭心扶着，向女皇见礼。

他右足断了脚筋，还可以勉强站立，行动却有些不便，吴倩雅忙伸手扶起了他。

他和女皇是幼年相识，还曾有过婚约，自然比其他人要亲厚许多，女皇只看了他苍白的面容，就红了眼眶，低声说："沐哥哥，你如此……"

顾清岚对她微微笑了："臣已知天命，陛下无须太过伤怀。"

话虽如此，但不过短短数月间，他身子凋败若此，吴倩雅仍旧心意难平，鼻尖酸楚，几乎要掉下泪来："沐哥哥，你若有什么心愿，可以说给我听。"

顾清岚也知道她朝政繁忙，特地出宫来见他，已是不寻常的恩典，此次相见只怕就是诀别，就温声说："天下安定，海清河晏，就是臣的夙愿。"他说完，又顿了下，目光从身旁的路铭心脸上扫过，又说，"杜将军乃国之栋梁，望陛下珍重待之。"他顿了一顿，话语中带了一抹叹息和释然，

“……这也是臣的私心。”

他虽未说明，但吴倩雅又何尝听不出来，他话中托孤之意?

她强忍了眼泪，郑重地对他点点头：“沐哥哥放心，朕有生之年，军中必有杜将军一席之地。”

军国大事瞬息万变，手握重兵的将领亦常为君王忌惮，这来自于帝王的承诺，已算是格外恩赐。

顾清岚听了，微勾起唇角：“多谢陛下。”

路铭心一直在他身旁，扶着他的身体，站在萧瑟的庭院中，他安然又温和的笑容，成了女皇对他的最后回忆。

这也是他生命中最后的光芒了，两日后，京师初雪，他在府中病逝，世间再没有这么一个惊才绝艳的清流才子。

这些戏拍起来，对路铭心来说无疑太虐心，她到收工了，还像树袋熊一样抱着顾清岚不肯撒手。

李靳本来就是看她的笑话来的，很是恶意地打趣说：“铭心，你看你这么入戏，真拍到生死诀别那场戏，下来后还不得哭死？”

早晚那一幕都要拍的，再唯美的死，也还是逃不过一个死，路铭心想着，抱着顾清岚的身体就怕得轻颤了颤，却还是强撑着气势：“哭也回家哭，才不要给你们看笑话！”

看着她眼睛红红的，还非得装出一副无所畏惧的纸老虎姿态，李靳觉得自己等了半天，总算等值了，哈哈笑了出来。

chapter 16

一瞬生死

> 她的相册里，有一个专门的文件夹，放的全是平日里偷拍顾清岚的照片。
>
> 说是偷拍，其实顾清岚大都是知道的，有时候她还会弄出点儿声响来让顾清岚看镜头，对她这种行为，顾清岚总是纵容的，有时还会配合地对她露出些温和的微笑。

当今冬的第一片雪花飘落的时候，京师顾府的厢房中，路铭心正一心一意地握着身边那个人的手。

自两日前起，他原本微凉的体温就不可挽回地冰凉了下去，任她再怎么日夜紧握着，却终究还是一点点地变得寒凉。

她抬起头，看着他苍白如雪的容颜，他仍是对她微微笑着，唇边那一抹浅淡的温柔，也从未褪去。

不知道从什么时候起，他温润无声的目光，仿佛已无时无刻不围绕在她身旁。她抬头看他，将脸颊埋入他的手心间，良久一动不动。

他温和地微笑，垂眸间眼底只余倦怠微光：“青萍，房外是不是落雪了？”

房中炭火正旺，她却知晓了他的意思，眨眨眼睛，将眼眶的湿意去除，对着他尽力笑得甜美：“沐哥哥，你要去院中看雪吗？”

他微微地笑了笑，虽未明言，已是默认。

她知永诀已近，不敢有丝毫违逆他的意思，忙起身对房外的仆从小声嘱咐。

很快在小亭里布置好了暖炉和躺椅，她回到床前告诉他后便去取披风扶他下床。

他自前日后已无力再行走，此刻却撑着她的手自行站起，她抬手去拢他肩上的披风，指尖微颤，心中也是一片茫然。

他抬手握住了她的手指，他指掌冰凉，笑容却仍是和暖如昔，轻声地对她说：“青萍，难得今日雪景，我为你画一幅晴雪山水可好？”

她心中一酸，想起他们新婚时，还正是艳阳春日，他们曾相携在庭院中赏花，他闲暇无事，在桌案上铺了纸笔作画。

她在旁看着，觉得那杨柳依依，碧波浩渺，春花也是潋滟，却还总嫌不够，放下豪语，说要一日看尽四季美景，要他将那些统统都画给她看。

这样胡闹的话，他听了却并未生气，只是一幅丹青已然耗了大半日光阴，他就笑着说，改日再补。

蓦然间，她忽地明白了他为何会强撑病体，要去院中看雪，落笔作画——他已无力补给她四季美景，一世相守，却只盼在最后的时刻，她能记得的，尽是他们曾同看过的最美景致，曾度过的最好辰光。

她抬头笑着看他，任由泪水在眼眶中一再泛起，却始终也未落下：“好，沐哥哥，我们去看雪。”

去庭院中的路并不远，她一路扶着他过去，他的脚已经很难着力，她不敢走快，短短一段路，却像是走过了一生。

她已命身旁的书童拿了笔墨纸砚，铺在亭中的石桌上，等他们过去，她扶他坐在铺了软垫的躺椅上，又让他半靠在自己肩头。

雪花初时不过是散落飘零，此刻已越发肆虐，幸而始终未曾起风，只是如絮般静静落下，渐次将院落中的假山花木，都染上一层银白。

他的右腕早已不能用力，此时执笔的，是左手，虽然是极少在人前使用的左手，他提笔的手腕，也还是熟练圆融。

她帮他拉着垂下的衣袖，看他侧头对自己微微笑了笑，就在纸上缓慢落笔，那一道道山川沟壑，山间青松，松上白雪，就一一显现明晰。

他一笔笔画着，在西夏营地，他就是用这仅可以用的左手，将那些箴言寄语写下，再交由青鸟传信。

她竟也从未留意过，那俊逸挺拔的字迹，和他右手写出的，并无二致。

大雪纷扬降临，寒意逐渐侵入体骨，她感觉得到他气息渐弱，那专注的侧脸，颜色也渐渐失去，如同要融入这一片雪色中般苍白。

当这一卷山水绘尽，他笔下终于渐渐无力，她看到他转了笔锋，在画作空白一角，写下两句：愿卿安乐，相忘百年。

落下最后一笔时，墨笔从他无力的指间滑落，她抬起手，在他的手将要垂下时紧紧握住。

他转过目光来看她，黑眸的最深处，终于在一贯的温柔中，泄露出一丝不及掩饰的哀痛。

她看着他微微勾起了唇角，轻声说："青萍，此生尘缘已尽，你我已可相忘。"

他的语声已低不可闻，双眸中最后的光华流转，纵是千般不舍，却说着相忘——唯有骗她相忘，才可令她在他离去后，一生不至孤苦伶仃。

唯有再不相思，才能令她于世间安乐康宁，不至念念眷恋。

可他最后一刻凝注的目光中，仍是她的身影，他直到最后，心念牵挂的，仍是她来日的安好。

她不舍得将目光从他的脸上移开，也再藏不住痛楚和悔恨，轻摇了摇头，无法骗自己违心说出令他安心的话语。

她凑过去，将自己的双唇，贴上他无色的薄唇，唇齿交合间，她的泪水终究顺着脸颊滑落。

紧抱着他的身体，她和他前额相抵，轻声说着："沐哥哥，许我来世可好？"

微风将雪花吹落进来，晶莹的雪花落在他的眼梢眉角，却又被炉火的温度融化，剔透无瑕的水滴从他的脸颊上划过，乍一看去，竟如凝结的泪滴。

他的目光仍是在她的面容上流连，直至那黑眸中的一线光明隐去，长睫安然闭合，他也没有再说出一句话。

她一直等着，用尽全力，拥抱着他生息已无的身躯，目光却落在桌上被风卷起的那一幅山水画卷上。

泪水终于汹涌落下，绵密不绝，她仰首悲喊，那绝望的悲鸣，犹如失伴的孤雁，声声泣血。

今天亲自监拍这一幕的，是全剧的总导演陈汝，他是魏敬国的老师，无论在影坛还是电视剧的圈子，都是举足轻重的泰斗级人物。

他面色凝重地紧盯着面前的监视器，许久之后，才说了句："过了。"

那边还紧抱着顾清岚的路铭心，明显还是没有缓过来，她在李靳面前夸下海口要憋回家才哭，现在却可耻地失言了，又怕羞，就把头埋到顾清岚胸前，死活不肯抬起来。

还是从"死亡"状态中解除的顾清岚，抬手轻轻地拍着她的肩膀，不断安慰："铭心，没事儿了，没事儿了。"

刚刚最后那一吻，其实是剧本里没有的，剧中沐亦清和杜青萍的感情一直不曾外露，即使是夫妻，也发乎情止于礼，并没有亲密的镜头。

然而到那一刻，她却不由自主地去吻了他，还没有用任何借位的技巧，就是货真价实的诀别之吻。

她这样的发挥，在场的人其实都不由自主悬起了心，毕竟这一幕拍得太好，再来一次未必有这么到位的感情，而一向要求演员严格按照剧本表演的陈汝，很可能会要求重拍。

没想到陈汝老爷子却没有要求重拍，而是说了句"过了"，这几乎让所有人都松了口气。

抬起头看着那边还哭得头都抬不起来的路铭心，陈汝皱紧的眉头松开，说了句："铭心演技明显有进步啊。"

可惜那边正忙着把眼泪鼻涕擦在顾清岚胸前衣服上的路铭心，没听到这句难得的表扬。

路铭心足足哭了有半个小时，哭到后来，顾清岚不得不抱着她回到房车里，再关上车门，抱她坐在沙发上，不停拍着她的肩膀哄她。

路铭心全身都缩进他怀里，抱他抱得很紧，那样子别说把她拉开，就是让她稍微松点儿手，她都能跟人拼命。

路铭心想到的，是前世她竟然连这样和他诀别的机会都不曾有，仓促之间，就是阴阳永隔。

她没时间向他倾吐心事，也没有机会告诉他自己对他的感情，她感谢在剧里她有了第二次机会，能够在他逝去时陪在他身旁，可也不可避免地想起曾经的悔恨和遗憾。

顾清岚只能在她耳旁轻声哄着：“铭心，你看你把戏服都哭脏了……乖，我没事儿，别哭了。”

这不说还好，说了路铭心把他抱得更紧了些，抽噎着说：“脏了就脏了嘛，我来洗。”

那语气要多委屈有多委屈，活像被主人嫌弃了的小猫，弄得顾清岚也不能再提衣服的事，只能继续轻轻地拍着她，低下头贴在她耳旁，柔声说：“铭心，我还在的，别哭。”

这句话就比上一句管用许多，路铭心又在他胸口蹭了几下，哭声小了许多。

让她停下来不再哭的原因，也是她突然想起顾清岚抱了她这么久，手臂肯定酸了，大腿可能也被她压得麻了，所以她才慢慢停下来。

但等她彻底平静下来，脸上的妆都哭花了不说，眼睛也肿成了两只水泡眼。

顾清岚不得不佩服陈汝老爷子，今天明智地只给她安排了一场戏。

他带些叹息地用手指给她擦眼泪，笑了笑说：“你是要冰块呢还是要熟鸡蛋？”

路铭心还没反应过来，眨眨眼睛趴在他胸口看着他：“要给我吃吗？”

顾清岚无奈失笑，指指洗手间，让她自己去照镜子：“眼睛肿了。”

路铭心这才反应过来，惊呼一声跳起来跑进去，没多久里面传出来她的哀号声：“明天还要拍戏啊，我会被化妆师骂死的！”

值得庆幸的是，今天李靳没来，于是她哭成一团的样子也没被现场看了笑话。

好在最悲情的戏过后，其他的都是补拍之前因为曹叶阳没到组落下的戏。

路铭心只需重新化上娇嫩的妆容，把心态调整成未谙世事的傲娇少女，每天对着顾清岚撒撒娇就可以了。

于是整个剧组又频频被她各种秀恩爱的方式闪瞎了眼。

不知不觉间，这部拍摄期不算特别漫长，但相比其他剧组已经是不短的戏，也终于在经历了各种磕磕绊绊后，顺利杀青了。

拍完最后一场戏，时间还早，杜励特地订了酒店，让剧组的人都去聚一下。

戏份已经结束的那些人，比如李靳，也都被通知到了，按常理来说，那些已经离组的大牌是很少会来这种杀青宴的，比如吴倩雅和扮演皇夫宁王的林彤，就忙着各自的事，没有过来。

但李靳和莫祁听说顾清岚也在，就都特地空出时间来了。杜励当然把他们安排在一桌，让他们四个能够好好再聚一次。

路铭心见了李靳和莫祁，当然高兴，一时没控制住，还被李靳骗着多喝了几杯，舌头都有些大了。

戏已经拍完了，按照这个班底和前期的宣传，大火基本已经注定，剧组里的其他人自然与有荣焉，也都开心，看着平时对他们来说高高在上的几个大牌状态轻松，大着胆子把酒敬了过来。

路铭心私下里本来就不是爱摆架子的人，今天又有顾清岚在身旁，更加觉得美人在手，天下我有，喝起酒来毫不推辞，一口一杯，分外豪爽。

她豪爽的结果，就是饭还没吃完，天也没黑，号称千杯不倒的她，就差不多彻底醉了，开始抱着顾清岚说各种胡话。

一会儿说："美人，我把天下都打给你了，你开不开心？"一会儿又说，"清岚哥哥，我果然还是最爱你，祁哥虽好，也只能做哥们儿啊！"

顾清岚听她越说越不像话，对旁边的人淡淡地笑了笑："铭心醉了，我先带她回家。"

他的气场在那里搁着，说不喝就滴酒不沾，旁边还有李靳和路铭心护驾，在这么混乱的场面下，还保持了遗世独立般的清醒，说完这句话，也不等别的人回应，就带着路铭心从现场毫发无伤地全身而退了。

路铭心的确是喝醉了，等她彻底清醒时，已经是第二天早晨。她睡下前，顾清岚哄她喝了醒酒汤，所以她宿醉倒不是很厉害，头也只是有点儿隐隐作痛而已。

她醒来得不算早，顾清岚当然已经起床了，她揉了揉头发，就拖着睡衣去找他。

他们住在一起后，主卧室外的起居室就被改造成了小书房，顾清岚一般都会在那里看书、办公，为的是能够第一时间注意到卧室的动静。

路铭心喜欢这个改动，两个人住别墅稍嫌空旷了，如果她睡醒一觉后，还要到楼下去找顾清岚，的确有点儿麻烦。

她起床的时候没弄出多大动静，因此推开房门走出去时，就听到他还在打着电话，压低了声音跟对面说：“好，我知道了。”

看到她出来，他就笑了笑，抬手示意她稍等，然后说：“就这样吧，其他的邮件联系。”说完他道了再见，就挂断了电话，抬头看着她又笑了笑，“醒了？头疼吗？”

路铭心好不容易逮到这个撒娇的机会，原本不怎么疼的头，在他问过后，也要更疼一些了。

她故意皱着眉跑过去坐在他身边，然后把头放在他膝盖上求抚摸：“疼的，清岚哥哥给我揉揉嘛。”

他们重逢后，第一次亲密的接触，就是顾清岚让她给自己揉额头，现在却换了过来，是她跑来跟顾清岚要求。

顾清岚微微笑了下，并没有戳破这是她故意的撒娇，真的放下手头的资料，抬手轻轻给她按揉。

他指尖还是带着微凉的温度，力道不轻不重，她头部的一点儿刺痛感顿时被安抚了，舒服地轻哼了一声，就往他怀里缩：“清岚哥哥最好了，除了清岚哥哥我什么都不要。”

她这句话说得十分顺嘴，自己也没注意有什么不对，顾清岚的手却蓦然停了一停，在她看不到的地方，他的笑容有些勉强：“又说什么胡话？”

路铭心已经舒服地眯上了眼睛，还是丝毫未察觉，笑嘻嘻地继续说：“不是胡话，是肺腑之言嘛！”

顾清岚眸光闪动了下，亦不再说话，只是若无其事般继续轻轻给她按摩。

路铭心背靠着他，看不到他的神情，也就没看到他眉头无声地蹙起，低垂的眼眸中藏着复杂的情绪。

路铭心已经不记得那段记忆，但他还能清楚地记起。

当年他们在那个古代的庭院中生活时，每次他按照乔生博士的指导，诱导地告诉路铭心，问她要不要出去，到外面去和更多的人接触时，路铭心总会摇摇头，说：“清岚哥哥最好了，我谁都不要，只要清岚哥哥就好了。”

和她方才所说的话，几乎没有差别，她每次都这样说，也是乔生博士最终下定决心对她进行深度催眠，让她忘记那几个月里发生的所有事情的原因。

她还小，往后还要跟无数的人交往，展开无数段精彩的生活，无论是她的父母，还是他自己，都认为必须要戒除她这种对他过度的依赖。

因为那时的她，生命中容不下其他任何人和事的存在，只有他。

《山河踏碎》杀青后，路铭心只有不到一周的假期，接下来就是排得满满的日程。

当初杜励为了让她专心拍戏，把很多通告都往后推了，所以杀青后她很快就要被各种杂志采访、广告拍摄、电视节目、代言活动等占据几乎全部的时间。

不过在重新工作之前，她还是有几天可以休息的，所以她就努力利用这几天时间，在家里好好跟顾清岚腻在一起。

天气转凉，顾清岚又是容易着凉的体质，医嘱也是让他多休息，假期对他来说，就是多休息，安心静养。

原本这样的安排会让好动的路铭心觉得无聊，对她来说找个地方疯玩更能放松身心，但她现在却一点儿也不觉得窝在家里有什么不好。

顾清岚就是有这样的魔力，让她即使一整天什么都不做，就看着他在看书或者办公，都能津津有味。

她原来还暗暗吐槽过顾清岚的爱好就像老年人，现在却缠着他，要他教自己下围棋和写毛笔字。

顾清岚写了一笔在现代人里很少见的好字，《山河踏碎》里沐亦清的字迹，还有后来诀别时，他画下的那幅画和题字，都是在拍摄现场他自己写下来的。

其他人都惊叹他国学功底深厚，路铭心却一点儿也不惊讶，在她的概念里，他们前世本就是古人，顾清岚也是举国闻名的才子，琴棋书画都精通一些也没什么不对的。

知道她要学这些也不过是一时兴起，长久不了，顾清岚却还是耐心地教她入门。

其实这些东西，当年他们在古代庭院里住的那几个月里，他已经教过她一次了，这次路铭心学的当然比第一次要快，她自己没察觉出来，只说自己果然天资聪颖，无论什么一学就会。

顾清岚看着她扬扬自得的样子，只能无奈地笑笑。

路铭心觉得自己在不知不觉间，对顾清岚的依赖已经越来越重了，身为一个二十多岁就进入演艺圈的人，即使她星路走得再顺畅，也还是要承受一些普通人不能承受的孤独。

在顾清岚出现之前，她已学会用乐观的态度去看待一切流言蜚语，也习惯了自己打理好一切。

甚至在她入行后不久，就脱离了父母开始独居，除了工作方便外，也是因为干他们这行经常会昼夜颠倒，假期也毫无规律可循，和父母住在一起，势必会影响到他们的生活。

然而顾清岚只用了短短半年多的时间，就让她无法忍受不能时时刻刻见到他的日子。

他先是悄然却强横地进入了她的生活中，又带来了前世的那些记忆，虽然苦痛黑暗，却也刻骨铭心。

现在她每天看着他，恨不得每时每刻都可以和他共同度过，在拥抱着他的时候，又觉得天地之大，三千世界诸多繁华，她却并不羡慕，只要有身前的这个人在就足矣。

她觉得自己以前真是傻，以为远远地看着一个人，默默爱慕，就算是爱情——简直太过肤浅单薄。

真正的爱情，是她爱上了顾清岚这样一个男人，而他也同样对待她，温情纵容，耳鬓厮磨，他只用唇边的浅笑，就模糊了她以往的漫长孤单。

转眼间，已是深秋，这几天B市秋雨连绵，气温很快降到了10℃以下。

虽然房间里供了暖，气温仍旧适宜，不过户外却已经有些寒冷了。

顾清岚体质本来就不好，哮喘和风湿性心脏病又很容易在这种天气发作，所以接连几天，都没有出门。

好在因为拍戏和开学的时间冲突，再加上身体原因和家里出了事，他已经向学校请了一年的假期，并不需要像去年一样频繁去学校上课。

至于向学校提交报告，还有指导自己带的研究生写论文之类的事务，也可以通过电子邮件完成。

七天的休假过后，路铭心就被杜励拉回去继续做牛做马，马不停蹄地参加各种活动节目，保持曝光率和人气。

相比较安心的拍戏，将自己沉浸在另一段人生里，她是不喜欢这样的工作的，自嘲地管这个叫：“出去卖笑”。

其实按照她目前在圈内的地位，已经没有必要这么忙了，但她入行几年，虽然看起来顺风顺水，却始终和各大电影电视奖项无缘。

在这个圈子里混，要么就像李靳一样，出身足够显赫，作品也等身，地位已经有了，自然爱做什么就做什么。

要么就像莫祁这样，走实力派路线，拿奖拿到手软，可以低调地沉淀下来安心搞好作品。

最不济的，就是她这种人红却没有大奖傍身，稍有松懈，等待她的就是被新人取代，逐渐过气的下场。

所谓人气，其实不过是观众缘好，混了个眼熟而已，虽然足够的群众基础是在这一行混下去的必要条件之一，但光有人气，也还是不足以做个巨星的。

所以说，在光鲜生活的背后，当红女星路铭心的烦恼也是很多的。

这天她又被拉去接受了一个杂志专访，拍了一天的硬照，拍到腰酸背疼腿抽筋，为了平坦的小腹，她连午饭都没吃，早餐也就吃了几片饼干充饥。

路铭心被助理开车送回家后，就跑去找顾清岚打滚撒娇。

他是在客厅里等着她的，因为是在家里，他只穿了件浅色的羊毛衫，腿上还随意搭着条御寒的毛毯。

路铭心进了门就快步跑去抱住他，身体也顺势坐到沙发上，她深深地呼出一口气：“清岚哥哥，见了你我才活过来！”

她刚从外面回来，身上还带着寒气，虽然顾清岚体温一贯偏凉，但此刻她却能从他身上汲取热量。

在外劳累了一天，回到家可以抱着自己心爱的人，她说的“活过来”也不算太夸张。

顾清岚笑了笑，抬手握住她环在自己腰上的手，用自己的体温给她带去暖意，温和开口：“累吗？我叫林阿姨给你炖了一锅羊肉汤，要不要先来一碗？”

这次顾彦请来的厨师，不是之前的大厨，而是一个上了些年纪的阿姨，做的菜不再是精致考究的各式名菜，却带了家的味道，路铭心是很喜欢的。

听到有汤喝，路铭心的眼睛一亮，北方人秋冬季节喜欢吃羊肉，是因为可以祛除湿寒，滋补养生，她知道H市出生的顾清岚没有这个习惯，特地让阿姨炖羊肉，必定是为她准备的。

想着她就凑上去吻了一下他的唇角："清岚哥哥对我真好！"

顾清岚弯了弯唇，抬手理了理她有些松乱的长发，温声说："你先过去，我看完这几页资料就去。"

他放在桌上的是一沓英文资料，路铭心瞄了一眼，看到那些密密麻麻的长单词，就知道大约又是什么专业文件，所以应了声，还有些依依不舍地又在他脸颊上吻了一下，才跑去餐厅向李阿姨讨汤喝。

顾清岚目送她的身影消失，才抬手按住了胸口，强制性地将痛楚按下。

看文件不过是个借口，方才他是打算和路铭心一起去餐厅的，但胸口刹那间的闷疼却骤然袭来，他维持神色如常已经是勉强，若再动作，肯定会被她察觉。

他轻闭了双目，在等待痛楚减缓的时候，想到了任染那句"自苦"，在任染眼中，他一定过于惺惺作态——明明爱人就在身旁，却要硬撑，既不痛快，也耽误病情。

他其实也不是有意隐瞒，铭心已经很好了，看似漫不经心，实则心思细腻，更是时时刻刻都将目光放在他身上，唯恐错过什么他不适的蛛丝马迹。

可他却不敢过分地在她面前袒露放松，他已经想起了一切，路铭心却犹自懵懂。

她还以为他们有着前世今生的情缘和羁绊，他不知道，她深爱着的，到底是那个前世的幻影，还是如今的自己。

因为不知，所以惶恐，如今的这些关爱和担忧，他不知道有多少是偷来的，是她本想补偿给前世的那个"顾清岚"的。

在想到这些之后，他的确再也无法坦然地在她面前任由自己虚弱下去，好像一个骗子，还嫌骗来的东西不够，总想攫取更多。

他不想让她看到自己的狼狈和无力，也不想有一天，她戳破了这个谎言，想到的，全是这些不堪的回忆。

尽可能地在她面前表现得好一些，从容淡然一些，多留下些温暖的点滴，或许对他们而言，都是幸事。

他闭着眼睛靠在沙发上，等疼痛到了可以忍耐的程度，就睁开双目起身，用手指擦过额头，拭去那些不怎么醒目的薄汗。

抬步走到餐厅的时候，路铭心已经捧着一碗羊肉萝卜汤，开心地啃着略显得大的萝卜块，愉悦地冲他招手："清岚哥哥，李阿姨炖的汤跟我妈妈炖的好像，你也来一碗！"

看着她满足的样子，顾清岚不由挑起了唇角，但面对她和李阿姨期待的目光，他只能略顿了顿，笑笑说："没事儿，不用给我盛了。"

路铭心想了下，恍然大悟："哦！我懂了！男神是不能吃羊肉汤这么没气质的东西的！"

顾清岚也不知道她这个结论是怎么得出来的，他无奈地摇头，看着旁边李阿姨明显失望的目光，只能再次笑着对阿姨解释："我不是不爱吃，暂时没什么胃口。"

李阿姨也是开朗慈祥的性格，听他这么说，也就不失落了，又去厨房里将今天的饭菜端上来。

顾清岚拉了椅子在路铭心身旁坐下，他侧头轻咳了声，才又笑："忙了一天一定饿坏了，多吃些。"

路铭心连连点头，她一边喝汤，一边转头看着他，总嫌他脸色太差，就抬手在他脸上摸了一把，嘴里说："清岚哥哥，你要不要去医院再做个检查啊？最近一直不舒服的样子。"

顾清岚摇头笑笑："我还好，天气原因。"

得到这种回答，路铭心只能又小声嘟囔他太难伺候了，变个天都得提心吊胆。

她这样的抱怨也算经常，从头至尾，顾清岚也只带着和平日一样的淡淡笑容，听她乱说。

到了一年的最后一个季度，路铭心又忙了起来，短暂的一个月休整后，她马上就要奔赴下一个剧组。

这个合约是去年杜励帮她签下的，也是个历史题材，不过却是大电影，她在里面担任女一号，一个美丽却柔弱的小国公主。

虽说是女一号，但在那部彻头彻尾的男人戏里，她出现的场次也就和男三号、男四号差不多，基本上还是她之前惯常扮演的类型：荧幕花瓶。

整部戏下来，只用负责美就可以了。

虽然这个角色对她来说没什么突破，不过进组前她还是紧张地准备了一阵子，关起门在家里做了一周的调整，对着镜子背剧本，争取早日入戏。

虽然是在家，不过为了不分散精力，她还是把自己关在了二楼的一个客房里，除了出来吃饭、睡觉之外，都一个人待着。

不是她不想跟顾清岚在一起，而是她只要看到他，就会想起前世的那些事，然后对新角色就完全进入不了状态了。

对此她特别纠结，明明美人就在身旁，却只能把自己躲起来闭关，这是何等的痛苦。

于是在又一天的苦苦忍耐结束后，晚上睡觉前，她就搂着顾清岚的腰唉声叹气："清岚哥哥，演没有你的戏好辛苦啊。"

顾清岚笑了笑，轻轻抚摸了一下她的头发："那怎么办？以后每部戏都会这么辛苦了。"

路铭心又哀叹了声，虽然她心里也猜到顾清岚不会再出演任何一部剧了，不过还是不死心："清岚哥哥，我们这部戏播了沐亦清肯定会火的，你真的不考虑以后再接剧？"

顾清岚有些无奈地笑笑："我本来也不是演员，这部戏只是匆忙顶替……"

路铭心抬头在他脸颊上吻了下："可是清岚哥哥你这么美！"

顾清岚垂眸看着她，微微一笑："那么以后只给你看，不好吗？"

这么一说，路铭心顿时又觉得没有什么不对了，他的一颦一笑，眼眸中温柔的光芒，从今以后只有她一个人能看到，这种独占的感觉简直好到不行。

她想着，就把头埋到他胸前蹭了几下，吸了一大口他身上类似于木叶的清香，而后满足地轻哼出声："清岚哥哥只能是我一个人的！"

顾清岚拢着她的肩膀微微地笑了笑，并在她额上印下一吻。

再贪恋在他身旁的日子，工作还是需要做的。

过了几日，路铭心不得不出发去新剧组，临别时顾清岚带着司机送她去机场，下车前她还拉着顾清岚的手不松开：“清岚哥哥，要照顾好自己啊，你生病了我会心疼的。”

顾清岚对她微微笑笑：“我在家不会有什么问题，你还是关心你自己好一些。”

路铭心一本正经地摇头：“我就算在剧组也不会轻易生病，你哪怕在家也不保险……因为娇弱的美人是你不是我！”

对此谬论，顾清岚也只能失笑加无奈了，抬手摸了摸她的头顶：“乖，到了剧组别这么说话了，这次我和莫先生他们都不在。”

这倒是，除了《山河踏碎》剧组外，还真没有其他剧组能让她毫无顾忌地耍宝，在其他剧组里，她也就是和在镜头前一样保持女神的姿态。

越想越舍不得，路铭心恨不得把顾清岚打包带上飞机，但她却只能俯身过去搂着他的腰不撒手：“清岚哥哥，要等我回来哦！”

就这么普通的一次送别，给她弄得快成了生离死别的场面了。

顾清岚唇边带着纵容的微笑，抱着她轻声答应：“好。”

也许是话说得太满，到了影视城没多久，路铭心居然感冒了，虽然只是普通的流行性感冒，在发现后立刻吃药，症状也不明显，没有影响拍摄，但毕竟也算生病了。

下午提前从片场回酒店休息的时候，她就在房间里抱着电话跟顾清岚哭诉：“清岚哥哥，我头有点儿疼……鼻子也塞住了……”

话筒那端传来顾清岚的轻笑声：“铭心，你希望我去看你吗？”

路铭心有些不好意思地清了清嗓子：“没什么啦，很快就好了，清岚哥哥如果因为来看我累出病来，那才不好。”

虽然这么说，但她还是希望顾清岚能过来看望自己，不是因为生病虚弱，而是她实在有点儿想他了。

听着她明显带些期盼的声音，顾清岚却笑了笑，轻描淡写地带开话题：“气温变化大的时候容易感冒，注意身体。”

路铭心“哦”了声，声音里明显带着失落。

顾清岚又笑笑，温声对她说：“铭心，早些回来。”

想到拍摄结束后，她今年的重要工作就都结束了，一直到农历新年之前都可以跟他待在一起，路铭心精神为之一振："好啊，好啊，清岚哥哥你要在家等我！"

顾清岚微微地笑着说："好。"

路铭心恋恋不舍，不想挂了电话，顾清岚却突然开口说："铭心，今天我有个重要会议要开，不方便接电话，你不要再给我打电话了。"

路铭心一愣，这还是她和顾清岚在一起后，他第一次对她说不要她联络他的话。

之前无论身处何地，他的私人手机总是对她保持着24小时的畅通。

顾清岚似乎是觉察到了她的意外，又笑了笑，安抚一般说："没事儿，等会议结束，或者会议间隙，我会给你打电话。告诉你不要联络我，是害怕你打不通我的电话担心。"

他这么解释倒也合情合理，路铭心也知道有些事关重大的会议，会要求与会者关闭一切通信工具。

她很少过问顾清岚在工作上的事，听他这么说，只是觉得应该不是学校里的事，也没追问，就答应下来："好啊，清岚哥哥一定要记得给我打电话。"

顾清岚听着她语气里还带着几分不自觉的委屈，不由得笑了，一再将声音放柔和地说："我知道了，生病了自己多注意休息。"

路铭心还想缠着他再说几句，却听到他又接着说："那么我收线了，再见，铭心。"

她也只能跟着道了再见，等屏幕上的通话显示断开，她还抱着手机，想了想，翻开手机的相册。

她的相册里，有一个专门的文件夹，放的全是平日里偷拍顾清岚的照片。

说是偷拍，其实顾清岚大都是知道的，有时候她还会弄出点声响来让顾清岚看镜头，对她这种行为，顾清岚总是纵容的，有时还会配合地对她露出些温和的微笑。

所以她这个总被狗仔队和粉丝偷拍的"女神"，自己的手机里却塞满了偷拍的顾清岚的照片。

一张张翻看着自己的珍藏，路铭心觉得不看还好，越看越觉得对他的思念已经满溢到恨不得马上就出现在他面前。

在和他通话之后，又恋恋不舍地看了好几遍他的照片，她才放下了手机。

吃了感冒药，头有些晕晕地躺在床上，她掰着指头算了一遍距离回去还有多少天，才合上眼睛，默默祈祷着拍摄顺利，工作能早点儿结束。

chapter 17

因花生发

> 残酷的爱，虽然可以带来刻骨铭心的爱恨，但人们向往期盼的，却永远都是美好的爱。

路铭心又梦到了顾清岚，也许是因为发了烧身体不舒服，这次的梦境跟以往的都不同，尤其地颠倒痛苦。

她所见的，只有一片浓重的黑色，间或有微弱的光线传来，而鼻尖闻到的，也是腐朽发霉的味道，几乎让人窒息。

她很害怕，她也说不清自己害怕什么，但她拼命将身体缩成一团，把头埋到身前那个人的怀里，不停地瑟瑟发抖。

那是一个略显单薄的怀抱，明显不是成年人的体格，她却清楚地知道，那是顾清岚。

她拼命地贴近他，紧紧地抱着他的身体，仿佛天地间就只剩下她和身边的这个人。

而顾清岚也用力抱着她，他俯在她耳边轻声说，清亮的声音里带着些喑哑："没事儿的，铭心，不要害怕。"

他的语气仍是镇定的，温和的话语里如同酷冷冬日里的暖阳，她听着，恐惧却还是一丝一毫地在身体中蔓延，疼痛得无法呼吸。

她想告诉他，她害怕的并不是那些凶恶的坏人，而是害怕他们把他从她身边抢走。

可不停流下来的眼泪，却让她只能发出些模糊的音节，他仍然耐心地轻轻拍着她消瘦的脊背，一遍遍地轻声重复："铭心，不要害怕。"

她努力抓着他的衣袖，想要让泪水停下来，可无论如何都不能停止。

这个梦做得太沉闷，当她被床头的手机铃声吵醒时，已经满身大汗。

接起电话，她神志还不是很清醒，连来电人是谁都没有看清，只来得及说一句："您好。"

接着她就听到了熟悉的轻笑声，那端传来的是温和依旧的轻问："铭心，还没睡醒？"

听到他的声音，路铭心觉得好像有一团火从脚底下升起来，整个人都暖洋洋的，连忙翻身坐起来抱着电话："清岚哥哥！没事儿的，我醒了！"

因为她感冒，剧组特地给她放了半天假，她早上就没早起，准备一觉睡到中午。

现在她瞄了眼床头的闹钟，发现已经是上午10点钟了，也的确不早了，就说："清岚哥哥打电话是特地叫我起床的？"

他又微微地笑了下，才说："铭心，把房门打开。"

路铭心这才彻底清醒了，未及深想，就忙走到门口，将房门打开，门外是刚刚穿过走廊站在她房门口的顾清岚。

顾清岚对她微微地笑了笑，抬手轻摸了摸她睡得发红的脸颊："看起来烧是退了。"

路铭心轻吸了口气，她很想马上就抱住他，但还是勉强维持着镇定，拉住他的手，把他带进房间的沙发上坐下，才仔细打量他。

她左看右看，总觉得他的脸色太过苍白，就有些担心地问："清岚哥哥，你怎么过来了？身体不要紧吧？"

顾清岚微笑着，又给她理了理脸颊旁的碎发，她刚刚从床上直接冲到门口开门，现在还穿着睡衣，头发也乱蓬蓬的没有梳理。

自从进了演艺圈后，就算私下独处也会相当在意自己形象的路铭心，此刻却一点儿都没打算把精力分到她的外表上，还是看着他，眼神发亮："清岚哥哥，你为什么会过来？因为我生病了吗？"

顾清岚对她笑了笑："你昨天给我打电话，难道不是希望我能过来看你？"

虽然是事实，路铭心还是有点儿不好意思，干脆抱住他往他怀里钻：“清岚哥哥我好想你！”

顾清岚轻轻地拍着她的肩膀，声音低柔，带着微薄的笑意：“嗯，我知道。”

顾清岚不仅人到了，还顺带帮她叫了早餐，隔了没多久，就由客房服务员送了过来。

路铭心埋头喝着那碗瑶柱粥，还时不时地抬头看着眼前的人，那样子好像怕自己还是在梦里，一不留神他就会不见了。

顾清岚注意到她的目光，对她笑了笑：“铭心，我不会走的。”

路铭心被撞破小心思，脸颊顿时就红了红，然后隔着桌子去勾住他的手，带些撒娇地说：“清岚哥哥，你要在这里待几天？”

顾清岚微微地笑着摇头：“这个我也不知道，总归回程没有安排。”

路铭心的目光顿时又亮了许多，回程没有安排，就意味着他根本没打算什么时候回去，也意味着只要她撒娇耍赖到位，想让他陪自己几天都可以。

她什么心思都写在脸上，顾清岚看了也只能温柔一笑，抬手摸了摸她的头顶：“乖。”

头上被他微温的手掌盖住，路铭心满足地眯了眯眼，那样子活像漂亮的波斯猫被主人抚摸了一样。

在他和暖的目光里，路铭心突然想起了昨晚的噩梦，忙开口说：“对了，清岚哥哥，我昨晚梦到你了，不过梦好奇怪，我们好像被关在一个很黑的地方。”

顾清岚神色动容了片刻，却又很快掩饰过去，笑着说：“哦？具体是怎样一个梦？”

见他对自己的话题感兴趣，路铭心当然马上就做了一番绘声绘色的描述。

顾清岚听着，而后笑：“你倒是爱做梦。”

路铭心拉着他的手，在他手心里吻了下：“肯定是太想你了，才会做这种梦！”

顾清岚只是任她动手动脚，唇边是一抹不变的温和笑容。

即使再想和顾清岚腻在一起，路铭心下午也还是要开工的，她体质好，感冒过了一晚基本就症状全无，连继续休息的借口都没有。

路铭心依依不舍地告别了顾清岚，就去了片场，一下午她表现太好，惹得剧组的导演都说：“铭心感冒了一场，状态倒更好了。”

路铭心露齿一笑，神色间带有三分幸福的傻气：“清岚来看我了。”

那导演还是第一次见她这种样子，惊得有些呆住后，就笑起来：“原来如此，爱情的力量果然伟大。”

路铭心嘿嘿地笑着默认了这种说法，无论别人怎么看，顾清岚对她的影响力的确很大。

只要看到他就会觉得安心，只要能在他身边，就会觉得哪怕失去整个世界都不要紧。

想到这里，她也被自己的想法震惊了：她竟然会觉得和整个世界相比，还是顾清岚更重要一点儿。

这完全违背了她之前那么多年的人生观和价值观，而且这种根深蒂固的想法根本不像是外来的潜移默化，而是像早就植根在她心底了一样。

难道是因为前世？路铭心皱眉想了一下，自从《山河踏碎》拍摄完毕，她就和顾清岚约定彼此都不再提及前世的事，但在她心里，那些往日的碎影都还在。

今天没有夜场的戏，剧组收工后路铭心没跟其他人一起吃饭，自己先赶回了酒店。

她回来得早，天色还没完全暗透，她不知道顾清岚在干什么，所以用房卡悄无声息地打开了房门。

房间里没有开灯，路铭心在客厅里没有看到他的身影，走进卧房，果然在床上看到了深陷在被褥中熟睡的人。

他拉下了遮光帘，卧室里更加幽暗，她蹑手蹑脚地走过去，也还是撞到了床边的落地灯。

他睡得很熟，床头突如其来的响动将他惊醒，他抬起手按了按额头，先是轻咳了声，才带些迷蒙地开口：“铭心？”

路铭心扶正了险些歪倒的落地灯，忙凑到床边，握住他放在被子下的手，语气委屈：“对不起，清岚哥哥，吵醒你了。”

顾清岚微微地笑了笑，撑着身体半坐起来，摸了摸她的头顶：“不怪你，我这个午觉确实睡得太久了。”

看他也坐起来了，路铭心就将床头的台灯打开，借着灯光看到他脸色苍白，额头也出了层汗。

她抬手去擦，触到那些薄汗都是冷的，顿时就担心起来：“清岚哥哥，你头疼吗？哪里不舒服？”

顾清岚轻轻地摇了摇头，反握住她的手，抬起眼冲她笑了笑：“没事儿，可能是刚下飞机，睡不沉。”

这些日子以来，每每她发觉他身体不适，总会被各种各样的理由搪塞过去，连路铭心这么迟钝的人，也觉察出了什么不对，有些警觉地看着他：“清岚哥哥，不要骗我。”

她的语气太严肃，顾清岚一愣，不觉失笑。以往他可能是骗她，但今天的确只是睡不沉，也不知是白天睡觉终究不如夜晚香甜，还是他心中不宁，于是刚才睡在床上，乱梦纷纭，不知不觉出了一头冷汗。

他笑笑，接着对她保证：“我现在真的没事儿。”

路铭心将信将疑：“是吗？”她突然想到了什么，又说，“清岚哥哥你等下！”

她跑去从自己的包里，摸出来一只蓝色的锦缎盒子，然后递给顾清岚：“清岚哥哥，这是送你的！”

那盒子上蒙的是宝蓝底银丝竹纹的锦缎，很有些古色古香的味道，顾清岚笑笑接过来打开，就看到里面的黑色丝绒上，躺着一个薄薄的灰色玛瑙片，半透明的纹路犹如远山含黛，层叠不穷，在玛瑙片一端又穿了孔，系着长长的双股烟灰色的流苏。

这小东西的确雅致，而顾清岚也看出来这是一个书压，就笑了笑：“难得你有心，谢谢。”

路铭心看他还算喜欢，就开心地抱住他的腰：“这是我在道具师的电脑里看到的，就让她帮我也买了一个，今天才寄到酒店前台，本来是想收工后带回去给你的，结果你过来看我，就提前给你吧。”

路铭心本来就不是喜欢搜集这种古雅东西的人，让她买点儿珠宝名表什么的一定是手到擒来，甚至她代言过的那些奢侈品牌，都会送她一些情侣的对戒、对表。

这个书压当然没有那些东西贵重，难得的是她认真揣摩了顾清岚的喜好，还处处留心，给他找来了这样会为他所喜的案头小物。

顾清岚当然知道她心意的珍贵，笑着摸摸她的头：“铭心，谢谢你。”

路铭心抬头看他：“清岚哥哥，你可以用点儿更实际的行动谢我。”

顾清岚仍是淡笑，低头在她唇上浅吻了下，清隽的声音里带着笑意：“这样可以吗？”

他很少主动，路铭心被他一个浅吻搞得有点儿呼吸急促，在他离开后，她满足地眯了眯眼，却又说：“不够……”

话音未落，她就又吻住了他的薄唇，这次不再是浅尝辄止的轻吻，而是唇齿交合的激烈深吻。

顾清岚的吻从来都不猛烈，却温柔缱绻到如同可以溺死行者的湖泊，路铭心不由自主地抬起手臂，环住他的脖子，免得自己支撑不住身体，而他的手臂也适时地拥住了她的肩膀。

幸福感满溢到近乎眩晕，路铭心紧抱着他，许久都不想松开，她呼吸急促，过了很久才找回自己的声音：“清岚……”

顾清岚如同未卜先知般，微微地笑着开口，一贯温雅的声音里，也带着些沙哑：“晚餐可以让人过后送到房间里来。”

解决了后顾之忧，他们就再心无旁骛。

头一天晚上吃饱喝足，第二天路铭心的状态分外好，整个人都精神抖擞堪称荣获新生。

等拍完她的镜头后，导演找到她，先是夸了她几句表现不错，然后就问：“听说你未婚夫顾清岚先生也来了？”

他们一直没举行婚礼，外界都以为他们只是订婚，路铭心就笑着答道：“是啊，清岚昨天来看我。”

导演沉吟了下：“其实我有个不情之请，咱们这部戏有个客串的角色一直没请到合适的人，你还记得吧？”

那个角色是要跟她对戏的，路铭心当然知道，戏份很少，只有几个镜头，但根据剧情，却需要个气质和外貌都特别出众的青年男演员。

这样惊鸿一瞥类型的角色，青涩的新人大多都撑不起来，所以按照一般惯例，是会请一个大牌来客串。

这部戏的导演姓周，执导过不少重量级的影片，在电影圈里也是颇为举足轻重的一位导演了，以他的资历，要请一个圈内的大咖来客串，不过就是一个电话的事。

但他在挑选演员上标准一向苛刻，他认为不行的演员，哪怕是投资商力荐，也照样会被拒绝。

这个只有几个镜头的角色，直到建组后还是空悬着，看那样子，大有对圈子里现有的演员都不满意的架势。

路铭心听他先提顾清岚，再提这个角色，就猜到了几分："周导演您的意思，是觉得清岚适合这个角色？"

周导演点点头："我前几天刚看了你们《山河踏碎》的片花，看完后觉得顾先生一定能胜任子彦这个角色。"他说到这里，微顿了下，又加了句，"而且由他出演这个角色，也一定能把你的爆发力带动得更好。"

路铭心顿时觉得微微汗颜，周导演不愧是眼光毒辣，只看了个片花，就看出来她在《山河踏碎》里的表演尤其好，是受了顾清岚带动的原因。

按说她已经入行好几年，资历也不算浅了，顾清岚却是首次参与表演，结果竟然是自己被他带着走。

看出了她些许的尴尬，周导演好心宽慰了一句："没事儿，表演有时候是要看天分的。"

路铭心快在心里哭出来了：导演我知道你是好意，导演你别再说了！

她只能默默地把泪咽回肚子里，机智地打断了周导演继续安慰她的意图，抢着说："好，我今天回去就问下清岚，看他愿不愿接，不过他不算圈子里的人，我也不确定他还有没有继续演戏的意愿。"

周导演点头表示理解，还说了句："其实我也不愿他涉足这个圈子太深，那样的气质沾了尘就太可惜了。"

路铭心又在心里无声吐槽：导演您说话这么鬼斧神工，一句话把整个圈子都得罪了，您知道吗？

收工回了酒店，路铭心就把周导演的意思传达给了顾清岚，还尽责地为他描述了一番子彦那个角色。

顾清岚听了后了然地点头，总结得比路铭心的一堆描述还要准确："这是一个颇有魏晋之风的医者。"

路铭心忙拼命点头："是的，是的，应该就是这个感觉！"

顾清岚笑了笑："也好，正巧我这几天在这里，这个角色也和沐亦清有些相近，我应该还能驾驭。"

他说得很保守，不过也是谨慎使然，毕竟为了演好沐亦清，他补了不少表演的课程，但也只实际参演了那一个角色，若让他突然演一个反差很大的角色，那对他来说也是不太可能的。

当然，周导演想请他来客串，也一定是因为看到沐亦清和子彦很相近的气质和神魂。

路铭心一愣，她虽然也想过顾清岚能演好子彦，但却已经做好了被他拒绝的准备，毕竟当初沐亦清那个角色也是几经波折，他在无奈下才答应出演的。

惊讶之余，她长舒了口气："太好了，清岚哥哥，我还以为你对表演不感兴趣呢。"

顾清岚笑笑："那倒不是，我中学时期在话剧社，用自己有限的人生，去体验各种不同的命运，也是一种乐趣。"

路铭心还真没想到他竟然中学时就进过话剧社："你怎么从来没说过？"

顾清岚还是微笑："并没有人问过我有没有荧幕之外的表演基础。"

路铭心一想还真是……她只惊叹于顾清岚在解决了镜头感之后，表演基本就可圈可点，却没想到他少年时代就涉猎过这方面。

而且，按照顾清岚的个性，他无论做过什么，哪怕是一时兴趣，也会格外精益求精。

她想着，就问："你们话剧社有辅导老师吧……"

顾清岚微微一笑："还好，请过一些表演家给社员上课。"

他接着说了两个人的名字，都是相当有名的话剧表演家，有一个甚至还给路铭心上过表演课。

顾清岚中学时就读的是一个门槛很高的私立学校，其学费相当惊人，招生也很严格，成绩和家世都会被调查……不过两个大学教授去给一群中学生做社团辅导，这也实在是有点儿夸张。

顾清岚看路铭心一脸吃惊的样子，就笑笑说："那时我做了话剧社的社长，为了社员的表演水准，就出面用顾家的名义请了两位老师过来。也并没有麻烦很多，一个月会各讲一次课。"

路铭心已经有点儿心理不平衡了，当初电影学院有多难考，每年的媒体报道中都喜欢用千军万马过独木桥来形容，一点儿都不夸张。

这些很有钱的世家子弟成立的一个中学话剧社团，却能拥有和他们一样的老师。

她已经完全偏离原来的话题了，愤愤不平地说："我明天就要给祁哥和李哥打电话，还有魏导！告诉他们你是闵老师的学生！我被你的演技碾压才没有那么丢人！"

她想了想，又说："不对，我才没有被你碾压，最多是平分秋色……对了，你做过闵老师的学生，我也是被她教过的，这么算起来你岂不是我的师兄了？所以我根本就是遇到了同门师兄而已，这么一想就平衡多了……"

顾清岚听她在那里絮絮叨叨地说着，略带无奈地温柔笑着，低头在她不停张合的红唇上印下一吻："铭心乖，你很棒的。"

路铭心哪里还顾得上继续计较演技谁高谁低，捧住他的面颊不让他离开，就接着吻了起来。

既然顾清岚答应了，第二天路铭心就将他交给了周导演，接下来就是做造型、熟悉台词，等等。

这个角色戏份的确不重，出场只有两次，台词也不过几句，但也确实是一个关乎剧情转折的重要人物。

在这个剧中，路铭心饰演的是一个亡国的公主，她的恋人，也就是男主角，是弑君篡国的大将军。

开篇是一片歌舞升平，公主和大将军两情相悦，老皇帝也有意将公主下嫁给将军，但将军野心勃勃，趁着行宫夜宴埋伏下人马刺杀了老皇帝。

公主在混乱中逃脱，柔弱的她滚落到郊外的山谷中，脚腕受伤，昏迷在路旁，被一个路过采药的医师所救。

这位医师原本就是宫中的御医，和少女时代的公主曾有过数面之缘，后来他厌恶宫廷倾轧，才会避世山中。医师虽明知解救公主后，就会卷入权力的旋涡，却仍是将她救下，带回自己的居所悉心照料。

公主醒来后，先是看到满室书卷墨宝，而后才在药香中看到了一身白衣的医师，刚刚经历过的国破家亡好像一场黑暗的噩梦，眼前的这个人却如此安宁美好，让她重新感受到了人世的温暖。

然而就在此时，追踪着公主的大将军也已经带着骑兵踏入了宁静的山谷，撞见医师搀扶着公主下床的画面，暴怒的大将军挥剑残忍地将医师刺死，并将公主带回了宫廷。

山谷中温柔的医师，是公主最后能感觉到的光明，自此后她的人生就在幽禁中度过，在这场抵死纠缠的黑色绝恋中，公主最终穿上了纯白的舞衣，为将军献上一舞，并趁着将军喝醉，把匕首送入了这个自己曾经深爱的男人的胸膛。

整部剧最后的镜头，就是在起火的宫廷中翩翩起舞的白衣公主，还有逐渐倒塌的巍峨宫殿，昭示着权力的危险和无情。

电影的情节浓缩是要比电视剧厉害的，医师子彦的出场只有短短的几分钟，但如果说将军是代表了铁和血，他就是代表了善和美。

如同恶魔和天使，没有不染纤尘的仁善医师的猝然陨落，也就不足以体现将军的残暴，公主从纯洁善良到疯狂绝望的性格转变也会显得更加顺理成章。

正因为医师出场的时间很短，所以才需要在最短的时间内给观众深刻的印象和美的震撼。

这么看的话，周导演选择顾清岚，也的确很恰当，首先顾清岚的外貌和气质很贴合医师子彦的角色，其次就算在《山河踏碎》里有过演出，但顾清岚对于观众来说还是比较陌生的面孔，正因为陌生，才更容易被吸引。

没有看过《山河踏碎》之前，周导演本来打算在电影学院的学生中挑一个新人来出演的，但那些新人即使面孔再好，也毕竟年少，很难有医师那种沉稳内敛的文雅风范。

几天前看完《山河踏碎》剧组公开的预告短片，周导演第一眼就确定，顾清岚就是医师子彦的最佳人选。

他原本打算抽个时间先和路铭心商量一下的，没想到顾清岚却来拍摄基地探望她，对于周导演来说，这样的绝佳时机当然不能错过。

这部电影的造型师是周导演御用的，不但在国内拿过大奖，在国际电影节上也颇有斩获，医师子彦的造型他本来已经在模特身上做过了，等看了顾清岚更是眼前一亮，将细节略作调整，就完美到无懈可击。

顾清岚算是客串演出，只有三四分钟的出镜，自然没有签约，也没有收片酬，为了配合他的时间，周导演将拍摄进度调整了下，做好造型的第二天，就开始集中拍他的戏份。

镜头开拍，柔弱又美丽的公主穿着华丽的宫装，却发髻凌乱，衣衫上更是有几处明显的撕裂，她趴伏在路边的草丛里，想要开口呼救，却只能发出细微的呜咽声。

宫殿里阵阵的喊杀声仿佛还在她耳旁响起，眼前还留着父皇被残害时流出的鲜红热血。

她不停地瑟瑟发抖，如同秋风中即将坠落的树叶——与其说身体上的伤痛更厉害，倒不如说是精神上的毁灭更深重。

就在她绝望的时候，稀薄的晨曦中，她却看到了一个白色的身影，他就走在青草的芬芳和清脆的鸟鸣间，如同一个踏着光而来的仙人。

她从未信过鬼神，却在此刻，深信他必将是拯救自己的神明，于是她向他伸出了一只手，低声的呜咽如同受伤的小兽。

他俯下身来，握住了她的手，她拼尽全力抬头去看，看到模糊视野的中央，是他悲悯如天神，又温柔如阳光的面容。

她莫名安心，连满脸的悲泣绝望也终于渐渐平和，在她力竭倒入尘土中之前，一双温暖有力的臂弯，将她抱入怀中，如同抱起了一片轻盈的羽毛，又如同抱住了一束沾着晨露的花朵。

一袭白衣，俊美如同谪仙的医者低垂眼眸，看着怀中女子，他轻叹了口气，如同吹过花枝的晨风般柔和，他的目光中也渐渐倾泻出柔和的光华：“公主殿下……”

周导演适时地出声：“Good job！”而后他带头鼓起了掌，这是顾清岚进组后的第一个镜头，完成得还如此漂亮，的确需要给足面子。

片场的其他人也都由衷地跟着鼓起了掌，他们也都和路铭心以前一样，以为顾清岚是纯粹的新人，会有此表现当然惊艳……新人是也没错，只不过没几个新人年少时被表演大师指导过而已。

电影对镜头要求还是比电视剧更严格，更何况是周导演这种精益求精的名导，这条就算路铭心和顾清岚表现都完美，也还是又拍了好几条，机位又调整了几个角度，还有背景等也都做了调整。

周导演甚至连顾清岚每一步走来时衣摆飘起的弧度都有要求，道具师开着鼓风机在旁边干脆试了各种档位和位置的送风。

在这种近乎变态的要求之下，路铭心默默地数着，总共拍了八条，周导演这才满意。

这么折腾下来，一上午就过去了，中午休息好在片场吃了饭，下午接着拍另外一场。

剧组从不让一个演员连着拍一天的，上午拍过，一般下午都留给他们调整状态背台词等，这点也和当初在《山河踏碎》剧组不同。

即使为了顾清岚的客串戏份调整了拍摄安排，也只是明天继续拍下一场戏而已。

本来背台词也是要留在片场的，顺便观摩别人表演，但路铭心有了顾清岚这个大挡箭牌，拍完就乐呵呵地跟导演请假回酒店了。

不用吃剧组提供的盒饭，路铭心整个人都精神了不少，拉着顾清岚就去了酒店附近的一家淮扬菜馆。

这家菜馆风格古雅，位置也比较偏僻幽静，进门要先穿过一大片古典风浓郁的园林。

店里的客人并不多，再加上这里游客稀少，大部分都是影视行业内的从业人员，明星大腕见多了不会大惊小怪，路铭心也没要包厢，就挑了个靠窗的位置两个人坐下来。

对于顾清岚喜欢吃什么，有什么忌口，路铭心已经很清楚了，很快就点好了菜，趁上菜的空当儿，见缝插针地握住他的手，开始含情脉脉地说："清岚哥哥……"

顾清岚看着她微笑："嗯？"

路铭心已经进入花痴状态了，此刻看他哪里都是美到让人心醉，深黑的双眸是美，长睫在眼睑下落下的淡淡阴影是美，笔挺的鼻梁是美，含笑勾起的薄唇是美，连下巴的弧线都凛冽干净得让人陶醉。

眼看她目光越来越迷离，都快要诹出一首歪诗了，却突然被一个清脆的女声怯生生地打断："对不起，请问……您是路铭心小姐吗？"

听到自己的名字，路铭心回过头去，看到身边不远的走道上，凑了两个一看就是学生的小姑娘。

那两个小女生大概是结伴到影视城游玩的，不知怎么找到了这个隐蔽的菜馆吃饭，然后看到自己心仪的明星，就鼓起勇气过来搭话。

可能是因为路铭心虽然长相属于美艳型，气质却很纯粹，并没有那种容易被女性观众讨厌的魅惑轻浮感，所以她算是美丽女星中的特例，不仅男粉丝众多，女性粉丝也不少。

像这样被崇拜自己的小女生认出来已经不是第一次了，路铭心很熟练地露出一个亲切的微笑，大方地承认："是啊，我就是。"

因为紧张和激动，两个小女生脸都涨得有点儿红，看到她这么爽快地承认，反倒更紧张的样子，偷偷往她身后瞟，其中胆子大一些的那个鼓起勇气又问："真的啊，那和您在一起的是不是顾清岚先生？"

这种发展还真有点儿出乎路铭心的意料，毕竟顾清岚比起她来，在娱乐圈的知名度还是要差上很多。

他本来也不能算是这个圈子里的人，唯一参演的一部电视剧，目前也只放出了片花，还没有在电视台正式播出，其他的曝光机会，比如访谈节目，娱乐采访，更是完全没有。

就算网络上他那个不怎么更新的微博的关注量已经到了百万以上，但比起当红明星的水准来说，也还差得很远，更别提什么后援会，粉丝论坛了。

结果路上跑出来两个小姑娘，努力关注的对象并不是相对要"红"很多的路铭心，而是顾清岚，不得不说，这让路铭心突然有点儿微妙的嫉妒。

路铭心一时没反应过来，沉默了起来，顾清岚微微一笑，将话接了过去："是的，我就是顾清岚。"

那两个小女生早就偷瞄着他，眼睛不住放光了，他承认了后更是激动起来，胆子大的那个更是脱口而出："顾老师您好！顾老师我们能跟您一起拍张照片吗？"

这两句话几乎是喊出来的，顾清岚还是第一次遇到这种阵势，有些吃惊地笑笑："可以倒是可以……你们是我们学校的学生吗？"

那两个小女生摇头："我们是S市大学的！但我们尊敬您顾老师！"

此时的顾清岚还不知道，因为他大学教授的背景还有儒雅的气质，他的粉丝群体已经普遍开始称呼他为"顾老师"了。

看她们太激动，顾清岚就微微笑笑，没有再说什么，而是问："对不起，我还没和别人拍过照片……需要我站在那里吗？还是坐着就好？"

那两个小女生忙分工合作，一个从包里摸出入门级的单反相机，一个则在附近到处找角度和背景。

最后顾清岚起身站到她们指定的位置，再由她们两个轮流过来和他合照。

顾清岚不像很多明星，出道前会被教如何和粉丝合照，如何面对镜头摆出最好看的笑容，就算和人拍照，也只是随意站着，对镜头露出温和的微笑而已。

但有种人偏偏就是360°无死角，怎么拍怎么好看，那两个小女生轮流举着相机对着他咔咔狂拍，根本停不下来。

路铭心就在旁边看着，生平第一次体会到被镜头忽略的痛苦……要知道身为红毯女王，就算国际电影节这种巨星云集的时刻，只要她出现，也是聚焦的中心好吗?

看到后来，她眼巴巴地看着自己的男人被两个小女生轮流靠近，忍不住说了句酸溜溜的话："我清岚哥哥身体不好，你们不要拍太多了，闪光灯闪多了他会不舒服的。"

大概是生平第一次听说有人闪光灯闪多了都会不舒服，那两个小女生面露诧异地回头看了看她，顾清岚唇边也泛上些笑意："铭心?"

两个小女生互相看了一眼，交换了一个只有她们俩能懂的表情，脸颊红红地说："路小姐，我们也想跟你拍个合影，可以吗?"

搞得好像她自己主动要求合照一样，当红巨星路铭心小姐清了清嗓子，用手抚了抚风情无限的长发，矜持地说："好吧。"

于是今天唯一一张大合照，就是请了饭店服务人员来帮他们四个拍的。

好不容易拍完照，菜也上来了，那两个小女生就懂事地表示感谢，又问了他们可否把合照上传到社交网站，在得到肯定的答复后，就不再打扰他们，回到她们的座位坐下了。

这个饭前的小插曲路铭心没怎么在意，至于合照放到网上，现在也很常见，对她来说无所谓的。

她没想到的是，这次的四人合照被两个小粉丝贴到网上，并配了简短的说明和描述后，就飞快地被转发了几万条。

若说原因的话，除了《山河踏碎》的片花几天前放出，刚引起了一轮热议之外，还有就是这还是顾清岚第一次对外爆出生活照。

当然跟博主描述的话语实在是挺萌挺友爱关系也不小。

那条微博里，两个小女生是这样描述当时的情景的：我们跟顾老师拍照的时候，路女神就在旁边一直紧盯着顾老师看，那样子好像怕我们把顾老师打包带走有木有！然后还很委屈地说，不让我们拍太多顾老师，说闪光灯闪多了会把顾老师闪坏掉！好牵强好明显的借口！直到我们把路女神也请过来拍照，她才开开心心地过来抱着顾老师的手臂！那表情满足得不行！第一次发现女神也有蠢萌的一面真是好可爱！

转发中最多的除了惊呼顾老师生活照都能拍出硬照水准，果然是传说中颜值逆天的男神之外，就是观众纷纷表示从当初的发布会就看出来了，明星情侣中就数这一对的互动最自然最有爱了！

更有刚看过《山河踏碎》片花的群众跟风说道，霸气侧漏的女王配仙气飘飘的男神，卖腐多年的国内剧集中终于又出了一对有爱的BG王道，简直感激涕零。

所以说，适当地晒晒恩爱，也是广受好评的做法之一。

用过午餐，下午路铭心自然是要回去跟美人腻腻歪歪地睡个午觉的，然后晚上她看书，顾清岚用带来的笔记本电脑处理一些公司和学校的事务，时间就过去了。

第二天上午，开拍的就是顾清岚的第二场戏，有了昨天的磨合，今天的拍摄就更加顺利了些。

路铭心饰演的公主从昏迷中醒来，进入她眼帘的，除了简朴却布置素雅的房间外，就是窗边的书桌上，那个提笔正在书写的白色身影。

此处不是什么高门贵府，所以他衣着很有些随意，墨色的长发仅用发带松松束着，还有一半散落在肩头。

觉察到身旁的动静，那人放下毛笔转过头来，起身微微地笑。

那就是她昏迷前见过的那个微笑了，温和犹如流泻的阳光……她撑起身体，用一种近乎渴慕的目光看着他：“你……是谁？”

他走过来，在她床前躬身行礼：“公主殿下。”

接着他对她娓娓道来，他告诉她，他本是宫中的御医，名唤子彦，几年前辞官隐居于此，今晨趁着晨露未消外出采药，在路旁救起了昏倒的公主。

宫中的御医那么多，她并不记得有这样一个俊秀出色的人，他就微笑着说了几件她幼时的趣事。

他的嗓音也是温和清澈的，在他和暖目光的注视下，她渐渐放松下来，唇边也露出笑容。

在他的话语中，她仿佛还是宫中那个无忧无虑又有些骄蛮的公主，她会为难御医们给她开不那么苦的药，会撒娇要吃甜甜的果子。

她听到后来，情不自禁地抬手拉住了他的手腕："子彦先生……你可否多说些旧事给我听？"

她没告诉他自己遭遇了什么，可被陛下如珠似宝地捧在手心里的公主，不仅满身伤痕地倒在路旁，神情还那样绝望，他又怎么看不出来？

于是他温柔地笑了，轻声对她诉说着昔日的光影。

这一幕主要表现的是温情，重要的是气氛，而顾清岚的话语和笑容，很自然地就将氛围带入了那种岁月静好的感觉。

拍了一条之后，周导演唯一不满意的是公主的表现："铭心，你的表情应该是眷恋，不是迷恋好吗？你看你都快对着顾先生流口水了，你不是天天见顾先生的吗？怎么还是一副没看够的样子！"

路铭心也配合地擦了擦嘴角边并不存在的口水，卖乖地说："好的导演，我马上就把痴汉心收起来！"

第二条就好多了，周导演基本满意，接下来又拍了几条供剪辑，也就过了。

接下来就是顾清岚的最后一场戏了，日升月落，公主在山谷中和医者共度了几日，温情随着日复一日的淡淡相处，流淌在两人之间。

然而，将军的铁骑还是在几天后打碎了这个山谷的宁静，经过几天的搜查，将军终于找到了公主的下落。

午后的艳阳被战马的咆哮撕裂，马蹄碾碎了山谷中的鲜花，公主跌跌撞撞地从屋中跑出，看到的就是那个如同鬼神般降临到自己面前的男人。

那曾经是她倾心相爱的情人，如今却只是盘踞在她心头的恶鬼。

英俊的将军带着前所未有的戾气，利刃般的目光紧紧盯着她，也盯着在她身后走出来，却将她不着痕迹地挡在身后的温润男子。

在这样骇人的威压下，他并没有低头，也没有露出丝毫害怕的神情，仿佛他早已对一切有所预料，又仿佛千军万马在他眼中，也不过是虚张声势的微尘草木。

将军不喜欢这种目光，这是那些被他斩在马下的文士们，会流露出的目光。

他所能拿出最残忍威慑的手段，就是夺取他们的性命和希望，可当死亡被看作一场饮歌而去的远游，他甚至无法享受杀戮过后的快感。

将军紧盯着公主身前的医者，微眯双目，在唇角勾起一抹刀锋般的笑容："冒犯公主，乃是死罪，看来你还不知道。"

只听到"死罪"两个字，公主就忍不住开始颤抖，她娇弱的身体好像狂风中即将被吹落的最后一片花瓣，但她还是站了出来，抬头对将军说："我随你回去，你不要难为子彦先生。"

她并不知道自己这句话已经触动了他的逆鳞，她曾是依偎在他身旁满脸恋慕的纯真少女，此时竟然会为其他男人挺身而出来求情！

杀意在将军的眼底涌现，他冷笑着说："好，既然有公主为你说话，本将就赐你个痛快！"

接下来的一切都发生得太快，也许是对双手沾满鲜血的将军来说，杀人是一件再普通不过的事情，也许是有些美好注定不能停留在这个残酷的世间太久。

将军纵身下马，拔剑刺出，银亮的剑刃在空中划过一道美丽绚烂的弧线，接着毫无障碍地刺入那个人的胸膛。

剑尖穿过了胸口，透体而过，随着剑身的拔出，鲜血迅速地在白衣上蔓延，犹如刹那盛放的鲜红花朵，夺目却又凄艳。

公主想要呼救，微张的口却因为震惊和心痛，只能发出类似小兽的呜咽，她扑过去抱住医者渐渐滑落的身体。

他的脸色在霎时间变得苍白，看向她的目光却仍旧温和如水，如同她在绝境中遇到他的那个早上，可以包裹世间所有的苦难般，悲悯又温柔。

他不屑于对将军说出一个字，此刻却轻声对她说："活下去……无论何时都不要丧失希望……"

他的声息已轻不可闻，她看到他眼眸中飞逝如流星的光华，凑近了，才听清他最后的话语："……我的公主殿下。"

他们相遇不过几日，他从未对她有任何不敬或者轻浮的言辞，哪怕是在她最惊慌失措的时刻，也只是淡淡相伴，不越矩半步。

直至此刻，这一声轻唤，却又道尽了万般不舍和浅浅眷恋。

公主失神地抱着怀中无力的身躯，那曾经给予她最后温暖的眼眸已经安然闭合，昔日的恋人就在身旁，她却没有分出哪怕一丝的目光给将军，仅是注视着他清朗祥和的眉目，如同还希冀着他能再次睁开眼睛，对她轻柔微笑。

将军强横地将她从死去的医者身旁扯开，他不在意她满身的血污，把她举起，横放在坐骑之前，如同她是一只他捕获的猎物。

直至此时公主才绝望地哭喊了起来，在马背上伸出手臂，徒劳地想要再次触摸那个失去了生命的身体。

然而将军却毫不留情地带她离开，他们身后，是留下善后的士兵无情的铁蹄，以及他们点燃房屋后升腾的浓烟火焰。

几场戏接连拍完，周导演看着监视器一言不发，良久才出声："子彦之死这一段可以了，前面的对峙可以再补拍几个镜头。"

别的人倒还没什么，饰演将军的演员闵刚先长长舒了口气："太好了，把剑刺向顾先生这样的事情，我真的不想来第二遍了。"

身为这部大制作的男一号，闵刚是实力派加偶像派的双料演员，不仅长相俊朗、人气爆棚，在业内口碑也很好，虽然现在还没有一个影帝的加冕，但他还不到30岁，正值黄金期，捧到奖杯那是迟早的事。

路铭心在停拍的一瞬间，就一秒钟变女汉子，翻身从马背上下来跑过去扶顾清岚，连拖地的长裙和逶迤的长发，都没能对她造成任何行动上的障碍。

现在她一面给他拍白衣上那并不存在的灰尘，一面翻开他的手掌看他有没有蹭破皮，这时候听到闵刚这么说，就插嘴："我就知道你那一剑来得那么快，绝对是托不住了想快点儿结束！"

按照剧本，闵刚还是要说两句狠毒的台词，才下马杀人的，但当时他突然发难，好在路铭心和顾清岚都入戏了，很快做出了相应的动作和表情，这一条才没有穿帮。

不过从拍摄完的效果，以及周导演的反应来看，显然这突如其来的一剑，让剧情更紧凑也更有冲击力了。

闵刚摸着下巴一点儿没打算否认："我也没办法啊，再晚几秒钟，我就撑不住了好吗？怪不得李哥听说我要和顾先生演对手戏，特地打了电话给我，要我好好体验'再也不想演坏人'的感受。"

顾清岚拉着路铭心的手，示意自己无事，胸前的血包让他觉得黏腻腻的很不舒服，说实话，他自己也不想再拍第二遍，对此他当然要向闵刚致谢："真是多谢闵先生了，让我不用再'死'第二次。"

戏拍得好导演开心，剧务、道具等都省心，大家纷纷都鼓了几下掌。

接下来顾清岚去换了干净的衣服，路铭心也收拾了一下，补拍了几条对峙的戏份，至此顾清岚在剧组的客串就全部拍完了。

周导演对此显然很满意，连连道谢，向来孤傲的他，对顾清岚的笑容都温和了许多。

路铭心还要在剧组里再拍半个月，就算她想，顾清岚也不可能一直在影视城里陪她半个月。

几天后学校里有个会议他必须要参加，他就飞回了B市。

因为顾清岚参与拍摄的这部分戏，原本剧本中公主是没有爱上子彦的，子彦代表的，只是她心中美好的旧世界，子彦的死去，也只是纯真的她死去的开始。

但周导演在反复看了那些片段后，决定在最后一场戏里加几句台词。

就是公主决定刺杀将军，在她把利刃推入昔日恋人的胸口时，自知即将死去的将军苦笑着问："我知道，你是不是早就已经不爱我了？"

任凭鲜血沾满了双手，将军带着遗憾结束了自己波澜壮阔的一生，公主却始终没有回答。

她爱过将军吗？当然，毕竟那是她少女时代的幻梦。

她爱那个医者吗？但他们从相见到死别，也不过短短数日，连一句表白都不曾有，谈何相爱？

然而爱就是如此神奇吧，最后公主看着面容平静、犹如陷入安睡的将军，轻声地说道："若有来世，我会去寻他，而非你。"

这就是这部电影想要表现的一个主题了：残酷的爱，虽然可以带来刻骨铭心的爱恨，但人们向往、期盼的，却永远都是美好的爱。

后来周导演给这部电影定名为《山河如你》。

导致后来媒体在描述的时候，说顾清岚出道后参演的两部作品都是《山河》系列的……这就是后话了。

chapter 18

何为圆满

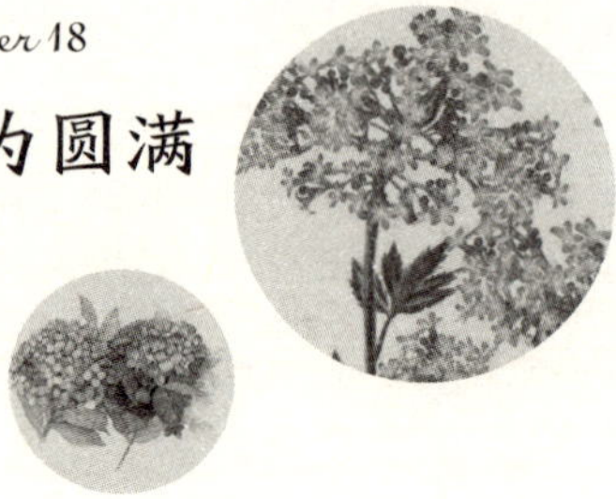

顾清岚也抬起手臂抱住了她，他微笑着，在她耳旁说："铭心，这一次，我们可以终生不忘。"

路铭心抬头在他唇上印下一吻，丝毫不理会四周更加响亮的起哄声，俯在他耳旁回答说："我早就忘不掉了，清岚哥哥。"

在结束了这部电影的拍摄后，路铭心等不及剧组杀青，就先飞回了B市。

电影后续戏份的调整，她早就打电话跟顾清岚说了，他听后只是笑笑，轻声嘱咐她在外拍戏注意身体。

路铭心本来是想让他开心下的，毕竟他第一次拍电影就得到名导的肯定，普通人多少都会开心的，没想到顾清岚实在太淡定。

她想了下，觉得像顾清岚那样高冷的人生，还真是会丧失很多乐趣。

不过她转念一想，连大导演的肯定都不能让他动容，她平时那些闲到发慌的冷笑话却每每能逗他发笑……这么一想突然觉得成就感爆棚啊。

她这次回家是提前了两天的，因为接下来直到过年也不用再离开B市去外地，心情也分外轻松，所以她改签了机票后，偷偷瞒着顾清岚，准备回家给他个惊喜。

飞机很顺利地没有晚点，到了B市后，她乘坐公司安排的保姆车，到别墅时也不过才是下午3点钟。

在门前下车后，她就让公司的车先回去了，然后自己一个人拎着行李进门。

她是按了门铃的，赶来开门的是顾修，顾清岚的新管家，是个年纪轻又略显害羞的小伙儿，也算顾家本家的人。顾修看到她后表情却有些闪烁，笑容也带着勉强：“您回来了？我去通知先生。”

路铭心也觉得奇怪，往常这个时间，顾清岚应该刚结束了午睡，如果他没出门的话，此刻大半就在楼下的书房里办公或者看书。

顾修将她手里的行李接过来，又让人去帮她提到楼上，那样子，好像要把她堵在楼下一样：“您还是先在客厅里等一下吧，我上楼去找先生。”

她觉得奇怪，干脆就怪怪地看了顾修一眼，绕过他向二楼的卧室走去。

顾修还是年纪尚轻，似乎真的有些急了，跟着她走过去试图继续劝她：“先生还没起床呢，我去叫他一下。”

路铭心觉得好笑，就边走边对他说：“你这么着急干什么，难道清岚在屋里藏了什么人怕我看到？”

顾修显然是说不过她的，只能略带无奈地看她径直过去推开了顾清岚房间的门。

而推开门后，路铭心也愣了下，顾清岚肯定没有在屋子里藏人，只是打开卧室的门，就能看到里面床前放着的输液架，还有正撑着身体准备起身的顾清岚。

他的脸色透着苍白，神情却有些尴尬，仿佛是没料到她突然回来，边起身边笑了笑说：“铭心？抱歉……”

路铭心愣了片刻，随即心里就涌上了说不出的感觉，有惊讶，也有担心，当然也有心疼，却还有一些愤怒。

她吸了口气，心疼和担忧还是占据了上风，几步走过去挽住他的胳膊，说出口的话却有些不客气：“起床干什么？都还没输完呢，躺好了。”

听她语气不好，他的神色却更尴尬了些，侧头轻咳了咳，才笑笑说：“抱歉……已经快结束了。”

他看着她脸色微愠的样子，反而笑得更温和了一些，像是要哄她：“晚上好一些就能陪你了。”

路铭心觉得自己大概是彻底被他气着了，半天都没能说出话来，只是皱着眉，看着他虚弱地半躺在床上的样子，末了干脆堵住他泛白的双唇，免得他又说出什么气死人的话来。

顾清岚没有料到她突如其来的吻，有些意外，在一吻结束后，弯了唇角对她微笑：“铭心……”

路铭心抬指头按住他的唇：“先别说话！都要给你气傻了！”

顾清岚这才意识到了什么，还是歉然地微笑，黑瞳带着如水的波光，温柔几乎要溢出来。

路铭心俯身抱住他，良久才轻叹了口气：“怎么都这么久了，你还觉得生病了是要瞒着我的？”

顾清岚抬手轻轻地拍了拍她的脊背，轻声说：“铭心，抱歉。”

路铭心“哼”了声：“我又不要你道歉，我只是不想被你当外人！”

她说着，抱着他的手臂更用力了些，时至今日，她仍然有一种惶恐的无力感，好像眼前的这个人，还是会在不知道什么时候就擅自消失。

因为无论如何亲近，她总能感觉到，这个人有些事情不会对她说，有些秘密也不会让她知道。

比如现在，她每晚都会给他打个电话才睡觉的，可他病了在家里输液，在昨天的电话里却对她只字未提。

她这么想着，抬起头看着他，手指从他无色又微干的薄唇上抚过，眼睛又有点儿微湿：“清岚……什么时候你才能信任我呢？”

她的语气太失落，顾清岚微微一愣，下意识地抬手搂住了她。

路铭心却别过了头不去看他，而是把头靠在他肩膀上，接着低声说：“你需要我怎么做，才肯相信我是爱你的？”

顾清岚气息一滞，忍不住就低咳了几声，他低烧着，咳了一阵后就有些眩晕，他不敢让路铭心看出来，连忙闭了闭眼睛，努力保持视线清明。

可惜要是他们刚在一起的时候，他的这些小动作或许还不会被路铭心发现，现在路铭心的眼光早就毒辣了许多，等他咳完，她就注意到他微乱的呼吸和蹙起来的眉尖。

路铭心都不知道自己是气还是急了，想想她刚回家，连衣服都没来得及换，就被他弄得心里七上八下、乱糟糟到无言以对。

找了好一阵话，都没能找到一句来骂他，她干脆放弃了，推开他站起来，居高临下地看着他说：“我去洗澡，等会儿我要是还没气死，再来看你！”

她说完都没等他回应，就转身走了，脚步还“咚咚”地踩出声响，显然是气得不轻。

路铭心把自己的行李搬到了那间她原来住过的客房，她洗了个澡，又换了宽松的衣服，全身舒爽地再返回顾清岚的房间。

顾清岚床前的输液架已经被搬走了，他正半躺在床上闭目养神。

路铭心看他没有勉强起身坐起来假装无事，心里的气消了些，走过去坐在床头，用自己刚被热水泡过的温热手掌，握住他微凉的手。

手指轻轻地动了动，顾清岚立刻反握住了她的手，张开了眼睛，冲她微微一笑，声音很低，却遮不住里面浓浓的宠溺：“铭心。”

路铭心洗过澡也有些懒洋洋的，干脆也趴到床上，在他身边侧躺下，然后哼了一声：“知道自己错在哪里了？”

顾清岚笑笑，承认得十分老实：“可能吧。”

他说着，又勾着她的手，微微用力握住，轻声开口：“铭心，我只是前段时间积压了太多工作，忙得差不多的时候没留心感冒了，这两天已经快要好了……”

路铭心“哦”了声接下去：“你想着反正等我回来之前就能好，所以干脆不告诉我，就当没这回事儿对不对？”

她说得这么直白，顾清岚也不好再粉饰，就勾唇笑了下：“抱歉。”

路铭心看着他，也真是觉得无奈了，她靠在他肩上，叹了口气说：“清岚哥哥，你问我，我到底有多爱你。”

顾清岚此刻分外从善如流，笑了笑就轻声问：“铭心，你爱我吗？”

路铭心抱着他的腰，回答得毫不犹豫：“爱，很爱。”

他温柔地搂着她的肩膀，继续低声问：“有多爱？”

路铭心接着回答，同样是毫不犹豫，语气坚定到不容置疑：“可以为你做任何事。”

相爱的人之间的情话，有时大可不必当真。顾清岚没问路铭心“可以为你做任何事”到底包含了哪些事，路铭心也没再追究他生病了却瞒着自己的事。

顾清岚确实没什么大事，只是他原本心脏就不好，感冒发烧也比普通人麻烦些，路铭心回家两天后，他退了烧，开始照常起居。

忙了一年，临近年关，娱乐圈比平常更热闹了些，往年就算想要求个清净，也会各种躺枪的路铭心，今年倒真的没被多少绯闻缠身。

可能得益于她这一年里大半年都在闭关拍戏，还有她已经对外宣布了未婚夫是顾清岚，别的捕风捉影的新闻，也不再往她头上安了。

空出来了时间和精力，享受着难得的安宁，路铭心终于有了时间，开始关心她和顾清岚的婚礼。

原本他们计划的就是《山河踏碎》那部戏杀青后，开始筹备婚礼的，但那时路铭心休整过后，马上要拍下一部戏，时间和精力都不够，于是也就推迟了。

他们其实并不打算举办多么盛大的婚礼，但重要的亲朋好友总是要请来的，而且要郑重其事，才更显得彼此珍重。

这天下午顾清岚去学校开会了，路铭心又在家里来来回回地划拉着自己拟请的来宾名单。

她本身就是公众人物，如果真要面面俱到，需要请的人数量相当庞大，更别提什么同学朋友了。

再加上顾家是H城的世家，就算顾清岚并不打算大张旗鼓，顾盛那边还有一大堆的名单等着她呢。

路铭心粗略一算，觉得如果满足所有人的要求，势必要弄得很盛大了，而且一场宴席恐怕还未必够……不禁隐隐头疼。

她觉得头疼，估计顾清岚那里也躲不过，他原本就是喜欢清静的人，素来很少出现在社交圈里。

她想来想去，就跑过去找顾清岚："清岚哥哥，你说我们要不要学陛下跟宁王殿下？我前两天跟陛下通电话，陛下说他们去意大利小城举行的婚礼很棒哎，邀请了一堆陌生人去！陛下还说她和宁王殿下是逃婚过去的，想想就挺刺激，不如我们也逃婚过去嘛！"

"陛下"和"宁王殿下"指的自然是苏季和墨远宁，虽然早说过不再提"前世"的事，但她还是喜欢这么称呼他们。

顾清岚当然知道她心里打的是什么主意，他没说苏季和墨远宁是当年早就举办过一次婚礼的，已经算是应付过H市的那些世家了，只是笑了笑，并不反对：“好，随你喜欢。”

路铭心看要求得逞，立刻开心起来：“太好了，不用接着想来宾名单了，头都要想破了！”

顾清岚微微地笑着，抬手揉了揉她的头发：“没关系，结婚只是我们两个人的事，你开心就好。”

路铭心扑过去搂住他的腰，抬头看着他眨眨眼睛：“那清岚哥哥开心吗？”

他微微一笑：“当然。”

这些话如果让H市的那些人听到，一定会觉得不可置信，毕竟顾清岚虽然少有交际，但在H市的社交圈里，他的温文谦和、礼貌周到，不知道被多少人封为世家公子的典范。

而他也从未有任何所谓离经叛道的行为，于是久而久之，H市乃至其他地区知道他名字的世家子弟，往往把他当作一个太过谨守礼教的“伪君子”。

乃至于当初他追求苏季的时候，几乎所有人都以为他是对苏家的财产别有所图，没有人以为他是真的情之所至。

在他们眼里这样虚伪世故的一个人，在自己的婚姻大事上，竟然肯迁就新婚妻子，不正正经经地办婚礼，而做什么文艺青年式的“逃婚”，简直让人大跌眼镜。

此刻顾清岚却只对路铭心微微地笑着，神色间没有丝毫思虑，只是纯粹地为了她的开心感到欣慰。

在很多时候，那些世俗强加在人身上的偏见，全都是一些无聊的猜测而已。

就像在催眠的幻境中，他可以毫不在意地背负着举世骂名，一声不响地饮下毒酒。

世间诸多形形色色的人，与他来说，不过都是过客而已，从来只需一个人懂他，就好……若那一个人不懂，也无怨无悔。

临近年末，路铭心工作少了许多，顾清岚却比平时更忙了一些，学校有期末考试不说，顾氏和他自己的公司还有许多总结和会议。

他每天都在忙，路铭心当然觉得心疼，每天想办法帮他放松，还跑去找按摩师学了一套按摩手法，没事儿的时候就给他捏捏肩，按按背什么的。

顾清岚一贯宠她，当然很配合她，偶尔忙过一阵，抬头看她自己无聊地在一旁看书，还会很歉意地对她笑："对不起，没空陪你。"

路铭心起身过去搂着他的腰，在他唇边轻吻，语气里不无撒娇的意味："没事儿，等你忙完了补给我就好。"

日子就这样一天天过去，转眼圣诞节和公历新年都过去了。

现在距离农历新年也很近了，顾清岚在学校的事务也终于忙得差不多，路铭心看他实在被拖得有些疲惫，就悄悄地准备了一下。

过了几天就是大寒日，这是一年中最后一个节气，也是B市一年里最冷的时候，这天也恰巧下起了雪，纷扬的大雪将四野都装点成了一片银白。

路铭心一大早起床，跟着顾彦和门卫大哥去扫了前院车道上的雪，就开始跑去楼上的琴室鼓捣。

三楼不仅有个琴室，琴室一面墙壁还能全部被打开，做成了一整面落地的玻璃窗，窗外有个暖房，里面种着些竹子和兰花。

在这个季节，兰花正开了，映着翠竹和窗外雪景，看起来要多清雅有多清雅。

顾清岚在顶层设了这个琴室和暖房，显然是为了自己清心弹琴时用的，只是这段日子以来他太忙，反倒没空儿上来。

前几天路铭心就网购了些东西，拆完包装就把里面的东西弄到了三楼，身为一个去商场会被围观的公众人物，她尤其喜欢网购，时不时就会从网上买些东西，顾彦都习惯了替她签收包裹，也没留意里面是什么。

而今天午饭后，路铭心先是跑去三楼布置好了，就下楼去把顾清岚拉上来。

这间琴室的陈设简洁雅致，平时除了墙角的花瓶和字画，只有在地板上放着矮桌、铺着垫子，今天顾清岚上去，却看到木桌上多了一个红泥的小炉和粗瓷的茶壶，其余的还有些茶具。

路铭心笑眯眯地拉他坐下："清岚哥哥，你今天好好放松一下，我泡茶给你喝。"

每个人都有自己不同的生活方式，对有些人而言，去酒吧大喝一顿或者背着行囊远走天涯是放松，但对顾清岚来说，在这样简单到寡淡的房间里安静地待上一个下午，更能让他休憩身心。

而路铭心也已经足够理解他，可以为他安排这样一个安闲的下午。

他随着她坐下来，笑笑："谢谢你，铭心。"

路铭心早在小泥炉里放上橄榄炭点燃了，此刻茶壶中盛着的山泉水也沸了，她松开顾清岚的手，将茶壶取下来晾了晾，然后洗茶泡茶，亮红色的茶汤注入白瓷的茶碗中，茶香四溢。

路铭心小心地把茶碗递到顾清岚手上，看他轻啜了一口，才满脸期待地问："怎么样？"

顾清岚笑了笑，点头："很好。"

顾清岚看着她因为自己的夸赞而明亮起来的眼睛，温和地笑笑，他将茶盏放下，用手指轻抚了抚她的脸颊，那里有一块她不小心沾染上去的炭灰。

路铭心还浑然不觉，以为他只是想摸摸自己，还顺势用脸颊在他掌心蹭了蹭。

对于她这种小动物一样的举动，顾清岚当然不会点破，只是笑着，任她拉着自己的手掌。

他常年看书，指间总有些淡淡的墨香一样的味道，路铭心将脸颊放在他掌心，眷恋地嗅了嗅，突然又想起了些什么，就抬头看着他说："对了，清岚哥哥，你累吗？累了可以躺下休息一下。"

这些日子以来他的确有些忙碌，不过却远没忙到影响身体的地步，自小体质不好，他其实比很多人都更注重养生，不为其他，一个人活着，总得尽量把自己照顾好，这样才能照顾别人。

他一直想找到一个可以共度一生的人，又怎么会不爱惜自己……所以有时他想到在催眠中，他只因为路铭心的冷漠和忽视，就可以在危急中义无反顾地放弃自己，仍旧觉得不可思议。

因为在催眠中，不仅路铭心深陷其中，以为自己真的就是那个古代人，连他自己也是，要不然他也不会在催眠结束后很长一段时间，仍然以为那是他们的前世。

看他一直垂下眼眸不语，路铭心就以为他是不想休息，就笑笑拉着他的手撒娇："清岚哥哥，你可以枕在我的膝盖上嘛，之前下雪那天，你躺在我膝盖上不是睡得挺香的？"

话说完后，他们两个人却都愣了一下。

因为路铭心说的那天，根本就不是她应该有的记忆，也远非“前世”的记忆，而是那年他们从绑匪手中被解救出来后，为了给精神崩溃的路铭心治疗，他们在那个古代庭院里生活的事情。

那已经是他们将要离开的时候了，季节转入深秋，下起了那年的第一场雪，他们坐在点燃了炭火的屋中取暖，看着窗外的纷扬大雪，将庭院染成一片银白。

几天前顾清岚感冒发着低烧，后来他支撑不住，就合上眼睛睡着，等醒来时，才发现自己正躺在路铭心的膝盖上。

那时路铭心还只是个13岁的少女，却安静地让他躺在自己膝盖上睡了一整个下午，他醒来时，还能看到她发亮的双眼，正一眨不眨地看着自己，里面是丝毫不加掩饰的依赖和眷恋。

那目光实在太专注，一直到他再次恢复记忆，最先想到的，也还是那个下午她的目光。

也正是因为他感冒低烧不愈，他们才在那场雪后，就从那个庭院里离开了，此后路铭心接受了催眠，完全忘记了那四个月间的事情。

那半年的生活，依照乔生博士的理论，是完全被掩埋在记忆深处的，哪怕路铭心想起了被暗示的“前世”，也不会想起那些日子，而一旦她回忆起来，就可能又会出现精神崩溃的症状了。

可路铭心此刻的样子，无论怎么看都不像精神崩溃……顾清岚笑笑，垂目轻声说：“也好。”

路铭心也回过了神，忙拍了拍自己的膝盖，大力献宝：“这叫膝枕，据说是恋爱中的必杀神器哦。”

顾清岚还是对她微笑着，没再拒绝，在她铺好的垫子上躺了下来，枕着她的膝盖。

路铭心又伸出手臂，搂住他的腰，跟他亲密地依偎在一起，路铭心才满足一般，轻舒了口气，低头又在他脸颊上轻吻了一下，笑着说：“果然这样才是最好的。”

顾清岚也轻握住她放在自己身旁的手，却隔了一阵，才轻声开口：“你开心就好。”

此刻窗外的暖室中翠竹依依，再远处就是漫天飞雪一片银白，静谧的景色只用看一眼，就能让人满心安宁。

安静中，路铭心感到怀里的人身体轻轻地颤了颤，而后沉闷地低咳了几声。

她吓了一跳，忙低头问："清岚哥哥，你不舒服吗？"

顾清岚轻轻地捏了捏她的手掌，安抚般说："没事儿。"

他语气带笑，她低着头看他的脸色并没有太大变化，就松了口气，继续抱着他笑："清岚哥哥，你还记得我们小时候吗？我那时候可没想到有一天能这么抱着你。"

顾清岚也笑问："哦？为何？"

路铭心嘿嘿一笑说："因为那时候我有点儿怕你啊，总觉得你会打我屁股。"

顾清岚笑："还好吧，我不会动手打女孩子。"

路铭心立刻惊讶地说："原来你把我当女孩子看！"

……接着他们又说了许多闲话，小时候看似是模糊了的记忆被一一翻出来，说到后面连路铭心自己都惊讶，原来她记住了那么多和少年顾清岚相处的细节。

小时候她只怪他冷漠，还忍不住地一再去招惹她，现在回忆起来，却明白那是因为小时候的她，用小孩子特有的直觉，知道即使他神色再淡漠，也不会因为这些琐事真的怪她，把她关在洗手间里那次，对他来说已经是大大的例外了。

路铭心还有些恶意地揣测，也许那次对她发了脾气，对于顾清岚来说，已经是人生中绝无仅有的失态。

她想归想，却不敢真的去向他问，只能偷偷地窃笑。

时光如此温软，最后不仅顾清岚躺着小寐了一阵，连路铭心也干脆依偎在他身边打起了瞌睡。

冬季的午后总是分外地短暂、珍贵，更何况屋外正下着雪，天色暗沉下来以后，路铭心就和顾清岚下楼去用晚餐。

晚餐后接着一切照旧，顾清岚去书房办公，路铭心则跟着他过去，窝在书房的单人沙发上一边看书，一边陪着他。

路铭心刚和顾清岚重逢的时候，他就是在这个书房里塞给了她一堆历史专业书，那些书她当然早就看完了，事实上时至今日，这里的书她陆续看了有上百本。

顾清岚这里没什么闲书，大部分都是文史类的资料，她看这100多本，自然跟看了100本小说或者口水书不一样，每本她还做了笔记，光笔记也写满了一本厚厚的笔记本了。

她倒也不是故意在顾清岚面前装样子，出生在高知家庭，她本身就是个爱读书的人，后来进了影视学院，拍戏又累，才放下了不少，现在有空闲又有条件，捡起来也是很自然的事。

她又看了一阵书，身边除了顾清岚偶尔敲击键盘的声音外，安静无比，所以当他又沉闷地咳了几声的时候，就格外明显。

路铭心总觉得他这几声咳嗽里极力压抑着什么，她不自觉地放下书向他走过去，抬手去扶住他的肩膀，开口问："清岚哥哥，哪里不舒服？"

然而话音未落，她却瞥到他悄然轻握起的手掌间，那一抹刺目的暗红。

一瞬间几乎遍体生寒，她想也没想就抓住了他的手腕，脑袋在这一刻也像是炸开了花，轰轰作响，她定了定神，才能看着他有些嘶哑地开口："清岚哥哥？"

也许是她的脸色太难看，他先是愣了下，反而先抬起另一只手，轻抚过她的脸颊，安慰她："铭心，我没事儿。"

路铭心又气又急，抓着他的手将他虚握的手指移开，就看到他掌心里果然有一团暗红的血迹，不算多，却刺目至极。

她一急，眼泪就掉下来了，说话的声音也顿时哽咽："还骗我说没事儿，你这个骗子！"

她这一声骂得掷地有声，连顾清岚都愣了愣，接着才有些无奈地微笑："铭心，别急。"

路铭心哪里还管他，转身就抓起桌上的内线电话，打到顾彦的房间，让他赶快找医生过来。

顾清岚知道这时候不能跟她争，就轻握住她的手，等路铭心转头看他，他才微微一笑："铭心，我真的没什么事，别着急。"

路铭心瞪了他好一阵，最后也没搭理他，只是挣开手，拿了纸巾去擦他掌心里的那团血迹。

这里地处郊区，医生来得再快，也是几十分钟后了，路铭心强迫顾清岚上楼躺在床上休息，自己又坐在床头紧盯着他。

在她这样严密的监视下，顾清岚只能躺下闭目休息，他温声唤了她几次，本来路铭心听到他这么叫自己，骨头都会酥了，让干吗就去干吗。这回却一点儿不为所动，轻哼了几声，语气里还透着十分不满。

半个多小时后，任染就来了，上次顾清岚生病，他在别墅里住了一段时间，后来顾清岚有了好转，他说不想看他们俩整天在家秀恩爱，就搬去了医院的公寓。

这次给顾清岚先粗略地做了个检查，又抽了血准备带回医院化验，任染先淡淡下了结论："呼吸道出血，没发烧，神志清楚，应该没什么大问题，今天先在家休息吧，明天可以去医院再做个全面检查。"

路铭心还生着气呢，听了就答应了一声，却看也不看顾清岚，转身就走了出去。

任染又嘱咐了几句，然后留下了一包药，接着也从房间里走了出来。

路铭心就站在走廊上，双手抱胸紧皱着眉，看起来很是有些郁闷。

任染侧头看了看她，突然说："跟我去楼下说话？"

路铭心本来只是给顾清岚气得不轻，怕自己在里面继续骂他，骂完肯定也还是自己心疼，所以就干脆出来平复一下心情。

她没想到任染要跟自己说话，愣了片刻后就点头："好啊。"

任染也算在这里住过一段日子的人了，所有地方都熟悉得很，带着她一路下楼，甚至还去了顾清岚的书房。

任染一点儿都不见外，等路铭心也跟着走进去后，就随手关上了房门。

他也不坐下，转身回头看着路铭心，突然说了句："你恢复记忆了。"

任染劈头盖脸就是这么一句话，路铭心更是愣了，她却只是犹豫了一瞬间，就坦然承认："是啊，我想起来了。"

她说不上来具体是什么时间想起来的，就在顾清岚客串完《山河如你》，先行回到B市后的那些日子里，她渐渐回忆起了一切。

其实在顾清岚离开之前，她已经记起来一些了，只不过那时她还不确定，那是梦，还是真实。

她最先想起来的，恰恰是被刻意掩盖的那些黑色的记忆。

她想起来在她13岁的那年暑假，她和顾清岚是怎样被绑架走的，他们被关在那个不见阳光的地窖里，度过了怎样黑暗的一段时光。

在她的记忆里，那段时光长到几乎不见尽头，甚至比一年，乃至很多年都长……可实际却只有一个月，准确地说，是29天。

那两个绑匪先是希望拿她和顾清岚换取高额的赎金，但其中一个绑匪却因为自己的画像被警方公布，吓得中途落荒而逃。

剩下的那个绑匪无力独自完成这次绑架，藏在地窖外的小屋中，深居简出，她和顾清岚幸运的是，这个绑匪可能估计到了以后会被抓获，不敢杀害他们两个犯下命案。

他们的不幸，却是29天来，被迫和这个丧心病狂的犯罪分子一同生存。

在那些日子里，只要那个绑匪心情不好或者暴躁，就会随手抓起棍子，从地窖铁门的缝隙中，伸进来使劲儿捅他们。

棍子是圆头的，不会留下疤痕，却能造成很痛的瘀伤，而每次棍子伸进来时，顾清岚都会先将她牢牢护在怀里，同时背转过身，尽量避免自己的胸前和要害部位朝向他。

那个绑匪每天只会从上面扔下来一两个硬硬的馒头或者面包，还有少量的水。

顾清岚已经把大部分的水和食物都分给她了，可她还是经常又饿又渴，抱着他小声啜泣。

每当她饿得太厉害的时候，顾清岚就会站起身敲击地窖顶上的铁门，管那个绑匪要更多的食物和水。

那个绑匪怎么肯轻易给他们？每次他都要拿出那根棍子，狠狠地将顾清岚打一阵，直到觉得出气了，才会丢下来一点儿食物。

她现在回忆起来，在那些黑暗的日子里，她能够几乎没有受到什么肉体的伤害，每一分都浸透着顾清岚的鲜血和牺牲。

她不敢想如果警方再晚一些发现他们，顾清岚会怎么样……事实上在警方找到他们的前两天，顾清岚已经因为长期的营养不良和虐待时挨打的伤痕，开始持续地发烧。

他原本体质就不好，在20多天里，更是近乎固执地，在极其有限的条件下，要将她照顾好。

她记得最后几天，他总是沉闷地咳嗽，连站起身都很费力，可即使如此，当她看他时，却总能借着地窖里昏暗的光线，看到他正对自己微笑。

连他低哑下去的声音，也总是透着浓到化不开的温柔，他总是会说：

“阿心，不要害怕，我在这里，再坚持一下。”

她每天都抱着他，他是在绝望中唯一的温暖和慰藉，也是她所能感知到的唯一光明，唯有将耳朵贴在他的胸膛上，听着他稳定平和的心跳，她才能在极度的紧张中得到片刻的安宁。

他们被解救出来时，她说话语无伦次，只知道叫他清岚哥哥，因为他需要住院，所以他们把他从她身边带走了。

她于是拼命地挣扎、叫喊，努力想要回到他身边去，然而父母和医生都认为她是受到了精神创伤，每每都会给她注射镇静剂，或者偷偷喂她安眠药。

那时的她，其实神志清醒，只是他不在自己身边的时候，她就会本能地恐惧，害怕再也见不到他——对于那时候的她来说，等于是世界的崩塌。

那种恐惧能盖过所有，让她的精神失去了控制。

任染一直紧盯着她的神情，似乎是怕她突然崩溃。可她神色一再变幻，目光中的挣扎和痛苦都一闪而过，却始终还是保持着清醒和镇定。

任染终于松了口气：“看来你是能接受那些记忆了。”

路铭心苦笑了下：“毕竟已经反复回忆起来两次了，回忆多了也就能克服了。”

虽然是这样说，但在影视基地将一切都想起来的时候，她还是精神恍惚了几天，好在那几天正好拍到子彦大夫死去，公主在后宫中犹如行尸走肉般度日如年，所以导演还称赞了她入戏。

导演的夸赞让她有些错愕，冲淡了她的震惊和失神，那些日子也好过不少。

虽然路铭心每晚都跟顾清岚通话，她却想了又想，也没有跟他提起来，连回到B市后，她也假装没有想起来，没有告诉他。

任染看着她，开口说：“其实那个‘前世’……你也可以当作是发生过的。那时你们在一个房间里，共同进入了催眠，当时通过一些话语和引导，实现了你们在潜意识里的同步。所以在‘前世’里说过的话、做过的事，也可以认为是你们真正说过、做过的。”

路铭心已经想起来了前因后果，包括后来去美国接受治疗的过程，在精神错乱的时候她语无伦次，事后她却能清晰地回忆起当时的事。

所以任染说的，她也懂，当时不仅她相信了那是他们的“前世”，连顾清岚也深信不疑……说是他们共同进入了一个虚拟的世界中，经历了刻骨铭心的一世，也不为过。

她笑了笑说：“我知道，哪怕‘大齐’从未真实地存在过，但清岚给我的感情，还有我对他的感情，都是真的。”

如果说那次共同催眠有什么收获的话，恐怕是让她认清了自己爱着的人是顾清岚，也让她体会到了失去他的痛苦和绝望。

任染鲜见地叹了口气：“顾先生是个敏锐的人，你的异常，恐怕他已经察觉到了。”

路铭心想起他下午就开始沉闷地咳嗽，身体不舒服却不告诉自己，顿时又怒从心头起：“那他为什么不直接来问我？”

任染本来话是不多的，看到她现在的神情，再想起里面那个人的样子，就说：“顾先生是怕你都记起来后，以为‘两世情缘’是他刻意欺骗你的吧……原本你们就是因为这个才走到一起的。”

路铭心气得鼓了鼓脸颊，她是应该想到，依照顾清岚的个性，他大概会把这些阴差阳错的事情，都当作过错全部揽到自己身上，然后对自己心怀愧疚。

只是他竟然以为她会为此生他的气，甚至以为她会怪他——这也有点儿太小看她了吧？

路铭心仍在气头上，想事情也颠三倒四的，不过她冷静了片刻，就点了点头：“我知道该怎么做了。”

她这一句话分外掷地有声，任染只是看着她，然后知趣地说：“我把顾先生的血样带回去先查下血象……就不打扰了。”

到门口送走了任染，路铭心又在楼下待了一会儿，然后跑去找顾彦借酒。

顾彦听到她要的酒是二锅头，镜片儿后的眼睛顿时就瞪大了：“路小姐，我这里并没有……”

路铭心看了看在家里还穿着三件套西服，连头发都打理得一丝不苟，鼻梁上架着银丝边眼镜的顾彦……顿时就觉得自己找错了人，只能失落地说：“那随便什么酒都可以。”

顾彦惊疑不定地又看了看她，这才出去找住在后院的门卫老王，回来时手里真的拿了半瓶二锅头。

把酒递给她，顾彦脸上有些无奈：“你要喝酒的话，地下室的酒窖里有葡萄酒和香槟……”

路铭心接过来嘿嘿一笑：“替我谢谢老王师傅，葡萄酒和香槟可以送给老王师傅，我是喝酒壮胆的，那些酒不行。”

顾彦只能无奈地看着她，最后勉强地说了句：“酒多误事。”

路铭心摆摆手，就跑去后院的走廊下，在凛冽的寒风中，没几口便将那些二锅头灌了下去。

等她转身上楼时，已经有些微醺了，所以当她推开房门时，力气用得就很大，“嘭”的一声可以说是如入无人之境。

顾清岚正在床上闭目养神，听到响声，有些惊讶地睁开眼睛，半撑起身体：“铭心……你……”

路铭心走过去扑到他怀里，他很快就闻到了她身上浓重的酒气，还有她有些酡红的脸颊。

他更是惊讶：“铭心，你怎么喝酒去了？”

路铭心从他怀里抬起头，却一言不发，就凑过去堵住他的薄唇。这次她吻得很激烈，近乎狂风暴雨般地，带着一往无前的气势。

直到他们俩都气喘吁吁，顾清岚更是侧头轻咳，她才停下来。接着她靠在他肩上，轻声说：“清岚哥哥，我都想起来了……想起来那年夏天的事，还有你为我做的一切……”

她能感觉到他的身体突然绷紧了，声音里也带着担忧：“铭心，你有没有……”

她趴在他肩上摇摇头，抬起手抱住他，他们贴得很近，于是她即使小声开口，也能让他听清：“清岚哥哥，世界上这么多的人，只有你参与了我最黑暗的过去。除了我的父母之外，也只有你，宁肯遭受那样的折磨，甚至舍弃自己，也不愿放弃我。

“你为我做了那么多，我却忘记了你，我们之间，若非要说谁亏欠了谁的话，也是我亏欠了你。我已经不再去想你什么时候爱上我了，或者现在有没有真的在爱我。我只知道在那个黑暗的地下室里，你是我唯一的光明和温暖，现在你也仍然是我最依赖和深爱的人。

“不管我能不能和你在一起，你始终都会是我的此生挚爱。如果你不肯让我留在你身边，我也不会违背你的意愿，但清岚哥哥，你不能再阻止我爱你……即使有了虚假的记忆，我也两次都爱上了你。”

连她自己都没想到，她竟然能心境平和地把这些话说完，她已经不再是当年那个惊慌失措的小女孩，也不再是记忆混乱中迷失本性的癫狂女子了。

她知道自己挺了过来，接受了所有最可怕的回忆，并去坦然面对，这样的她，才能够拥有一个最灿烂的未来。

她也知道，像13岁那年的夏天一样，这次还是顾清岚带她走了出来，如果没有对他的爱，她不会变得如此坚定、有力，承担起一切。

她抬起头，看着他近在咫尺的面容，即使此刻他的脸色仍然苍白，他看向她的目光也依旧温柔如昔，如同最深邃，却也最美丽的湖水，波光潋滟中，足以涤荡尽一切疲倦。

她突然觉得自己刚才说错了什么——会用这样的目光看着她的人，怎么会不爱她？又怎么会忍心让她离开？

她想着，果然看到他微微弯起唇角，清俊的面容上，层层晕开的是暖如春阳的笑容：“铭心，我从未希望你离开……”

他还想说什么，她却已经没有耐心去听了，她凑上去，吻住他淡白色的薄唇。

在这一年的农历新年过完，春暖花开之后，路铭心终于如愿地和顾清岚举办了一场她心目中的婚礼。

确实是没有宴请宾客，不过也没有像预计中的那样，跑到国外的小教堂里，被一群陌生人包围祝贺。

婚礼是路铭心一手安排的，包下了B市影视城的一座庭院，然后当那日入夜，院中华灯初上，星罗棋布的红色灯笼，散落在亭台楼阁之间，深黑的夜幕下，那些古雅的楼台，犹如悬浮在天幕上的迷境。

仲春时节，到处都是盛放的花朵，夜里却看不分明，只有暗暗的花香弥漫，他们当然宴请了亲朋好友，数量不多，刚够把庭院的大堂坐满。

吉时到了的时候，他们并没有中式婚礼的仪式，路铭心穿着凤冠霞帔，被路之遥带进了大堂。

一步步走近红烛高幕前的那个人，路铭心透过凤冠的珠帘，看到他也正看向自己，唇边含笑，目光是能瞬间安静了一室喧嚣的温和。

这是他们在《山河踏碎》中拍摄过的场景，也是在他们的梦境中出现过的画面。

只不过不管是在梦境中，还是在他们拍摄过的镜头中，大婚的典礼过后，都是顾清岚独自到书房对着烛火静坐到天亮。

这一次，当路之遥把路铭心的手交给顾清岚时，她在那一瞬间，就踮起脚，用力抱住了他。

现场顿时响起了善意的哄笑和掌声，还间或有几声呼哨从席间的摄像机旁传来，那是路铭心管魏敬国借来记录今天画面的摄像师们——当初《山河踏碎》的原班拍摄团队。

顾清岚也抬起手臂抱住了她，他微笑着，在她耳旁说："铭心，这一次，我们可以终生不忘。"

路铭心抬头在他唇上印下一吻，丝毫不理会四周更加响亮的起哄声，俯在他耳旁回答说："我早就忘不掉了，清岚哥哥。"

番外

百年流转

自从和顾清岚结婚后，这是路铭心第无数次觉得有些无聊。

这也不怪她，婚礼结束紧跟着就是蜜月，杜励特地放了她一整月的假，取消了一切活动通告，让她安心享受婚后的甜蜜。

这么长的假期，对于路铭心来说，简直是绝无仅有的。不过，因为顾清岚最近身体不是很好，所以他们选择在家里休息，并没有外出度假。

罕见地出现大量空闲时间的路铭心，于是就无所事事起来，她整个儿地把自己放空，每天早上起床甚至还有空数一下顾清岚的睫毛作娱乐。

她无聊起来，理所当然地就更加黏顾清岚，那种恨不得每天都趴在他膝盖上各种卖萌打滚儿的样子，也着实让人惊叹。

觉察到了她的状态，顾清岚在她又躺在自己膝盖上玩平板电脑的时候，就笑着说：“铭心，你如果觉得在家太过无聊，我们可以计划出游。”

路铭心想都没想就连连摇头，之前因为两个人猜来猜去劳心费神，顾清岚还一度咳血病倒，身体在婚礼前才刚养好一点儿，她怎么舍得让他长途奔波。

更何况蜜月嘛，说起来还是两个人在一起开开心心最重要，不是必须要去什么度假胜地才算。

顾清岚感觉到了她的细心和体贴，笑了笑，唇边一片柔和地说：“谢谢你，铭心。”

路铭心直到现在还是会忍不住沉醉在他温柔的笑容和目光里，她歪头任他的修长手指轻抚过自己的脸颊，脑子中突然冒出来一个主意，忙抬起身拉住他的手，眨了眨眼睛说：“不过，清岚哥哥，你可以陪我在家里玩。”

顾清岚略挑了长眉，唇边笑容更加柔和道：“哦？”

很快他就知道路铭心是怎样一种玩法了，她不知道怎么跟杜励说的，反正隔天杜励就派人送来了一堆东西。

其中包括他们在《山河踏碎》中穿的精致戏服，甚至还有头饰和顾清岚用过的那顶发质很好的黑长直发套。

捧着这些东西去找顾清岚的路铭心，笑得有些贼贼地问：“清岚哥哥，我们在家里穿这些你看怎么样？”

和他们举行结婚仪式时穿着的隆重礼服不同，这两套戏服是拍摄他们在一起的最后一场戏，也就是沐亦清辞世那场戏的戏服。

顾清岚的戏服是一身纯白色配以精致暗绣的长袍，路铭心的则是一套浅绯色的宫装，两个人戏服的颜色当然是经过精心挑选设计的，相互映衬着出现在镜头中时唯美至极。

顾清岚不知道她如此煞费苦心，打的是什么主意，然后看到她又笑着说：“我们两个都换上这身衣服吧……洗过澡之后。”

和许多相爱的人一样，“洗澡”对他们而言是一句暗语，意思就是洗过澡后就可以做点儿大家都很喜欢的成年人会做的事情。

她这样一说，顾清岚就明白了，唇边的笑意也加深了些，然后悠悠然开口问道：“地点是不是也要选择一下？”

这个是自然的，路铭心早就想好了，有些不自然地清了清嗓子说：“你的琴室就挺好啊。”

琴室确实算合适，布置古雅，跟这两身衣服很配，再加上……地板上铺设的是榻榻米，地方足够大，可以满足滚来滚去，还有各种姿势的需求。

没想到她偷偷准备了这么久，起的是这个心思，顾清岚感觉好笑之余，抬手轻抚她鬓边的碎发，温声说道：“很好。”

这句“很好”是什么意味，路铭心还能不明白，听完眼睛简直都要发亮。

于是当天吃过晚饭，两个人先一起洗完澡，就都穿上了烦琐隆重的戏服，他们曾经完全仿古地生活过四个月，顾清岚对于古装衣物的穿着早就得心应手。

在路铭心还有些笨拙地往身上套一层层薄纱的时候，顾清岚已经穿戴完毕，就像当年一样，他抬手帮她整理，细细地帮她理过衣带。

路铭心抬头看到他睫毛微垂的侧脸，差点儿就忍不住在这里吻上去，他这样无处不在的温柔和宠爱，总让她无法抗拒。

而顾清岚则在理好了之后，抬眸对她微微一笑说："铭心，你不用刻意忍着。"

没想到自己先被他调戏兼取笑了，路铭心当仁不让地抱住他的腰娇嗔道："清岚哥哥！"

顾清岚揽住她轻笑出声，他已经戴好了发套，一头乌黑长发垂在肩头，随着他低沉的笑声微微颤动。

路铭心到底还是忍住了，和他一起上楼后，才拉着他坐下，然后抱住他的肩膀，附在他肩头，吹了吹他的耳朵，故意将声音放得妩媚无比地说："清岚哥哥，今夜良辰美景，你我何不做些快乐事？"

顾清岚笑着任她将自己刚穿好的衣襟扒拉得半开，轻声回答道："自是不敢辜负。"

他话音未落，路铭心已经凑过去吻了他的唇角，又稍稍下移，将轻吻落在他的脖颈还有锁骨上，她低语呢喃，声音里已经带了些沉醉："清岚哥哥……"

结果终究是没能把古典台词憋出来，她抱着他，几乎贴进他怀里："你实在太美了……好想拍下来。"

她倒是没有一句虚言，为了营造气氛，他们事先在这里点了灯笼，在微黄烛火的映照下，那青丝和白衣，以及顾清岚清雅到极致的五官和轮廓，比她曾经看过的任何画面都要美得让人心动。

顾清岚微笑着，低头轻吻在她额头，带些无奈的叹息，他的声音还是温柔无比，说出的话却斩钉截铁："给别人看这样的你，想都不要想。"

撒娇一般地依偎在他怀中的人，脸颊上还带着些许兴奋的红晕，那双春水一般柔媚的眼睛中更是波光荡漾，只需这么一眼，就惊艳得黯淡了今晚的月色。

她只顾着去扒顾清岚的衣服，自己的纱衣倒是还穿得整整齐齐，可是这种宫装的衣物本就低胸，绯红色的刺绣抹胸上，就是敞开的洁白胸膛，往下则蓓蕾半开，露出诱人的弧线。

顾清岚垂眸看着这样的她，一贯清冷自持的深瞳中也染上了几许亮色。

大明星路铭心似乎还不是特别能深刻理解，为何她自己仅靠着脸蛋和身材，就能在竞争如此激烈的娱乐圈中混得风生水起——美丽的女人有很多，绝色佳人却百年难逢。

就着灯光，他将她从自己怀中拉起，轻抬起她的下颌，然后在她的樱唇有些无措地半张的时候，低头吻了上去。

他清冽的气息如同广袤的松林或者青山，一瞬间就包裹住了她的全部身心，路铭心迫不及待地仰首回应。

红烛只燃了一小段，烛光中他们已经将彼此的气息交换，路铭心无意识地解开他的衣带，手指渐渐滑过他赤裸的胸膛。

顾清岚也轻抱着她，他并不着急，甚至是非常富有耐心地等她解完他的衣带，回头又去解自己的。

一面被吻得晕头转向，一面还辛勤劳动的路铭心不免在嘴巴空下来的间隙，小小地抱怨了一句："清岚哥哥，你都偷懒。"

顾清岚回给她了一声低沉的轻笑，然后他突然用手抱起她，让她整个坐在自己的膝盖上，用修长的手揽住她的腰身，他笑着看向她问："铭心，你需要我做什么？"

路铭心搂着他舔了舔唇，还是贼心不死地宣称，说话已经全然没了逻辑："吃掉，把你吃掉！"

她倒还真一直雄心不减，顾清岚轻笑起来，他一贯带着点儿微凉的身体早就温热了起来，连指间也染上了冰雪之外的其他温度。

指节分明的手指从她绯红色的纱衣下穿过，他将之前为路铭心亲自系好的衣带轻而易举地解开。

滑落的衣物下，是朝夕相对却依旧对彼此充满了吸引力的身体。

谁也不在意，也不去计较衣服是何时彻底离开了身体的，只有赤裸的肌肤擦过那些柔软的丝绸、精致的刺绣时，会带起一串串战栗般的悸动。

路铭心抬头去吻近在咫尺的长眉，然后又毫无例外地陷落在他眉目间的清朗温润中。

等两个人都平静下来，时间已经不知过去了多久，夜早已深了，红烛也快要燃到了尽头。

也许是身旁的一切都太古典，恍恍然仿佛是在幻境中持续了一世的梦，当抬起身时，有那么一瞬间，路铭心有些不知道自己如今身在何方，今夕何年。

她到底是谁？是蹉跎了流年，也错过了他的将军府小姐？还是和他幼年相遇，被他呵护着走出噩梦的那个淘气的小姑娘？

好像也并不需要太过在意……庄周梦蝶，或者蝶梦庄周，又有什么区别。

路铭心靠在他怀中，恋恋不舍地握着他的手，用头去蹭他的脖子，那是无比依赖和眷恋的姿势，她轻声说着，像之前无数次对他说起的那样："清岚哥哥，我爱你。"

他也抱着她，温和清雅的声音一如往昔："我也爱你，铭心。"

又过了很长一段时间，长到《山河踏碎》播出，不但收视率高涨，还收获了诸多正面评价和赞美。

长到几个月后的电视节里，路铭心凭借"陆青萍"一角首次提名最佳女主角，并且首提首获，摘得了她演艺生涯中第一个具有纪念意义的奖杯，顺利获封视后。

也长到《山河如你》上映，路铭心又提名了数个电影节的最佳女主角，虽然最后并没有击败强劲对手晋升影后，但也成功甩掉了头上那顶"花瓶"的大帽子。

她还年轻，演艺之路还长得很，实力被认可后大有可为，并不需要太着急地拿奖到手软。

而在两部《山河》中均出演了角色的顾清岚，在经历了一段人气极度高涨的阶段后，安然地继续教书育人，再也没有参演过任何一部作品。

那像惊鸿一般转瞬即逝的绝代风华，却还是留在了许许多多影迷的心中，以至于在很长一段时间内，"白衣美男"还是独属于他的代名词。

时光悄然流转，路铭心有时会看着身旁的那个人想，百年不过一瞬，还好她和顾清岚的百年才刚刚开始。